दास्तान
-ए-
मुग़ल-ए-आज़म

داستان
مُغلِ اعظم

DASTAN
-E-
MUGHAL-E-AZAM

दास्तान
-ए-
मुग़ल-ए-आज़म

राजकुमार केसवानी

MANJUL
मंजुल पब्लिशिंग हाउस

MANJUL

मंजुल पब्लिशिंग हाउस

कॉरपोरेट एवं संपादकीय कार्यालय

•द्वितीय तल, उषा प्रीत कॉम्प्लेक्स, 42 मालवीय नगर, भोपाल-462 003

विक्रय एवं विपणन कार्यालय

•7/ 32, अंसारी रोड, दरियागंज, नई दिल्ली-110 002

वेबसाइट : www.manjulindia.com

वितरण केन्द्र

अहमदाबाद, बेंगलुरू, भोपाल, कोलकाता, चेन्नई,
हैदराबाद, मुम्बई, नई दिल्ली, पुणे

यह हिन्दी संस्करण 2020 में पहली बार प्रकाशित
द्वितीय आवृत्ति 2020

ISBN 978-93-89647-38-9

पुस्तक व कवर डिज़ाइन : Aquariusppl.com

एम. एफ़. हुसैन की सभी कलाकृतियाँ अकबर आसिफ़ की अनुमति से प्रकाशित

मुद्रण व जिल्दसाज़ी : पार्कसन्स ग्राफ़िक्स, मुंबई

"आज मेरा जी यह करता है कि मुमकिन होता तो अल्लाह से
दुआ करते कि ये जो गए हुए लोग हैं, उनको फिर से ले आओ.
मुग़ल-ए-आज़म को फिर से ज़िंदा कर दो अल्लाह!
फिर से भेज दो अनारकली!
फिर से भेज दो सलीम!
और ये जो फ़िल्म है इसको ख़त्म न होने दो. इसको चलने दो.
इससे हमे लुत्फ़ लेने दो. क्योंकि [इसमें] लुत्फ़ भी है,
लुत्फ़ंदोज़ भी है. और दिल बहलाने वाला भी है.
और यह बड़ा सबक-आमोज़ अफ़साना है.
यह जो लोग बादशाही के ख़्वाब देखते हैं,
काश वो यहां हों और उनके सामने यह ड्रामा,
यह अफ़साना दिखाया जाए, फिर से."

(दिलीप कुमार, 2004 में मुग़ल-ए-आज़म के रंगीन संस्करण के रिलीज़ के मौके पर दी गई तक़रीर का अंश)

ऐ मुहब्बत ज़िंदाबाद

अब जो यूं हो कि एक मूज़ी बीमारी के ख़ौफ़, दहशत और लाकडाऊन से चौतरफ़ा घिरी दुनिया में मुहब्बत की दास्तान गाती एक किताब आए और उसे इस तरह का प्यार मिले, तो कहने वाला कहे तो और क्या कहे? सो फिर कहता हूं - ज़िंदाबाद, ज़िंदाबाद, ऐ मुहब्बत ज़िंदाबाद.

कुल जमा 60 दिन में दास्तान-ए-मुग़ल-ए-आज़म का पहला संस्करण अपनी मंज़िल तक पहुंच गया. लिहाज़ा यह दूसरा संस्करण आपके लिए प्रस्तुत है.

इस वक़्त जी चाह रहा है कि दिल में मचलते कुछ ख़्याल आपसे साझा करूं.

जिन्हें शिकायत है कि इस दौर में मुहब्बत की क़द्र-ओ-कीमत नहीं रही, उनसे मेरी यह हक़ीराना इल्तजा है कि ख़ुदा के वास्ते वे ज़रा अपने तर्ज़-ए-अमल पर ग़ौर फ़रमाएं. ज़माना आज भी 'प्यार दो, प्यार लो' के फ़लसफ़े से लबरेज़ है. ज़रा किसी को प्यार से छू कर देख लें, मेरी बात पर यक़ीन हो जाएगा. मैं ज़ाती तौर पर इस किताब को मिली बेशुमार मुहब्बत को इस हक़ीक़त का एक ज़िंदा सुबूत मानता हूं.

इस वक़्त जी चाह रहा है कि दुनिया के हर इंसान को गले लगा-लगा कर कहूं - 'शुक्रिया', फिर कहूं 'बहुत शुक्रिया' और फिर कुछ न कहूं. बस ख़ामोशी को बोलने दूं.

-राजकुमार केसवानी

दास्तान
-ए-
मुग़ल-ए-आज़म

के. आसिफ़ की स्मृति को

जो 'मुग़ल-ए-आज़म' बनाते-बनाते

ख़ुद ही मुग़ल-ए-आज़म बन गए

अपनी बात

पंद्रह बरस लंबे सफ़र के बाद सांस फूलना लाज़िमी है, सो इस वक़्त मेरी सांसें फूल रही हैं. बस सबसे ज़्यादा ख़ुशी इस बात की है कि मंज़िल तक आ पहुंचा हूं. अब यह बयान करना कि यहां तक पहुंचने के लिए किन-किन मरहलों या मुश्किलों से गुज़रना हुआ, उस मुहब्बत की तौहीन होगी जिस मुहब्बत से यह काम किया है. सो, बस इतना भर कहूंगा कि यहां आपके सामने जो कुछ पेश कर रहा हूं, वह एक आशिक़ की अपने माशूक़ के लिए एक ख़िराज-ए-अक़ीदत है.

-राजकुमार केसवानी

हिंदुस्तान के मायानाज़ मुसव्विर एम.एफ़.हुसैन की मुग़ल-ए-आज़म पर बनाई गई सीरीज़ में से 25 पेंटिंग्स, अकबर आसिफ़ की इजाज़त से पहली बार इस पुस्तक में विभिन्न पृष्ठों पर इस्तेमाल की गई हैं.

एम.एफ़.हुसैन को सलाम - अकबर आसिफ़ का शुक्रिया

मैं हिन्दुस्तान हूँ...

एम.एफ. हुसैन सीरीज़ | 1

میں ہندوستان ہوں
ہمالیہ میری سرحدوں کا نگہبان ہے
گنگا میری پوترتا کی سوگند
تاریخ کی ابتدا سے میں اندھیروں اجالوں
کا ساتھی ہوں ۔۔۔۔ ظالموں اور
نے مجھے لوٹا اور مہربانوں
نے مجھے سنوارا۔ نادانوں نے مجھے
زنجیریں پہنادیں۔ اور میرے
چاہنے والوں نے انہیں کاٹ
پھینکا۔ میرے ان چاہنے
والوں میں ایک انسان
کا نام
جلال الدین
محمد اکبر
تھا

INVESTMENT CORPORATION LTD.
PRESENTS
K.ASIF'S
MUGHAL-E-AZAM
NAUSHAD

पेश-लफ़्ज़

हिंदुस्तान के फ़िल्म इतिहास में 1960 का साल अगर किसी ख़ास वजह से बार-बार याद किया जाता है तो वह वजह है फ़िल्म *'मुग़ल-ए-आज़म'*. हिंदुस्तानी सिनेमा के इतिहास का एक ऐसा संगे-मील जहां तक पहुंचने का ख़्वाब हर फ़िल्मकार देखता है लेकिन पहुंचा अब तक कोई नहीं है.

गुज़रे 59 बरस में हज़ारों फ़िल्में बनी हैं. कुछ याद रह गईं और बकाया वक़्त की गर्द में कहीं गुम हो चुकी हैं. लेकिन इन कुछ याद रही आती फ़िल्मों का हिमालय आज भी यही एक फ़िल्म है - *'मुग़ल-ए-आज़म'*. तब से अब तक चार पीढ़ियां इस दुनिया के मेले में शरीक़ होकर बचपन, लड़कपन, जवानी और पीरी तक का सफ़र कर चुकी हैं. कुछ इससे भी आगे के सफ़र के लिए निकल चुके लेकिन दुनियावी सफ़र में इन सबने इसी एक फ़िल्म को अपना हमसफ़र पाया.

आख़िर ऐसा क्या जादू है इस फ़िल्म में कि वक़्त के गर्दो-गुबार से बेअसर अपने पूरे जादू के साथ अब तक अपने पूरे हुस्न और अपने पूरे जमाल के साथ ज़माने की नज़रों में सुर्ख़-रू है?

इस एक सवाल का जवाब महज़ एक इंसान है, जिसका नाम है के. आसिफ़. इस एक इंसान की सिफ़त यह थी कि इस इंसान ने एक हसीन ख़्वाब देखा और बस इसी एक ख़्वाब को हक़ीक़ी दुनिया में हू-ब-हू उसी शक्ल में ज़मीन पर उतार कर दिखा दिया. इस एक इंसान ने हज़ारों-लाखों इंसानों को सपनों को हक़ीक़त में बदलने का हौसला और हिम्मत दी है.

'मुग़ल-ए-आज़म' के बनने की दास्तान, आसमानों से चांद-तारे तोड़ लाने की दास्तान है. यह उन दास्तानों की दास्तान है जो कभी 'लैला मजनू', कभी 'रोमियो जूलियट', कभी 'हीर-रांझा' और कभी 'शीरीं फ़रहाद' के नाम से याद की जाती हैं. मुहब्बत की यह ला-ज़वाल दास्तान एक आशिक़ की कामयाब मुहब्बत की दास्तान है.

यह दास्तान, ज़मानत है इस बात की कि जब-जब इस दुनिया-ए-फ़ानी में कोई इंसान के. आसिफ़ की तरह अपने काम को जुनून की हदों के भी पार तक ले जाएगा, तो इश्क़-ए-मज़ाजी को इश्क़-ए-हक़ीक़ी में तब्दील कर जाएगा. उसकी दास्तान को भी वही बलंद और आला मक़ाम हासिल होगा, जो आज *'मुग़ल-ए-आज़म'* को हासिल है.

صاحب عالم کے لئے
پتھر کا ایک مجسمہ
لینے آئی ہوں
"بہار"
محلوں کی "بہار"
ایک ویرانے میں؟
میرے بنائے مجسمے شہزادوں اور بادشاہوں
کو پسند نہیں آئینگے ---
کیونکہ یہ سچ بولتے ہیں

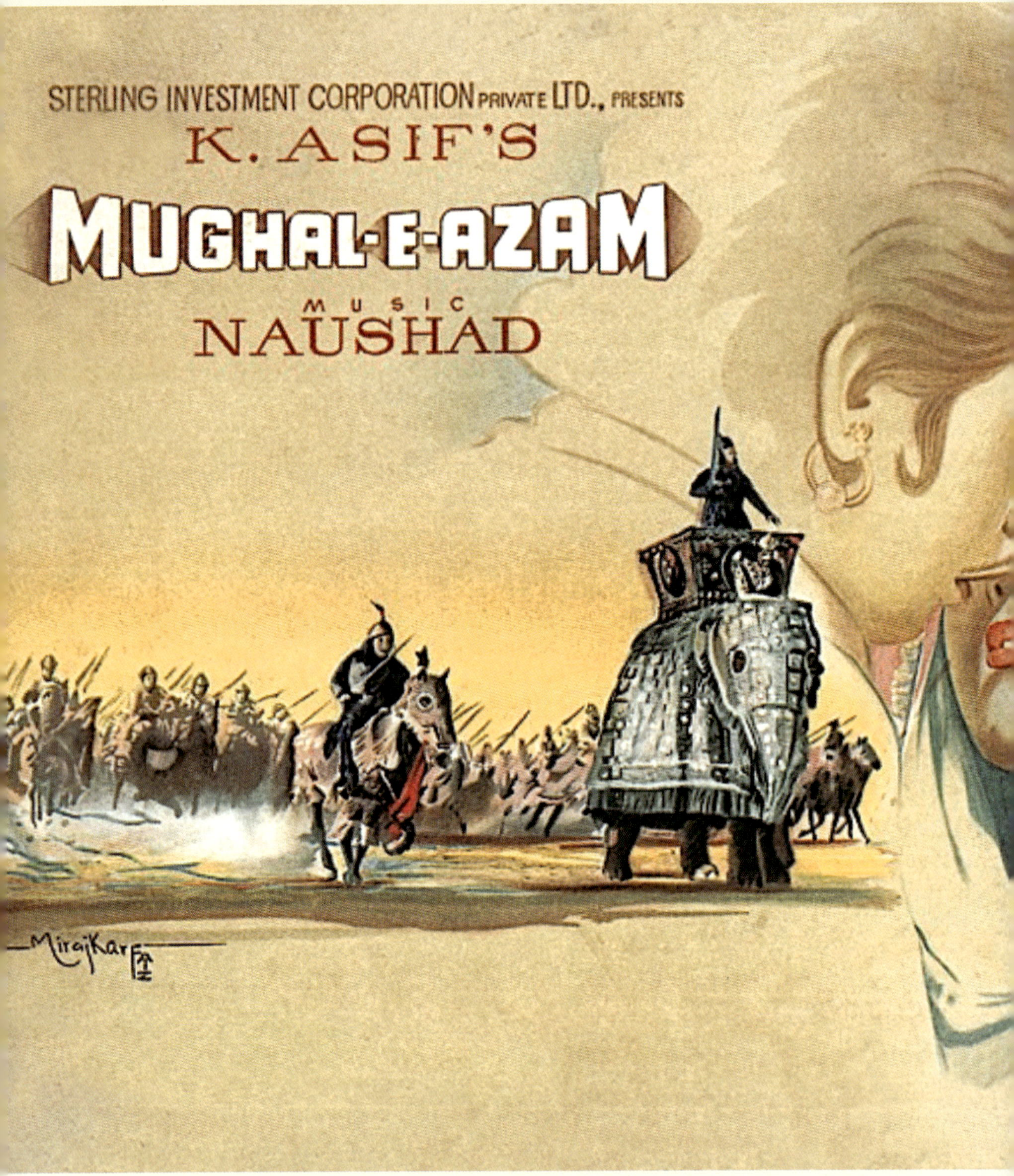
STERLING INVESTMENT CORPORATION PRIVATE LTD., PRESENTS
K. ASIF'S
MUGHAL-E-AZAM
MUSIC
NAUSHAD
Mirajkar

बनना मुग़ल-ए-आज़म का... लाना था जू-ए-शीर का

फ़िल्म 'मुग़ल-ए-आज़म' में एक संवाद है 'वो तीर ही क्या संगतराश, जो दिल के पार न हो. वो बुत ही क्या जिसके आगे मग़रूर सर खुद न झुक जाएं.'

संगतराश - 'तो फिर मैं एक ऐसा बुत बनाऊंगा, जिसके क़दमों में सिपाही अपनी तलवार, शहंशाह अपना ताज और इंसान अपना दिल निकालकर रख दे.'

आज से तकरीबन 60 बरस पहले संगतराश के इस दावे को एक जुनूनी इंसान ने हक़ीक़त में बदल कर दिखा दिया. जिस तरह फ़रहाद ने शीरीं को हासिल करने के लिए पहाड़ों का सीना चीर कर दूध की नदियां (जू-ए-शीर) रवां कर दी थीं, उसी तरह हमारे दौर के एक आम इंसान ने इस कारनामे को सरे-आम दोहरा कर दिखा दिया. इस ग़ैर मामूली कारनामे को अंजाम देने वाले इंसान का नाम था के.आसिफ़. और उसके इस इम्तियाज़ी कारनामे का नाम पड़ा - *मुग़ल-ए-आज़म.*

इस इंसान ने सचमुच एक ऐसे काम को अंजाम दिया है जिसकी मौजूदगी हर दौर के इंसान को भरोसा दिलाती रहेगी कि इंसान के लिए कुछ भी नामुमकिन नहीं है. जिसे देखकर कहा जा सकता है - 'अफ़साने हक़ीक़त में इस तरह बदले जाते हैं.'

1922

इस फ़िल्म का असल बीज पड़ा सन 1922 में. यही वो साल है जिस साल लाहौर में रहने वाले ड्रामा नवीस इम्तियाज़ अली 'ताज' ने एक नाटक लिखा *'अनारकली'*. जब यह ड्रामा स्टेज पर खेला गया तो शुरुआती तौर पर इसे पसंद ही नहीं किया गया. "मैंने *'अनारकली'* 1922 में लिखा था. इसकी मौजूदा सूरत में थियेटरों ने इसे कुबूल न किया. जो मशविरे तरमीम (बदलाव) के लिए उन्होने पेश किए, उन्हें क़बूल करना मुझे गवारा न हुआ." (इम्तियाज़ अली 'ताज')

वजह यह रही कि ड्रामे की कहानी में शाहाना माहौल, पल-पल बदलते महल, दरबार, बाग़-बग़ीचे जैसे कई सारे भारी-भरकम सेट्स स्टेज पर क़ायम करना उस दौर में मुमकिन न था, लिहाज़ा यह नाटक रेडियो तक ही पहुंचकर रह गया.

स्टेज पर ड्रामा भले नाकाम हुआ हो लेकिन इस ड्रामे का चर्चा ख़ूब हुआ और वाह-वाही भी ख़ूब मिली. **मुंशी प्रेमचंद के इस एक जुमले भर से बहुत कुछ समझ आता है कि, "मुझे जितनी कशिश अनारकली में हुई, उतनी किसी ड्रामे में न हुई".**

उसकी कहानी, उसके किरदार और पुरअसर डायलॉग्स में ऐसी ग़ज़ब की अपील थी कि अल्लामा इक़बाल भी उसके बारे में यह कहने को मजबूर हो गए, **अनारकली की ज़बान में रवानी और अंदाज़-ए-बयां में दिलफ़रेबी है.** इसका अंदाज़ा इस बात से भी लगाया जा सकता है कि 1960 में के. आसिफ़ के लेखकों की टीम में जुटे धुरंधरों ने भी जब डायलॉग्स लिखे तो उनमें भी इस नाटक के डायलॉग्स की गूंज सुनाई दे जाती है. मसलन नाटक के इस एक मंज़र को ले लें जिसमें शहंशाह अकबर बेटे सलीम की उनके सामने लगातार ग़ैर हाज़िरी से नाराज़ होकर, ख़ुद उसके पास चले आते हैं.

अकबर : ...तुम अपने बाप के सामने हाज़िर होने में अपनी तौहीन समझते हो या देखना चाहते हो कि अगर तुम उसके पास न जाओ तो वह कब तक बे-सब्र नहीं होता. तुमने देख लिया? तुम ख़ुश हो अब?

सलीम : मैं शर्मिंदा हूं.

अकबर : नहीं शायद तुम यह भी देखना चाहते हो कि ममता कब तुम्हारी मां को हरम की चार दीवारी से बाहर खेंच लाती है.

क्यों शेख़ू? मां के बुलाने पर हर मर्तबा उज़्र कर.

सैयद इम्तियाज़ अली 'ताज' अक़बर के क़िरदार में
- *'द लव्ज़ ऑफ़ अ मुग़ल प्रिंस'*
(फ़ोटो सौजन्य- ज़फर आबिद)

SULOCHANA
rkali
Director,
howdhary.

भेजना फिर और क्या माने रखता है?

सलीम : मैं अभी उनकी ख़िदमत में हाज़िर होऊंगा.

अकबर : तुमको अगर मां-बाप की परवाह नहीं तो वह भी तुमसे बेपरवाह हो सकते हैं.

सलीम : मैं माफ़ी चाहता हूं.

अकबर : मैं जानता हूं यह माफ़ी अकबर बादशाह से है, अकबर बाप से नहीं. बादशाह तुम्हें माफ़ करता है, बाप इज़हार-ए-अफ़सोस से ज़्यादा चाहता है.

1928

नाटक की इसी अपील से प्रभावित होकर 1928 में फ़िल्म निदेशक प्रफुल राय और चारू राय ने इस पर एक मूक फ़िल्म बनाई *'द लव्ज़ ऑफ़ अ मुग़ल प्रिंस'*. इस फ़िल्म में अनारकली थीं सीता देवी, शहज़ादा सलीम थे सावन सिंह और अकबर की भूमिका में थे ख़ुद इम्तियाज़ अली 'ताज'.

जिस वक़्त प्रफुल राय-चारू राय *'अनारकली'* को लेकर बड़ी लगन और मेहनत से लाहौर के पास शहज़ादा जहांगीर के नाम पर आबाद शेख़ूपुरा के क़िले में शूटिंग कर रहे थे और वहां के सुल्तान की मदद से हासिल शाही लिबास अपने किरदारों को पहना कर शूटिंग में मसरूफ़ थे, हिंदुस्तानी टॉकी सिनेमा के बाबा आदम, इम्पीरियल फ़िल्म कंपनी के मालिक आर्देशिर ईरानी ने भी इसी कहानी पर फ़िल्म शुरू कर दी. उनकी फ़िल्म की हीरोइन थी उस दौर की बेहद मक़बूल तरीन हीरोइन सुलोचना उर्फ़ रूबी मेयर्स. उन्होने फ़िल्म का नाम *'अनारकली'* ही रखा. उन्होंने तूफ़ानी रफ़्तार से काम करते हुए पूरी फ़िल्म सात दिन में मुकम्मल करके प्रफुल राय की फ़िल्म से पहले ही रिलीज़ भी कर दी.

1935

1931 में आर्देशिर ईरानी की ही फ़िल्म *'आलम आरा'* के साथ हिंदुस्तान में बोलती-गाती फ़िल्मों का चलन शुरू हुआ था. ईरानी ने अपनी *'अनारकली'* की कामयाबी को दोहराने की गरज़ से 1935 में दुबारा इसे टॉकी फ़िल्म में तब्दील करके बनाया. फ़िल्म इस बार भी बेहद कामयाब हुई.

1935 में फ़िल्म के रिलीज़ के बाद उर्दू में जारी एक इश्तिहार में बड़े दिलचस्प अंदाज़ में दर्शकों को लुभाने वाली बातें लिखी गईं थीं. मुलाहिज़ा हो :

शाहाना मुग़लिया के
जाह-ओ-जलाल का नज़ारा
इम्पीरियल फ़िल्म कम्पनी के
जदीद शाहकार
तारीख़ का इंतज़ार कीजिए

अनारकली

1935 की अनारकली - सुलोचना

अनारकली में देखिए, जो हुस्न-ओ-इश्क़, नामुरादी और नाकामयाबी की दर्द भरी दास्तान है, जिसमें अहद-ए-अकबर की ख़ास रिवायत हिंदू-मुस्लिम इतिहाद, क़िला आगरा में दरबार-ए-अकबरी की शान-ओ-शौकत, फ़तेहपुर सीकरी के महलात की दिलख़ुश कुन मजालिस, मुग़ल-ए-आज़म की .... रिआया परवरी, इंसाफ़ और रहमदिली के वाक़्यात और दिलकश मनाज़िर और उसके साथ ही अनारकली व शहज़ादा सलीम की पहली मुलाक़ात. अहसास-ए-फ़र्ज़ और ख़ब्त की कश्मकश, राजपूत रानी की बेक़रारी, अनारकली का अहतराफ़-ए-मुहब्बत, शहंशाह अकबर का मुआफ़ी देना, मगर इंक़लाब-ए-रोज़गार के हाथों वस्ल-.... जुदाई के ऐसे यास अंगेज़ मनाज़िर पेश किए गए हैं कि देखने वालों के आंसू निकल आते हैं. यही वजह है कि बम्बई में अनारकली की नुमाइश मुसलसल चार हफ़्तों से हो रही है, मगर हर रोज़ हज़ारहा हिंदू, मुसलमान मायूस होकर लौट जाते हैं. लाहौर में अनारकली यह फ़िल्म पंजाब बोर्ड आफ़ फ़िल्म सेन्सर ने भी तक़रीबा ... मुसलमानों, प्रोफ़ेसरों और मुसलमान अख़बार नवीसों की मौजूदगी में देखने और अहल-ए-अमरा-ए-असहाब के मशविरे के बाद नुमाइश की मंज़ूरी दे दी और सार्टीफ़िकेट अता कर दिया.

1953 में फ़िल्मिस्तान की *'अनारकली'* में महारानी जोधा बाई के किरदार निभाने वाली अभिनेत्री सुलोचना उर्फ़ रूबी मायर्स, 1928 की साइलेंट और 1935 की टॉकी *'अनारकली,'* दोनों ही में अनारकली के रूप में पेश की गई थीं.

अब

दिल्ली में अनारकली की नुमाइश अनकरीब की जाएगी. जिसके देखने के बाद यक़ीना इस उजड़े दयार के मुसलमान और हिंदुओं की आंखों में मुग़ल शान-ओ-शौकत, अदल-ए-इंसाफ़ का नक़्शा खिंच जाएगा. और वह देखेंगे कि किस तरह मादर-ए-वतन के दो सपूत अहद-ए-अकबरी में शीर-ओ-शकर हो चुके थे.

(नोट) फ़िल्म ... के तमाम मनाज़िर क़िला आगरा, फ़तेहपुर सीकरी के महलात और शाहान-ए-मुग़लिया के बाग़ात में निहायत एहतियात, एहतिमाम, इंतज़ाम के .... करके तैयार किए गए हैं. और मलिका-हुस्न सुलोचना, मलिका-ए-जज़्बात जिल्लू, बिलीमोरिया, गुलाम मुहम्मद, आसूजी वग़ैरह ... की बेमिसाल अदाकारी और बनारस के मशहूर तबा-ए-मौसीक़ी राजेश्वरी के दिलकश नग़मों ने इसमें चार चांद लगा दिए हैं.'' (उर्दू इश्तिहार का हिंदी लिप्यांतर)

1944

इस कामयाब फ़िल्म के पूरे 9 साल बाद *'अनारकली'* की इस कहानी ने एक इंसान को अपनी मुहब्बत में इस क़दर मुब्तला कर लिया कि उसकी आंखों ने सिवा 'अनारकली' के कोई और ख़्वाब देखने से ही इंकार कर दिया. इस सपने को आंखों में बसाने और 16 बरस बाद उसे हक़ीक़त की ज़मीन पर लाने वाले इंसान का नाम है के.आसिफ़.

आसिफ़ का यह ख़्वाब इम्तियाज़ अली 'ताज' के अफ़साने से कहीं ज़्यादा बड़ा, बा-अज़मत और हक़ीक़त से कहीं ज़्यादा हसीन और कहीं ज़्यादा रंगीन था. इसी बेनज़ीर ख़्वाब का अंजाम है फ़िल्म *'मुग़ल-ए-आज़म'*. 85 फीसदी ब्लैक एण्ड व्हाइट में बनी इस फ़िल्म को आसिफ़ ने इस हुनरमंदी से बनाया कि देखने वालों की आंखों को इन्हीं दो रंगों में कहानी का हर वो रंग पर्दे पर नुमाया होता दिखाई दिया, जिसकी जहां दरकार थी.

सपनों से भरे नैना

1922 में एक साथ दो घटनाएं हुईं जिनका ज़ाहिरा तौर पर एक दूसरे से कोई ताल्लुक़ नज़र नहीं आता था. एक तरफ़ लाहौर में बैठे एक ड्रामानिगार इम्तियाज़ अली 'ताज' ने एक नाटक लिखा *'अनारकली'* तो दूसरी तरफ़ उत्तर प्रदेश के इटावा जिले में 14 जून 1922 को डॉक्टर फ़ज़ल करीम और बीबी गुलाम फ़ातिमा के घर एक बच्चे का जन्म हुआ. नाम रखा गया आसिफ़ करीम.

पूरे 22 साल बाद जाकर इन दो घटनाओं के बीच का रिश्ता उस वक़्त उजागर हुआ जब आसिफ़ करीम, जो उस वक़्त तक बम्बई पहुंचकर के. आसिफ़ बन चुका था, ने *'अनारकली'* की कहानी सुनी और उसे अपनी ज़िंदगी का मक़सद बना लिया.

के. आसिफ़ के लिए ज़िंदगी का शुरुआती सफ़र तमाम दुश्वार राहों से होकर गुज़रा था. इटावा के जिस घर में उसका जन्म हुआ था वहां चारों तरफ़ ग़रीबी इस क़दर पसरी हुई थी कि हर सांस के साथ उसका अहसास भी जिस्म में पहुंच जाता था. हालांकि पिता डॉक्टर थे और उनके दूसरे बच्चों ने अच्छी तालीम हासिल की. आसिफ़ के भाई मसूद करीम तो बाद में पाकिस्तान आर्मी में कर्नल थे. वजह जो भी रही हो आसिफ़ स्कूल तो गए लेकिन हाथ में किताबें काफ़ी कम अरसे तक रहीं और उनकी जगह हाथ में सूई-धागे के साथ सलवार-कमीज़ और शेरवानी आ गए. उस कमसिनी की उम्र में ही उसे दर्ज़ी का काम सीखने पर लगा दिया गया था. इसी जगह, बड़े लोगों के कपड़े सीते-सीते, उसने बड़े-बड़े ख़्वाब बुनना भी सीख लिया.

बम्बई में नज़ीर मामू थे. निर्माता-निदेशक-अभिनेता नज़ीर अहमद ख़ान, जो पर्दे पर नज़ीर के नाम से जाने जाते थे. उन्होने साइलेंट सिनेमा के आख़िरी दौर, 1930 से फ़िल्मों में बतौर एक्टर काम शुरू किया. क़ामयाब हुए तो प्रोड्यूसर-डायरेक्टर भी बन गए.

लाहौर के रहने वाले नज़ीर, दूर के रिश्ते से आसिफ़ की मां बीबी गुलाम फ़ातिमा के ममेरे भाई थे और बाद को उनकी शादी आसिफ़ की बड़ी बहन सिकंदरा बेग़म से हुई. इस रिश्ते से वे आसिफ़ के बहनोई भी

पिता : डॉक्टर फ़ज़ल करीम
फ़ोटो सौजन्य - अकबर आसिफ़

मां : बीबी गुलाम फ़ातिमा उर्फ़ बीबीजी
फ़ोटो सौजन्य - अकबर आसिफ़

अभिनेता नज़ीर

नज़ीर की पत्नी, के. आसिफ़ की बहन सिकंदरा बेग़म

होते थे. आसिफ़, बचपन से ही नज़ीर को मामू कहते थे सो सिकंदरा बेग़म से शादी के बाद भी वे उन्हें मामू ही बुलाते रहे.

नज़ीर उस वक़्त दादर में रंजीत फ़िल्म स्टूडियो के ठीक सामने एक अहाते में फ़्लैट में रहते थे. आसिफ़ पहुंचा तो एक बिस्तर और लग गया. बम्बई में शुरुआत फिर उसी दर्ज़ी के काम से हुई. नज़ीर ने अपने साले को काम से लगाने की गरज़ से दर्ज़ी की दुकान लगवा दी. आसिफ़ तब ख़ुद को 'लेडीज़ टेलर' कहते थे. मगर उनकी ज़िंदगी की हक़ीक़त बताती है कि वो 'लेडीज़ टेलर' से कहीं ज़्यादा बड़े 'स्टोरी टेलर' थे. लेकिन वो तो फ़िल्मों के ज़रिए कहानियां कहना चाहते थे.

के. आसिफ़ के भाई मसूद करीम जो पाकिस्तानी सेना में बड़े अफ़सर थे.

संगीतकार नौशाद, आसिफ़ को 'लेडीज़ टेलर' वाले उसी दौर से जानते थे. उन्होंने अपने संस्मरण में लिखा है; ''उस ज़माने में ख़ुदादाद सर्कल दादर में चरित्र अभिनेता जीवन और प्रेम अदीब ने पार्टनरशिप में एक होटल खोला था. इसी होटल में रात के वक़्त अक्सर के. आसिफ़ भी बैठते थे. आसिफ़ साहब अपने मामू नज़ीर साहब के साथ रहते थे और नज़ीर साहब ने आसिफ़ साहब को दादर में दर्जी की दुकान खुलवाई थी. अक्सर हम साथ बैठते तो के. आसिफ़ बड़ी-बड़ी बातें करते. कहते यह क्या फ़िल्में बन रही हैं, फ़िल्में तो मैं बनाऊंगा. हम कहते - 'यार तुम बेकार की बातें क्यों करते हो, तुम्हारा काम कपड़े सीना है. कपड़े सीते रहो.' के. आसिफ़ जवाब देता- 'यार मुझे तो मामू ने धंधे में फंसा दिया, वरना मेरी मंज़िल तो फ़िल्म बनाना है.''

ख़ैर साहब, आख़िरकार मामू को भी मजबूरन एक दिन भांजे को फ़िल्म लाइन में अपने साथ लाना पड़ा. इस मजबूरी की एक वज़ह यह थी कि आशिक़ मिज़ाज आसिफ़ की चढ़ती जवानी की मचलती तमन्नाओं ने पड़ोस के एक दर्ज़ी की बेटी पर अपना जादू चला दिया था.

''...जल्द ही पता चला कि कमरुद्दीन (आसिफ़) ने दुकान पर लेडीज़ टेलर का बोर्ड लगा रखा है और कपड़े सिलवाने को आने वाली लेडीज़ गाहकों से ही फ़्लिर्ट कर रहा है. इसी के साथ ही पड़ोसी दर्ज़ी की बेटी के साथ प्रेम की पींगे बढ़ा रहे हैं. नतीजतन कपड़े सिलने में होने वाली देरी से गाहक परेशान हो रहे थे.'' (बन्नी रुबेन - पुस्तक *दिलीप कुमार.*)

बात ज़्यादा न बिगड़े, इसलिए नज़ीर को मजबूरन आसिफ़ को ज़ेरे निगरानी रखने की गरज़ से अपने साथ फ़िल्म प्रोडक्शन में शामिल करना पड़ा. के. आसिफ़ के ख़्वाबों में पलता सिनेमा मामू के सिनेमा से बहुत आगे की चीज़ थी. सो आख़िर को वह दिन भी आया कि उसने अपनी मंज़िले मक़सूद की तरफ़ पहला क़दम बढ़ाया. नज़ीर ने के. आसिफ़ को अपने साथ फ़िल्म *'सलमा'*(43) में असिस्टेंट बनाकर रख लिया.

फ़िल्मी दुनिया में पहुंचते ही आसिफ़ ने अपने अनोखे अंदाज़ से चाहने वालों का एक अच्छा-ख़ासा समूह बना लिया था. इन नई-नई पहचान वालों में एक थे लेखक-निर्देशक कमाल अमरोही. सोहराब मोदी के लिए लिखी उनकी फ़िल्म *'पुकार'* की ज़बरदस्त कामयाबी ने उन्हें एक सितारे की हैसियत दे दी थी. जब उन्होंने आसिफ़ में फ़िल्म बनाने का बेपनाह शौक़ और शिद्दत का जज़्बा देखा तो उन्होंने उसे अपनी एक कहानी सुनाई, जिसका नाम था - *'फूल'.*

आसिफ़ कमाल अमरोही की इस कहानी पर फ़िल्म बनाने को आमादा हो गए. वो कहानी लेकर एक ऐसे फ़ायनेंसर-प्रोड्यूसर की तलाश में जुट गए जो उन्हें फ़िल्म बनाने का मौक़ा दे. यह तलाश जाकर ख़त्म हुई सेठ शिराज़ अली हकीम पर.

शिराज़ सेठ भी आसिफ़ की ही तरह एक छोटी सी जगह, कर्नाटक के जिला रत्नागिरी के गांव पावस, से बम्बई आए थे. कोल्हापुर की महाराष्ट्र फ़िल्म कंपनी में एक मामूली सी नौकरी से शुरुआत की और एक दिन अपनी मेहनत से एक विशाल साम्राज्य स्थापित कर लिया था. इस साम्राज्य में तमिल, तेलुगु, मराठी और हिंदी फ़िल्मों के प्रोडक्शन के साथ ही साथ शूटिंग के लिए अपना स्टूडियो और अपनी ही लैब भी शामिल थे.

के. आसिफ़ की आंखों में शिराज़ अली हकीम को अपने माज़ी में देखे हुए सपनों के अक्स नज़र आए. उन्होंने फ़ौरन ही आसिफ़ की तरफ़ मदद का हाथ बढ़ा दिया. वे *'फूल'* प्रोड्यूस करने को राज़ी हो गए और डायरेक्शन की ज़िम्मेवारी सौंपी महज़ 21 बरस के के. आसिफ़ को. आसिफ़ ने अपनी पहली ही फ़िल्म को मल्टी स्टारर बना दिया. इस फ़िल्म में उस दौर के ढेर सारे स्टार; पृथ्वीराज कपूर, मज़हर ख़ान, अशरफ़ ख़ान, दुर्गा खोटे, सुरैया, वीना और याकूब फ़िल्म की कास्ट में एक साथ शामिल थे. इसी वजह से इस फ़िल्म का हिंदुस्तानी सिनेमा की शुरुआती मल्टी स्टारर फ़िल्मों में शुमार होता है.

शिराज़ अली हकीम

'फूल'
(1944)

के. आसिफ़ क़ी इस ज़रा कम चर्चित और उससे भी कम जानी गई फ़िल्म की कहानी 1920 के आसपास के दौर की कहानी है. यह एक ऐसा वक़्त था जब हिंदुस्तानी मुसलमानों पर तुर्की के ख़िलाफ़त आंदोलन का गहरा असर पड़ रहा था. अली ब्रदर्स के नाम से मशहूर मौलाना मुहम्मद अली और शौकत अली जैसे बड़े मुस्लिम नेताओं ने ब्रिटिश सरकार के ख़िलाफ़ क़ौम को एकजुट करने के लिए ख़िलाफ़त आंदोलन का परचम उठा लिया था.

फ़िल्म की कहानी में दो भाई हैं अख़्तर और सफ़दर. सफ़दर एक नेक इंसान है और अख़्तर, जो ख़ुद से तो कतई बेवकूफ़ है लेकिन उसकी बीवी बड़ी चालाक और मक्कार क़िस्म की औरत है. अपने फ़ितना किरदार से आए दिन वह घर में फ़साद खड़े करती रहती है. उसकी इन्हीं चालाकियों के नतीजे में सफ़दर अपनी पुश्तैनी ज़मीन-जायदाद से भी महरूम हो जाता है. उसके हिस्से में आती है उनके मरहूम वालिद की अधूरी छोड़ी हुई मस्जिद. मरहूम की यह आख़िरी तमन्ना और वसीयत थी कि इस मस्जिद को हर हाल में मुकम्मल किया जाए.

FAMOUS FILMS Presents
Veena
IN
"PHOOL"
फूल
Directed by
K. ASIF
K. ABDULLA PRODUCTIO

फ़िल्म की कहानी में *'मुग़ल-ए-आज़म'* के अकबर पृथ्वीराज कपूर डॉक्टर सलीम के किरदार में नज़र आते हैं. सलीम सफ़दर का भांजा है, जिसकी परवरिश की ज़िम्मेदारी भी उन्होंने अपने बहनोई की मौत के बाद निभाई है. उन्होंने सलीम को पढ़ाया-लिखाया और नेक किरदार वाला इंसान बनाया है. सफ़दर की बेटी शमा (वीना) और सलीम एक दूसरे को चाहते हैं. सफ़दर को भी यह रिश्ता बहुत पसंद है.

लेकिन यहां भी एक अदद राह का कांटा मौजूद है. अख़्तर का बद-किरदार बेटा शाहिद. वो भी शमा से शादी करना चाहता है. सफ़दर अपनी भाभी के सारे हथकंडों को लांघकर सलीम और शमा की शादी तय कर देते हैं.

शादी की तैयारियों के बीच ही एक दिन सलीम सड़क पर एक जुलूस देखता है जिसमें सैकड़ों मुस्लिम नौजवान हाथों में ख़िलाफ़त मूवमेंट के झंडे हाथ में लिए हुए हैं. ये नौजवान बालकान में जारी जंग में अपने तुर्की भाइयों की हिमायत में गीत गाते चले जा रहे हैं : 'ऐ बहादुरों, ऐ मुजाहिदों, बढ़े चलो, बढ़े चलो, आगे बढ़े चलो'.

सलीम के ज़हन पर इस जुलूस और इस गीत का गहरा असर होता है. उसके दिल में यकायक ही क़ौम के लिए अपनी ज़िम्मेदारी का अहसास जाग जाता है. उसी वक़्त वह तुर्की जाने वाले एक मेडिकल मिशन का हिस्सा बन जाता है. ऐन शादी वाले दिन ही इस मेडिकल मिशन के डॉक्टरों की टीम को रवाना होना है. सलीम शादी छोड़ इस जंग में शामिल होने तुर्की के लिए निकल पड़ता है.

जाते वक़्त सलीम, अपनी मुहब्बत की निशानी के तौर पर शमा के हाथ में एक फूल और ताज महल की एक नन्ही सी आकृति देकर भरोसा दिलाता है कि वह जल्द ही वापस लौट आएगा.

सलीम की ग़ैर हाज़िरी का फ़ायदा उठाकर शाहिद, शमा को परेशान करना शुरू कर देता है. शमा की एक हिंदू सहेली है रेखा (सुरैया), जो हर मुश्किल वक़्त में उसकी मदद करती रहती है. उसकी हिफ़ाज़त में वह हमेशा एक मज़बूत दीवार की तरह सामने आ खड़ी होती है.

उधर सलीम तुर्की में एक बेहद धूर्त क़िस्म की डांसर लैला (सितारा) के जाल में उलझ जाता है, जो उस पर मर मिटी है. सलीम की उसमें कोई दिलचस्पी नहीं है. सलीम की बेरुख़ी से लैला झुंझला उठती है. जिस दिन सलीम वापस बम्बई लौट रहा होता है उस दिन वह धोखे से उसे एक ऐसी दवा पिला देती है कि उसकी यादाश्त गुम हो जाती है और वह पूरी तरह उसके क़ाबू में आ जाता है.

अब जब सलीम हिंदुस्तान पहुंचता है तो वह लैला के साथ उसके डांस शोज़ का हिस्सा बना हुआ है. अपने वजूद से बेख़बर वह महज़ एक कठपुतली की तरह लैला के इशारों के अलावा किसी और को पहचान तक नहीं पाता. एक बार जब उसका सामना सफ़दर मामू से होता है तो वह उन्हें भी पहचानने से इंकार कर देता है. इस बात का सफ़दर को बेहद गहरा सदमा पहुंचता है. इसी सदमे में सफ़दर की मौत हो जाती है.

पिता की मौत की वजह से अधूरी मस्जिद को पूरा करने की ज़िम्मेदारी भी शमा पर ही आ पड़ती है. उसका चचेरा भाई शाहिद इस मौक़े का फ़ायदा उठाने के लिए मस्जिद का काम पूरा करने के बदले में शादी करने की शर्त रख देता है. मजबूरन शमा को इस पर राज़ी होना पड़ता है.

फ़िल्म का अंत भी काफ़ी बम्बइया फ़िल्म स्टाइल का था. सलीम के सिर में चोट लगती है और उसकी यादाश्त लौट आती है. फिर सब कुछ ठीक हो जाता है. सलीम और शमा मिल जाते हैं और दोनों मिलकर मस्जिद का अधूरा काम पूरा करते हैं.

फ़िल्म के अंत में गीत की दो लाइनें गूंजती हैं :

जां निसारी की यह निशानी रह गई
एक मुसलमां की कहानी रह गई.

इस एक फ़िल्म 'फूल' के ज़रिए आसिफ़ के उस आला और ख़ूबसूरत किरदार की झलक दिखाई दे जाती है, जहां 'एक मुसलमां की कहानी', 'इंसानी रिश्तों की कहानी' की ऊंचाई को छू लेती है. आसिफ़ का यही वो किरदार है जिसने *'मुग़ल-ए-आज़म'* की कहानी को *'अनारकली'* की इश्क़िया कहानी से कई आसमान ऊपर बिठा दिया है. यही वो बात और यही वो नज़रिया है जो आसिफ़ को जात-पात और धर्म के संकरे दायरों को तोड़कर इंसानी मुहब्बत का पैरोकार बना देता है.

'मुग़ल-ए-आज़म' में जोधाबाई का आला वक़ार किरदार, राजा मान सिंह की शहंशाह अकबर के 'कांशस कीपर' वाली भूमिका और दुर्जन सिंह का शहज़ादे सलीम की मुहब्बत की हिफ़ाज़त करते हुए अपनी जान दे देने जैसे तत्व मौजूद हैं तो *'फूल'* की कहानी में भी रेखा मौजूद है जो अपनी मुस्लिम सहेली की हिफ़ाज़त के लिए पेश-पेश नज़र आती है.

अगर *'मुग़ल-ए-आज़म'* में कृष्ण जन्म पर 'मोहे पनघट पे नंदलाल छेड़ गयो रे' गाया जाता है तो *'फूल'* में बड़ी धूमधाम से मनती दीवाली है. एक दीवाली गीत है

क्या कहने, क्या कहने,
दीवाली रानी, हो तेरे क्या कहने

पर्दे पर इसे हिंदू-मुस्लिम किरदार मिलकर एक साथ गाते नज़र आते हैं.

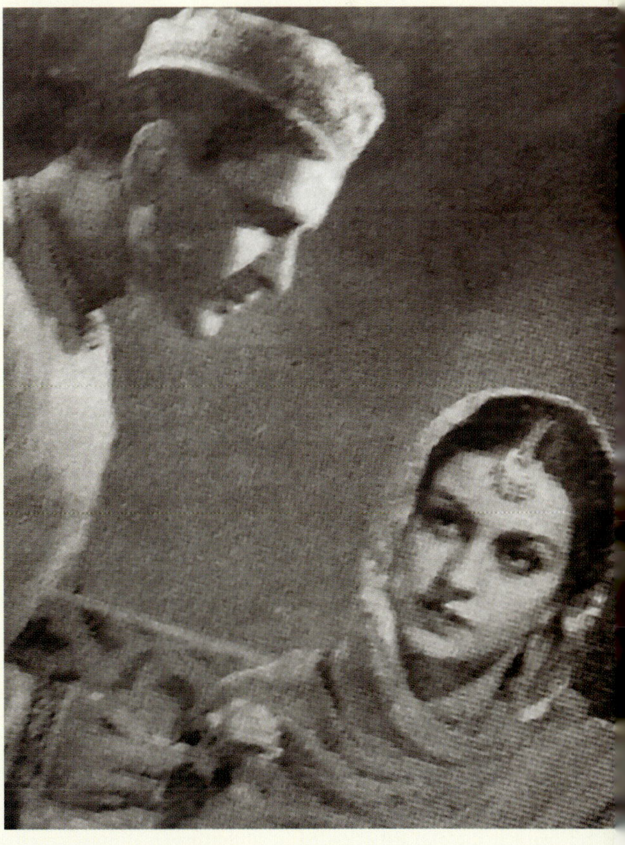

एक परम्परा है कि हर फ़िल्म के रिलीज़ के वक़्त, उसके पब्लिसिटी मटेरियल में सिक्स शीट, फोर शीट, टू शीट, सिंगल शीट पोस्टर, फ़ोटो सेट, लॉबी कार्ड्स के साथ ही एक बुकलेट भी जारी की जाती हैं.

इस बुकलेट में कहानी का मुख़्तसिर सा ख़ाक़ा जिसे कथासार कहा जाता है, फ़िल्म के पूरे गीत, स्टार कास्ट जैसी तफ़सीलात शामिल होती हैं. गुज़रे दौर में यह कथासार अक्सर बड़े दिलचस्प अंदाज़ में लिखा जाता था. मक़सद होता था पर्दे-पर्दे में कहानी की झलक दिखलाना. और झलक भी ऐसी कि नज़र तो आए लेकिन पूरी तरह समझ न आए. बस पूरा देखने की ख़्वाहिश पैदा हो जाए. इस कोशिश में कुछ लोग कामयाब होते थे और कुछ नाकाम.

फ़िल्म *'फूल'* की बुकलेट भी इसी परंपरा की एक कड़ी है. इस फ़िल्म का कथासार जिस तरह दिया गया है उसका एक हल्का सा नमूना इस तरह है. यह उस कथासार का बिलकुल आख़िरी हिस्सा है. वह हिस्सा जिसमें कही गई कथा के छूटे हुए सिरों को लेकर सवाल है. जिसके ज़रिए दर्शकों के अंदर एक जिज्ञासा पैदा करके सिनेमा हॉल तक बुलाया जा सके.

"शाहिद ने भाई की बात मानी? मस्जिद पूरी हुई या अधूरी ही रह गई? सलीम नर्तकी के प्रेम-पाश से छुटकारा पा सका या सदा के लिए उसी का होकर रह गया? -- इन समस्त प्रश्नों का उत्तर कृप्या रजत पट पर देखिए."

एक निहायत ख़ूबसूरत 'नातिया-भजन' भी है -

बिछड़ों को मिला दे ऐ कृष्ण मुरारी
बिगड़ी को बना दे ऐ रहमत-ए-बारी.

सुरैया और अमीर बाई कर्नाटकी के गाए इस गीत को पर्दे पर शमा और उसकी सहेली रेखा एक साथ गाते नज़र आते हैं.

फ़िल्म रिलीज़ हुई तो आसिफ़ के काम की ख़ासी चर्चा हुई, ख़ासकर ख़िलाफ़त आंदोलन की हिमायत में चलने वाले जुलूस का सीक्वेंस. सैकड़ों नौजवान, शेरवानी और तुर्की (फ़ैज़ी) टोपी पहने, एक क़ाफ़िले की तरह 'बढ़े चलो, बढ़े चलो' की यलग़ार-नुमा सदाओं के साथ गाते चले जा रहे हैं. फ़िल्म के हीरो डॉक्टर सलीम और दीगर अवाम के मुतासिर होते चेहरों के भाव से इस पूरी कड़ी में एक जादू सा पैदा हो जाता है.

जुलूस वाले शॉट को फ़िल्माते वक़्त कैमरे को क्रेन शॉट की तरह इतनी ऊंची जगह सेट किया गया था कि फ़ोकस में सैकड़ों तुर्की टोपियों के बहते दरिया का सा जो एक ख़ूबसूरत मंज़र नज़र आता है, उसी मंज़र का विराट रूप *'मुग़ल-ए-आज़म'* के कई सारे दृश्यों में नुमाया होता है.

इतनी बड़ी स्टार कास्ट के साथ एक नए डायरेक्टर के इतने सधे हुए डायरेक्शन ने सबको हैरत में डाल दिया. बॉक्स आफ़िस पर इस फ़िल्म की कामयाबी को लेकर भी दो तरह की बातें हैं. उस वक़्त की कुछ फ़िल्म पत्रिकाओं के मुताबिक़ फ़िल्म ने कोई बड़ा कमाल नहीं दिखाया. जबकि वेब साइट बॉक्स ऑफ़िस आंकड़ों के आधार पर फ़िल्म *'फूल'* को 1944 की सबसे कामयाब 10 फ़िल्मों की फ़ेहरिस्त में छठे नंबर पर दर्ज करती है.

आसिफ़ के फ़न का कमाल यही है कि जहां उसकी बुनियाद एक निहायत आला इंसानी सोच की ज़मीन में सर-सब्ज़ हुई, वहीं उसके ख़्वाबों की ज़मीन फ़लक के चांद-तारों के भी पार बसती थी. उसके इसी अज़ीम नज़रिये की वजह से उसकी फ़नकारी के जादू से ज़मीन और आसमान के फ़ासले कम होते दिखाई देते हैं.

'फूल' की कहानी में कुछ दिलचस्प बातें भले हों लेकिन यह कोई बाकमाल कहानी नहीं थी. सच तो यह है कि इस कहानी को लेकर आसिफ़ ख़ुद भी बहुत मुतमईन नहीं थे. इसी वजह से वो फ़िल्म बनाने से पहले यह कहानी लेकर कहानी के उस्ताद सआदत हसन मंटो के पास गए थे.

मंटो आसिफ़ के इस किस्से को बयान करते हुए लिखते हैं कि आसिफ़ साहब उनके घर पहुंचे.

'मैं तुम्हें अपनी कहानी सुनाने आया हूं.'

मैंने अज़-राहे मज़ाक़ कहा : 'तुम्हें मालूम है, मैं फ़ीस लिया करता हूं?'

आसिफ़ फौरन पलट कर लौट गए. मंटो अफ़सोस करते रहे कि ख़्वामखाह मज़ाक़ कर दिया. थोड़ी देर में एक आदमी ने आकर मंटो को एक लिफ़ाफ़ा दिया जिसमें सौ-सौ के पांच नोट थे. खिड़की से झांका तो नीचे से आसिफ़ ने आवाज़ दी - 'फ़ीस हाज़िर है. अब मैं कल आऊंगा.'

अगले दिन वादे के मुताबिक़ आसिफ़ आए. कहानी सुनाई. कहानी सुनाकर पूछा - 'क्या ख़्याल है आपका कहानी के मुत्तलिक़?'

मंटो ने कहा 'बकवास है.' हैरत से दुबारा पूछा. दुबारा वही जवाब. उसके बाद आसिफ़ ने उठकर मंटो का हाथ चूमा और कहा 'ख़ुदा की क़सम बिलकुल बकवास है... मैं तुमसे यही सुनने आया था.'

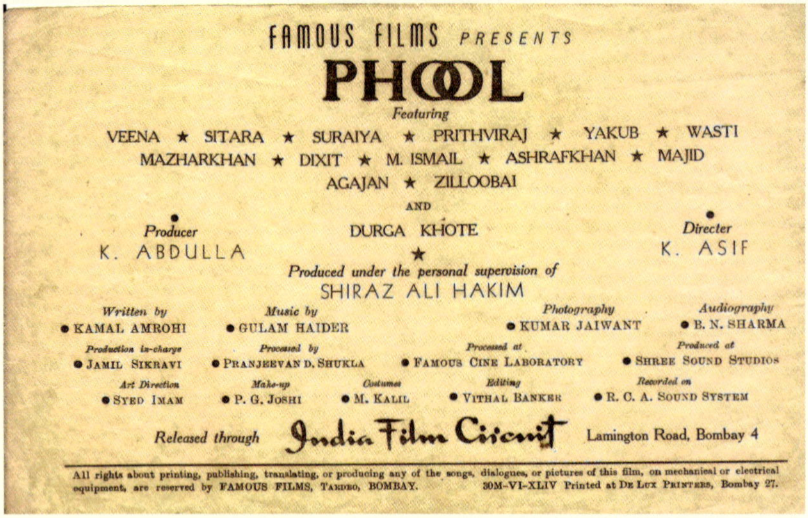
FAMOUS FILMS PRESENTS

PHOOL

Featuring

VEENA ★ SITARA ★ SURAIYA ★ PRITHVIRAJ ★ YAKUB ★ WASTI
MAZHARKHAN ★ DIXIT ★ M. ISMAIL ★ ASHRAFKHAN ★ MAJID
AGAJAN ★ ZILLOOBAI

AND

DURGA KHOTE

Producer
K. ABDULLA

Directer
K. ASIF

★

Produced under the personal supervision of
SHIRAZ ALI HAKIM

Written by
● KAMAL AMROHI

Music by
● GULAM HAIDER

Photography
● KUMAR JAIWANT

Audiography
● B. N. SHARMA

Production in-charge
● JAMIL SIKRAVI

Processed by
● PRANJEEVAN D. SHUKLA

Processed at
● FAMOUS CINE LABORATORY

Produced at
● SHREE SOUND STUDIOS

Art Direction
● SYED IMAM

Make-up
● P. G. JOSHI

Costumes
● M. KALIL

Editing
● VITHAL BANKER

Recorded on
● R. C. A. SOUND SYSTEM

Released through India Film Circuit Lamington Road, Bombay 4

All rights about printing, publishing, translating, or producing any of the songs, dialogues, or pictures of this film, on mechanical or electrical equipment, are reserved by FAMOUS FILMS, TARDEO, BOMBAY. 30M-VI-XLIV Printed at DE LUX PRINTERS, Bombay 27.

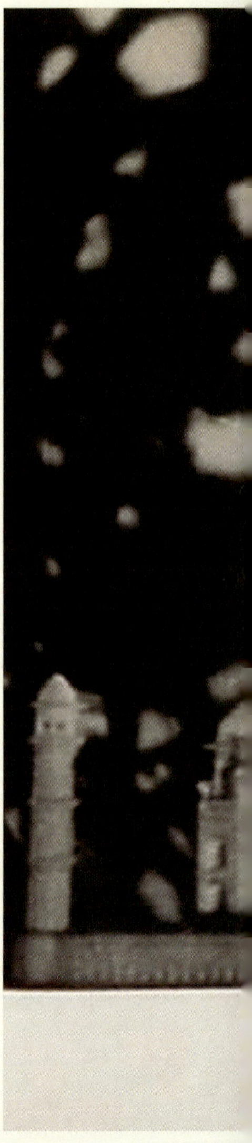

अब आप हैरत करते रह जाइये कि जिस कहानी को ख़ुद बनाने वाला 'बकवास' कह चुका तो फिर फ़िल्म बनाई ही क्यों?

आसिफ़ को कहानी से ज़्यादा अपनी क़ाबलियत पर भरोसा था या कमाल अमरोही का फ़न था कि मंटो के रिजेक्शन के बाद भी उन्होंने आसिफ़ को फ़िल्म बनाने पर आमादा कर लिया, यह सच तो ख़ुदा ही जाने लेकिन यह फ़िल्म बनाकर आसिफ़ ने अपनी क़ाबलियत का ख़ुद अपना ही इम्तिहान ज़रूर ले लिया. अपनी ताक़त और कमज़ोरियों का अंदाज़ा लगा लिया. शायद इसी सेल्फ़-असेसमेंट की वजह से जब उसने *'मुग़ल-ए-आज़म'* की तरफ़ क़दम बढ़ाए तो उसका हर क़दम इस क़दर नपा-तुला था कि किसी भी तरह की कमी की गुंजाइश ही न बची.

'फूल' की मेकिंग के दौरान के. आसिफ़ के अपने अंदरूनी रुझान को बाहर आने का मौक़ा भी मिला. इसी फ़िल्म की मेकिंग के दौरान ही आसिफ़ के सोचने का व्यापक फ़लक और चीज़ों को हर हाल में हासिल करने की क़ुव्वत, साफ़ दिखाई दे जाती है.

सबसे पहले तो जिस वक़्त बोलता सिनेमा की उम्र बमुश्किल बारह साल की थी, तब पृथ्वीराज कपूर, मज़हर ख़ान, वास्ती, सुरैया, सितारा, वीना और दुर्गा खोटे जैसे बड़े सितारों वाली एक मल्टी स्टारर फ़िल्म बनाना बड़े जिगरे का काम था. वह भी 21-22 साल के एक लड़के की पहली फ़िल्म.

प्रसिद्ध फ़िल्म पत्रकार स्वर्गीय ईसाक़ मुजावर के एक मराठी मज़मून से के. आसिफ़ के किरदार का वह पहलू भी दिखाई दे जाता है, जिससे *'मुग़ल-ए-आज़म'* जैसी अज़ीम-ओ-शान फ़िल्में बन सकती हैं.

पहला ज़िक्र है सुरैया का. जिस वक़्त आसिफ़ सुरैया को अपनी फ़िल्म *'फूल'* के लिए साइन करना चाहते थे, उस वक़्त वह देविका रानी की बॉम्बे टाकीज़ के साथ पांच साल के कांट्रेक्ट में थी. उसको हर महीने 1200 रुपये तनख़्वाह मिलती थी. सुरैया उस वक़्त लड़कपन से चलकर जवानी की तरफ़ आने वाली डगर की मुसाफ़िरी पर थी. इसी के चलते बॉम्बे टाकीज़ में उसके लायक़ ज़्यादा रोल नहीं होते थे. फ़िल्म *'हमारी बात'* (1943) में उसे एक गीत 'बिस्तर बिछा दिया है, तेरे दर के सामने' में नाचने का एक छोटा सा काम भर मिला था. हां, तनख़्वाह बराबर मिलती थी.

आसिफ़ इस बात से बख़ूबी वाक़िफ़ थे कि सुरैया की नानी, जो उसके तमाम फ़ैसले लेती थीं, पैसे की बड़ी लालची औरत है. सो उन्होंने इस फ़िल्म के लिए सीधे 40 हज़ार रुपये की फ़ीस का ऑफ़र रख दिया. यह रक़म बॉम्बे टाकीज़ से 5 साल में मिलने वाली कुल रक़म से भी 10 हज़ार रुपये ज़्यादा थी. नानी के साथ-साथ सुरैया भी हीरोइन बनने को मचल गई और मियाद पूरी होने से पूरे दो साल पहले ही ख़ुद को किसी तरह बॉम्बे टाकीज़ के बंधन से आज़ाद करा ही लिया.

इसी तरह *'फूल'* के संगीतकार के तौर पर मास्टर गुलाम हैदर को लाहौर से बम्बई लाना भी आसान न था. मास्टर जी लाहौर छोड़ने को बिलकुल तैयार न थे. सादा दिल इंसान और सूफ़ी सिफ़त वाले इंसान थे, सो पैसे का लालच भी न था. लेकिन हार मानने वाले का नाम के. आसिफ़ नहीं होता. जिस तरह *'मुग़ल-ए-आज़म'* के लिए उन्होंने उस्ताद बड़े गुलाम अली ख़ान को गाने के लिए मजबूर किया था, उसी तरह 1943 में भी उन्होंने मास्टर गुलाम हैदर को लाहौर छोड़ बम्बई आने पर राज़ी कर लिया था. आसिफ़ ने उन्हें पूरे 25 हज़ार रुपये का ऑफ़र दे दिया जो उस वक़्त तक किसी भी संगीतकार को मिलने वाली फ़ीस से कहीं ज़्यादा बड़ी रक़म थी. ज़ाहिर है, मास्टर जी मान गए.

याद रहे, यह वही मास्टर गुलाम हैदर हैं, जिन्होंने लाहौर में रहते हुए मलिका-ए-तरन्नुम नूरजहां और शमशाद बेग़म जैसी गायिकाओं को फ़िल्मों में इंट्रोड्यूस किया. बम्बई आए तो यहां हमारी अपनी कोकिल कंठी लता मंगेशकर को अपनी छांव में लेकर आगे बढ़ाया.

''फूल' एक बहुत बड़ा प्रोजेक्ट था. आसिफ़ ख़र्च करने में पैसे की परवाह नहीं करता था. उसे शूटिंग के लिए एक झूमर की ज़रूरत थी. यह झूमर फ्रांस के किसी शाही महल का था जिसे ख़रीदने वाले ने नीलामी में 1 से 1.5 लाख के बीच की क़ीमत देकर ख़रीदा था.

फ़िल्म में स्क्रिप्ट के मुताबिक़ एक सीन में मज़हर ख़ान गुस्से में आकर उस झूमर को तोड़ देता है. यह झूमर शूटिंग के लिए किराए पर लिया गया था. जब झूमर के मालिक को इस बात की ख़बर लगी कि झूमर को तोड़ने वाला सीन है तो उसने आसिफ़ को धमकी दी कि अगर उसने झूमर को नुक़सान पहुंचाया तो उसे पूरे पांच लाख रुपये देने पड़ेंगे. आसिफ़ ने झूमर तुड़वाया और बिना किसी विवाद क़ीमत भी अदा कर दी. यह वो ज़माना था जब कुछ फ़िल्में तो सिर्फ़ दो लाख रुपये में ही बन जाती थीं.'' (ईसाक़ मुज़ावर)

एक अधूरी मुग़ल-ए-आज़म

1945-47

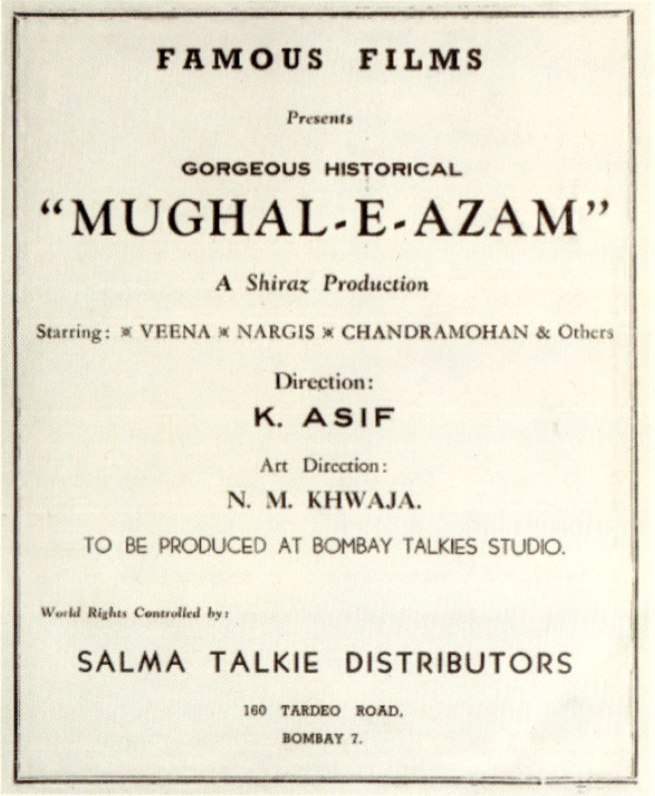

'फूल' की कामयाबी के जश्न वाले माहौल का फ़ायदा उठाकर आसिफ़ ने 'मुग़ल-ए-आज़म' का किस्सा हकीम साहब से छेड़ दिया. आसिफ़ ने *'फूल'* की शूटिंग के दौरान ही कमाल अमरोही से इम्तियाज़ अली 'ताज' के ड्रामे *'अनारकली'* की कहानी सुनी थी. इस कहानी और आसिफ़ के सपनों के रंग इस क़दर यकसां थे कि फ़ौरन ही यह कहानी आसिफ़ के ख़्वाबों का हिस्सा बन गई. मगर इस कहानी का नाम आसिफ़ के ख़्वाबों से बहुत छोटा था - *'अनारकली'*. सो पहला काम हुआ इस कहानी को सपनों की ऊंचाई से मेल खाता नाम देने का - *'मुग़ल-ए-आज़म'*.

एक दिन मौक़ा देखकर के. आसिफ़ ने अपने ज़हन में बसी *'मुग़ल-ए-आज़म'* की कहानी शिराज़ अली हकीम को सुनाई. और जब कहानी के. आसिफ़ सुनाता हो तो कोई बिना मुत्तासिर हुए रह कैसे सकता था. आख़िर आसिफ़ किस्सागोई के उस्ताद थे.

> **मांगने की तरह मांग. ख़ुदा अपने बंदों की इल्तजाएं कभी नहीं ठुकराता.**

उस्ताद लेखक सआदत हसन मंटो ने लिखा है, *''...कहानी सुनाने के दौरान वह मदारीपन करता है यानी हस्बे-ज़रूरत वाकियात के उतार-चढ़ाव के साथ ख़ुद भी उतरता-चढ़ता रहता है. अभी वह सोफ़े पर है, चन्द लम्हात के बाद उसकी पुश्त की दीवार पर. दूसरे लम्हे उसके सर के नीचे है और टांगें ऊपर और धम से नीचे फ़र्श पर. उसके फ़ौरन बाद कुर्सी पर उकड़ूं बैठा है मगर फिर फ़ौरन उठ खड़ा हुआ है. यूं मालूम होता है कि इलेक्शन में कोई आदमी वोट हासिल करने के लिए तक़रीर कर रहा है.''*

अब उस्ताद मंटो भले ही आसिफ़ की इन अदाओं से मुतासिर न हुए हों लेकिन हकीम साहब ख़ूब हुए. उन्होंने अपनी कंपनी 'फ़ेमस फ़िल्म्स' के बैनर में '*मुग़ल-ए-आज़म*' बनाने का फ़ैसला ले लिया. फ़िल्म के डायरेक्टर थे के. आसिफ़.

शिराज़ अली हकीम और आसिफ़ के बीच एक चीज़ कॉमन थी - काम करना तो बड़े पैमाने पर करना. इसी सोच के साथ शिराज़ अली ने फ़िल्म प्रोडक्शन की हर सहूलियत एक ही जगह मुहैया करवाने वाला अपनी तरह का अनूठा फ़ेमस स्टूडियो, महालक्ष्मी इलाक़े में क़ायम किया था. इस बहुमंज़िला इमारत में बेहतरीन क़िस्म के शूटिंग फ्लोर्स के साथ ही साथ रिकॉर्डिंग स्टूडियो भी मौजूद थे. फ़िल्म निर्माताओं के ऑफ़िस भी थे.

आसिफ़ के साथ जिस वक़्त '*मुग़ल-ए-आज़म*' बनाने का क़रार हुआ, उस वक़्त तक फ़ेमस का निर्माण अभी चल ही रहा था. क़िस्मत से तभी बॉम्बे टाकीज़ स्टूडियो बिक रहा था. शिराज़ अली ने देविका रानी से उसे ख़रीदकर आसिफ़ के हवाले कर दिया.

(*मुग़ल-ए-आज़म* मुहूर्त - 12 अक्टूबर 1945 - पहली कतार में दाएं से वीना और नरगिस. दूसरी कतार में शिराज़ अली हकीम (टोपी पहने). आख़िरी कतार में दाएं से चौथे खड़े हैं के. आसिफ़. इसके अलावा कमाल अमरोही, वजाहत मिर्ज़ा और आसिफ़ के असिस्टेंट एस.के.ओझा भी मौजूद हैं.)

नवम्बर 1945 के *'फ़िल्म इंडिया'* के कवर पर *'मुग़ल-ए-आज़म'* का विज्ञापन

12 अक्टूबर 1945 को बॉम्बे टाकीज़ स्टूडियो में बड़ी धूम-धाम और बेहद शाहाना अंदाज़ में फ़िल्म का मुहूर्त हुआ. अपनी गूंज भरी खनकदार आवाज़ में डायलॉग बोलकर दीवारों को भी आंखें खोलने पर मजबूर कर देने वाले अदाकार चंद्र मोहन बने आसिफ़ के अकबर, नरगिस बनीं अनारकली और शहज़ादा सलीम थे सप्रू जो उस वक़्त खासे मशहूर हीरो थे. एक और अदाकारा की प्रमुख भूमिका थी जिनका नाम था वीना. नवम्बर 1945 से जुलाई 1946 के बीच पत्रिका *'फ़िल्म इंडिया'* के कवर पर छपे *'मुग़ल-ए-आज़म'* के तमाम इश्तिहारों में नरगिस और चंद्र मोहन से भी पहले इन्हीं का नाम दिया गया है. अक्सर यह

वीना - *'मुग़ल-ए-आज़म'*

क़यास लगाए जाते रहे हैं कि वीना इस फ़िल्म में निगार सुल्ताना का 'बहार' वाला किरदार निभा रही थीं. ये क़यास हक़ीक़त से कोसों दूर हैं.

अभिनेत्री वीना ने अपनी 'आप बीती' में इस बात का खुलासा भी किया है. इस ख़ुलासे से यह भी मालूम होता है कि इस अधूरी फ़िल्म की कहानी और पर्दे पर देखी गई *'मुग़ल-ए-आज़म'* की कहानी में कितना बड़ा अंतर है.

"'फूल' मुकम्मल हुई तो मुझे उन्होंने (के. आसिफ़ ने) 'मुग़ल-ए-आज़म' के लिए मुंतख़िब कर लिया. मैं जिस 'मुग़ल-ए-आज़म' में काम कर रही थी, उसकी कहानी कतई मुख़्तलिफ़ (अलग) थी.

1945 की अनारकली नरगिस

दरअसल उस कहानी में दो हीरोइन थीं. एक मैं और एक दूसरी नरगिस. मुझे ईरानी शहज़ादी का रोल दिया गया था. इस फ़िल्म में मेरी आमद इस तरह हुई थी कि शाहे ईरान ने शहंशाह अकबर को एक क़दे-आदम बुत इर्साल (तोहफ़ा भेजना) किया. जब उसकी नक़ाब कुशाई की गई तो उससे एक भयानक शक्ल का हब्शी बरामद हुआ. इस अजीबो-ग़रीब तुहफ़े पर महल में कानाफूसी शुरू हुई तो उस हब्शी के बुत में से मैं बरामद हुई. बुत में से एक ख़ूबसूरत ज़िंदा लड़की को निकलते देखकर सब हैरतज़दा रह गए. किसी ने कहा कि ये जासूस है और महल के राज़ मालूम करने आई है. किसी ने कहा कि ये हसीना शायद शहज़ादे को असीर (क़ैद) करने आई है. इस क़िस्म के फ़िक़रे जब जोधाबाई ने सुने तो उन्होंने कहा इस लड़की को मेरी कनीज़ों में शामिल कर दिया जाए. मैं इस पर नज़र रखूंगी. इस तरह कहानी आगे बढ़ती थी.

तमाम लोगों के ज़हन में यह तासुर बसा हुआ है कि शायद मुझे 'मुग़ल-ए-आज़म' में निगार सुल्ताना (बहार) वाला रोल दिया गया होगा, मगर ऐसा नहीं था. निगार का रोल इस फ़िल्म में अनीता शर्मा को दिया गया था. मुल्क की तक्सीम हुई तो इसके प्रोड्यूसर शिराज़ अली हकीम पाकिस्तान चले गए और इस तरह मेरे केरियर की एक बेहतरीन फ़िल्म अधूरी रह गई. फिर जब आसिफ़ साहब ने दोबारा 'मुग़ल-ए-आज़म' शुरू की तो कहानी बहुत तब्दील हो चुकी थी. लिहाज़ा मैं इसमें नहीं थी." (वीना)

1947 में मुल्क के बंटवारे के पहले ही बिगड़ते माहौल की वजह से ही फ़िल्म की शूटिंग रुक गई थी. शिराज़ अली हकीम, एकदम खुले तौर पर पाकिस्तान के जनक मुहम्मद अली जिन्ना के परस्तारों में शामिल थे. पाकिस्तान के वजूद में आने के बाद बम्बई में हालात उनके हक़ में साज़गार नहीं रह गए थे. सो वे पहले ही से संभल कर चल रहे थे. बंटवारे का बाक़ायदा ऐलान भी न हुआ था कि उन्होंने फ़िल्म की शूटिंग रोक दी थी. ऐलान हो गया तो उन्होंने पाकिस्तान जा बसने में ही अपनी बेहतरी समझी.

इस उथल-पुथल ने आसिफ़ के रंगीन सपनों को पूरी तरह हिला डाला. वक़्त की इस गर्दिश में न जाने कितने इंसानों और न जाने कितने अरमानों का लहू बहा और न जाने कितने सपने बदलते ज़माने की गर्दो-गुबार के धुंधलकों में खो गए.

सप्रू, *लंका दहन*- 1952

जब बंटवारे के ग़र्दो-गुबार से आसमान साफ़ हुआ तो दुनिया काफ़ी बदल चुकी थी. न जाने कितने चेहरे गुम हो चुके थे और न जाने कितने सपने टूटकर बिखर चुके थे. लेकिन के. आसिफ़ ने अपने ख़्वाब को अपने सीने में छुपाकर बचा रखा था. फ़िल्म भले अधूरी रह गई हो लेकिन आसिफ़ का ख़्वाब पूरी तरह सही सलामत था.

के. आसिफ़ ने हिम्मत न हारी और एक बार फिर *'मुग़ल-ए-आज़म'* बनाने की कोशिश में जुट गया. लंबी जद्दो-जहद के बाद जब फ़िल्म का रुका काम फिर से शुरू करने की गुंजाइश बनी तो आसमानी सितारों ने एक और इम्तिहान की शर्त सामने रख दी. आसिफ़ के शहंशाह अकबर - चंद्र मोहन - बेवक़्त ही इस दुनिया से कूच कर गए. शहज़ादा सलीम बने कलाकार सप्रू भी अपनी चमक खोकर हीरो की बजाय साइड रोल तक करने लगे थे. अब आसिफ़ के सामने एक ही रास्ता था - पुराने का मातम छोड़कर आगे बढ़ा जाए. लाखों रुपये की लागत और बेपनाह मेहनत से शूट की गई फ़िल्म को पूरी तरह दफ़न करके नई स्टार कास्ट और नए नज़रिये के साथ कहानी में रद्दो-बदल कर शूट किया जाए.

फ़िल्म में जोधा बाई का किरदार निभाने वाली अभिनेत्री दुर्गा खोटे का के. आसिफ़ के साथ पहली फ़िल्म *'फूल'* से ही एक दोस्ताना रिश्ता क़ायम हो चुका था. आसिफ़ की लगन की वो कायल थीं और हमदर्दी भी रखती थीं. अधूरी बंद हुई फ़िल्म में भी वो जोधा बाई के किरदार में ही थीं.

अपनी आत्मकथा *'I, Durga Khote'* में इस अधूरी *'मुग़ल-ए-आज़म'* के बारे में लिखती हैं :

''हम लोगों ने बॉम्बे टाकीज़ (स्टूडियो) में शूटिंग की थी, लेकिन जिस वक़्त फ़िल्म ने लगभग एक चौथाई रास्ता ही पार किया था तभी इसे पूरी तरह दफ़्न कर देना पड़ा. दो बरस बाद जब पूरा शूट किया हुआ स्टॉक पूरी तरह नष्ट किया गया तो वह तकरीबन दस ट्रक में भरा गया था. कौन जाने कि कितना ज़ेवर, कितना कॉस्ट्यूम और कितना लकड़ी का सामान भंगार में तब्दील हुआ होगा.''

उस लम्हे का तसव्वुर कीजिए कि एक मुसव्विर को अपने हाथों, अपनी ही तख़लीक़ को आग के शोलों के हवाले करना पड़ रहा था. लेकिन फ़ीनिक्स नामी परिंदा हर बार अपनी ही आग में जलकर भस्म होने और उसी भस्म से फिर पैदा होकर उड़ान भरने के लिए मशहूर है. सो आसिफ़ के किरदार में भी इस परिंदे वाली सिफ़त थी.

उसने एक बार फिर अपने हौसलों को समेटा और काम में जुट गया. आसिफ़ अपने लेखकों और दूसरे क़ाबिल लोगों से लगातार सलाह-मशविरा करता रहा. कहानी में नए मोड़ और नए जोड़ लाता रहा. और जब 1951 में दुबारा शूटिंग शुरू हुई तो फ़िल्म की कहानी भी काफ़ी बदल चुकी थी.

दुर्गा खोटे

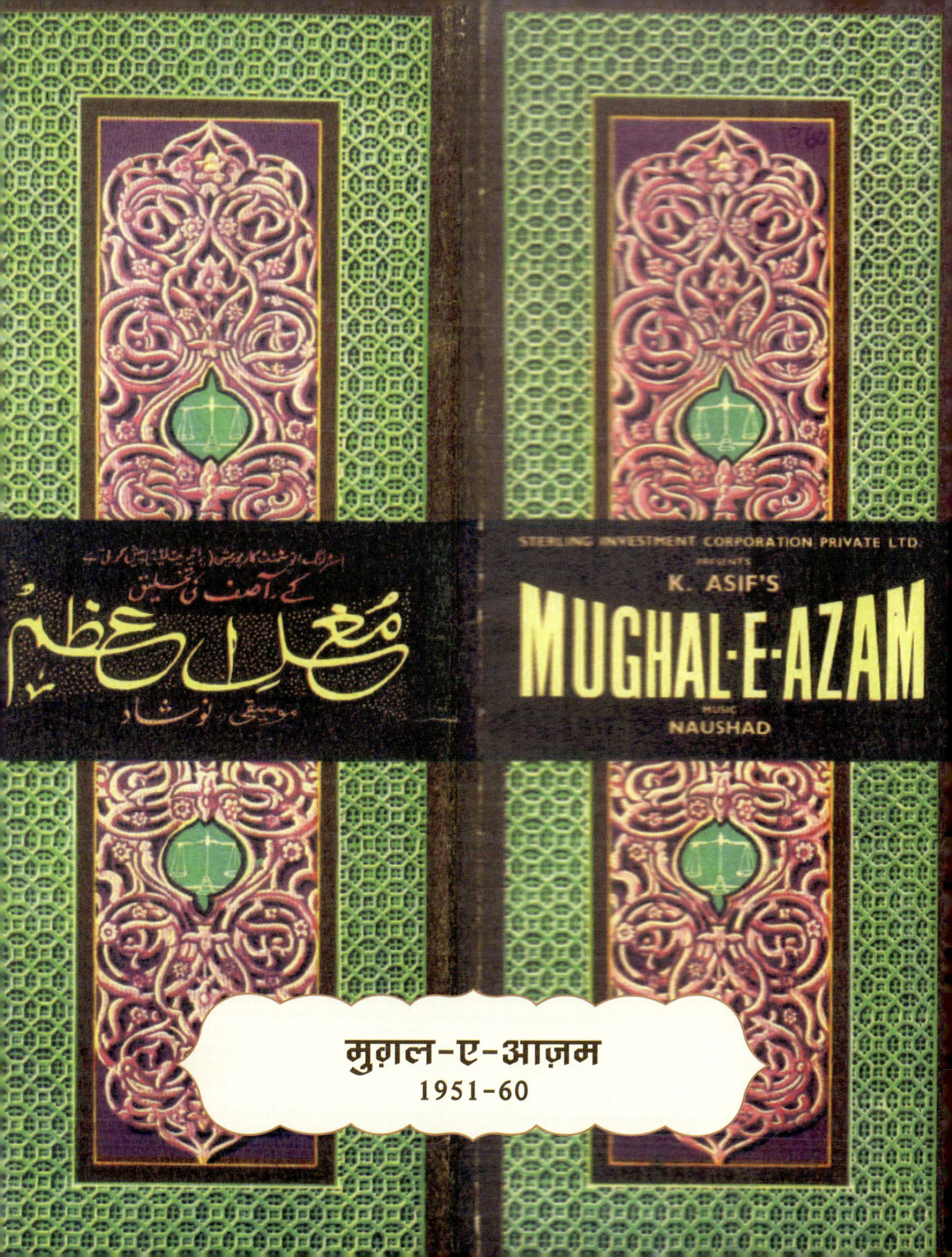

मुग़ल-ए-आज़म
1951-60

यह दीवाने की ज़िद है

गुलज़ार साहब के लिए यह कहना कि *चांद चुरा के लाया हूं* (*देवता*, 1978) आसान था. वे शाइर हैं और चांद से उनका बड़ा गहरा रिश्ता है. लेकिन के. आसिफ़ ने 1944 में जब *'मुग़ल-ए-आज़म'* बनाने का सपना देखा तो वह भी चांद चुरा कर लाने से कम न था. उस पर मुश्किल यह भी कि उसे शाइरी में नहीं पर्दे पर लाकर ज़माने को दिखाना था. पहली कोशिश नाकाम हुई तो भी दीवाने को अपनी ज़िद से बाज़ आने से इंकार था. शौक़, जुनूं की हर हद से गुज़रने को बज़िद था.

शिराज़ अली हकीम ने जाते-जाते महालक्ष्मी में अपनी ज़ेरे तामीर इमारत फ़ेमस सिने बिल्डिंग और स्टूडियो राजस्थान के रूंगटा सेठ के हाथ बेच दिया. अपनी बाक़ी की लेनदारियां और देनदारियां उसने सेठ शापूरजी पालनजी मिस्त्री के हवाले कर दीं, जो फ़ेमस बिल्डिंग के ठेकेदार भी थे.

इस सारे उथल-पुथल के वक़्फे में के. आसिफ़ ने एक फ़िल्म प्रोड्यूस कर डाली *'हलचल'*. 1951 में रिलीज़ हुई इस फ़िल्म के निदेशक थे *'फूल'* में आसिफ़ के असिस्टेंट रहे एस.के. ओझा. फ़िल्म की मुख्य भूमिकाओं में थे दिलीप कुमार, नरगिस और सितारा.

इधर *'हलचल'* शूट हो रही थी और उधर आसिफ़ *'मुग़ल-ए-आज़म'* को दुबारा जिलाने की कोशिश में जुटे हुए थे. उन्होने सेठ शापूरजी को कहानी सुना-सुना कर अपने इस प्रोजेक्ट में पैसा लगाने को राज़ी कर लिया. सेठ के दिल में अकबर-ए-आज़म को लेकर एक ख़ास जगह थी और आसिफ़ जिस तरह अकबर के किरदार को एक नई ऊंचाई देने की कोशिश कर रहे थे उससे वो बहुत प्रभावित हुए.

दिलचस्प बात यह है कि आसिफ़ ने शापूरजी से फ़ायनेंस की बात करने से पहले ही मरहूम चंद्र मोहन की जगह अकबर की भूमिका के लिए पृथ्वीराज कपूर का नाम तय कर लिया था. *'फूल'* में पृथ्वीराज कपूर के साथ काम करते हुए आसिफ़ को उनकी अकूत अभिनय क्षमताओं का ख़ासा अंदाज़ा हो चुका था. बहुत सोच-विचार के बाद आसिफ़ ने यह रोल पृथ्वीराज को ऑफ़र किया, जिसे उन्होंने बाख़ुशी निभाना मंज़ूर कर लिया.

जोधा बाई के रोल के लिए आसिफ़ ने दुर्गा खोटे को ही चुना जिन्होंने अधूरी फ़िल्म में भी यही किरदार निभाया था. दो और ख़ास किरदार थे बहार और दुर्जन सिंह का. तो पहला रोल मिला निगार सुल्ताना को और दूसरा रोल मिला अजीत को.

आसिफ़ बहुत ही महीन कातने वाले इंसान थे. फ़िल्म के हर छोटे से छोटे किरदार का ऑडिशन वे ख़ुद किया करते थे. दुर्जन सिंह वाले रोल के लिए पहली बार, मतलब अधूरी छूटी फ़िल्म, के लिए अजीत और अभिनेता सुरेश का टेस्ट लिया था और दोनों ही को रिजेक्ट कर दिया था. उस समय उन्होंने दुर्जन वाला रोल दिया था हिमालयवाला नाम के अभिनेता को जो बंटवारे के बाद पाकिस्तान चले गए. इस बार जब फ़िल्म शुरू हुई तो अजीत को यह मौक़ा मिल गया. और अजीत ने क्या ख़ूब मौक़े का फ़ायदा उठाया.

राजा मान सिंह की भूमिका पहली बार निभा रहे थे जगदीश सेठी, लेकिन नई फ़िल्म में इस किरदार को निभाने के लिए आसिफ़ ने पसंद किया अभिनय और आवाज़ में बराबर की बुलंदी रखने वाले अभिनेता मुराद को.

अधूरी छूटी *'मुग़ल-ए-आज़म'* की कास्टिंग के दौरान रिजेक्शन का स्वाद दिलीप कुमार को भी चखना पड़ा था. 1944-45 का वह गुज़रा दौर उनकी अभिनय यात्रा का शुरुआती दौर ही था. पहली फ़िल्म *'ज्वार भाटा'*(1944) फ़्लॉप हो चुकी थी. अभिनय की भी आलोचना ही ज़्यादा हुई थी. लेकिन दिलचस्प बात यह है कि आलोचना करने वालों ने भी उन्हें पूरी तरह ख़ारिज नहीं किया था. उनके अंदाज़ में कुछ ऐसी बात तब भी थी जिससे आलोचक भी बहुत मुतासिर थे. उन्हीं मुतासिर लोगों में से के. आसिफ़ भी एक था.

'दिलीप कुमार' की आत्मकथा 'दिलीप कुमार - द सब्स्टांस ऐंड द शेडो' में के. आसिफ़ की पहली पत्नी, अभिनेत्री सितारा देवी ने इस बात का ज़िक्र इस तरह किया है.

''आसिफ़ ने इस नए हैंडसम एक्टर (दिलीप कुमार) के बारे में सुन रखा था. एक दिन वह बोला; चलो ज़रा इसको भी एक बार देख ही लूं. हालांकि उस वक़्त तक इस रोल के लिए सप्रू ही उनके ज़हन में थे (जो बाद में केरेक्टर एक्टर की तरह काम करने लगे थे) लेकिन किसी नए एक्टर के बारे में सोचने में भी कोई गुरेज़ न था.

जब दिलीप भाई आए और हमारे ड्रॉइंग रूम में बैठे, तो मैंने ख़ुद को एक लम्हे के लिए बेज़ुबान सा महसूस किया. मैंने एक ठीक-ठाक से अच्छे दिखने वाले एक नौजवान का तसव्वुर किया था लेकिन मेरे सामने जो आ खड़ा हुआ था वह एक ऐसा ख़ूबसूरत नौजवान था जिसकी शख़्सियत शाहाना थी. चेहरे पर चुंधियाने वाले नूर की चमक और अंदाज़ में नफ़ासत थी. उसे देखकर फ़ौरन ही कोई भी कह सकता था कि वो कोई एक ख़ास चीज़ है जिस पर अल्लाह की रहमत का साया है.

आसिफ़ और दिलीप भाई के बीच कुछ देर बातचीत हुई और फिर वो चले गए. इसमें कोई शक़ नहीं कि आसिफ़ मुतासिर हुए थे लेकिन फिर भी उनका ख़याल था कि दिलीप भाई काफ़ी दुबले-पतले हैं. उनका (आसिफ़ का) मानना था कि सलीम के किरदार में वही एक्टर जंचेगा जिसमें मुग़ल शहज़ादों की सी जलवागरी हो.

इसके बाद जो बात आसिफ़ ने कही वह आख़िर में जाकर हक़ीक़त में तब्दील हो गई - मुमकिन है कि जब मैं दस साल बाद इस सलीम-अनारकली की मुहब्बत की दास्तान पर दोबारा स्क्रिप्ट लिखूं तब शायद मैं उसे सलीम के किरदार के लिए चुन लूं, क्योंकि उसमें शाहाना शान तो मौजूद है लेकिन इस रोल के लिए अभी वो तैयार नहीं है.

दिलीप कुमार से इस पहली मुलाक़ात के साथ ही हम लोगों की दोस्ती का सफ़र शुरू हो गया. दिलीप भाई ने अपनी सितारा हैसियत क़ायम कर ली और इधर आसिफ़ ने सप्रू को ले लिया. लेकिन वह फ़िल्म कभी पूरी नहीं बन पाई. वह रोल बरसों बाद सही लेकिन लिखा दिलीप भाई के नसीब में ही था.'' (मूल अंग्रेज़ी से अनूदित)

इस एक मुलाक़ात ने कई मुलाक़ातों के दरवाज़े खोल दिए. आसिफ़ और दिलीप कुमार ने एक-दूसरे को पसंद करना शुरू किया तो बात रिश्तों की नज़दीकी से बढ़ते-बढ़ते याराने की हद तक जा पहुंची थी. एक ऐसा याराना जिसमें लगभग किसी बात का परदा नहीं होता. दिलीप कुमार प्यार से आसिफ़ को 'जॉनी' कहकर पुकारने लगे थे.

इस 'जॉनी' ने अपने 'यूसुफ़' की 'मधु' से जंगी मुहब्बत की दास्तान में भी हमेशा एक अहम किरदार अदा किया. इस सिलसिले की कहानी इसी किताब में एक अलग जगह मौजूद है.

दूसरी बार जब फ़िल्म शुरू हुई तब तक अधूरी फ़िल्म के शहज़ादा सलीम सप्रू की जगह एक नए सलीम की तलाश शुरू हो गई. तलाश के दौरान आसिफ़ की निगाहें दिलीप कुमार पर आ टिकीं.

आसिफ़ ने जब उन्हें नई *'मुग़ल-ए-आज़म'* में सलीम का रोल ऑफ़र किया तब तक आसमान हज़ार रंग बदल चुका था. दिलीप कुमार ने छह बरस में ही साठ बरस का तजुर्बा हासिल कर लिया था. *'ज्वार भाटा'*(1944) से बहुत आगे निकलकर *'जुगनू'*(1947), *'शहीद'*(1948), *'अंदाज़'*(1949) और *'बाबुल'*(1950) जैसी फ़िल्मों में चंद्रमोहन, अशोक कुमार, नरगिस, नलिनी जयवंत और राज कपूर जैसे कलाकारों के साथ काम कर चुके थे. उन्होंने इन सब के बर-अक्स अपनी अदाकारी को नाप-तौल कर देखने और ख़ुद को परखने का हुनर सीख लिया था.

जिस वक़्त आसिफ़ ने उन्हें सलीम का रोल ऑफ़र किया तो दिलीप कुमार ने उसे स्वीकार करने में झिझक दिखाई. जिस रोल को करने के लिए वे बहुत लालायित थे आज उसी रोल को निभाने से उन्हें इंकार था. दिलीप कुमार की दलील थी कि उन्हें अपने चेहरे में कहीं भी शहज़ादा सलीम वाली कोई बात नज़र नहीं आती. लेकिन आसिफ़ को अपनी नज़र पर बड़ा भरोसा था. आख़िर काफ़ी बहस-मुबाहिसे के बाद दिलीप कुमार ने यह रोल निभाना क़ुबूल कर लिया. और जो एक बार हां कर दी तो फ़िर उस रोल को जीने के लिए ख़ुद को पूरी तरह उसमें झोंक दिया.

शाहरुख़ ख़ान के मुताबिक़ उनके पिता ताज मुहम्मद ख़ान भी *'मुग़ल-ए-आज़म'* में रोल हासिल करने की चाहत रखने वालों में शामिल थे, लेकिन आसिफ़ की कसौटी पर वे खरे न उतर सके.

उस वक़्त की अख़बारों में छपी ख़बरों के मुताबिक़ दिलीप कुमार फ़िल्म में सिर्फ़ सलीम बनकर ही नहीं बल्कि बाक़ायदा आसिफ़ के भागीदार बनकर आए थे. सबसे पहले उस दौर की सबसे प्रसिद्ध अंग्रेज़ी फ़िल्म पत्रिका *'फ़िल्म इंडिया'* में इस तरह की ख़बर छपी. बाद में *'फ़िल्मफेयर'* के 13 जून 1952 के अंक में तो यह ख़बर बाक़ायदा दिलीप कुमार के एक छोटे से बयान के साथ छपी, जिससे इस बात की पुष्टि भी हो जाती है.

''दिलीप कुमार ने अपना ज़्यादातर पैसा, ज़मीन-जायदाद और पिक्चरों में लगा रखा है. अब वे के. आसिफ़ के साथ मिलकर एक और फ़िल्म प्रोड्यूस कर रहे हैं. उनका कहना है कि यह मेरे लिए एक सपने का हक़ीक़त में तब्दील होने जैसा है.

यह पूछने पर कि किस तरह का सपना? तो उनका जवाब था, उस वक़्त जब मैं महज़ एक बच्चा था, तब मैंने एक ख़्वाब देखा था कि एक विशाल फ़ौजी ख़ेमे में, जिसमें दूर तलक कालीन बिछा है, रोमन सिपाही क़तार बांधे खड़े हुए हैं और मैं दोनों तरफ़ से ताबदार वर्दियां पहने सिपाहियों की पलटन से घिरा आगे बढ़ रहा हूं. मैंने एक बड़ा सा लहराता हुआ जामा पहना हुआ है. और ठीक आख़िर में खड़ा एक उम्र दराज़ बूढ़ा इंसान मुझे फूलों का हार पहनाता है.'' *(फ़िल्मफ़ेयर)*

आसिफ़ की नई कहानी में जहां वीना का ईरानी शाहज़ादी वाला किरदार कहानी से ग़ायब था तो एक मुख़्तसिर सा, मगर बेहद मज़बूत किरदार जुड़ गया था. यह किरदार था संगतराश का. इस किरदार के लिए चेहरा मिला कुमार का.

सब कुछ ठीक चल रहा था लेकिन फ़िल्म का सबसे अहम किरदार ही ग़ायब था - अनारकली. हालत यह थी कि फ़िल्म की शूटिंग शुरू हो चुकी थी लेकिन अनारकली का कहीं पता नहीं था. आख़िर एक जगह आकर यह शूटिंग भी रोकनी ही पड़ी. बिना अनारकली आगे कोई सीन शूट करना मुमकिन ही न था.

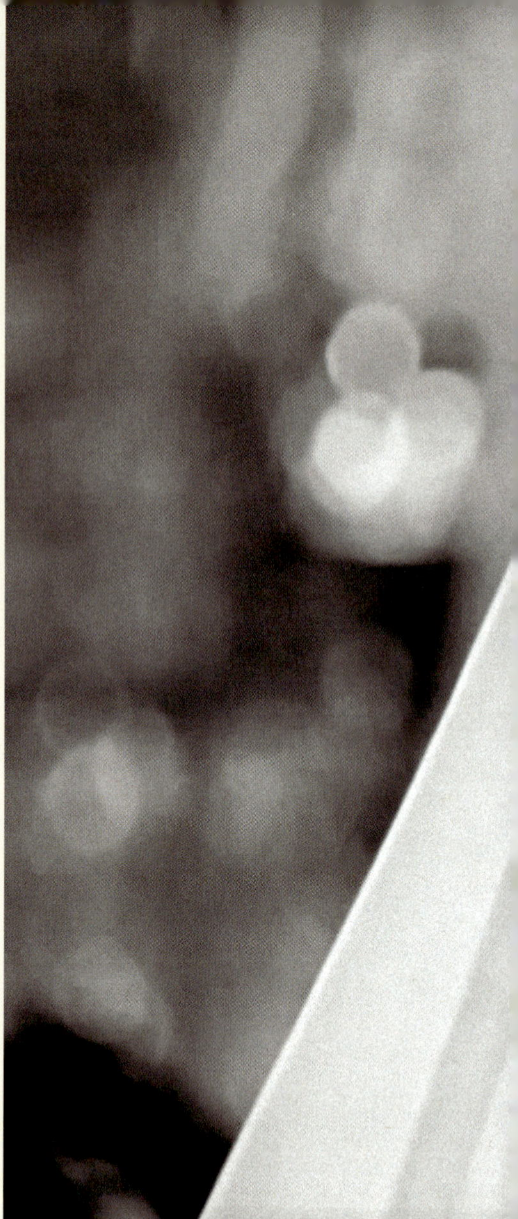

तलाश-ए-अनारकली

1945 में जिस वक़्त *'मुग़ल-ए-आज़म'* चंद्रमोहन, वीणा, नरगिस और सप्रू के साथ शुरू हुई थी उस वक़्त तक मधुबाला बतौर बाल कलाकार बेबी मुमताज़ के नाम से काम कर रही थी. उसकी पहली फ़िल्म *'बसंत'* (1942) में रिलीज़ हुई थी.

जब फ़िल्म बनाने वाला आसिफ़ जैसा दीवाना हो, जो हर काम को परफ़ेक्शन से भी एक क़दम आगे की हद तक जाकर काम करने का आदी हो, तो उस दीवानगी की दास्तानें भी सदियों तक दोहराई जाती हैं. ऐसी ही एक दास्तान है 'तलाश-ए-अनारकली'.

1945 में शहज़ादा सलीम बने सप्रू की अनारकली बनी नरगिस ने दिलीप कुमार की अनारकली बनने से साफ़ इंकार कर दिया. इस इंकार के पीछे कई कहानियां हैं. पहली कहानी यह है कि उस दौर में नरगिस-राज कपूर के बीच एक बेहद मज़बूत और गहरा रूमानी रिश्ता क़ायम हो चुका था और राज कपूर नहीं चाहते थे कि नरगिस उनके दोस्त लेकिन पेशेवर रक़ीब दिलीप कुमार के साथ काम करे. और नरगिस के लिए उस वक़्त राज कपूर का हर लफ़्ज़, लफ़्ज़े आसमानी था.

दूसरी वजह यह है कि आसिफ़ की ही फ़िल्म *'हलचल'*, जिसके डायरेक्टर एस.के. ओझा थे, की शूटिंग के दौरान नरगिस और उनकी मां जद्दन बाई दिलीप कुमार और के. आसिफ़ दोनों से बेहद ख़फा हो चुकी थीं. दिलीप कुमार ने आसिफ़ से अपने ताल्लुकात का बेजा इस्तेमाल करके फ़िल्म में नरगिस के साथ कुछ ग़ैर ज़रूरी 'इंटीमेट' सीन शामिल करवाए थे. उसी के साथ दिलीप और आसिफ़ दोनों ही नरगिस पर डोरे भी डाल रहे थे.

इस बात को लेकर एक ज़बरदस्त झगड़ा भी हुआ था. इस झगड़े की अंदरूनी कहानी का खुलासा होता है जद्दन बाई की फ़िल्म कम्पनी नरगिस आर्ट के एक ओहदेदार शौकत हाशमी के एक मज़मून से.

''एक दिन इतफ़ाक़िया मुझे रंग महल स्टूडियो (बाद में रूप तारा स्टूडियो) जाने का इतिफ़ाक़ हुआ. स्टेज नम्बर एक में 'हलचल' का सेट लगा था और नरगिस एक गोशे में .ख़ामोश बैठी अख़बार पढ़ रही थी. सेट पर सब लोग सहमे-सहमे नज़र आ रहे थे.

मैंने नरगिस से पूछा : बेबी, क्या बात है, शूटिंग क्यूं नहीं हुई?

नरगिस ने अख़बार लपेट कर एक तरफ़ रख दिया और दाएं-बाएं देखकर बड़े राज़दाराना लहजे में बोली : बीबी (जद्दन बाई) दफ़्तर में आसिफ़ से झगड़ रही हैं.

मैंने हैरान होकर पूछा - क्यूं?

नरगिस ने बात गोल कर दी - मालूम नहीं आप ख़ुद जाकर देख लीजिए.

मैं सेट से वापस आकर कुछ देर दफ़्तर के गिर्द मंडराता रहा. अंदर बड़ी ऊंची-ऊंची आवाज़ों में बहस हो रही थी. आसिफ़ बोल रहा था. जद्दन बाई बोल रही थी और दरमियान में कभी-कभार दिलीप कुमार की मियाऊं-मियाऊं भी सुनाई देती थी. वह बेचारा दोनों तरफ़ से नर्ग़ (बीच) में फंसा हुआ था. एक बार मैंने दिल कड़ा करके दरवाज़े से अंदर झांका तो जद्दन बाई की नज़र पड़ गई. आसिफ़ ने पलट कर मेरी तरफ़ देखा और कड़े लहजे में बोला : क्या बात है?

लेकिन मेरे जवाब देने से क़ब्ल (पहले) जद्दन बाई बोल उठीं : आओ, अंदर आ जाओ.

मैं आसिफ़ के रूखेपन से भन्नाया हुआ अंदर दाख़िल हुआ और कुर्सी घसीट कर जद्दन बाई और दिलीप कुमार के दर्मियान बैठ गया. आसिफ़ के चेहरे पर नागवारी की लकीरें और ज़्यादा गहरी हो गईं, लेकिन दिलीप कुमार सर झुकाए ख़ामोश बैठा रहा. जद्दन बाई ने चुटकी बजाकर सिगरेट की राख़ झाड़ी और फिर उसी आवाज़ में आसिफ़ को मुख़ातिब करके बातें करने लगीं.

सारी बहस का लब्बो-लुबाब यह था कि सेट पर नरगिस और दिलीप कुमार घुलमिल कर बातें कर रहे थे कि आसिफ़ ने नरगिस को डांट दिया. नरगिस को आसिफ़ की डांट नागवार गुज़री और उसने सेट पर काम करने से इंकार कर दिया. जद्दन बाई को जब यह बात मालूम हुई तो उसने आसिफ़ को बुलाकर बहुत फटकारा. वह बार-बार दिलीप कुमार से पूछतीं :

अगर तुम्हे बेबी से उन्स (लगाव) है तो तुम मुझ से कहो. शरीफ़ मां-बाप की औलाद हो, शरीफ़ाना तरीक़े से अपना लो. सेट पर यूं लोगों के सामने ख़ुसुर-फ़ुसुर करने से क्या फ़ायदा. इसे भी बदनाम करते हो, ख़ुद भी बदनाम होते हो.''

जद्दन बाई

तमाम कोशिशों के बावजूद नरगिस के क़तई इंकार के बाद आसिफ़ ने नूतन को अनारकली के लिए चुन लिया. तमाम बातचीत भी तय हो गई. लेकिन फिर अचानक ही नूतन ने भी इंकार कर दिया. कुछ लोग इसकी वजह भी फ़िल्म की कास्ट में दिलीप कुमार के शामिल होने को मानते हैं. हर मुमकिन समझाइश के बावजूद जब नूतन का इंकार, इक़रार में न बदला तो एक बार आसिफ़ के सामने सवाल था कि आख़िर कौन होगी उसकी अनारकली?

यूं तो न जाने कितनी हीरोइनें अनारकली बनने को बेताब थीं लेकिन इनमें से एक भी आसिफ़ की नज़र में बसी अनारकली के जलवों से मेल नहीं खाती थी. इन अदाकाराओं ने आसिफ़ को हर मुमकिन राज़ी करने की कोशिशें कीं लेकिन आसिफ़ को तो किसी ख़ूबसूरत हीरोइन की नहीं बल्कि अनारकली की तलाश थी और उसे इन हसीन चेहरों में से किसी में भी अनारकली की सूरत नहीं दिखाई दी.

अप्रैल 1951 की *'फ़िल्म इंडिया'* नाम की पत्रिका में पूरे एक पेज की रिपोर्ट छपी कि किस तरह हीरोइनें आसिफ़ को हर तरह से रिझाकर, उसकी चिरोरियां करके अनारकली बनने पर उतारू हैं. आसिफ़ की तलाश शुरू तो हुई तो यह तलाश फ़िल्मी दुनिया से आगे निकलकर सारे ज़माने तक फैल गई.

आसिफ़ यूं भले ही बड़े यारबाज़ इंसान थे लेकिन अपने काम में एक रत्ती भर का समझौता नहीं करते थे, फिर चाहे दिलीप कुमार जैसा जिगरी दोस्त ही सामने क्यों न हो. शूटिंग के दौरान जब दिलीप कुमार ने शिकायत की कि पृथ्वीराज के संवाद इतने तगड़े हैं कि उसकी सलीम वाली भूमिका दब रही है तब आसिफ़ का जवाब था - 'मैं *मुग़ल-ए-आज़म* बना रहा हूं सलीम-ए-आज़म नहीं.'

दिलीप कुमार ने अनारकली के लिए विजयलक्ष्मी (तब की एक हीरोइन) का नाम आगे बढ़ाया तो आसिफ़ ने मुस्करा कर ही इंकार कर दिया. ख़ुद आसिफ़, बेग़म पारा (पिन अप गर्ल के नाम से मशहूर और बोल्ड हीरोइन, साथ ही दिलीप कुमार के छोटे भाई नासिर ख़ान की बीवी) के बारे में भी कुछ देर सोचते रहे. लेकिन इन तमाम हीरोइन्स की कई सारी ख़ूबियां गिनकर बैठते तो अचानक ही आंखों में बसी अनारकली की मूरत सामने आ खड़ी होती. इस एक मूरत के आगे उसे हर सूरत बेजान नज़र आती, और इन हसीन चेहरों को ज़हन से बाहर निकालते हुए ज़बां पर यक-ब-यक जुमला आ जाता '...लेकिन वो बात कहां.'

Nutan Will Play Role Of Anarkali

THE country-wide search for the girl to play the legendary character, "Anarkali," which took Producer K. Asif and star Dilip Kumar to Hyderabad, Lucknow, Calcutta and Delhi, has ended in Bombay.

Nutan, rising young star of the Hindi screen, has been named for the coveted role in Sterling Investment Corporation's ' 'Mughal-e-Azam," to be made in Hindi, Tamil and English. The picture is now on the sets at Mohan Studios.

Some of the girls selected by Asif and Dilip, among whom are competitors to the recent "Miss India" contest, are expected to play supporting roles in the picture. Some girls have also been recommended to other producers.

WRITERS COMBINE

The story is from the pen of the noted Urdu writer, Syed Imtiaz Ali "Taj" and the screen-play and dialogue have been written by six writers, including Kamal Amrohi, Hasrat Lucknavi and Ahsan Razvi. The musical score will be composed by Naushad and songs by Majrooh Sultanpuri.

Prithviraj Kapoor plays Akbar and Durga Khote the role of Jodha Bai. Dilip Kumar enacts the disappointed Prince Salim and Ajit plays Durjan.

Research for art direction and costumes was done at the Red Fort, Delhi; the Salar Jung Museum, Hyderabad; the Prince of Wales Museum, Bombay; and Shalimar Gardens, Lahore.

P. Ramachandran has been assigned to translate the script in Tamil and negotiations are in progress to have the script written in English.

Stars Offer Pride And Purse To Play Anarkali!

Producer Asif Aiming At A Winner!

(By: Special Correspondent)

Believe it or not, we saw it happen! And twice within a week!

Can you imagine a film star chasing a producer instead of the producers running after her, money and pride in hand?

Can you imagine a film star rushing for a role instead of grabbing all the money she can get, both black and white?

Can you imagine a film star using all her wile and charm and flirting with a producer with the most uninspiring face and begging for a role?

Well, all this and more happened and twice within a day. And we saw it happen in our presence much to the chagrin of both the film stars who called on the producer within the short period of an hour.

The first visitor was a buxom dame, an erstwhile popular star—now on the shelf, because her previous producers are still repairing their broken backs.

She wanted the leading role in the producer's new picture and she did not care a damn what it cost her to get it. She wanted to stage a come-back in what she called "the role of a century". After the usual meaningless but polite tit-bits, she suddenly came to the brass-tacks and taking the producer aside (you know, we were there) she carried on a whispered conversation with the producer for five minutes.

This producer is a guy with a ravenously hungry look but during those momentous five minutes his face lighted up several times and he pulled at his cigarette viciously in excitement.

The guy was given a poser. In another minute, the glamorous dame jumped into her car with "Don't forget the dinner tonight" and drove away.

"Wallah!" said the producer returning to his seat, "the times are changing".

"What did she want in such a damn hurry?" we asked. "You won't believe", said the producer. "We'll try to! We know that she had not come all the way merely to blow a whistle into your air".

"Whistle? She blew a trumpet, old man! She wants to play the heroine's role in my next picture and leave alone my paying her for it, she is prepared to give me Rs. 50,000 as black bakshish. Can you believe that?"

"Well?" we muttered. "And there will be a good dinner waiting tonight" continued the producer "and goodness knows what more!"

Well, it was astounding! Have the times changed? Are the stars realizing that only good roles can keep them at the top and those good roles are worth any sacrifice? Have they begun to chase quality instead of money? Or are they so satisfied with money that they want to play some really good roles before they finally retire?

THE OTHER ONE!

For the next half hour, we speculated in this strain and finished two rounds of tea. (The studios are not given Health Permits yet.)

"Another one will come now", said the producer looking at his watch. He had, it seemed, given appointments over the phone that morning to two stars to meet him at the studio.

No one ever misses an appointment with this particular producer, director or creditor whoever the person be, the producer having an enviable reputation for smoking in one place, drinking in another, dining at a third one and sleeping at the fourth.

True to the prophesy, the other one rolled in a few minutes later. This one is a friendly type. She is an obliging soul. She never hurts any one they say. Ask what you like, she never refuses.

Wishing every one with her ever-charming smile, she aimed straight for the producer.

"Well, Asif Bhayya!", she asked, "Have you made up your mind? Who is going to be the heroine of your picture?"

"Not you, my dear. I can't risk it" said the producer.

"But why not? Surely, I fit the role best and you can pay me what you like," she said.

"It is not the payment that is worrying me," said the producer. "I shall be spending more than 50 lakhs of rupees on the picture. It is the hero of the picture, Dilip. He refuses to work with you."

"What nonsense!" flared up the dame. "Surely, no hero is going to dictate to you?"

"This one is going to, my dear," said the producer. "I have more respect for him than for half-a-dozen heroines like you."

"I'll work free!" she said.

"Don't be silly and don't throw your weight around that way!" said the producer. "Who is talking of money? This is a matter of sentiment which you can never appreciate."

?

Who will play Anarkali?

"But I want that role very badly, Asif Bhayya!" And she curled up close to the producer.

"Magar bhayyaki bachchi, role aisa nahin mil sakta. Ab jao, bheja mat khavo!" With this the producer walked away leaving the girl standing.

We all looked away. One has to be discreet in such embarrassing situations. And when one is in Producer K. Asif's company, embarrassments are never missing. The girl went away, crestfallen.

UNFORGETTABLE ANARKALI

What is this role for which these popular stars had shelved their pride aside and almost begged on their knees?

It is the classic role of Anarkali, the most bewitching dancer in Emperor Akbar's court—the one woman with whom Prince Saleem had fallen so desperately in love that he was prepared to forsake his throne to save her life. Like all royal romances, this one also ended tragically when Anarkali was ordered to be entombed alive in a wall.

But the tragedy has left behind an eternal fragrance—a fragrance that has become the romance of all lovers.

Producer K. Asif holds the production rights of this immortal classic which was first written for the screen in 1922 by Syed Imtiaz Ali Taj and has now been finally rewritten and revised by that great Urdu and Persian scholar and "pan-eater" Vajahat Mirza.

Asif himself is going to direct this great classic romance which is named "Mughal-e-Azam" and the picture is being produced in three versions: Hindustani, Tamil and English. With Naushad giving the music and Dilip Kumar, the idol of millions, playing Saleem, it looks as if Asif has backed a winner already.

But we still can't get over popular stars changing their technique overnight to play Anarkali.

नज़र के सामने मौजूद तमाम फ़िल्मी चेहरों से नाउम्मीद हुए तो जानी ने एक बहुत उच्चकोटि की सलाह दी. उस दौर में रीता हेवर्थ हॉलीवुड की एक बेहद ख़ूबसूरत हीरोइन थी और वह दिलीप कुमार की पसंदीदा अदाकारा थी. आसिफ़ को भी यह बात जम गई. उन्होंने फ़ौरन ही रीता हेवर्थ को अनारकली की भूमिका का न्यौता देते हुए प्रस्ताव भेजा. उस वक़्त यह एक बड़ी ख़बर थी जिसे रूसी करंजिया के प्रसिद्ध साप्ताहिक *'ब्लिट्ज़'* ने बड़ी प्रमुखता के साथ पहले पेज पर जगह दी. लेकिन बात यहां भी न बनी. रीता हेवर्थ ने तार का जवाब तक देना मुनासिब न समझा.

अब आसिफ़ ने अपनी तलाश का दायरा फ़िल्मी दुनिया की बजाय सारी दुनिया को कर लिया. देश भर के अख़बारों में इश्तिहार छपवाकर नई लड़कियों को क़िस्मत आज़माने और 'अनारकली' का रोल करने की दावत दी गई.

8 फ़रवरी 1952 को अंग्रेज़ी के फ़िल्मी साप्ताहिक *'स्क्रीन'* में भी इसका इश्तिहार छपा जिसमें सोलह से बाईस बरस की उम्र की लड़कियों को अपना मुक़द्दर आज़माने के लिए आमंत्रित किया गया था.

'फ़िल्म इंडिया' में भी इसी तरह का मज़मून था :

दिलीप कुमार और के. आसिफ़ को अनारकली की तलाश है. हो सकता है वह अनारकली आप हों. यह आपके लिए आख़िरी मौक़ा है. अपने फ़ोटो और अपने बारे में पूरी जानकारी सीधे दिलीप कुमार और के. आसिफ़ को 15 मार्च 1952 तक भेज दें. नीचे पता था शापूरजी की कंपनी स्टर्लिंग इन्वेस्टमेंट कॉर्पोरेशन के कुर्ला वाले ऑफ़िस का.

इसके बाद भोपाल, लखनऊ, दिल्ली और हैदराबाद जैसे कई शहरों में सैकड़ों लड़कियों के इंटरव्यू लिए गए. इस सारी कसरत के नतीजे में कुल आठ लड़कियों को बम्बई तक बुलाया भी गया लेकिन आख़िरी इम्तिहान में इनमें से एक भी लड़की खरी न उतरी.

इस तलाश के नतीजे में अनारकली तो न मिली लेकिन अनारकली की छोटी बहन सुरैया की भूमिका के लिए एक बेहतरीन चेहरा ज़रूर मिल गया. यह चेहरा था इन्दौर की शीला दलाया का, जो उस वक़्त महज़ एक कॉलेज स्टूडेंट थी.

अनारकली की तलाश में नाकामी से नाउम्मीद आसिफ़ ने एक बार फिर नूतन को राज़ी करने की पुरज़ोर कोशिश शुरू कर दी. उधर नूतन भी अपने फ़ैसले से टस से मस होने को तैयार न थी. उल्टे उन्होंने आसिफ़ को सलाह दी कि अनारकली के रोल के लिए उनसे ज़्यादा बेहतर नरगिस और मधुबाला रहेंगी. उन्होंने प्रेस को भी इसी तरह का बयान दे दिया.

आसिफ़ एक बार फिर उसी मोड़ पर आ पहुंचा था जहां उसके पास महज़ अनारकली का एक ख़्वाबी चेहरा था. वह चेहरा एक जाने-पहचाने चेहरे से बहुत मेल खाता था. वह चेहरा था मधुबाला का जो रह-रहकर आसिफ़ की नज़रों के सामने फ़्लैश होता रहता था. उसे इस चेहरे में अपनी अनारकली का अक्स नज़र आता था. लेकिन कुछ पुरानी तल्ख़ यादें आसिफ़ के पांव रोक लेती थीं.

अरसा पहले किसी दूसरी फ़िल्म के सिलसिले में आसिफ़ ने मधुबाला को साइन करने की कोशिश में बड़ी ज़िल्लत का सामना किया था. मधुबाला के पिता अत्ताउल्ला ख़ान के बर्ताव और काम करने की सख़्त शर्तों की वजह से आसिफ़ को अपमानित होकर ख़ाली लौटना पड़ा था. इस हादसे की याद आसिफ़ के पांव को मधुबाला के घर जाने से रोक लेती थी.

अब यह बात तो ज़माने पर ज़ाहिर है कि आख़िरकार मधुबाला ने ही अनारकली का रोल निभाया. लेकिन मधुबाला इस फ़िल्म में किस तरह आई इस पर तरह-तरह की कहानियां हैं. एक कहानी के मुताबिक़ दिलीप कुमार की कोशिशों से यह मुश्किल काम आसान हुआ. दूसरी कहानी ख़ुद के. आसिफ़ की ज़बानी है. फ़िल्म के रिलीज़ के बरसों बाद ख़ुद के. आसिफ़ ने फ़िल्म पत्रिका *'माधुरी'* में इसे लेकर एक कहानी बयान की थी.

''उन दिनों एस. नज़ीर नाम के एक एक्टर थे. मधुबाला के घर में उनका बहुत आना-जाना था. वे ख़बर लाये कि वह (मधुबाला) मुझसे मिलना चाहती है. और एक दिन स्टूडियो में मैंने देखा, नज़ीर काफ़ी देर से आसन जमाये बैठे हैं. मधुबाला की कार आती है. मैं भी उसी कार में बैठकर बातें करता हूं. वह कहती है उसे 'मुग़ल-ए-आज़म' में काम ज़रूर करना है. वालिद साहब से बातें करें तो उनकी तमाम शर्तें मान लें. करनी तो मुझे है, वे कोई शर्तें आप पर लागू नहीं होंगी.

मुझे बेइंतिहा ख़ुशी हुई. हीरोइन ख़ुद कह रही थी कि वह हर शर्त पर मेरे साथ काम करेगी. और क्या चाहिये? मैं ख़ुद उसे लेना चाहता था, मगर डरता था एक तो ख़ान साहब (मधुबाला के पिता) की शर्तों से और दूसरे इस बात से कि दिलीप कुमार मधुबाला में अनबन है. यहां तक कि दोनों में बोलचाल भी नहीं थी. कहां तो उन दिनों इतना प्रेम था कि शादी की भी तैयारियां हो गयी थीं.

इसी मौक़े पर दिलीप कुमार के बड़े भाई साहब भी आये और कह गये कि मधुबाला को ले लिया जाए तो दिलीप की तरफ़ से कोई उज्र न होगा.''
(के. आसिफ़)

हक़ीक़तन दिलीप-मधुबाला के बीच तमाम मुहब्बत के बावजूद हमेशा ही एक तनाव बना रहता था. इसकी इकलौती वजह थे मधुबाला के बाप अत्ताउल्ला ख़ान. ख़ूबसूरत बात यह थी तमाम तनाव के बावजूद दोनों की चाहत में कोई कमी न आती थी. जिस वक़्त यह घटना क्रम घटित हुआ उस वक़्त भी आसिफ़ के बयान के मुताबिक़ दिलीप-मधुबाला के बीच बोलचाल बंद थी. दोनों ही इस ख़ामोशी की दीवार को तोड़ना चाहते थे. साथ काम करना इसका सबसे मुफ़ीद हल था.

इस कास्टिंग के पीछे एक तरफ़ दिलीप कुमार का बड़ा हाथ था तो दूसरी तरफ़ मधुबाला की चाहत. दो हंसों के इस जोड़े को साथ देखने की तमन्ना रखने वाले हमदर्दों ने मिलकर शतरंज की एक बाज़ी बिछाई. एक ऐसी बाज़ी जिसके बारे में अत्ताउल्ला ख़ान को ज़रा सा भी अंदाज़ा न हो पाया कि इस खेल में बाक़ी तमाम खिलाड़ी आपस में पूरी तरह मिले हुए हैं.

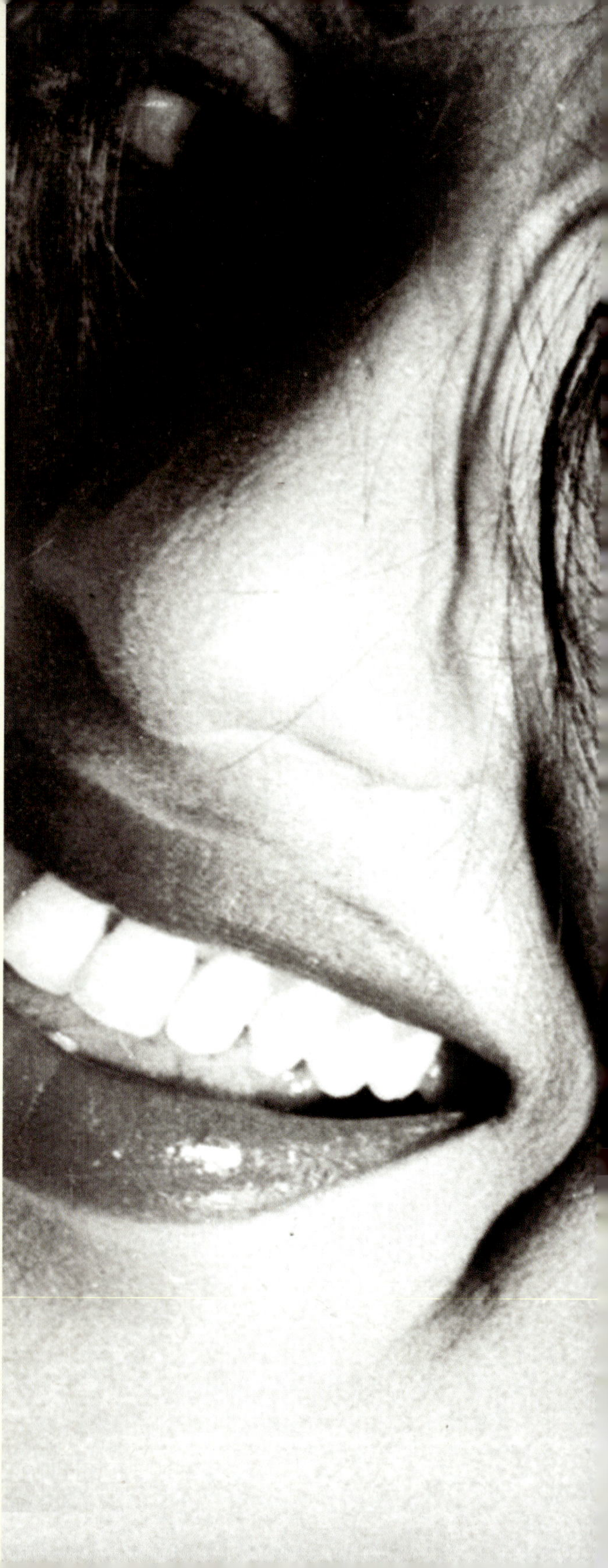

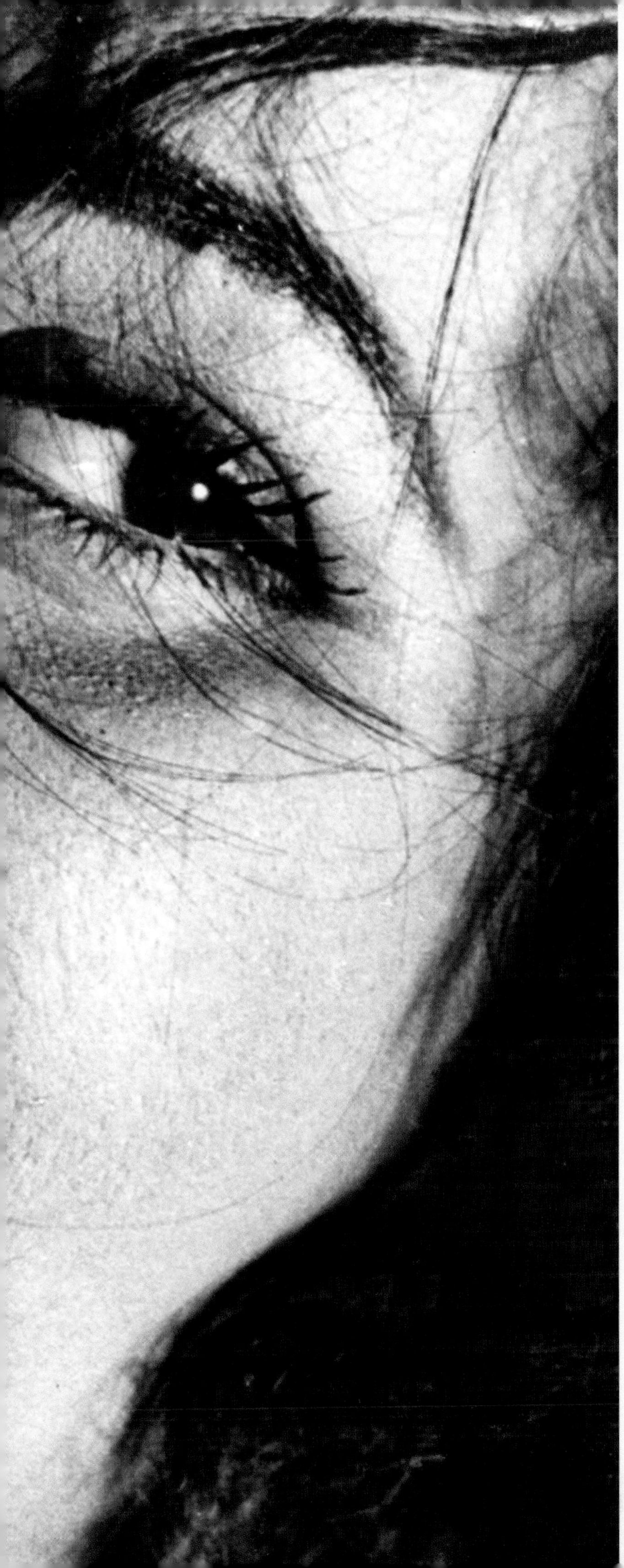

सेट पर मधुबाला को सीन समझाते के. आसिफ़.

बहरहाल मधुबाला की आमद के साथ ही अनारकली को आख़िर उसकी आत्मा और आसिफ़ को उसकी अनारकली मिल गई. अकबरी दरबार के इतिहास लिखने वालों ने भले ही अनारकली के वजूद को नकार दिया हो लेकिन के. आसिफ़ ने मधुबाला को अनारकली बनाकर इतिहास की हर किताब में एक नया वर्क जोड़ दिया, जिसमें अनारकली एक हक़ीक़ी किरदार बनकर सामने आता है.

विग : शहज़ादा सलीम के तौर पर जो विग पहननी थी वह आसिफ़ की मर्ज़ी के मुताबिक़ हिंदुस्तान में तैयार न हो सकी. दिलीप कुमार को लंदन भेजा गया. दिलीप कुमार को तक़रीबन चार हफ़्ते लंदन क़याम करना पड़ा, तब जाकर विग का डिज़ाइन और स्टाइल तैयार हो सका. विग के पूरी तरह तैयार होने में कुछ महीने और लग गए. नतीजतन छह महीने के क़रीब शूटिंग रुकी रही.

शूटिंग का आग़ाज़

1945 में *'मुग़ल-ए-आज़म'* की शूटिंग के लिए अगर शिराज़ अली हकीम ने के. आसिफ़ को बॉम्बे टाकीज़ वाला स्टूडियो लेकर दे दिया था तो 1951 में सेठ शापूरजी ने भी उसी तरह से आसिफ़ को मोहन स्टूडियो मुहैया करवा दिया. आसिफ़ ने जब अपने आर्ट डायरेक्टर एम.के. सैयद के साथ मिलकर दरबार-ए-अकबरी का विशाल सेट खड़ा करने का काम शुरू किया तो स्टूडियो की लंबी-चौड़ी ज़मीन भी छोटी पड़ गई.

''आख़िर दरबार का सेट तैयार हुआ. लेकिन जब उसे ज़मीन पर खड़ा किया गया तो वह स्टूडियो की हदों से बाहर तक फैलकर बग़ीचे तक पहुंच रहा था. ऐसे में सड़क तक लगी हुई बाऊंड्री वाल तक पहुंचकर भी आख़िर में शूटिंग के लिए कुछ कोने छोटे करने पड़े. इस सेट पर लाइटिंग के लिए पूरे तीन दिन और शूटिंग के लिए पूरे तीन हफ़्ते का वक़्त लगता था. हमने लगभग छह महीने तक इसी रफ़्तार से शूटिंग की.''
(दुर्गा खोटे)

कुछ महीने तक चली इस शूटिंग में ज़्यादातर सीन पृथ्वीराज और दुर्गा खोटे के बीच ही शूट होते रहे. इस वक़्त तक सलीम-अनारकली का पता ही नहीं था.

1951 में तीसरी बार जब शूटिंग शुरू हुई तब भी अनारकली का पता नहीं था, अलबत्ता शहज़ादा सलीम बनकर दिलीप कुमार ज़रूर आ चुके थे.

1951 की इस घटना को उस दौर में सक्रिय उर्दू के एक नामचीन पत्रकार विश्वनाथ ताऊस ने इस तरह दर्ज किया है.

''शूटिंग के पहले रोज़ दिलीप कुमार ने शहज़ादा सलीम का शाही लिबास, गले में सोने का हार, भारी-भरकम जूते, विग वग़ैरह पहने तो उसे यह सब बोझिल लगे. उससे ठीक तरह से क़दम भी नहीं उठाया जा रहा था. वह आसिफ़ से कहने लगा जानी, आपने मुझे मुश्किल में डाल दिया है. यह सब चीज़ें पहिन कर ठीक तरह से चला भी नहीं जाता, मैं काम कैसे करूंगा?

आसिफ़ ने पीठ थपथपाते और हौसला देते हुए कहा, ज़रा उन लोगों की ज़िंदगी पर ग़ौर करो जिन्हें वाकई यह सब कुछ पहनना पड़ता था, फिर तुम ठीक ढंग से काम कर सकोगे.''

दूसरी तरफ़ थे अकबर के गेट अप में पृथ्वीराज कपूर. वे आसिफ़ के साथ *'फूल'* में काम कर चुके थे. उसके काम करने के अंदाज़ और उसके मिज़ाज से बख़ूबी वाक़िफ़ थे. अकबर का रोल उन्होंने काफ़ी ग़ौर-ओ-फ़िक्र के बाद स्वीकार किया था. शूटिंग का वक़्त आया तो पहले शॉट के लिए सेट पर जाने से पहले उन्होंने हाथ ऊपर उठाकर ख़ुदा से दुआ मांगी कि अब तू ही मेरी लाज रखना और इस इम्तिहान में मुझे सुर्ख़रू करना.

जब पृथ्वीराज को पूरे कॉस्ट्यूम पहनाए गए, तो आसिफ़ की हक़ीक़त से आशनाई से भरे मुग़लिया दौर के शाही लिबास के वज़न से वो भी दिलीप कुमार की तरह चौंक गए. उस वक़्त पृथ्वीराज जी बीमारी के दौर से गुज़र रहे थे और उनके पैरों में सूजन थी. कई सेर वज़नी जूते पहनना और फिर उन्हें पहिनकर चलना एक नामुमकिन सी बात थी. डॉक्टर ने उन्हें सख़्त हिदायत दी थी कि वह ज़्यादा देर खड़े न रहें वरना पैरों की तकलीफ़ और बढ़ जाएगी. ऐसे में पृथ्वीराज ने आसिफ़ से अपनी मुश्किल बयान करते हुए अकबर के रोल के लिए किसी और अदाकार को लेने की बात कही. आसिफ़ का जवाब था - मेरे ख़्वाबों के अकबर आप और सिर्फ़ आप हैं. मैं अपने अकबर की जगह किसी दूसरे अकबर को लेकर फ़िल्म किस तरह बनाऊंगा? यह रोल तो आप ही करेंगे अलबता जब तक आपके पांव पूरी तरह ठीक नहीं हो जाते, मैं फ़िल्म की शूटिंग नहीं करूंगा.

आसिफ़ शूटिंग पैक अप कराके थोड़ी देर के लिए बाहर चले गए. कुछ देर बाद आकर देखा कि पृथ्वीराज अकबर के लिबास में वही जूते पहने तैयार खड़े हैं और कह रहे हैं कि 'आसिफ़ के अज़्म के आगे मेरा दर्द हार गया. मैं आज से ही काम शुरू करूंगा.' और इस तरह शूटिंग फिर शुरू हुई.

पृथ्वीराज कपूर उस वक़्त सेट पर हक़ीक़ी शहंशाह अकबर की मौजूदगी का अहसास दे रहे थे. पूरे माहौल पर इसका बड़ा असर हो रहा था. वहां मौजूद हर किरदार की अदा अकबरी दरबार की रंगत से मेल खाने लगी थी. इसके बावजूद आसिफ़ को एक बात खटक रही थी. वह थी पृथ्वीराज जी के डायलॉग डिलेवरी का अंदाज़. आसिफ़ को वह अंदाज़ जंच नहीं रहा था.

आसिफ़ ने साफ़गोई से काम लेते हुए बड़े अदब से कहा; आप शहंशाह-ए-हिंद अकबर का किरदार कर रहे हैं और डायलॉग की अदायगी किसी तौर पर भी अकबर के शायान-ए-शान नहीं है...

पृथ्वीराज को यह बात चुभ गई. वे नाराज़ हो गए और उन्होंने काफ़ी तेज़ और तल्ख़ लहजे में आसिफ़ की इस बात पर ऐतराज़ ज़ाहिर किया. गुस्से में जिस क़दर वह ऊंची आवाज़ में बोल रहे थे उतना ही आसिफ़ के चेहरे पर मुस्कराहट फैलती जाती थी. पृथ्वीराज को इस पर और गुस्सा आया तो आवाज़ और ऊंची हुई. तब जाकर आसिफ़ ने ताली बजाकर

अपनी ख़ुशी का इज़हार करते हुए कहा ; 'ये हुई न शहंशाह अकबर वाली बलंद आवाज़. यही तो मुझे चाहिए थी.'

पृथ्वीराज मुस्करा दिए. उनकी नज़रों में आसिफ़ के लिए कुछ लम्हे पहले जितना गुस्सा था उतना ही इस वक़्त उसकी क़ाबलियत के लिए एहतराम का जज़्बा भर गया था.

पृथ्वीराज कपूर भी अपने काम को लेकर किसी तरह कम न थे. अपने एक-एक मकालमे पर घंटों मेहनत करते. ब्लैक बोर्ड पर चाक से उर्दू में मकालमे लिखते जाते और याद करते जाते. दो आदमक़द आईने हर वक़्त सेट पर मौजूद रहते जिनमें वह अपने आप को हर एंगल से जांचते-परखते थे. ख़ुद में अकबर का अक्स देखते-देखते उन्हें अपने अक्स में अकबर दिखाई देने लगता. उस घड़ी उनके क़दम सेट की तरफ़ बढ़ते और उनसे पहले उनकी गरजदार आवाज़ की गूंज सेट तक पहुंचती - अकबर आ रहा है.

पृथ्वीराज और के. आसिफ़, दोनों में अपने काम की दीवानगी को लेकर एक तरफ़ अजब सा शौक़े-शहादत का जुनून था तो दूसरी तरफ़ मुहब्बत का नाज़ुक सा जज़्बा भी.

फ़िल्म में दुर्जन सिंह का किरदार निभाने वाले अभिनेता अजीत ने ऐसा ही एक दिलसोज़ किस्सा बयान किया है;

''पापाजी (पृथ्वीराज) को काम करने शौक़ जुनून की हद तक था. 'मुग़ल-ए-आज़म' का इब्तिदाई मंज़र शायद आपको याद होगा, जिसमें अकबर नंगे पांव चलकर सलीम चिश्ती की दरगाह पर जाता है और औलाद के लिए दुआ मांगता है.

आज से लगभग सत्तर बरस पहले जब अकबर बने पृथ्वीराज कपूर के लिए ख़ास क़िस्म के जूते बनवाए तो उनकी लागत आई 4 हज़ार रुपये. जब उन्हें कैमरामैन आर.डी. माथुर, जिनकी इस फ़िल्म में बहुत अहम भूमिका थी, ने आसिफ़ को हंसते हुए बताया कि ये जूते तो शॉट में ठीक से नज़र भी नहीं आएंगे, तो आसिफ़ का जवाब था - 'मगर ये मत भूलो कि मेरे अकबर को यह बात मालूम है और जब वो ऐसे आलीशान जूते पहनकर चलेगा तो उसकी चाल में सचमुच एक मुग़ल शहंशाह वाली शान होगी'.

इस सीन की फ़िल्मबंदी हो रही थी. पापाजी ने आसिफ़ साहब से कहा यार, ये रेत तो बहुत गरम है.

आसिफ़ साहब ने जवाब दिया - दीवान साहब, रेत वाक़ई बहुत गरम है, लेकिन आप तो इस पर सिर्फ़ चलेंगे यानी आपका एक पांव रेत पर होगा और दूसरा रेत से ऊपर, लेकिन मैं उस वक़्त तक इस रेत पर दोनों पैरों पर खड़ा रहूंगा जब तक शूटिंग मुक़म्मल नहीं होती.

पृथ्वीराज जी यह सुनकर मुस्कराए और बोले - नहीं बेटा, मेरे पांव जलने दो, तुम्हारे पांव क्यों जलें.

लेकिन आसिफ़ अपने कौल के पक्के निकले. जितनी देर तक पृथ्वीराज कपूर रेत पर नंगे पैर चलकर शॉट देते रहे उतनी ही देर तक आसिफ़ भी उसी तपती रेत की आग को अपने पांव के नीचे दबाए खड़े रहे.

यही वो जुनून-ओ-जज़्बात हैं जिनमें पलकर *'मुग़ल-ए-आज़म'* जैसी महान फ़िल्म बनती हैं और हमेशा के लिए अमर हो जाती हैं.''

"दरोग़ा-ए-ज़िंदान ! इस बेबाक़ लौंडी को ले जाओ और क़ैदख़ाने के अंधेरों में गर्क कर दो. [अकबर]"

दर्द से चेहरे कीताबानी बढ़ी

के. आसिफ़ ने फ़िल्म की कास्टिंग करते हुए एक साथ कई मुश्किलों को एक साथ दावत दे डाली थी. पृथ्वीराज उस समय एक साथ कई बीमारियों से एक साथ जूझ रहे थे. उधर मधुबाला दिल की बीमारी की वजह से कई सारी पाबंदियों में बंधी हुई थी.

फ़िल्म के ख़ासे लंबे हिस्से में मधुबाला को असली लोहे की भारी-भरकम ज़ंजीरें पहननी थीं. क़ैदख़ाने में इन्हीं ज़ंजीरों में जकड़ी हुई अनारकली पर नात 'बेक़स पे करम कीजिए सरकारे मदीना' का सीन फ़िल्माया जाना था. डॉक्टरों की सख़्त हिदायत थी कि मधुबाला को किसी भी हालत में वज़न उठाने से परहेज़ करना चाहिये वरना जिस्म पर दबाब डालने वाला कोई भी काम जानलेवा साबित हो सकता है.

मधुबाला का जिस्म लाचार लेकिन इरादा पुख़्ता था. अपनी ज़ाती ज़िंदगी में ख़ुदा पर ईमान रखने वाली और पांच वक़्त की नमाज़ी मधुबाला नात-ए-रसूल को हर हाल में निभाने को बज़िद थी. आख़िर ईमान की जीत हुई और नात पिक्चराइज़ हो गई.

ताज भोपाली का एक शेर है;

दर्द से चेहरे की ताबानी बढ़ी
घर जला तो आसमां रोशन हुआ

इस मंज़र में मधुबाला के चेहरे पर उभरते दर्द से बेक़सी का वह असल रंग निकल आया है कि देखने वाले के दिल से बेसाख़्ता ही अनारकली के हक़ में एक दुआ निकल आती है.

"आपकी अनारकली की नाज़ुक कलाइयां क़ैदख़ाने की भारी ज़ंजीरों का बोझ नहीं उठा सकीं और इनके बदले ज़िल्ले इलाही से सोने के कंगन ले लिए. [बहार]"

बाप रे बाप!

पर्दे पर तानसेन के लबों पर उस्ताद बड़े गुलाम अली ख़ान की सजती आवाज़. प्रेम जोगन बन के मीठे बोल. छुप-छुप मिलते दो प्रेमियों के धड़कते दिलों को छांव देता हसीन माहौल.

सुनने में बहुत ख़ूब लेकिन फ़िल्माने में लाख मुश्किलें पैदा करने वाली एक मुश्किल - सेट पर मधुबाला के बाप अत्ताउल्ला ख़ान की मौजूदगी और हर बात पर टोका-टाकी. आसिफ़ को इस बात का बख़ूबी अंदाज़ था कि दिलीप कुमार की सूरत से खार खाए बैठा पठान किसी हाल में मधु को दिलीप कुमार के साथ इतने इंटीमेट शॉट लेने न देगा. और फिर मधुबाला किसी तरह भी बाप की मौजूदगी में सहज नहीं हो पाएगी.

आसिफ़ ने बड़ी हिकमत-अमली से काम लिया. उसे मालूम था कि रम्मी खेलना अत्ताउल्ला ख़ान की कमज़ोरी है. सो उसने अपने पी.आर.ओ. तारकनाथ गांधी के हाथ में नोटों की गड्डी थमाई और कहा; *''बुड्ढे को यहां से फुटाओ... जब तक यह बुड्ढा यहां रहेगा... मधु शॉट नहीं दे पाएगी. जाओ और जाकर उसके साथ पत्ते खेलो और तब तक हारते रहो जब तक शॉट पूरा नहीं हो जाता.''*

उस दिन तारकनाथ गांधी जी भरकर रुपये हारता रहा और उधर के. आसिफ़ ने दिलीप कुमार और मधुबाला के बीच परिंदे के एक सुफ़ेद पंख के ज़रिए मुहब्बत के एक ऐसे सुनहरे चांद सा मंज़र, फ़लक के तारों के बीच यूं नक़्श कर दिया कि जिसे देख-देख हमारी आने वाली नस्लें मुहब्बत के असल माइने सीखते रहेंगी.

उफ़! यह दीवानगी

के. आसिफ़ के साथ काम करने को हर छोटा-बड़ा कलाकार बेताब रहता था लेकिन जब मौक़ा मिल जाता तो ख़ुद अपने अरमानों को ही कोसता रहता. इसकी एक इकलौती वजह थी आसिफ़ का काम करने का अंदाज़. सेट पर आने के बाद आसिफ़ के लिए न किसी घड़ी का वजूद होता था और न ही कुदरत के क़ायम शुदा दिन और रात का अहसास.

अभिनेता अजीत ने सेट पर लगातार ऐसे ही माहौल में होने वाली हलचल और हालात का एक ख़ूबसूरत ख़ाक़ा खींचा है.

'मुग़ल-ए-आज़म' की शूटिंग एक अजब सी पहेली बनी हुई थी, जो कहीं सुलझने को ही न आती थी. फ़िल्म के डिस्ट्रीब्यूटर्स, फ़ायनेंसर, कलाकार, टेक्नीशियंस सब परेशान थे कि आख़िर कब तक यह सिलसिला यूं ही चलता रहेगा. आसिफ़ यूं तो अपनी धुन में खोए, रोज़ नए सपने देखते और उन सपनों को हक़ीक़त की शक्ल देने शूट करते चले जाते थे.

''आसिफ़ मरहूम के साथ काम करना बड़े दिल गुर्दे का काम था. हम लोग तो यह देखकर हैरान रह जाते थे कि इस इंसान में ख़ुदा ने किस बला की कुव्वत भर रखी है. वह सेट पर बीस-बीस घंटे मुतावातिर (लगातार) खड़े रहते और हर अदाकार से उस वक़्त तक काम लेते जब तक ख़ुद बिलकुल मुतमईन न हो जाएं.

बार-बार ऐसा हुआ कि दूसरी सुबह हुई और रात से दूसरी रात, लेकिन क्या मजाल कि आसिफ़ साहब के चेहरे पर थकन या बोरियत का साया तक दिखाई दिया हो.

कई मर्तबा ऐसा हुआ कि यूसुफ़ साहब (दिलीप कुमार) और मैंने सुबह के दस-ग्यारह बजे से काम करना शुरू किया और दूसरे दिन दो-ढाई बजे तक काम जारी रहा. यूसुफ़ साहब ने मुझसे कहा भई गाड़ी कहां खड़ी है? उसे मोहन स्टूडियो के गेट पर ले आओ.

फिर हम टहलते-टहलते पूरे मेकअप के साथ गाड़ी तक पहुंचे और वहां से भाग गए. बाद में हमें मालूम हुआ कि हमारे जाने के बाद आसिफ़ साहब ने हम दोनों को हर जगह तलाश किया और जब हम नहीं मिले तो मजबूरा उन्होंने पैक अप कर दिया.

'मुग़ल-ए-आज़म' में मेरी मौत का सीन फ़िल्माया जा रहा था. अठारह-बीस री-टेक हो गए. कभी तलवार नहीं टूटी तो कभी हार ठीक तरह नहीं गिरा. मैं बुरी तरह थक गया था. मुझे महसूस होने लगा कि मैं चकरा कर सेट पर गिर जाऊंगा. ब्लड प्रेशर भी बढ़ गया था. रात के बारह बज गए थे. मैंने आसिफ़ साहब से कहा मुझे आधे घंटे का आराम चाहिये. कहने लगे ठीक है, आप आराम कीजिए. चुनांचे खाने के लिए वक़्फ़ा हो गया.

मैं चादर ओढ़कर एक बेंच पर लेट गया और चुटकियों की आवाज़ सुनता रहा. (आसिफ़ साहब सिगरेट पीते वक़्त राख़ झाड़ते हुए हमेशा चुटकी बजाते थे.) थोड़ी देर बाद चुटकी की आवाज़ बंद हुई तो मैंने आहिस्ता से मुंह पर से कपड़ा हटाकर देखा तो आसिफ़ साहब सेट से ग़ायब थे. ग़ालिबा वह भी खाना खाने चले गए थे. मैं आहिस्ता-आहिस्ता उठा. स्टूडियो से निकला और सीधे घर की तरफ़ भागा.

दूर है मंज़िल, राहें मुश्किल

1944 में फ़िल्म शुरू करने से लेकर 1960 में फ़िल्म के रिलीज़ के वक़्त तक के. आसिफ़ की राह में इतनी सारी मुश्किलें दर-पेश आईं कि सुनते-पढ़ते यक-ब-यक मिर्ज़ा ग़ालिब के मिसरे 'मुश्किलें मुझ पे पड़ीं इतनी, कि आसां हो गईं' की याद आ जाती है. आसिफ़ की कहानी में शामिल मुश्किलें यक़ीनन इस मिसरे की सच्चाई की दलील बनकर बार-बार सामने आती हैं.

1951 में जिस वक़्त के. आसिफ़ दुबारा शूटिंग शुरू करने के लिए मोहन स्टूडियो में अपना पहला सेट लगवा रहे थे, ठीक उसी वक़्त फ़िल्मकार के बैनर तले निर्माता माखनलाल और राजेंद्र जैन के लिए कमाल अमरोही ने कमल कपूर और मधुबाला को लेकर अपनी *'अनारकली'* बनाने की घोषणा कर दी.

लगभग इसी वक़्त फ़िल्मिस्तान के एस. मुखर्जी ने भी प्रदीप कुमार-बीना राय को लेकर *'अनारकली'* का ऐलान कर दिया. एस. मुखर्जी से आसिफ़ को कोई शिकवा न था लेकिन कमाल अमरोही की इस हरकत से आसिफ़ को बड़ा सदमा लगा. इसकी ख़ास वजह यह थी कि कमाल *'मुग़ल-ए-आज़म'* और के. आसिफ़ के साथ पहले दिन से जुड़े थे. उनका यह फ़ैसला नैतिकता से परे था. इधर हालात ने भी कमाल अमरोही का साथ न दिया. पहले मधुबाला ने उनकी फ़िल्म छोड़ी तो उनकी नज़र जाकर टिकी मीना कुमारी पर. 13 मार्च 1951 को कमाल अमरोही ने मीना कुमारी साइन कर लिया और शूटिंग की तैयारी में जुट गए.
21 मई 1951 को महाबलेश्वर से बम्बई लौटते हुए दुर्भाग्य से उनका कार एक्सीडेंट हो गया. इस एक्सीडेंट में मीना कुमारी के बाएं हाथ की एक अंगुली ही काटनी पड़ी, जिसे वो उम्र भर जतन से छुपाती रहीं.

एस. मुखर्जी की *'अनारकली'* तो 1953 में न सिर्फ़ रिलीज़ हुई बल्कि ज़बरदस्त हिट भी हुई लेकिन कमाल अमरोही की *'अनारकली'* 14 फ़रवरी 1952 को उनकी ज़िंदगी की अनारकली बनकर रह गई.

इस फ़िल्म को लेकर सबसे बड़ा मसला था इसकी कभी ख़त्म न होने वाली शूटिंग. आए दिन अख़बारों और पत्रिकाओं में इस मामले को लेकर आसिफ़ के लतीफ़े बनाए जाते. दूसरी तरफ़ फ़िल्म में काम करने वाले तमाम कलाकार भी बरसों तक डेट्स देते-देते थक चुके थे.

अत्ताउल्ला ख़ान, मधुबाला के इस एक प्रोजेक्ट में उलझ जाने से बेहद ख़फ़ा थे. जब-जब आसिफ़ मधुबाला की डेट्स की बात करने जाते तो वो फ़िल्म की रफ़्तार को पैसेंजर गाड़ी की रफ़्तार क़रार देकर अपनी ख़फ़्तगी ज़ाहिर करते. लेकिन आसिफ़ के इसरार के आगे हारकर फिर डेट्स भी दे ही देते.

इस लंबे चलते शूट के पीछे जहां एक तरफ़ थी के. आसिफ़ की एक बेदाग़ शाहकार बनाने की धुन तो दूसरी तरफ़ थे हर दिन के बेहिसाब ख़र्चों से परेशान फ़ायनेंसर शापूरजी. इसी बात को लेकर दोनों के बीच हर रोज़ का तनाव आम बात थी. आसिफ़ बजट से कहीं ज़्यादा ख़र्च कर चुके थे लेकिन उसके बाद भी फ़िल्म कहीं पूरी होती नज़र नहीं आती थी. ऐसे मौक़ों का फ़ायदा उठाकर आसिफ़ से ईर्ष्या करने वाले लोग शापूरजी के कान भरते और पैसे डूबने का डर दिखाते.

आसिफ़ भी अपने इन पेशेवर दुश्मनों से निपटने का हुनर सीख चुके थे. ऐसे मौक़ों पर वे अपने खिलंदड़ेपन का इस्तेमाल करके सेठ को हंसाते-गुदगुदाते और

एक ख़ूबसूरत सपना दिखाते. वो कहते; सेठ! सैकड़ों लगाओगे, सैकड़ों कमाओगे. हज़ारों लगाओगे तो हज़ारों पाओगे. लाखों ख़र्चोगे लाखों की कमाई होगी. मगर सेठ मेरा बजट तो करोड़ों रुपये का है इसलिए कमाओगे भी करोड़ों. ऐसी दिलख़ुश बातें सुनकर सरमायादार के चेहरे पर मुस्कराहट सी छा जाती. कुछ हौसला बनता और फिर बंधी मुट्ठी ज़रा सी खुल जाती.

मिर्ज़ा ग़ालिब ने कहा है, बनिए से सयाना, सो दीवाना. के. आसिफ़ में ख़ुदा की बख़्शी हुई दीवानगी तो एक नेमत की तरह पहले से ही मौजूद थी, उस पर सेठ शापूरजी से हर रोज़ की लड़ंत-भिड़ंत ने उसे और भी दीवाना बना दिया था. मगर *'मुग़ल-ए-आज़म'* बनाने की लगी लगन ने उसे हर तूफ़ान से गुज़र जाने की हिम्मत भी दे डाली थी.

छह महीने तक चली शूटिंग एक दिन अचानक फिर रुक गई. फ़िल्म का बजट बहुत ज़्यादा बढ़ चुका था

और शापूरजी ने एक और 'धेला' ख़र्च करने से इंकार कर दिया था. आसिफ़ का तो अपनी ज़िद से हटने का कोई सवाल ही न था. उसने तो ऐलान कर दिया कि जब तक उसकी मांग के मुताबिक़ चीज़ें मुहैया न होंगी, वह शूट नहीं करेगा. बात इस हद तक बढ़ गई कि यह चर्चा आम हो गई कि फ़िल्म का डायरेक्टर ही बदला जा रहा है.

छह महीने गुज़र गए और काम रुका रहा. आख़िर फ़िल्म जगत की कुछ बड़ी हस्तियों ने दख़ल देकर सुलह कराई और फ़िल्म आख़िर मुकम्मल हुई. झगड़े का निपटारा इस बात पर हुआ कि एक डांस और गीत, 'प्यार किया तो डरना क्या', रंगीन और बकाया फ़िल्म ब्लैक एण्ड व्हाइट रहेगी.

इसी क्रम में सबसे बड़ा और सबसे पेचीदा मसला आ खड़ा हुआ, जिससे निकलने में आसिफ़ के हौसले भी टूट की कगार तक जा पहुंचे थे. यह मसला था इस फ़िल्म का सबसे शानदार शीश महल का सेट, जिस पर यह रंगीन गीत पिक्चराइज़ होना था.

1951 से 1960 के बीच के 9 साल के दर्मियान *'मुगल-ए-आज़म'* के सेट पर अनगिनत देशी-विदेशी मेहमान आए और अनगिनत दावतें भी हुईं. इन मेहमानों में सऊदी अरब के शेख़ सऊद बिन अब्दुल अज़ीज़, अफ़ग़ानिस्तान के शाही ख़ानदान के लोग, नेपाल के वज़ीर-ए-आज़म, इटली के मशहूर फ़िल्मकार राबर्टो रोज़ोलिनी, डॉक्टर ज़िवागो और लॉरेंस ऑफ़ अरेबिया के मशहूर हिदायतकार डेविड लीन, रूस और चीन के सरकारी कल्चरल डेलीगेशंस शामिल हैं.

शीश महल

'मुग़ल-ए-आज़म' की स्टार कास्ट में के. आसिफ़ ने भले ही तमाम स्टार्स के नाम दिए हों लेकिन एक नाम फिर भी छूट ही गया है. वह नाम है शीश महल का. फ़िल्म के इस एक सेट ने मकनातीस (चुंबक) की तरह दर्शकों को बार-बार अपनी तरफ़ खींचा. यह सेट आसिफ़ के उस अज़ीम ख़्वाब के धनक रंगों की हक़ीक़ी तहरीर का दस्तावेज़ है, जिसके हर-एक लफ़्ज़ से एक-एक कांच के सीने में समाए आसिफ़ के धड़कते दिल की आवाज़ सुनाई भी देती है और दिखाई भी देती है.

यह एक दिलचस्प हक़ीक़त यह है कि अकबर के दौर में ऐसे किसी शीश महल का वजूद था ही नहीं. लाहौर क़िले के पश्चिमी भाग में बने शीश महल का निर्माण काल 1631-32 में शहज़ादा सलीम (जहांगीर) के बेटे शाहजहां द्वारा करवाया गया था न कि अकबर द्वारा. लेकिन आसिफ़ इस बात के कायल थे कि मुहब्बत में मुब्तला इंसान के लिए दुनिया इस क़दर रंगीन हो जाती है कि उसे सहरा की तपती रेत में भी रंग नज़र आते हैं. फ़िज़ां में संगीत की स्वर लहरियां गूंजती सुनाई देती हैं. इसलिए वो अनारकली के

फ़िल्मिस्तान की *'अनारकली'* (53) में भी शीश महल और अनारकली का नाच मौजूद है. यहां 'अनारकली' 53 बनी बीना राय ब्लैक एण्ड व्हाइट में भी निहायत पुर-कशिश हसीना नज़र आती है. उन पर फ़िल्माया गया गीत 'मुहब्बत में ऐसे क़दम डगमगाए, ज़माना ये समझा कि हम पी के आए' ने ज़बरदस्त मक़बूलियत हासिल की थी. हालांकि इस फ़िल्म का शीश महल लकड़ी के जड़ाऊ चंद फ्रेम्स में लगे शीशों से सजा था फिर भी आसिफ़ के लिए यह एक गीत चुनौती की तरह सामने खड़ा हो गया था. इस चुनौती से पार पाने की कोशिश में आसिफ़ के हाथों से फ़िल्म ही निकली चली जा रही थी.

आसिफ़ के शीश महल के ख़्वाब और उसकी तामीर के पीछे एक काफ़ी मज़े की कहानी है. फ़िल्म के सिनेमाटोग्राफ़र आर.डी. माथुर के अनुसार :

''शीश महल का आइडिया ही एक बहुत ही अच्छी तरह शुरू हुआ था. आसिफ़ साहब, मैं, दिलीप साहब और आर्ट डायरेक्टर सैयद साहब कुछ लोकेशंस देखने गए थे.

... जयपुर के आमेर पैलेस के डोम में ऐसे ही शीशे लगे हुए हैं, जहां पर कि मल्टीपल इमेजिज़ दिखती हैं. तो आसिफ़ साहब को आइडिया आया. मुझसे पूछने लगे क्यों, ऐसा कुछ किया जाए? हो जाएगा? मैंने कहा ठीक है जी. करिये. मुश्किल होगा मगर कुछ न कुछ हो जाएगा.

अब आसिफ़ साहब से तो इतना ही कहना काफ़ी था. क्योंकि वो इतने बलंद परवाज़ इंसान थे कि आसमान की ऊंचाई भी उन्हें कम नज़र आती थी. आमेर पैलेस से लौटते-लौटते ही आसिफ़ साहब के ज़हन में शीश महल की तामीर शुरू हो चुकी थी. पचासों जगह से ग्लोब्स मंगाए गए. शीशे गोल कहां मिलते हैं. कहीं नहीं मिले तो बड़ी मुश्किल से फ़ॉरेन से (बेल्जियम से) मंगाए गए. उनको काट-काट के फिर सेट की तैयारियां शुरू हुईं.

ऐलाने-मुहब्बत का सेट इस क़दर दिलकश और इस क़दर रंगीन बनाना चाहते थे कि उसे देखने वाला ख़ुद भी उस ऐलान का हिस्सेदार बन जाए.

आसिफ़ के जज़्बे को समझने के लिए *'मुग़ल-ए-आज़म'* का ही एक डायलॉग बेहद मददगार है : 'मुहब्बत कीजियेगा तो जान जाईयेगा'.

आगा शिराज़ी

फिर शीश महल के जो सैयद साहब ने जो बनाया था ड्रॉइंग, सेट का, उसके पिलर्स वग़ैरह बनाने में भी साल भर लगा. मीनाकारी हर एक पिलर में, आर्चिज़ की. कलर शीशे में मीनाकारी होती थी. वो सेट बन रहा था मगर मेरे दिमाग़ में अब तक नहीं आया था कि इसको फ़ोटोग्राफ़ कैसे किया जाएगा? मैंने हर तरह की किताबें, अमरीकन मैगज़ीन जो आती हैं, रशियन मैगज़ीन, जो भी आता, सबको पढ़ा कि कहीं शीशे का सेट बना, किसी ने किया है. मगर कहीं भी हुआ ही नहीं था शीशे का सेट.'' (आर.डी. माथुर - मनु भसीन-सुमन भसीन इंटरव्यू से साभार)

इस शीश महल की तामीर के लिए फ़िरोज़ाबाद से पुश्तैनी मीनाकारी कलाकार आगा शीराज़ी और 110 माहिर कारीगरों की टीम 11 महीने तक दिन-रात जुटी रही. आगा जानी के पिता बीसवीं सदी के शुरुआती दौर में ईरान से हिंदुस्तान आए थे और उन्होंने अपने हुनर से हिंदुस्तान के कई शहरों में शीश महल बनाए थे. इन्दौर में सेठ हुकुमचंद का प्रसिद्ध शीश महल, पालिताना, काठियावाड़ के जैन मंदिर इसकी मिसालें हैं.

आगा जानी शीराज़ी को हुनर विरासत में मिला था. बचपन में पिता के साथ काम करते रहे और 16 बरस की उम्र से ही स्वतंत्र रूप से काम करने लगे थे.

आसिफ़ ने पहले तो इस संभावना पर काम किया कि कहीं ऐसा कोई शीश महल मिल जाए, जहां यह पूरा गीत शूट किया जा सके. इसी कोशिश में टोंक (राजस्थान) के शीश महल पर ख़ासी गौर-ओ-फ़िक्र भी हुई. लेकिन आसिफ़ तो कुछ और ही सपना सजा बैठा था. सो उसने अपना ही शीश महल बनाने का फ़ैसला कर लिया, जिसकी ज़िम्मेदारी आर्ट डायरेक्टर एम.के. सैयद पर ही थी.

साल भर तक सैकड़ों कारीगरों की रात-दिन की जी-तोड़ मेहनत से यह काम पूरा हुआ. 1950 के उस दशक में जब 2 से 3 लाख में पूरी फ़िल्म बन जाती थी, इस एक सेट पर पूरे 15 लाख रुपये ख़र्च हो गए.

सेट के मुकम्मल होने के अगले क़दम पर ही सबसे बड़ी चुनौती सामने खड़ी थी. 200 फ़ीट में फैला, 80 फ़ीट चौड़ा और 35 फ़ीट ऊंचा यह सेट इस कोने से उस कोने तक हर जगह शीशे के छोटे-छोटे टुकड़ों से सजा था. नतीजा यह कि कैमरा कहीं भी लगाइए तो उसका अक्स हर शीशे में नज़र आता. लाइटिंग करो तो उसके रिफ़्लेक्शन की वजह से शूट ही नहीं हो पाता.

शीश महल के सेट पर विख्यात फ़िल्मकार राबर्टो रोज़ोलिनी

"शीश महल में जड़े हुए शीशों में वे (आसिफ़) एक साथ सैकड़ों अनारकलियां (सैकड़ों अकबर और सैकड़ों सलीम) दिखाना चाहते थे. डेविड लीन, फ़्रिट्ज़ लैन (फ़्रिट्ज़ लैंग), राबर्टो रोसोलिनी जैसी महान विदेशी विशेषज्ञ बुलाए गये लेकिन सबने कह दिया कि इस सेट पर शूटिंग करना संभव नहीं है. प्रकाश व्यवस्था की ही नहीं जा सकती."
(एस.के.ओझा - के. आसिफ़ के चीफ़ असिस्टेंट)

आसिफ़ से ईर्ष्या करने वालों को एक और मौक़ा मिल गया. अफ़वाहें फैल गईं कि आसिफ़ फ़ेल हो गया. शापूरजी की तिजोरी लुट गई. शीश महल को लेकर एक लतीफ़ा सा चल पड़ा - 'सेट की बनवाई - 15 लाख और सेट की तुड़वाई - 1 लाख - कुल जमा बिल 16 लाख'.

इधर शापूरजी और आसिफ़ के बीच की तनातनी इस क़दर बढ़ गई कि शापूरजी ने आसिफ़ को हटाकर ऐतिहासिक फ़िल्में बनाने के लिए प्रसिद्ध अपने एक पारसी दोस्त, फ़िल्मकार सोहराब मोदी, से मदद लेने का फ़ैसला ले लिया.

''शापूरजी पैसा लगाते-लगाते परेशान थे. शापूरजी ने आसिफ़ को नज़र अंदाज़ किया और मोदी साहब (सोहराब मोदी) को शीश महल का सेट दिखाते रहे. आसिफ़ साहब ख़ुद उठकर उनके पास गए तो शापूरजी ने आसिफ़ साहब से कहा, 'देख आसिफ़, अब यह पिक्चर मोदी पूरा करेगा. अब तेरा-मेरा कोई वास्ता नहीं'.

आसिफ़ ने चुटकी बजाई और जवाब दिया, 'ठीक है सेठ जो तुम्हारी मर्ज़ी हो करो, मगर एक बात सुन लो यह सेट मैं ही मुकम्मल करूंगा, फ़िल्म का बाक़ी काम किसी और से करा लेना. मगर इस सेट पर कोई दूसरा डायरेक्टर आया तो मैं उसकी टांगें तोड़ दूंगा...'

आसिफ़ साहब से ये सुना तो शापूरजी बोले, 'आसिफ़ तू दादागीरी करता है'.

तो आसिफ़ बोला, 'नहीं सेठ, सारी इंडस्ट्री कह रही है कि आसिफ़ ने ग़लत सेट लगाया. इसे फ़ोटोग्राफ़ नहीं किया जा सकता. अब मामला वक़ार का है. मैं इस सेट को फ़िल्माकर पूरी इंडस्ट्री को दिखाऊंगा कि नामुमकिन को मुमकिन कैसे किया जाता है. मैं कल से शूटिंग कर रहा हूं, बीच में मत बोलना.'' (नौशाद)

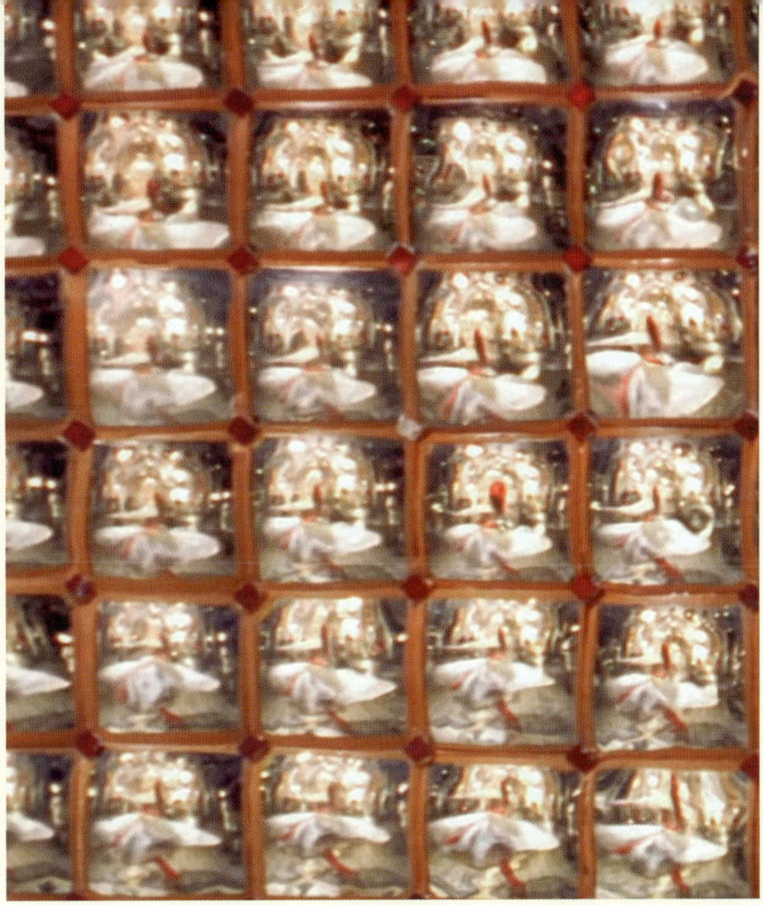

आसिफ़ और आर.डी. माथुर की रातों की नींद उड़ चुकी थी और वो तरह-तरह से इस सेट को शूट करने के उपाय ढूंढ़ते रहते. आख़िर एक उपाय सूझा, जिसे आज़माकर देखने का फ़ैसला हुआ.

''एक आइडिया मुझे आया. रिफ़्लेक्टर पेपर्स, पड़ोस (के स्टूडियो) में से, क्योंकि जब तक हमारा आउटडोर नहीं हुआ था, रिफ़्लेक्टर्स बुलवाए. लाइट डायरेक्ट रिफ़्लेक्टर्स पे दी, रिफ़्लेक्टर्स को बाउंस करके वो लाइट, पिलर, आर्चिज़ पे दी. तो उस टेस्ट से मुझे आइडिया हो गया कि ठीक है कि इसको बाउंस लाइट से आई कैन मैनेज... तो उसी बाउंस लाइट का आइडिया पूरे शीश महल में लगा.''
(आर.डी. माथुर)

कांच के टुकड़ों पर मोम की पतली सी परत वाला लेप भी किया गया कि रिफ़्लेक्शन न हो. शीश महल का यह सेट इतने बड़े दायरे में फैला था कि उस पर लाइटिंग के लिए पूरे 100 रिफ़्लेक्टर्स लगाने के बावजूद रोशनी की कमी महसूस हुई तो कई सारे ट्रक बुलाकर उनकी हेड लाइट्स से सेट के कुछ हिस्से रोशन किए गए.

इस तमाम जफ़ाकशी के बाद आसिफ़ ने आख़िर यह सीक्वेंस शूट कर लिया और नतीजा ऊपर वाले पर छोड़ दिया. क्योंकि यह हिस्सा कलर में शूट किया गया था इसलिए उसकी प्रोसेसिंग के लिए निगेटिव को टेक्नीकलर लैब लंदन भेजा गया. इस बेहद अहम काम की ज़िम्मेदारी आसिफ़ ने अपने सबसे ज़्यादा भरोसे के आदमी एस.के. ओझा को ही सौंपी. निगेटिव के साथ उसे लंदन रवाना कर दिया.

लंदन में जब फ़िल्म डेवलप हुई तो नतीजे देखकर लैब वाले भी ख़ुश हो गए. उन्होंने आसिफ़ को बधाई का तार भेजा. शापूरजी को इस तार पर भी यक़ीन नहीं आया. ओझा के मुताबिक़, वह रील मैं डेवलप करवा के जब लंदन से लाया तो शापूरजी ने वह तिजोरी में बंद कर दी. बोले, पहले मैं इसे अकेले देखूंगा.

आख़िर उन्होंने पहले वह रील ख़ुद देखी और फिर सबको दिखाई. सबने वाह-वाह की तो शापूरजी ख़ुश हो गए.

उन्होंने आसिफ़ साहब की पीठ ठोकी और कहने लगे, 'आसिफ़ तूने कमाल कर दिया. क्या अकबर बनाया है. मुझे तो मजा (मज़ा) आ गया'.

शापूरजी बोले, 'तू तो मेरे बच्चे का माफ़िक़ है'.

आसिफ़ साहब बोले, 'सेठ, इसीलिए तो तुम्हारी बातें सुन लेता हूं. तुम्हारी जगह कोई और ऐसी बातें करे तो मैं उसे उठाकर फेंक दूं'. (नौशाद- शमा - कहां-कहां से गुज़र गया)

शीश महल के सेट पर आसिफ़ और उनकी टीम ने जिस जां-फ़िशानी से काम किया उसी के नतीजे में यहां पिक्चराइज़ किया हुआ गीत *'प्यार किया तो डरना क्या'* सदा-सदा के लिए फ़िल्म इतिहास में अमर हो गया.

जिस घड़ी मधुबाला के मुंह से निकलता है *'छुप न सकेगा इश्क़ हमारा / चारों तरफ़ है उनका नज़ारा'* तो यक-ब-यक हर कांच के सीने में मधुबाला-दिलीप कुमार और पृथ्वीराज कपूर के अक्स, बारी-बारी दिखाई देने लगते हैं. उसी घड़ी आंख बंद कर शीश महल की यह कहानी याद कर लो तो इन्हीं शीशों में छुपी सैकड़ों कारीगरों के हुनर की ख़ुशबू के साथ ही साथ के. आसिफ़ और उनकी उस पूरी टीम के निढाल जिस्म मगर मुस्कराते चेहरे भी नज़र आ जाते हैं.

फ़िल्म रिलीज़ होने के बाद अगले तीन साल तक शीश महल का यह सेट जस का तस मोहन स्टूडियो में क़ायम रहा. देश-विदेश से हज़ारों लोग आते और इस करिश्मा-ए-आसिफ़ की दाद देते हुए लौटते. और हां, इस शीश महल के सेट पर प्रवेश से पहले जूते बाहर उतार कर जाना होता था.

आसिफ़ साहब ने जवाब दिया, 'अब बाक़ी शूटिंग जिससे करवानी है करवा लो'. इस पर शापूरजी बोले, 'क्या पागल जैसा बात करता है! तू ही पिक्चर मुकम्मल करेगा'.

आसिफ़ साहब ने जवाब दिया, 'हम तो वैसा ही करेगा, जैसा करता है. तुम्हारा यह घड़ी-घड़ी का लफ़ड़ा और ड्रामा नहीं चाहिए'.

जंग से पहले जंग

'मुग़ल-ए-आज़म' में अकबर और सलीम की फ़ौजों के बीच जंग के सीन पिक्चराइज़ होने थे, उसको लेकर भी शापूरजी और आसिफ़ के बीच एक छोटी सी जंग हुई.

आसिफ़ ने इस शूट के लिए शापूरजी को साढ़े तीन लाख का बजट दिया. शापूरजी दूसरे दिन अपने बेटे पालोनजी के साथ बजट की कॉपी लेकर नौशाद के घर पहुंच गए. बोले, 'नौशाद साहब, अपने दोस्त को समझाओ. मुझे बरबाद कर देगा. साढ़े तीन लाख बजट देखकर मेरा ब्लड प्रेशर हाई हो गया है'.

अपने पिता को क्रोध में उबलते हुए देखकर पालोनजी को भी गुस्सा आ गया. उसने अपने पिता से कहा, 'बाबा, अपनी तबीयत क्यूं ख़राब करते हो? पिक्चर जला दो. हमें तुम्हारी ज़रूरत है किसी फ़िल्म की नहीं'.

बाप ने डांटकर बेटे को तो चुप करा दिया लेकिन इस बात पर अड़े रहे कि वह इस शूट को साढ़े तीन लाख की बजाय सिर्फ़ डेढ़ लाख में पूरा करवाना चाहते हैं. इस बात पर आसिफ़ को राज़ी करने की ज़िम्मेवारी उन्होंने नौशाद पर डाल दी.

नौशाद साहब ने हालात की संजीदगी को समझते हुए के. आसिफ़ को फ़ोन करके उसी वक़्त अपने घर बुला लिया. उन्होंने सेठ की मौजूदगी में ही आसिफ़ को इस बात पर राज़ी कर लिया कि फ़िल्म के वार सींस का बजट डेढ़ लाख रखा जाए.

सेठ जी ख़ुश हो गए. जब वो वापस जाने लगे तो आसिफ़ उन्हें बाहर गाड़ी तक छोड़ने चला गया. कुछ देर बाद लौटकर नौशाद साहब के सामने आकर कुर्सी पर पसर गया. सिगरेट का एक सुट्टा मारा. गुल झाड़ा और अर्थपूर्ण मुस्कराहट के साथ नौशाद से कहा, ये शूट डेढ़ लाख में बिलकुल नहीं होगा.

यलगार हो!!!

एम.एफ. हुसैन सीरीज़ | 3

अब चौंकने की बारी नौशाद की थी. उन्होंने कहा कि भई अभी-अभी तुमने इस रक़म पर रज़ामंदी दी है. सेठ तुम्हें पैसे न देगा और मेरी इज़्ज़त भी जाएगी. आसिफ़ ने अपने मुस्कराहट को बरक़रार रखते हुए एक और सुट्टा मारकर कहा, 'आप बेफ़िक्र रहें. सेठ ख़ुद ही पूरा पैसा देने को राज़ी है...'

नौशाद की समझ में आसिफ़ की यह माया बिलकुल न आई. हद तो तब हो गई कि वार सींस जब शूट हुए तो उस पर असल ख़र्च आया पूरे पांच लाख. शापूरजी सेठ ने उसका भुगतान भी किया.

'मुग़ल-ए-आज़म' के वार सींस उस वक़्त के लिहाज़ से तो बेमिसाल थे ही लेकिन आज लगभग 60 साल बाद भी उसकी जोड़ के वार सींस हिंदुस्तानी सिनेमा में कम ही दिखाई दिए हैं.

कैमरामेन आर.डी. माथुर ने मधु भसीन और सुमन सरीन को एक वीडियो इंटरव्यू में इन वार सींस के बारे में काफ़ी तफ़सील से जानकारी दी है.

'मुग़ल-ए-आज़म' के वार सींस में we had limitations (हम पर कुछ बंधन थे). गवर्नमेंट ऑफ़ इंडिया की आर्मी आती थी. और आर्मी भी अपने हिसाब से आती थी. उनको जब टाइम मिलता था. तो जयपुर में वार सींस के लिए कोई छह महीने के लिए हम लोग रहे हैं. इतनी गर्मी में फ़रवरी, मार्च से जून, जुलाई तक. कभी आंधी आ रही है, कभी तूफ़ान आ रहा है. ह्यूज (विशाल) रिफ़लेक्टर्स मंगवाने पड़े. आठ-आठ कैमरे उस बैटल सीन के लिए लगाए थे. आठ कैमरे पहले से डिफरेंट (अलग) जगह से मंगाकर, उनके आठ डिफ़रेंट एंगल्स पहले सेट करते थे. उसके बाद में हम लोग फ़ौज से डायरेक्ट बात नहीं कर सकते थे. उनके जो वो आते थे मेजर्स, कैप्टिंस वग़ैरह.

फ़िल्म में दिखाए गए जंग के सीन में असलियत का रंग लाने के लिए के. आसिफ़ ने उस वक़्त के रक्षा मंत्री वी.के. कृष्णा मेनन की ख़ास इजाज़त हासिल की. जंग के सींस में जयपुर केवेलरी की पूरी एक बटालियन के कोई 8000 जवान, 2000 ऊंट और 4000 घोड़ों का इस्तेमाल किया गया है. ज़ाहिर है आसिफ़ को इस सब का भुगतान भी सरकार को करना पड़ा.

आउटडोर में जब ये जाते थे तो धूप में काम कर-कर के एकदम से स्किन जैसे जल जाती थी. इतनी काली हो जाती थी. क्योंकि गर्मियों में हुई सारी शूटिंग.

इस शूट के समय की एक घटना है. आर्मी के जवान और टेक्नीशियंस ज़मीन के नीचे बारूद बिछाकर धमाके कर रहे थे. आसिफ़ साहब कब पीछे रहने वाले थे. एक सीन में हाथी की पीठ पर पृथ्वीराज जी का डुप्लीकेट बैठा हुआ था. हाथी को एक लाल झंडी के ऊपर से गुज़रना था, जिसके बाद धमाका होना था. जैसे ही हाथी लाल झंडी के ऊपर आया आसिफ़ साहब ने अपने हाथों से धमाका करने वाला पंप दबा दिया. पंप दबाने का टाइमिंग इतना परफ़ेक्ट था कि सीन में बहुत पावरफुल बन गया."

अपनी ऐसी ही कोशिशों के दौरान वार सींस की शूटिंग में के. आसिफ ज़ख़्मी भी हो गए, लेकिन उसके बाद भी वो बिना रुके अपने काम में बाक़ायदा जुटे रहे. इसी लगन और ऐसी समर्पण भावना का ही नतीजा है कि आज भी *'मुग़ल-ए-आज़म'* के वार सींस को आज की विकसित टेक्नोलॉजी के मुक़ाबले में भी ज़्यादा असरदार माना जाता है.

आख़िरी सीन

शकेब जलाली का एक शेर है :

जो मोतियों की तलब ने कभी उदास किया
तो हम भी राह से कंकड़ समेट लाए बहुत

के. आसिफ़ के लिए अपनी ज़ाती ज़िंदगी में जिन मोतियों की क़ीमत राह के कंकड़ों से कुछ ज़्यादा नहीं थी उन्हीं मोतियों की ज़रूरत फ़िल्म के एक सीन के लिए आन पड़ी. मोती और वह भी सिर्फ़ और सिर्फ़ असली मोती.

फ़िल्म में जन्माष्टमी उत्सव के दृश्य में आसिफ़ साहब मोतियों का बना परदा लगवाना चाहते थे, जिन्हें जोधाबाई अपने बेटे की वापसी पर लुटा देती हैं. शापूरजी, आसिफ़ की इस 'एकदम असली की सनक' से तंग आ चुके थे. सिर्फ़ ज़मीन पर गिराने भर के एक सीन के लिए असली मोती लाना उन्हें फ़िज़ूलख़र्ची वाली बात लगी.

आसिफ़ को तरह-तरह से समझाने, मनाने की कोशिश हुई. आख़िर में यह भी कहा गया कि परदा इतना बड़ा है कि उतने मोती ही नहीं मिल रहे. आसिफ़ साहब ने यह बात सुनकर शूटिंग ही रोक दी. कहने लगे जब मोती मिल जाएंगे, तभी काम आगे बढ़ेगा.

वक़्त गुज़रता रहा और न आसिफ़ की ज़िद में कोई कमी आई और न शापूरजी के फ़ैसले में. इन्हीं दिनों में ईद का त्यौहार आया. तमाम इख़्तलाफ़ात के बावजूद शापूरजी आसिफ़ से एक बेटे की तरह ही प्यार करते थे. सो जब वे ईद मिलने आसिफ़ के घर गए तो ईदी के तौर पर एक थाल में मोटी रक़म रखकर ले गए.

ग़ौर कीजिएगा तो पाइएगा कि यह एक ऐसी अनोखी फ़िल्म है जिसमें न तो कोई कॉमेडियन है और न ही कोई कॉमेडी. अकेले मुहब्बत की ताक़त से ही, कुछ बेहद संजीदा और तनाव भरे हिस्सों को छोड़कर, एक निहायत ख़ुशनुमा माहौल का अहसास बना रहता है.

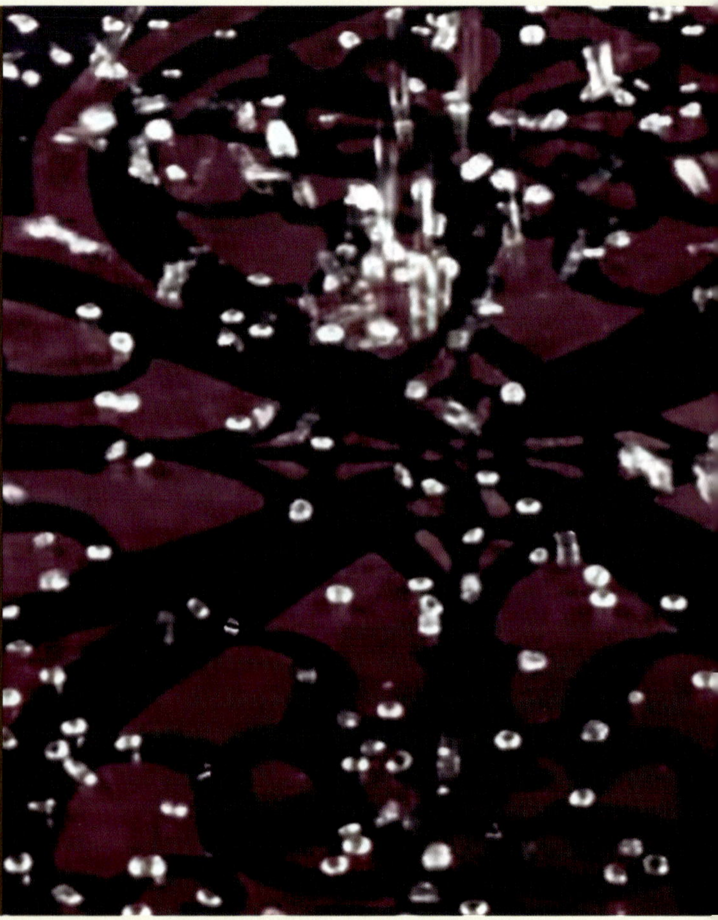

आसिफ़ साहब ने मुस्कराकर उसमे से 1 (एक) रुपया उठा लिया और शापूरजी से कहा कि सेठ, इन बाक़ी के रुपयों से वो मोती मंगवा दें, जिसकी वजह से शूटिंग रुकी पड़ी है.

आसिफ़ की इस बात से सेठ शापूरजी मोम की तरह पिघलकर रह गए. आसिफ़ के ईमान ने उन्हें पशेमान कर दिया. उन्होंने बिना किसी देर मोतियों का इंतज़ाम कर दिया. इन मोतियों का इस्तेमाल फ़िल्म के शुरुआती हिस्से में दिखाया गया है लेकिन इसकी शूटिंग एकदम आख़िर में हुई थी. इस शूटिंग की एक रिपोर्ट अंग्रेज़ी पत्रिका *'फ़िल्मफ़ेयर'* के 11 सितम्बर 1959 के अंक में इस तरह प्रकाशित हुई थी.

''मुग़ल-ए-आज़म' का अख़िरी सीन हाल ही में मोहन स्टूडियोज़ में फ़िल्मा लिया गया है. इस सीन में दुर्गा खोटे, जो कि फ़िल्ग में शहज़ादा सलीम की मां का किरदार निभा रही हैं, बरसों बाद घर लौट रहे अपने बेटे के आने की ख़ुशी में हीरे, मोती और दूसरे क़ीमती नगीने महल की अपनी ख़ादिमाओं और कनीज़ों में बांट रही हैं.

डायरेक्टर के. आसिफ़, जो बड़ी बारीकी से हर शॉट की हर चीज़ पर नज़र रखते हैं, ने स्टूडियो के फ़्लोर को शीशों से पाट दिया था ताकि ज़मीन पर गिरने वाले 'हीरे-मोती' और दीगर 'क़ीमती नगीने' अपनी पूरी खनक भरी आवाज़ के साथ कैमरे में बख़ूबी क़ैद हो सकें.

इस बात से मुतमईन होने के लिए कि यह तमाम 'हीरे-मोती और दीगर क़ीमती नगीने' भरपूर तादाद में मौजूद हैं, आसिफ़ ख़ुद तराजू के एक पल्ले पर बैठ गए और दूसरी तरफ़ रखे गए वह तमाम नगीने. आसिफ़ इस बात से बड़े ख़ुश हुए और उन्हें दिल-जोई हुई कि इन नगीनों का वज़न उनके वज़न से कोई बारह पौंड ज़्यादा था.'' (फ़िल्मफ़ेयर)

''इस एक सीन को पुर-असर बनाने के लिए आसिफ़ ने न सिर्फ़ असली मोतियों की ज़िद बांधी बल्कि इस सीन के लिए जूनियर आर्टिस्ट की जगह कई सारी नामचीन और कई सारी नई अभिनेत्रियों को आमंत्रित किया गया था. उनको फूल बरसाने, इत्तर छिड़कने और मोती बिखेरने के दृश्यों के लिए बुलाया गया था.'' (दुर्गा खोटे)

इस तरह के. आसिफ़ ने पंद्रह बरस की लंबी तपस्या के बाद अपने उस ख़्वाब को एक लासानी शक्ल दी और ज़माने के रूबरू पेश किया. इसी आसमानी ख़्वाब को दुनिया आज भी *'मुग़ल-ए-आज़म'* के नाम से याद करती है.

ज़िल्ले इलाही...

एम.एफ़. हुसैन सीरीज़ | 4

कहानी - मुग़ल-ए-आज़म

'मुग़ल-ए-आज़म' की कहानी को अगर चंद लफ़्ज़ों में बयान करना हो तो यह काम साहिर लुधियानवी ने अपने एक गीत के ज़रिए बख़ूबी किया हुआ है.

तख़्त क्या चीज़ है और लाल-ओ-जवाहर क्या है
इश्क़ वाले तो खुदाई भी लुटा देते हैं.

अब इसी बात को अगर कहानी की तरह बयां करना हो तो वह कुछ इस तरह बयां होती है.

यह कहानी है सोलहवीं सदी में आबाद शहंशाह अकबर के दरबार की एक रक़्क़ासा, एक कनीज़ अनारकली की. अनारकली, जिसके वजूद को शाही इतिहास लिखने वाले एक ग़ैर-ज़रूरी वर्क़ की तरह फाड़कर न जाने कितनी बार दफ़न कर चुके हैं. हर दौर में इसी तरह "ग़ैर-ज़रूरी" किरदारों के वर्क़ फाड़े जाते रहे हैं. लेकिन ख़ुदा की बनाई इस दुनिया की सबसे बड़ी सिफ़त यही है कि यहां वजूद में आई हर चीज़ के निशां रह ही जाते हैं, जो बार-बार उभर कर सामने आते रहते हैं.

गीतकार राजेंद्र कृष्ण ने फ़िल्म *'अनारकली'*(1953) के एक गीत में एक लाइन लिखी है - *''सुनाएगी यह दास्तां शमा मेरे मज़ार की / ख़िज़ां में भी खिली रही ये कली अनार की.''* अनारकली की दास्तान पर कई फ़िल्में बनी और कई गीत लिखे गए लेकिन किसी और गीतकार की कलम ने इससे बड़ी बात नहीं कही है. आज भी लाहौर के अनारकली बाज़ार में क़ायम अनारकली के मज़ार को छूकर निकलती हवाएं उसकी दास्तान को हर दौर, हर पीढ़ी के इंसानों को अनारकली की याद दिलाती रहती हैं.

'मुग़ल-ए-आज़म' की कहानी एक बहु-आयामी कहानी है. ऊपर-ऊपर से यह एक प्रेम त्रिकोण की कहानी है, जिसमें बाक़ायदा आशिक़ (शहज़ादा सलीम), माशूक़ (अनारकली) और रक़ीब (बहार) जैसे किरदार हैं. लेकिन कहानी में अकबर-ए-आज़म के किरदार को केंद्र में लाकर आसिफ़ ने कहानी को एक नया फ़लक दे दिया है. मुहब्बत की इस दास्तान में पीढ़ियों के सनातन संघर्ष, एक शहंशाह की शहंशाह बनकर ही हर चीज़ को देखने की मजबूरी और मां की ममता पर महारानी जोधा बाई का महारानी के ओहदे को निछावर करते जज़्बात, कहानी को अपने मकामे-उरूज़ पर ले जाते हैं.

***'मुग़ल-ए-आज़म'* की पर्दे पर कहानी शुरू होती है, उफ़क़ पर उभरते हिंदुस्तान के एक नक़्शे और एक गूंजदार आवाज़ के साथ. आवाज़ ख़ुद को हिंदोस्तान कहती है.**

मैं हिंदोस्तान हूं. हिमालिया मेरी सरहदों का निगहबान है. गंगा मेरी पवित्रता की सौगंध. तारीख़ की इब्तदा से मैं अंधेरों और उजालों का साथी हूं. और मेरी ख़ाक पर संगे-मरमर की चादरों में लिपटी हुई ये इमारतें दुनिया से कह रही हैं कि ज़ालिमों ने मुझे लूटा और मेहरबानों ने मुझे संवारा. नादानों ने मुझे ज़ंजीरें पहना दीं और मेरे चाहने वालों ने उन्हें काट फेंका.

मेरे इन चाहने वालों में एक इंसान का नाम जलालउद्दीन मोहम्मद अकबर था. अकबर ने मुझसे प्यार किया. मज़हब और रस्मो-रिवाज़ की दीवार से बलन्द होकर, इंसान को इंसान से मोहब्बत करना सिखाया. और हमेशा के लिये मुझे सीने से लगा लिया.'

नक़्शा ओझल हो जाता है और उसकी जगह दिखाई देता है अकबर-ए-आज़म का महल. आवाज़ मौजूद है, जो बताती है;

''ये शहंशाह जलालुद्दीन मुहम्मद अकबर का महल है और अब इसके दरो-दीवार गुज़रे हुए दिनों के कुछ अफ़साने कहते हैं. आज से तीन सौ अस्सी बरस पहले इस अज़ीमुश्शान महल के आराम से और आसाइशों से दूर... धूप और गर्मी से तपते हुए इस रेगिस्तान में अंगारों की मानिंद जलती हुई रेत पर ये नंगे पांव चलने वाला तन्हा इंसान अकबर-ए-आज़म है. इन आंखों की मायूसी कह रही है कि उन्होंने अभी तक औलाद का मुस्कराता हुआ चेहरा नहीं देखा.''

पर्दे पर इन्हीं संवादों के बीच अकबर बने पृथ्वीराज कपूर का चेहरा क्लोज़ अप में आ जाता है. चेहरे पर लिखा है कि पस मंज़र में कहा जा रहा हर लफ़्ज़ सच है और सिवाय सच के कुछ नहीं है.

और सच तो यह है कि पृथ्वीराज कपूर ने इस पहले फ्रेम से लेकर आख़िरी फ्रेम तक, हर बार इसी बात को मानने के लिए मजबूर कर दिया है. शायद यही वजह है कि आज भी शहंशाह अकबर का ज़िक्र आते ही यह चेहरा यक-ब-यक उभरकर सामने आ जाता है. हालांकि यह भी सच है कि इतिहास की अलग-अलग किताबों में दर्ज अकबर की शख़्सियत का ख़ाक़ा इस फ़िल्मी शख़्सियत के मुक़ाबले में ज़रा कमतर है.

कहानी के अगले मोड़ पर अकबर की तपस्या रंग लाती है. अकबर की महारानी जोधा बाई की गोद हरी होती है और एक बेटे को जन्म देती है. अनारकली की मां (जिल्लो बाई), जो महारानी जोधा बाई के महल की एक बांदी है, आकर अकबर को यह मुबारक ख़बर सुनाती है.

इस एक ख़बर की आस में अब तक तड़पते अकबर के लिए ख़बर लाने वाली बांदी एक बड़े इनाम की हक़दार हो जाती है.

''अलहम्दुलिलाह! तुम अकबर की मायूस ज़िंदगी में ख़ुदा की रहमतों का पैग़ाम लेकर आई हो. लो, लो यह अंगूठी. बतौर-ए-निशानी अपने पास रखो. इंसाफ़ के इस मुक़द्दस तराज़ू की कसम, अकबर से ज़िंदगी में एक बार जो मांगोगी, अता किया जाएगा.''

इस जगह के. आसिफ़ जो अमान साहब के साथ इस कहानी के लेखक भी हैं और साथ ही डायरेक्टर भी, बड़ी नफ़ासत से कहानी के अंत की भूमिका भी तैयार कर देते हैं.

> अपनी बदनामी से नहीं डरती, उनकी रुस्वाई नहीं चाहती. [अनारकली]

अकबर का यह वली अहद बचपन में बुरी संगत में पड़कर बुरी आदतों में पड़ जाता है. अपनी नज़रों के ही आगे मुग़ल सल्तनत को अंधेरों में ग़र्क होने की झलक देखकर शहंशाह अपने जिगर के टुकड़े को जंग में मैदान में भेज देता है कि उसकी आंख से शराब और शबाब के मेले ओझल हो सकें.

बरसों बाद जंग में फ़तेहयाब होकर नौजवान शहज़ादा वापस घर लौट आता है. उसकी आमद को यादगार बनाने के लिए तरह-तरह के जश्न मनाने की तैयारी होती है. इसी नाच-गाने और खेल-तमाशों के बीच शहज़ादे का सामना होता है नादिरा उर्फ़ अनारकली से, और पहली ही नज़र में इश्क़ हो जाता है.

बेटे की घर वापसी पर शहंशाह अकबर और महारानी जोधा बाई ख़ुशियों के साग़र में डूबे कल के हसीन ख़्वाब संजो रहे हैं कि तभी महल की एक और कनीज़ बहार आकर इन ख़ुशियों पर पानी फेर देती है. बहार ख़ुद को अनारकली की जगह देखना चाहती है और शहज़ादा सलीम को अपने इश्क़ में फांसकर हिंदुस्तान की मलिका बनने के ख़्वाब देखती है. इसी ख़्वाब को पूरा करने की गरज़ से वह पर्दे-पर्दे में सलीम-अनारकली के पनपते इश्क़ में घात लगाकर आए दिन माहौल में ज़हर घोलती रहती है.

इन सारी कोशिशों के नतीजे में वह दिन भी आता है जब अनारकली को क़ैद कर लिया जाता है और सज़ा-ए-मौत सुना दी जाती है. सलीम अनारकली को अपनी मलिका बनाने को बज़िद है और अकबर उसे किसी सूरत मंज़ूर करने को राज़ी नहीं. बात बाप-बेटे के बीच जंग तक चली जाती है. सलीम की बगावत के हक़ में उनका राजपूत दोस्त दुर्जन सिंह और उसके साथी उसके साथ खड़े होते हैं लेकिन शाही फ़ौजों के सामने उनकी ताक़त नाकाफ़ी साबित होती है. सलीम पकड़ा जाता है. सलीम की जान बचाने की ख़ातिर अनारकली ख़ुद को शहंशाह के सामने सज़ा के लिए पेश कर देती है. बाग़ी सलीम को जां-बख़्शी और अनारकली को सज़ाए-मौत सुनाई जाती है.

अब इस जगह फ़िल्म की कहानी में शहंशाह अकबर की वह अंगूठी लौट आती है, जिसे अकबर ने अनारकली की मां को दिया था. अनारकली की मां अंगूठी लेकर अकबर को उनका वादा याद दिलाती है और अपनी बेटी की जान बख़्शी की मांग करती है.

इस मौक़े पर अकबर उस अंगूठी को पहचानने से ही इंकार कर देता है. इस जगह बेसाख़्ता ही महाराज दुष्यंत का शकुंतला और अपनी अंगूठी को पहचनाने से इंकार वाली कहानी की याद आ जाती है. लेकिन अकबर की अंगूठी जिस घड़ी इंसाफ़ के उस मुक़द्दस तराज़ू पर जा पड़ती है, जिसकी कसम अकबर ने बड़े गुरूर से खाई थी, उस घड़ी इस नाइंसाफ़ी के वज़न से लड़खड़ाकर ऊपर-नीचे होता तराज़ू, अकबर के ईमान की चूलों को भी झकझोर देता है.

आख़िर में के. आसिफ़ की फ़िल्म के इस शहंशाह को इंसाफ़ के हक़ में झुकना पड़ता है और दीवार में ज़िंदा चुनी जा रही अनारकली को रिहा कर देता है. रिहाई की शर्त यह है कि अनारकली महल की एक ख़ुफ़िया सुरंग के ज़रिए मुग़ल सल्तनत की सरहदों के पार चली जाएगी और यह राज़ कि अनारकली ज़िंदा है, हमेशा राज़ रहेगा ताकि सलीम यह समझता रहे कि उसकी अनारकली मर चुकी है.

फ़िल्म अकबर के इस संवाद के साथ ख़त्म होती है कि - 'अनारकली! जब तक यह दुनिया क़ायम रहेगी, तुम लफ़्ज़े-मुहब्बत की आबरू बनकर ज़िंदा रहोगी. और मुग़लों की तारीख़ तुम्हारा यह अहसान याद रखेगी कि तुमने बाबर और हुमायूं की नस्ल को नई ज़िंदगी दी. लेकिन हम, तुम्हें एक गुमनाम ज़िंदगी के सिवा कुछ नहीं दे सकते. हम मजबूर हैं.

बख़ुदा हम मुहब्बत के दुश्मन नहीं, अपने उसूलों के गुलाम हैं. एक गुलाम की बेबसी पर ग़ौर करोगी, तो शायद हमें तुम माफ़ कर सको'.

جب رات ہے
نغموں سے برستی ہے مستی
تو صبح کا

हर मंज़र इक नग़मा है

'मुग़ल-ए-आज़म' फ़िल्म से कहीं ज़्यादा के. आसिफ़ की शायरी का एक दीवान है. एक ऐसा दीवान कि जिसका हर वर्क और हर हर्फ़ ग़ज़ल के किसी मिसरे का सा लुत्फ़ फ़रामोश करता है. और मिसरों की अदायगी ऐसी कि संगत को बेताब साज़ ख़ुद-ब-ख़ुद बजने लगें.

यह एक ऐसा ताजमहल है जिसके हर संगमरमरी टुकड़े को, उसके हर कारीगर ने अपने कारनामे को इस नफ़ासत के साथ बकाया कारीगरों के कारनामे में शामिल कर दिया है कि वो ख़ुद कहीं दिखाई नहीं देता. दिखाई देता है तो बस एक बेदाग़, शफ़्फ़ाफ़ ताजमहल.

क्या ख़ूब है कि पत्थरों को तराशने वाला फ़नकार - संगतराश - जब चुनौती पाता है तो अपने हुनर का मज़ाहिरा भी शायराना अंदाज़ में करता है. पत्थर के मुजसमे की जगह एक जीती-जागती, सरापा हुस्न की मूरत को, पत्थर की मूरत की तरह ला खड़ा करता है.

शहज़ादा सलीम को इज़हारे इश्क़ करना है तो वह भी ख़त में शायराना अंदाज़ में इज़हार करता है.

फ़िल्म की चौथी रील के आख़िरी सीन में जहां शहज़ादा सलीम कुछ लिखते हुए नज़र आते हैं और दुर्जन सिंह उनके नज़दीक खड़ा है. तभी अचानक अनारकली की छोटी बहन सुरैया का दाख़िला होता है. दुर्जन चौंककर उसे डांटता है, लेकिन सलीम उससे बातें करते मुस्कराने लगता है और उसे अनारकली के नाम एक ख़त देता है.

दुर्जन सिंह एक अच्छे दोस्त की तरह सलीम को ऐसा करने से रोकने की कोशिश करता है.

- 'यूं खत का जाना ख़तरे से खाली नहीं है साहिबे आलम!'

इस बात का जवाब सलीम की बजाय सुरैया की तरफ़ से आता है.

- 'मुहब्बत कीजिएगा, तो दिल से डर निकल जाएगा.'

फ़िल्म की पांचवीं रील के इस पहले मंज़र में पिछले सीन के ऊपर उभरता हुआ एक लांग टु मिड शॉट है जिसमें न जाने किन ख़यालों में गुम अनारकली दिखाई देती है. इसी दम सुरैया सलीम का ख़त लेकर सीन में शामिल हो जाती है और अपनी आवाज़ से बेख़ुदी के आलम में डूबी अपनी आपा को जगा देती है.

- बाजी!
- हुं...
- अल्लाह! ऐसी भी क्या बे-ख़याली. लो यह ख़त.
- ख़त कैसा!
- साहिब-ए-आलम का.
- हाय अल्लाह!
- अल्लाह को याद करोगी तो दूसरा ख़त आ जाएगा. लो संभालो, तड़प रहा है. शायद इसमें साहिबे आलम का दिल है.
- अब ले भी लो.
- नहीं.
- वाह! दिल देने में देर नहीं और दिल लेने में इतनी देर!

सुरैया जाती है. अनारकली अकेली. सितार के तारों की गूंजती मधुर रागिनी उसकी उलझन के धागों की तर्जुमानी करती सुनाई देती है.

लजाती-शर्माती आख़िर अनारकली बंद दरवाज़े के पीछे जाकर ख़त पढ़ना शुरू करती है. इस वक़्त उसकी पीठ कैमरे की तरफ़ है.

- माहे-रू, महजबीं अनारकली! दिलरुबा, दिलनशीं अनारकली.
हो ये मालूम तुमको बाद-ए-सलाम / ग़म-ए-फ़ुरक़त से दिल है बे-आराम
रात-दिन तुमको याद करते हैं / आरज़ू में तुम्हारी मरते हैं
रात काटेंगे इंतज़ार में हम / मग़रिबी बुर्ज के किनार में हम
बंद करके कमल में ख़त का जवाब / नहर की राह भेज देना शिताब
भूल जाना ना ऐ वफ़ा की शमीम / मुंतज़िर है जवाब-ए-ख़त का सलीम
(शिताब : जल्द)

फ़िल्म में जब-जब कोई नाज़ुक मोड़ आता है. जब-जब किसी नर्मो-नाज़ुक अहसास को बयान करने का मौक़ा आता है आसिफ़ ने वहां-वहां उसे ज़बानी लफ़्ज़ों से ख़ाली रखकर संगीत को बोलने का ज़िम्मा सौंपा है.

'मुग़ल-ए-आज़म' में इस तरह के कई मौक़े आते हैं, जहां कोई किरदार कुछ भी नहीं बोल रहा लेकिन संगीत के सुर उस अनकही को इस तरह कह जाते हैं कि देखने वाला देखते-देखते उस मंज़र का हिस्सा बनकर कहानी को एक छोर से दूसरे छोर तक ले जाने में शामिल हो जाता है. याद कीजिए, सलीम-अनारकली की मुलाक़ात. याद कीजिए वह मंज़र जहां इस फ़िल्म के सबसे ख़ूबसूरत और नाज़ुक सीन में जिस वक़्त अनारकली के होंठों पर एक पंख से सलीम अपनी मुहब्बत का पैग़ाम अनारकली के होंठों पर बिखेर देता है. यहां उस्ताद बड़े ग़ुलाम अली ख़ान की चंद मिनट की गायकी, फ़िल्म को ज़मीन से उठाकर आसमान की उस ऊंचाई तक ले जाती है, जहां फ़रिश्तों की बस्तियां बसती हैं.

ख़त वाले सीक्वेंस को लेकर भी आसिफ़ ने कोई कम माथापच्ची नहीं की. फ़िल्म की हर सिचुएशन को बेमिसाल बनाने की धुन में के. आसिफ़ अपने राइटर्स की टीम के अलावा भी दूसरे लेखकों को खुले आम दावतें भेजते रहते थे. जब बात इस ख़त वाले सीक्वेंस पर आ पहुंची तब भी उन्होंने ऐसा ही किया.

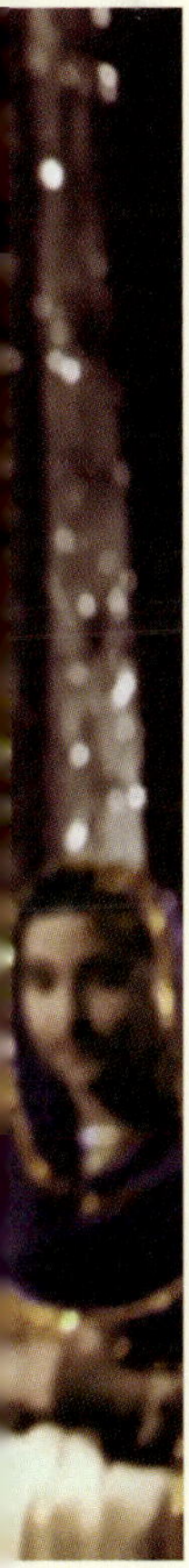

लखनऊ से तशरीफ़ लाए एक राइटर ने यह तज्वीज़ पेश की कि सबसे मुख़्तलिफ़ अंदाज़ में शहज़ादा अपना पैग़ाम-ए-मुहब्बत एक पतंग पर लिखकर अनारकली के क़दमों में उसे गिरा दे. आसिफ़ को इस बात पर गुस्सा तो बहुत आया लेकिन ख़ुद को क़ाबू में रखते हुए अपने प्रोडक्शन कंट्रोलर को बुलाकर कहा कि इन हज़रत को एक पतंग और लखनऊ वापसी का टिकट देकर रवाना कर दीजिए.

आसिफ़ साहब की झुंझलाहट इस बात पर थी कि राइटर महोदय ने मुग़ल सल्तनत के वारिस से पतंग उड़वाकर अपनी मुहब्बत का इज़हार करने जैसा ख़सीस तरीक़ा सोच लिया. बाद को ख़ासे बहस-मुबाहिसे के बाद जिस बात पर सबकी रज़ामंदी बनी वही फ़िल्म में दिखाई दिया. सुरैया बनी सलीम की नामाबर और अनारकली का जवाब सलीम तक पहुंचा बरास्ता नहर एक कमल के फूल के ज़रिए.

इसी तरह का एक और सीक्वेंस है, जो अपने आप में एक ख़ूबसूरत कविता है. आंखों में रात काटती मां, महारानी जोधा बाई, चौदह बरस के इंतज़ार के बाद अपने लख्ते-जिगर से मिलने को बेताब है लेकिन अचानक ही उसको रूबरू देखने का साहस भी नहीं है. एक मां का अपने बेटे के लिए मुहब्बत के ऐसे नर्मो-नाज़ुक जज़्बात का जिस तरह पर्दे पर इज़हार हुआ है वह सिर्फ़ सजदे के काबिल है. इस जगह देखने वाला बेसाख़्ता ही ख़ुद भी लम्हा दर लम्हा उस मां के अहसासात में शरीक हो जाता है.

अब देखिए. कनीज़ आकर कहती है. '**महारानी को बधाई हो ! ...सुबह होने में बस एक पहर बाक़ी है. ...कनीज़ रात घड़ी का आख़िरी मोती पेश करती है.**' महारानी मोती को हाथ में लेकर ख़ुशी में ख़ुशी से भीगी आंखें मूंद लेती है. पार्श्व में सितार की धुन मां की इस ख़ुशी को गाती सी लगती है. महारानी आंखें मूंदे-मूंदे आदेश देती है.

'**इस मोती की क़ीमत अदा की जाए**'. इस एक आवाज़ के साथ ही फ़र्श पर मोतियों की बारिश हो जाती है.

फिर आवाज़ आती है- 'साहिबे आलम यहां तशरीफ़ लाते हैं'.

सलीम आता है. आवाज़ देता है --- 'मां'!

मां के शरीर में सिहरन उठती है. आंखें पूरी तरह भिंच जाती हैं. 10 सेकंड की खामोशी के बाद फिर एक बार 'मां' की सदा उठती है.

कोशिश करूंगा तब भी बयान न होगा. इसे तो सिर्फ़ देखकर ही महसूस किया जा सकता है.

शमा के सीने में क्या है?

एम.एफ. हुसैन सीरीज़ 6

मंज़र जो पस-मंज़र में रह गए
(सीन-अनसीन)

फ़िल्म *'मुगल-ए-आज़म'* की शूटिंग के दौरान इतना सारा शूट किया गया था कि अगर सब कुछ जोड़ दिया जाता तो अंदाज़न पूरी तीन फ़िल्में बन जातीं. लेकिन के. आसिफ़ ने जब अपने हुनर के तराज़ू पर तोल-तोल कर एडिटिंग टेबल पर एडिटर धरमवीर के साथ अपने फ़िल्माए हर मंज़र का मीज़ान देखना शुरू किया तो अनगिनत मंज़र वज़न पर खरे नहीं उतरे. लेकिन इन अनगिनत मंज़रों की शहीदी के नतीजे में जो एक फ़िल्म बनी वह दुनिया की हज़ार फ़िल्मों पर आज भी भारी है.

यूं बयान करने को तो कई सारे सीक्वेंस और कई सारे डायलॉग हैं जो कभी पर्दे पर दिखाई नहीं दिए लेकिन फ़िल्म के एक संवाद लेखक कमाल अमरोही को अपने एक 'जुमले' के कट जाने का बेहद अफ़सोस रहा आया. प्रसिद्ध उर्दू पत्रकार अनीस अमरोहवी को 1974 में दिए एक इंटरव्यू के दौरान उन्होंने इस बात का बड़ी तफ़सील से ज़िक्र किया है.

''फ़िल्म *'मुग़ल-ए-आज़म'* का एक जुमला, जो मुझे बेहद पसंद था, मगर बदक़िस्मती से वह फ़िल्म में नहीं आया... न मालूम क्यों, फ़िल्म के प्रोड्यूसर के. आसिफ़ साहब ने इसका इस्तेमाल नहीं किया. वह सीन कुछ इस तरह था... सलीम एक शहज़ादा था और अनारकली एक कनीज़ थी. एक रात सलीम को नींद नहीं आती और उसी बेक़रारी के आलम में वह अपने बिस्तर से उठ जाता है और दुर्जन सिंह से कहता है कि मैं अभी अनारकली से मिलने उसके हुजरे में जा रहा हूं, जहां इस वक़्त वह मौजूद है.

दुर्जन सिंह बहुत मना करता है और कहता है कि इतने बड़े हिंदुस्तान का शहज़ादा कनीज़ों और गुलामों के घर जाएगा, यह मुनासिब नहीं है. जब कल ये अकबर-ए-आज़म को मालूम होगा तो कितना अफ़सोस होगा. सलीम क्योंकि बड़ा ही ज़िद्दी और हठीला था, इसलिए नहीं मानता और दुर्जन सिंह को अपने साथ ले जाता है.

सलीम कमंद डाल कर ऊपर पहुंच जाता है. नीचे दुर्जन सिंह पहरा दे रहा है. सलीम ने देखा कि शमा की रोशनी में अनारकली सो रही है और शायद ख़्वाब में सहम रही है और इसलिए सहम रही है कि शायद वह ख़्वाब में शहज़ादे को ही देख रही है और साथ ही कुछ सिमट भी रही है. न जाने ख़्वाब में क्या हुआ कि घबरा कर उसकी आंख खुल गई और उसने देखा कि शहज़ादा ख़ुद उस पर झुका हुआ उसे ग़ौर से देख रहा है. उसको यक़ीन नहीं आया और वह समझती रही कि ये ख़्वाब ही है और मैं जाग नहीं रही हूं.

तब अचानक सलीम उससे कहता है कि तुम जाग उठी हो और ये ख़्वाब नहीं है. मैं हक़ीक़त में तुम्हारे क़रीब मौजूद हूं, तब वह घबराकर उठ जाती है और सवाल करती है - 'आप यहां ऐसे आ गए? इस वक़्त अगर आपको यहां देख लिया गया तो मुझ पर बड़ी मुसीबत नाज़िल होगी'.

सलीम कहता है- *'यह तो रात का वक़्त है और इस अंधेरे में मुझे या तुम्हें कोई नहीं देख सकता.'* अनारकली कहती है, *'आलम पनाह की निगाहें, पत्थर की दीवारों में दरारें डालकर देखा करती हैं.'*

यह सुनकर शहज़ादा गुस्से में आ जाता है और अनारकली को बिस्तर से उठा लेता है. कहता है *'क्या तू हर वक़्त अकबर-ए-आज़म से सहमती रहेगी? अभी तक तुझे ये मालूम नहीं कि कौन तुझसे मुहब्बत करता है... आ... आज मैं तुझे अपना तारुफ़ कराऊं ...वह सिर्फ़ अकबर-ए-आज़म हैं और मैं उनके माथे पर पड़ा हुआ निशान हूं जो शेख़ सलीम चिश्ती की दरगाह की चौखट रगड़ते-रगड़ते पैदा हुआ है.'* यह कहकर वह अनारकली को बिस्तर पर फेंक देता है उसके हुजरे से बाहर निकल आता है.''

'मुग़ल-ए-आज़म' में एक और दृश्य नहीं है, जो मूल नाटक में है. इस बात का मेरे पास कोई सुबूत तो नहीं है लेकिन न जाने क्यूं मुझे यक़ीन सा है कि के. आसिफ़ ने यह सीन शूट ज़रूर किया होगा. यह मंज़र उनके मिजाज़ से इस क़दर मेल खाता है कि दिल इस बात को मानने के लिए मजबूर कर रहा है. अब क्योंकि यह सीन फ़िल्म में नहीं है तो मुमकिन है इसे एडिटिंग टेबल पर शहादत नसीब हुई हो.

यह एक ऐसा सीन है जिसमें शहंशाह अकबर और सलीम शतरंज की बाज़ी खेल रहे हैं. डायलॉग की छोड़ दें तो दृश्य बहुत मज़े का है और मुग़लिया दौर की रंगीनियों की एक झलक भी दिखाता है. ज़रा नाटक में बयान मंज़र सुनिए.

यहां अकबर-ए-आज़म सलीम से शतरंज खेल रहे हैं. एवान के फ़र्श पर बिसात बिछी हुई है जिस पर नौजवान और हसीन कनीज़ें मोहरे बनकर खड़ी हुई हैं और अपने सर के लिबास से शिनाख़्त की जा सकती हैं. जो कनीज़ जिसका मोहरा बनी हुई है उस पर नज़र जमाए उसके इशारे की मुंतज़र है. जो पिट चुकी हैं वे बिसात के किनारे से ख़ामोश बैठी हैं. अकबर के पीछे दिलाराम (फ़िल्म में बहार) मुहतमिम (प्रबन्धक) की हैसियत से खड़ी है लेकिन नज़रें कह रही हैं कि इसका दिमाग़ इस खेल से किसी ज़्यादा अहम खेल की चालें सोचने में लगा है.

इसके बाद बाप-बेटे के शह-मात वाले दिलचस्प डायलॉग हैं.

एम.एफ. हुसैन सीरीज़ | 7

सेंसर

आख़िर वह दिन भी आया कि फ़िल्म रिलीज़ के लिए तैयार हो गई. अब बस एक और ऐसा मरहला था जिसे पार करना ज़रूरी था - सेन्सर.

पहली बार इस फ़िल्म को अप्रैल 1960 में सेन्सर बोर्ड के सामने पेश किया गया. कुछ सीन और कुछ संवाद काटने के आदेश के साथ 8 अप्रैल को सर्टीफ़िकेट जारी कर दिया गया. थोड़ी-बहुत कांट-छांट के बाद फ़िल्म को सार्वजनिक प्रदर्शन के लिए दिए जाने वाले 'U' सर्टीफ़िकेट नम्बर 29653 के साथ पास कर दिया गया. इसके बाद फ़िल्म की कुल लम्बाई रह गई 20 रील में बंटी 17272 फ़ीट.

3 मई 1960 को एक बार फिर स्टर्लिंग इनवेस्टमेंट कॉर्पोरेशन प्राइवेट लिमिटेड के लेटर हेड पर प्रोड्यूसर-डायरेक्टर के. आसिफ़ के दस्तख़त-शुदा एक ख़त के साथ फ़िल्म सेन्सर बोर्ड के सामने कुछ और रद्दो-बदल के साथ पेश कर दी गई. इस बार के. आसिफ़ ने अपनी मर्ज़ी से 1096 फ़ीट का फुटेज काटकर उसकी जगह 423 फ़ीट का नया फुटेज जोड़ दिया. इस कांट-छांट और बदलाव के बाद फ़िल्म की लम्बाई रह गई 20 रील में बंटी 16,599 फ़ीट.

12 मई 1960 को इस पूरे फेर-बदल के साथ ही फ़िल्म को रिलीज़ के लिए ज़रूरी सेन्सर की अंतिम मंज़ूरी मिल गई.

STERLING INVESTMENT CORPORATION PRIVATE LTD.
(Motion Picture Department)

TELEPHONE :
86700

169, KURLA ROAD, ANDHERI,
BOMBAY 41.

May 3, 1960.

FILM
Central Board of ^ Censor,
91 White House,
Walkeswar Road,
Bomby.

Dear Sirs,

Re. Picture " Mughal-E-Azam "

We are herewith sending you the script of our above picture, with Reel wisw Footage as under:

Reel No.	Footage	Reel No.	Footage
1	792	11	900
2	1056	12	877
3	828	13	1110
4	888	14	950
5	763	15	796
6	822	16	1020
7	812	17	512
8	915	18	1020
9	609	19	837
10	986	20	777 - 771

Total Footage 17,272 Ft.

This is to certify that the script Gives a true and detailed description of all shots and other Effects in the film ad-seriatum and correctly Reproduces all dialougues there in.

Yours faithfully,
For Sterling Investment Corpn. (P) Ltd.,
Motion Picture Department,

(K. Asif)
Producer Director.

MARATHA MANDIR

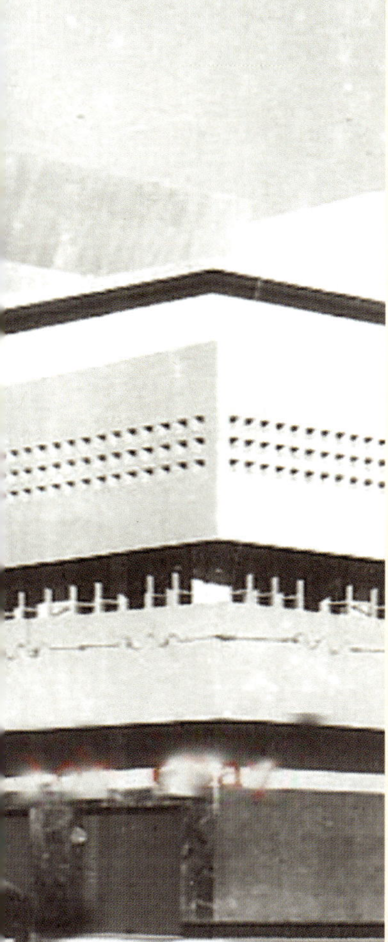

मराठा मंदिर

'मुग़ल-ए-आज़म' से जुड़ी कमोबेश हर चीज़ इतिहास में दर्ज हो चुकी है. मुम्बई सेंट्रल स्टेशन के सामने बना सिनेमा मराठा मंदिर भी किसी तरह इतिहास में कमतर जगह का हक़दार नहीं है. यह अपने दौर का एक ऐसा सिनेमाघर है जिसे उस दौर में बम्बई जाने वाले सैलानियों के लिए एक टूरिस्ट स्पॉट का रुतबा हासिल था. हालत यह थी कि फ़िल्म चाहे जो लगी हो, बाहर से आया हुआ सैलानी टिकट लेकर अंदर ज़रूर जाना चाहता था.

मराठा मंदिर के निर्माण की कहानी में भी कुछ-कुछ के. आसिफ़ की दीवानगी और कुछ-कुछ शाहजहां की मोहब्बत वाले तत्व मौजूद हैं. इस प्रोजेक्ट में राजस्थान का एक ऐसा व्यापारी मुब्तला था जो इस सिनेमा घर को हिंदुस्तानी सिनेमा का ताज महल बनाने का सपना संजो बैठा था. उनका नाम था सेठ मेहताब चंद गोलचा.

मेहताब चंद के सपने उनकी दौलत से बड़े और इंसानी कुव्वत के इम्तिहान से भरे थे. गलीचों के कारोबार ने उन्हें गोलचा बनाया तो सोप स्टोन की खदानों ने उनके ख़ज़ाने भर दिए थे. मगर दिल अभी नहीं भरा था. वह दौलत से मिले परों को तौलना चाहते थे. इसी चाहत को लेकर सेठ मेहताब चंद गोलचा ने अपने पर खोलकर आसमानों में एक ऊंची परवाज़ ली और जा पहुंचे बाम्बे. एक दिन एक दलाल के ज़रिए उन्हें ख़बर मिली कि बाम्बे सेंट्रल स्टेशन के सामने मराठा मंदिर ट्रस्ट का निर्माणाधीन सिनेमाघर बिकाऊ है.

1945 में गठित मराठा मंदिर ट्रस्ट की स्थापना प्रसिद्ध समाज सेवी बाबा साहब गावड़े ने की थी. कई सारी शिक्षण संस्थाओं और गतिविधियों के साथ ही साथ इस ट्रस्ट ने 'मराठा मंदिर' नाम से लेमिंगटन रोड के इस लगभग आख़िरी छोर पर ख़ाली पड़ी ज़मीन पर एक विशाल सिनेमाघर बनाने का फ़ैसला भी लिया गया. उस वक़्त इस ज़मीन पर हर तरफ़ घास के जंगल से खड़े हुए थे.

ग्वालियर के तत्कालीन महाराजा जीवाजीराव सिंधिया भी इस ट्रस्ट का हिस्सा थे. उन्हें यह प्रोजेक्ट इस क़दर भा गया कि उन्होंने इसे अपनी चाहत और शाही शौक़ का हिस्सा बना लिया. इस काम के लिए उन्होंने दिल के साथ ही साथ अपने ख़ज़ाने का मुंह भी खोल दिया था. वे आम दर्शक के लिए एक शाही शानो-शौकत वाला सिनेमाघर बनाना चाहते थे. इसी ख़्वाब की तामीर के लिए 31 मई 1953 को देश के वित्त मंत्री चिंतामनराव देशमुख के हाथों इस इमारत की आधार शिला रखवाई गई.

ट्रस्ट के पास महाराजा की मदद के बावजूद आर्थिक साधन इतने न थे कि योजना के अनुसार सिनेमा की इमारत बन सके. नतीजतन इस महत्त्वाकांक्षी योजना का निर्माण बीच में ही अटक गया.

इसी वक़्त मंज़र पर आए सेठ मेहताब चंद गोलचा, जिन्होंने इस प्रोजेक्ट को पूरा करने और सिनेमाघर चलाने का प्रस्ताव रखा. बातचीत के कई दौर के बाद आख़िर यह सौदा तय हो गया.

REGD. NO. B 3517
filmindia
THE RIGHT MAGAZINE WITH A WRONG NAME
INLAND Rs. 5/-
FOREIGN Sh. 6/-
Her very helplessness
kindled new passion in man!
STERLING INVESTMENT CORPORATION P. LTD.
PRESENTS
K. ASIF'S
MUGHAL-E-AZAM
MUSIC
NAUSHAD

31 अक्टूबर 1955 को हुए एक इक़रारनामे के मुताबिक़ गोलचा सेठ को अधूरी इमारत को अपना पैसा लगाकर पूरा करना था और बदले में उन्हें 5600 माहवारी किराये पर सिनेमाघर चलाने के अधिकार रहेंगे. मतलब इमारत की मालकियत ट्रस्ट की और मैनेजमेंट गोलचा का.

मराठा मंदिर के पहले मैनेजर रहे संतोष सिंह जैन, राजस्थान से ही थे और गोलचा जी के अत्यंत विश्वास पात्र थे. 96 बरस की उम्र में उनकी याददाश्त आज भी जवान है.

''ये सिनेमा जो बना न वो एक ढांचा खड़ा हुआ था. मराठा ट्रस्ट के पास पैसे ख़त्म हो गए थे. मेहताब चंद जी ने ट्रस्ट को एग्रीमेंट साइनिंग पर 75000 रुपये का चेक दिया तो वह बाउंस हो गया था. फिर नक़द पैसा देकर सेठजी ने मामला शांत किया और कंस्ट्रक्शन शुरू हो गया.

महाराजा ग्वालियर जब भी मीटिंग होती थी तो आया करते थे. एक दिन उन्होंने मेहताब चंद जी को बोला, मेहताब जी, सिनेमा अपना टॉप का बनना चाहिये. मेहताब चंद जी बोले, महाराज, आपके महल से बेटर (बेहतर) बना दूंगा. महाराज ज़रा ख़फ़ा हुए और बोले आप इस मामले में महल को बीच में कहां ले आए.''

अब यह ज़रा रुककर सोचने का मक़ाम है. मेहताबचंद गोलचा का यह जवाब, अपने अंदाज़ में लफ़्ज़-ब-लफ़्ज़ के. आसिफ़ की याद दिलाता है. वह भी तब जब, के. आसिफ़ और मेहताबचंद गोलचा के बीच अभी मुलाक़ात तक नहीं हुई थी. फिर भी दोनों एक ही तरह से और एक मक़सद के लिए अलग-अलग जगह काम कर रहे थे. यह भी एक दिलचस्प बात है कि जब क़ुदरत ने दोनों को मिलाया तो दोनों यूं मिले कि जैसे उन्हें मालूम हो कि उन्हें तो मिलना ही था.

के. आसिफ़ तो फ़क़ीर बादशाह थे ही, मेहताबचंद गोलचा को भी मराठा मंदिर के इश्क़ ने के. आसिफ़ का रंग दे दिया था. मराठा मंदिर को दुनिया का सबसे ख़ूबसूरत सिनेमाघर बनाने की धुन में सेठजी अपनी हैसियत से कहीं ज़्यादा दौलत लुटाते चले गए. नतीजा यह हुआ कि राजस्थान में बादशाहों की हैसियत वाले इस इंसान को उन दिनों बम्बई के लोकल ट्रेन में सफ़र पर मजबूर होना पड़ा.

"सेठजी ने इतनी मुफ़लिसी में सिनेमा बनाया है, कि बस. सेठजी रहते थे चर्चगेट पर, मराठा मंदिर था बाम्बे सेंट्रल पर. टैक्सी के पैसे भी नहीं बचते थे सो ट्रेन से जाते थे चर्चगेट. उन्हें जूस पीने की आदत थी पर जूस के पैसे भी नहीं होते थे उनके पास. सो सब छोड़ दिया, बोले यार, सिनेमा बनाना है. वर्ल्ड का बेस्ट सिनेमा." (संतोष सिंह जैन)

इस रिश्ते की मज़बूती और ख़ूबसूरती का अंदाज़ा एक दिल छू लेने वाली घटना से लगाया जा सकता है. नई स्टार कास्ट के साथ *'मुग़ल-ए-आज़म'* की शूटिंग 1952 में शुरू हुई थी और मराठा मंदिर की पहली ईंट उसके ठीक एक साल बाद ही रखी गई. अभी न तो फ़िल्म ही बन पाई थी और न सिनेमा हॉल, और न ही कोई फ़िल्म डिस्ट्रिब्यूटर तय हुआ था, फिर भी 1956 के आसपास ही यह ज़रूर तय हो गया था कि मराठा मंदिर का उद्घाटन फ़िल्म *'मुग़ल-ए-आज़म'* के साथ ही होगा. के. आसिफ़ ने सेठजी को इस बात पर कायल कर लिया था कि *'मुग़ल-ए-आज़म'* जैसी 'ग्रेट' फ़िल्म ही मराठा मंदिर के शायाने-शान होगी.

मराठा मंदिर भी कई हिचकोले खाने के बाद आख़िर मुकम्मल होने को आ गया मगर के. आसिफ़ और शापूरजी के बीच चलते पैसे के झगड़े की वजह से फ़िल्म अब तक अधूरी ही थी. इसी हालत में 16 अक्टूबर 1958 को आख़िर मन-मारकर बी.आर. चोपड़ा की फ़िल्म *'साधना'* के साथ मराठा मंदिर का उद्घाटन करना पड़ा. लेकिन दिलचस्प बात यह

थी कि फ़िल्म *'साधना'* और उसके बाद अनुबंधित होने वाली हर फ़िल्म के कांट्रेक्ट में एक क्लॉज़ रहता था : इसका मतलब था कि अगर फ़िल्म के रिलीज़ के वक़्त या रिलीज़ के बाद किसी भी वक़्त *'मुग़ल-ए-आज़म'* के रिलीज़ की तारीख़ तय हो गई तो उसी को प्राथमिकता दी जाएगी.

जिस वक़्त मराठा मंदिर में पहली बार दर्शकों के पांव पड़े, उस वक़्त तक गोलचा सेठ ने सचमुच राजे-महाराजाओं के शानो-शौकत को महलों से निकालकर हर ख़ास-ओ-आम के लिए खोलकर रख दिया था. इस इमारत में क़दम-क़दम पर उस मुहब्बत की ख़ुशबू का अहसास होता था, जिस मुहब्बत से उसे संवारा गया था.

इमारत के बाहर एक ख़ूबसूरत बग़ीचे का मंज़र और उससे फैलती ख़ुशबू से पाक हुए वजूद के साथ इमारत में दाख़िल होते ही हर सू फैले ख़ुशनुमा माहौल की मदहोशी सी छाने लगती थी. हाल के अंदर क़दम पड़ते ही चौंककर संभलने की ज़रूरत पढ़ जाती थी. वजह थी ज़मीन पर बिछा नर्मो-नाज़ुक गलीचा, जो पांव की छुअन के साथ ही ज़मीन की तहों की तरफ़ ले जाने को बेताब नज़र आता था. ऊपर बादलनुमा सीलिंग की दरारों से ए.सी. की बहती ठंडी-ठंडी बयार और नीचे पुश बैक सीटें जिसकी गोद में बैठते ही ज़माने भर के हर दुख-दर्द से निजात का अहसास पैदा हो जाता था.

इस शौक़ की इंतिहा तो यह थी कि सेठ जी ने सख़्त आदेश दे रखे थे कि मराठा मंदिर में कहीं, किसी जगह एक दाग़ तक नहीं लगना चाहिये. इसी मक़सद से हर वक़्त चौकस रहने वाले सफ़ाई कर्मचारियों को बड़ी तादाद में तैनात किया गया था. और तो और लकड़ी पर पॉलिश करने वाले एक कारीगर को बाक़ायदा नौकरी पे रखा हुआ था जिसके ज़िम्मे हर चीज़ को हर वक़्त चमकाए रखने का काम था.

मराठा मंदिर शायद हिंदुस्तान का इकलौता सिनेमाघर होगा जिसमें महिलाओं के लिए दो ख़ूबसूरत लेडीज़ टॉयलेट बनाए गए थे जिनमें परफ़्यूम और मेकअप का पूरा सामान मौजूद रहता था. वह भी बिना क़ीमत इस्तेमाल के लिए. उस दौर की मशहूर कॉस्मेटिक कम्पनी ई.एस. पाटनवाला अपने अफ़गान स्नो, पाउडर और लिपस्टिक जैसी चीज़ों को अपनी तरफ़ से मुहैया करवाती थी. इतना ही नहीं, महिलाओं की सहायता के लिए दोनों टॉयलेट में एक-एक लेडी अटेंडंट हर वक़्त मौजूद रहती थी.

यहां की कैंटीन भी अनोखी थी. सामान्यत: इसे चलाने का काम किसी ठेकेदार को दिया जाता है लेकिन इस जगह यह काम सिनेमा के मैनेजमेंट ने ख़ुद संभाल रखा था. इसका मक़सद एक बार फिर वही 'बेस्ट क्वालिटी' था. दो आने में मिलने वाली चाय और हर वक़्त ताज़ा समोसे, अपनी क्वालिटी के लिए मशहूर थे.

सबसे सस्ता टिकट् था 12 आना (75 नए पैसे) और सबसे महंगा 6 रुपये. पर्दे के ठीक सामने की पहली दो कतारों की कुल 36 कुर्सियां थी, बस यही 12 आना क्लास कहलाता था.

इस सिनेमाघर को तामीर करने के लिए गोलचा सेठ ने राजस्थान से चुन-चुन कर बेहतरीन कारीगर बम्बई बुलाए थे. इन कारीगरों ने मुश्किल के वक़्तों में मज़दूरी का पैसा न मिलने पर भी काम नहीं रुकने दिया. उन्हें अपने 'सेठजी' पर पूरा भरोसा था और 'सेठजी' उस भरोसे पर पूरी तरह खरे उतरे.

टिकट खिड़की खुली

सेठ मेहताबचंद गोलचा के दिल को सुकून उस दिन आया जिस दिन *'मुग़ल-ए-आज़म'* के रिलीज़ की तारीख़ 5 अगस्त 1960 तय हुई. इस रिलीज़ के लिए उन्होंने अपने मैनेजर संतोष सिंह जैन, के. आसिफ़, शापूरजी और फ़िल्म के डिस्ट्रिब्यूटर मदन कोठारी के साथ बैठकर पूरी योजना बनाई.

इस फ़िल्म के डिस्ट्रिब्यूटर मदन कोठारी भी अपनी तरह के अनोखे इंसान थे. हैदराबाद से सिर्फ़ *'मुग़ल-ए-आज़म'* के डिस्ट्रिब्यूटर बनने के लिए बम्बई चले आए थे. हैदराबाद में कोठारी परिवार का विशाल कारोबार था. अंग्रेज़ी का एक दैनिक अख़बार था, दूसरे वर्ल्ड वार के दौर से ही सिनेमा घरों के लिए न्यूज़ रील भी बनाते थे. हैदराबाद के उस वक़्त के 12 में 11 सिनेमाघर या तो उनके अपने थे या फ़िर लीज़ पर उनके पास थे. उनके दादा जोरावरमल कोठारी साइलेंट फ़िल्मों के दौर के निर्माता थे.

№ 246

MARATHA MANDIR
A GOLCHA Management
DRESS CIRCLE
PRICE Rs. 2.00
INCLUSIVE OF ENTERTAINMENT TAX
TUESDAY 8-30 p. m.
23rd AUGUST 1960

Row........ Seat...........

for. Right of Admission reserved. Money will not be refunded. Not Transferable

नवम्बर 1960 में भारत आई कैप्टिन फ़ज़ल महमूद की पाकिस्तानी क्रिकेट टीम, जिसमें हनीफ़ मुहम्मद, इजाज़ बट्ट, मुश्ताक़ मुहम्मद और जावेद बर्की जैसे खिलाड़ी शामिल थे, उन्होंने फ़िल्म देखने की ख़ास फ़रमाइश की. टीम की इस ख़्वाहिश को फ़ौरन ही पूरा कर दिया गया.

के. आसिफ़ और उनकी फ़िल्म के इतने चर्चे थे कि हिंदुस्तान के घर-घर में उसके बनने की कहानियां कही-सुनी जाती थीं. जब मदन कोठारी ने यह सुना कि फ़िल्म इतनी महंगी बनी है और आसिफ़ द्वारा हर टेरिटरी के 17 लाख रुपये मांगने की वजह से बम्बई का कोई डिस्ट्रिब्यूटर आगे नहीं आ रहा तो वो एक पुख़्ता इरादा और एक सूटकेस लेकर निकल पड़े. उन्होंने बिना किसी हील-हुज्जत 17 लाख रुपये में बम्बई सर्किट के लिए फ़िल्म के डिस्ट्रिब्यूशन राइट्स ले लिए.

रिलीज़ की तैयारी वाली बैठक में मदन कोठारी ने सुझाव दिया कि जब इस फ़िल्म की हर चीज़ ज़माने से 'हट कर' है तो फ़िर इस फ़िल्म के टिकट भी ज़रा 'हट कर' ही होना चाहिए. लिहाज़ा *'मुग़ल-ए-आज़म'* के लिए ख़ास तौर पर डिज़ाइन किए गए रंगीन टिकट छपवाए गए. इन टिकटों के पस-मंज़र में अकबर और आगे सलीम-अनारकली के रंगीन चित्र थे. इन टिकटों के पहले लॉट की छपाई की लागत थी 85,000 रुपये.

फ़िल्म की एडवांस बुकिंग शुरू करने से पहले के. आसिफ़ ने मराठा मंदिर में बाक़ायदा पूजा-पाठ करवाया. इधर बुकिंग खुलने से कोई तीन दिन पहले ही कतारें लगना शुरू हो गईं और उधर बरसात की झड़ी भी साथ-साथ ही आ लगी. इसके बावजूद

कतार में खड़े लोगों की तादाद में कोई कमी नहीं आई. हालत यह थी कि वहीं खाना-पीना और सोना.

'कतार में खड़े लोगों के लिए उनके घर वाले बाक़ायदा खाना पहुंचाने आते थे. लेकिन यह भी एक हक़ीक़त है कि इन कतारों में खड़े लोगों में एक बड़ी तादाद ब्लैक में टिकट बेचने वालों की थी. हमारी हर मुमकिन कोशिश के बावजूद इन ब्लैकियों ने ख़ासे टिकट हथिया लिए. इसकी वजह यह थी बरसात की वजह से हिम्मत हारकर जाने वाले शरीफ़ लोगों की जगह भी इन लोगों ने अपने लोग फ़िट कर दिए थे'. (संतोष सिंह जैन)

एक दिलचस्प बात यह है कि एडवांस बुकिंग की खिड़की खोलने से पहले बाक़ायदा एक पंडित से पूजा करवाई गई, जिसमें के. आसिफ़ भी शामिल हुए. इसके बाद सबसे पहला टिकट मेहताब चंद गोलचा के जमाई सम्पतमल लोढ़ा ने ख़रीदा, जो अजमेर राजस्थान से ख़ास तौर से इसी काम के लिए बम्बई आए थे.

एडवांस बुकिंग की खिड़की खुलने के साथ ही तीन दिन से कतार में खड़े लोगों के सब्र का बांध टूट गया. पुलिस के तमाम बंदोबस्त के बावजूद ख़ूब धक्का-मुक्की भी हुई. इसकी ख़ास वजह थी क़तार में टिकट 'ब्लैक' में बेचने वालों की बड़ी तादाद में मौजूदगी. इन ब्लैकियों ने जितनी तकलीफ़ें झेलकर टिकट हासिल किए थे, उसका सिला भी उन्हें ख़ूब मिला. 75 पैसे से लेकर 2 रुपये 75 पैसे वाले टिकट 100 रुपये से लेकर 200 रुपये तक क़ीमत में बिके और ख़ूब बिके.

पहले एक हफ़्ते में ही अगले तीन हफ़्ते के सारे शो हाउस फुल हो गए. हाउस फुल की यह लड़ी ऐसी चली कि हफ़्ते दर हफ़्ते चलती ही चली गई.

फ़िल्म के प्रीमियर पर नज़ीर मामू और शिराज़ अली हकीम के अलावा भी बहुत लोग आए थे. फ़िल्म पाकिस्तान में रिलीज़ नहीं हुई थी मगर उसके चर्चे वहां बहुत थे. लोग ख़ास तौर से वीसा लेकर बम्बई आते और मराठा मंदिर में फ़िल्म देखने के लिए टिकटों की जुगाड़ में लग जाते.

जिस वक़्त गोलचा सेठ को यह बात मालूम हुई तो उन्होंने पाकिस्तानी पासपोर्ट लेकर आने वालों मेहमान दर्शकों के लिए टिकट की क़तार में खड़े होने की बजाय सिनेमा के अंदर ही टिकट देने का इंतज़ाम कर दिया.

NEVER BEFORE — PERHAPS NE
FROM
5th AUGUST
ALL OVER
INDIA
STERLING INVESTMENT CORPORATION (PRIVATE) LTD.
PRESENTS
K. ASIF'S
MUGHAL-E-AZAM
MUSIC
NAUSHAD

R AGAIN SUCH MAGNIFICENCE

प्रीमियर

माज़ी-ओ-हाल
बनाम....
इस फ़रमान के ज़रिये आपको मुतिला किया जाता है कि 1560 ईस्वी में गुज़रे हुए शानदार मुग़लिया दौर का नक़्शा फिर उसी शान-ओ-शौकत से मौजूदा दौर में 4 अगस्त 1960 ईस्वी को पेश किया जाएगा.
एहसास रहे कि आपकी शिरकत ऐसे तारीख़ी दौर की रौनक़ में एक ख़ूबसूरत इज़ाफ़ा होगी.
मुकाम : मराठा मंदिर
वक़्त-ए-बारयाबी : साढ़े आठ पहर शब
मुग़ल-ए-आज़म

4 अगस्त की शाम, मराठा मंदिर के दुल्हन की तरह सजने की शाम थी. उस दिन अंग्रेज़ी जुमले 'टुडे आल रोड्स लीड टु मराठा मंदिर' की अख़बारी सुर्ख़ियों वाली शाम थी. के. आसिफ़ की आंखों में पलकर जवान हुए ख़्वाब की रू-नुमाई की शाम थी. यह हिंदुस्तान की सबसे अज़ीम-ओ-शान फ़िल्म के प्रीमियर की शाम थी.

'मराठा मंदिर' की तरफ़ आने वाले तमाम रास्तों पर एक ट्रैफ़िक जाम का मंज़र था. एक तरफ़ से एक सजे-धजे हाथी की पीठ पर रखी *'मुग़ल-ए-आज़म'* की प्रिंट लाने वाले थे फ़िल्म के सिनेमाटोग्राफ़र आर.डी. माथुर, दूसरी तरफ़ इस दिलकश मंज़र को निहारने वालों के हुजूम के हुजूम. इसी के साथ मराठा मंदिर के बाहर फ़िल्म के प्रीमियर पर आने वाले फ़िल्मी सितारों की एक झलक पाने को बेचैन फ़ैंस की बेक़ाबू भीड़. सड़कों पर हर तरफ़ इंसानी चेहरों से भरा एक समंदर सा बह रहा था. हालत यह हो गई थी कि तमाम पुलिस बंदोबस्त के बावजूद महाराष्ट्र के तत्कालीन मुख्यमंत्री यशवंतराव चव्हाण को भी मराठा मंदिर तक पहुंचने में एक घंटे से ऊपर का वक़्त लगा.

काबिले-ज़िक्र है कि इस प्रीमियर का दावतनामा भी ठीक उसी शाही अंदाज़ में भेजा गया, जिस अंदाज़ में यह पूरी फ़िल्म बनी थी. गुज़रे दौर के शाही फ़रमान वाले अंदाज़ में झालर लगे रेशमी कपड़े पर, उसी अंदाज़ में इबारत लिखी गई थी.

4 अगस्त 1960 का दिन ज़ाहिरा तौर पर *'मुग़ल-ए-आज़म'* के प्रीमियर का दिन था लेकिन दर-हक़ीक़त यह दिन एक फ़क़ीर सिफ़त इंसान के हिंदुस्तानी सिनेमा की बादशाहत की गद्दी पर राज तिलक का दिन था. राज तिलक वाले इस ऐतिहासिक दिन को के.टी. मीरचंदानी नाम के एक डाक्यूमेंट्री फ़िल्म निर्माता ने दो रील में फ़िल्मा कर हमेशा-हमेशा के लिए महफ़ूज़ कर लिया. इस डाक्यूमेंट्री के डायरेक्टर थे ओ.पी. रल्हन और कॉमेंट्री में आवाज़ थी फ़िल्म के लेखक अमान साहब की. और वह कॉमेंट्री इस तरह है.

''बम्बई के सबसे ख़ूबसूरत सिनेमा - मराठा मंदिर को दुल्हन की तरह सजा दिया गया और प्रीमियर की रात को आसिफ ख़ुद मेहमानों के स्वागत के लिए खड़े हो गए.

मुअज़िज़ मेहमान आने लगे. सर कावसजी जहांगीर, ये पहली बार हिन्दुस्तानी फ़िल्म देखने आए हैं. शकील, अमान, कारदार, नौशाद और शफ़ी, आज कितने ख़ुश हैं. राजकुमार. सबकी तरह आज फ़िल्म स्टार्स भी *'मुग़ल-ए-आज़म'* देखने को बेताब हैं. हंसमुख ओमप्रकाश. अ-ह-हा, मुकरी साहब ज़रा एक नज़र इधर तो देखिए. ...शुक्रिया.

राज कपूर अपनी धर्मपत्नी के साथ. ये आज ही *'मुग़ल-ए-आज़म'* के प्रीमियर में शामिल होने बर्लिन से आए हैं... शम्मी कपूर और गीता बाली. जी आप पिक्चर देखने को बहुत बेचैन मालूम होते हैं...ओ हो, इनके पीछे तो नादिरा हैं.

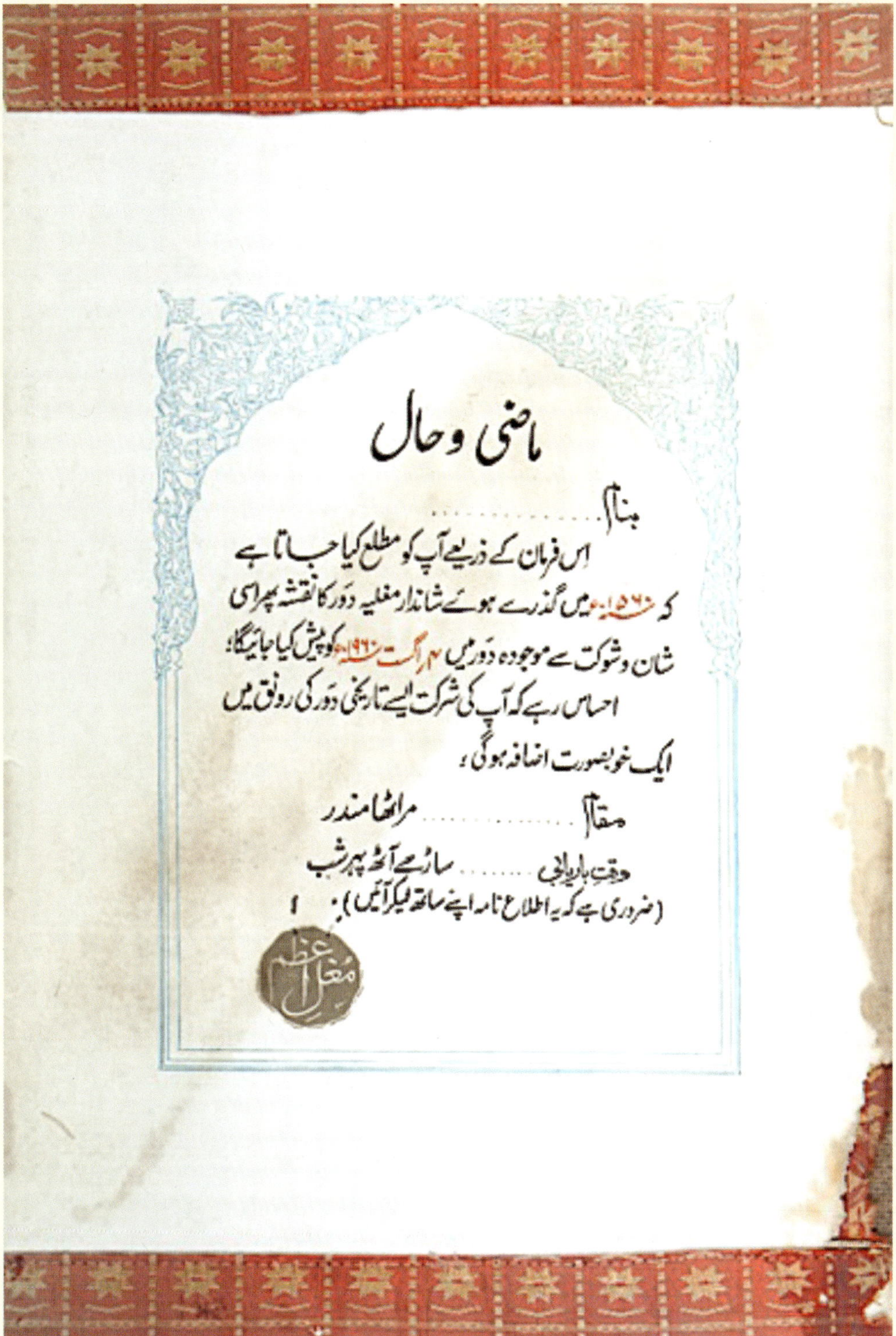

ماضی و حال

بنام ....

اس فرمان کے ذریعے آپ کو مطلع کیا جاتا ہے

کہ سنہ ۱۵۶۰ء میں گذرے ہوئے شاندار مغلیہ دَور کا نقشہ پھر اسی

شان و شوکت سے موجودہ دَور میں ۵ اگست سنہ ۱۹۶۰ء کو پیش کیا جائیگا۔

احساس رہے کہ آپ کی شرکت ایسے تاریخی دَور کی رونق میں

ایک خوبصورت اضافہ ہوگی۔

مقام .... مراٹھا مندر

وقتِ باریابی .... ساڑھے آٹھ پہر شب

(ضروری ہے کہ یہ اطلاع نامہ اپنے ساتھ لیکر آئیں)۔

बम्बई के डिस्ट्रिब्यूटर मदन कोठारी द्वारा बांटे गए निमंत्रण पत्र

अहा! रफ़ी साहब. नौशाद साहब और शकील साहब इन्हें ख़ुश-आमदीद कह रहे हैं. ये हैं नसीम अपनी बेटी सायरा (बानो) के साथ. ख़ूबसूरत हीरो राजेन्द्र कुमार अपनी धर्मपत्नी के साथ... इन्हें पहचानने में ग़लती न कीजियेगा. ये सुरैया हैं. अपनी मम्मी के साथ.

अरे ये दुर्जन सिंह सूट पहनकर कहां से आ गया? ये अजीत हैं. इन्होंने पिक्चर में दुर्जन सिंह का रोल अदा किया है.

अहा! ये आर्टिस्टों का ख़ानदान है. नूतन, तनूजा और उनकी माता शोभना समर्थ. ज़रा मुस्कराइये तो सही. शुक्रिया.

और ये वहीदा रहमान हैं. ज़रा मुस्कराइये...ये मुस्कराएंगी नहीं. इन्हें फ़िल्म देखने की जल्दी है. इनके पीछे हैं प्रोड्यूसर-डायरेक्टर गुरुदत्त... मक़बूल हीरो देव आनंद और उनकी पत्नी कल्पना कार्तिक. बिमल राय और उनकी धर्मपत्नी... म्यूज़िक डायरेक्टर जयकिशन. ये हैं श्यामा. ज़रा मुस्कराइए तो साहब. वाह-वाह-वाह. क्या बात है.

ये हैं नग़मों की रानी लता मंगेशकर. ये जयश्री हैं. ये हैं माला सिन्हा. इनके साथ ये कौन हैं? ओ हो, इनके पिताजी.

मगन भाई ओवरसीज़ के डिस्ट्रिब्यूटर के.टी के साथ... मीना कुमारी और उनके शोहर कमाल अमरोही... जाय मुखर्जी बहुत जल्दी में हैं. ये निगार सुल्ताना हैं... इनको भी ज़रा देखिये. ये हैं आगा, अपने पूरे परिवार के साथ... कुमारी नंदा.

हज़ारों सितारों का झुरमुट है. क़ोई कहीं है कोई कहीं. वो जयराज हैं. वो निम्मी. भीड़-भाड़ से बहुत घबराती हैं. उनके पीछे हैं प्राण.

इनके अलावा वो लोग भी आए जिनके कान्धों पर आज के हिन्दुस्तान का बोझ है. महाराष्ट्र के चीफ़ मिनिस्टर श्री चौहान (यशवंतराव चव्हाण), श्री राधाकृष्णन और श्रीमती विजयालक्ष्मी पंडित ने अपना क़ीमती वक़्त निकालकर *'मुग़ल-ए-आज़म'* देखा और पसन्द किया.''

> 1945 में जब फ़िल्म का मुहूर्त हुआ था उस वक़्त देश ब्रिटिश हुकूमत का गुलाम था, 1960 में जब फ़िल्म रिलीज़ हुई तो काल की पहिया घूम चुका था और देश को आज़ाद हुए भी 13 बरस बीत चुके थे.

4 अगस्त 1960 की शाम जब *'मुग़ल-ए-आज़म'* के प्रीमियर के लिए हाथी पर लदा फ़िल्म का प्रिंट सिनेमा के दरवाज़े पर पहुंचा तो उसके इस्तक़बाल का मंज़र कुछ ऐसा था मानो किसी शहज़ादे की बारात का स्वागत हो रहा हो. लेकिन अफ़सोस *'मुग़ल-ए-आज़म'* का असली शहज़ादा दिलीप कुमार उस दिन प्रीमियर से ग़ैर-हाज़िर था. इसी तरह फ़िल्म की अनारकली मधुबाला भी ग़ैर-हाज़िर थी.

दिलीप कुमार के इस जश्न में शामिल न होने के पीछे एक ख़ास वजह थी. के. आसिफ़ उनकी छोटी बहन अख़्तर को भगाकर लंदन ले गए थे और वहीं शादी कर ली थी. दिलीप कुमार अपने दोस्त की इस हरकत से बेहद नाराज़ थे और इसी नाराज़गी की वजह से यहां नहीं आए.

लेकिन मधुबाला का न आना, दरअसल न आ पाना था. बीमारी से निढाल वे उस दिन घर पर ही रहीं.

...और फ़िल्म रिलीज़

'मुग़ल-ए-आज़म' के टिकट हासिल कर लेने वाले, कमोबेश हर शहर में, टिकट हाथ में लिए इतराते फिरते थे. और गली-मुहल्लों में उस शख़्स की बड़ी डिमांड रहती थी जो फ़िल्म देखकर आ चुका हो. मुख़्तसर से वक़्फ़े के लिए ही सही, वह गली का हीरो बन जाता था. लोग उसे घेरकर फ़िल्म की बातें सुनते, उससे सवाल पूछते और उससे ईर्ष्या करते हुए अपने टिकट की जुगाड़ में लग जाते थे.

रिलीज़

5 अगस्त 1960 - कल रात के जश्न का ख़ुमार अभी पूरी तरह उतरा भी न था कि मराठा मंदिर के सामने एक बार फिर कतारें लग गईं. बग़ीचे के महकते फूलों और बार-बार खुलते-बंद होते सिनेमा के दाख़िल दरवाज़े से छनकर बाहर आती ख़ुश्बू भरी ठंडी बयार से सारा माहौल महक रहा था. दीवारों पर प्लास्टर आफ़ पैरिस के बने ख़ूबसूरत म्यूरल्स के ज़रिए सलीम-अनारकली की मुहब्बत के नज़ारे थे तो शहंशाह अकबर बने पृथ्वीराज कपूर का एक विशाल कट आऊट भी लगा था.

सड़क पर मची हलचल में एक तरफ़ टिकट् ब्लैक करने वाले फैले हुए थे तो दूसरी तरफ़ बिना टिकट फ़िल्म देखने की आस लिए आए दर्शक इन ब्लैकियों से सौदा पटाने में जुटे थे. दूसरी तरफ़ मराठा मंदिर के अंदर अपनी-अपनी हैसियत के मुताबिक गेट कीपर, बुकिंग क्लर्क से लेकर मैनेजर और मालिक तक पहुंच रखने वालों की टिकट हासिल करने की कोशिशें चलती रहतीं.

फ़िल्म के रिलीज़ के महज़ सात दिन बाद ही 12 अगस्त 1960 को के. आसिफ़ ने जहांगीर आर्ट गैलरी में एक नुमाइश लगाई. इस नुमाइश में फ़िल्म में इस्तेमाल हुए तमाम कॉस्ट्यूम - सारे किरदारों के शाही लिबास, जंगी लिबास, ढालें, तलवारें, मुजस्समे और तमाम चीज़ें रखी गईं थीं.

इस नुमाइश को देखने के लिए बम्बई और हिंदुस्तान के अलग-अलग शहरों से हज़ारों की तादाद में लोग पहुंचते और हैरानी से इन तमाम चीज़ों को देखते रह जाते.

बकौल संतोष सिंह जैन (तत्कालीन मैनेजर-मराठा मंदिर) फ़िल्म वालों में सबसे ज़्यादा टिकट लेने वालों में निर्माता-निदेशक बी.आर.चोपड़ा थे. इस थियेटर की शुरूआत भी उन्हीं की फ़िल्म 'साधना' से हुई थी और उनके सबसे बहुत अच्छे संबंध थे, इसलिए तमाम फ़िल्म वालों की तरफ़ से बार-बार उन्हीं को आना पड़ता था.

दो और लोग थे जो औरों के लिए नहीं बल्कि अपने लिए टिकट लेने पहुंचते थे. इनमे से एक थे फ़िरोज़ ख़ान और दूसरे गुरूदत्त. गुरूदत्त ने कई बार फ़िल्म देखी और हर बार किसी ख़याल में डूबे बाहर निकलते थे. संयोग की बात यह है कि जिस के.आसिफ़ के हुनर के गुरुदत्त आशिक़ हुए थे, उसी आसिफ़ ने उन्हें अपनी अगली फ़िल्म 'लव एण्ड गाड' के लिए हीरो भी चुन लिया.

इसी तरह अगले 77 हफ़्ते तक यह फ़िल्म लगातार हाऊस फुल या भारी भीड़ के साथ मराठा मंदिर में चलती रही. एक दिन अचानक गोलचा सेठ ने फ़िल्म के डिस्ट्रीब्यूटर और निर्माता की मर्ज़ी के ख़िलाफ़ फ़िल्म उतार दी और एक अंग्रेज़ी पिक्चर लगा दी. इसकी एक वजह थी बी.आर.चोपड़ा की फ़िल्म 'धर्मपुत्र' के रिलीज़ के लिए रास्ता साफ़ करना.

गोलचा से नाराज़ होकर शापूरजी सेठ ने कोर्ट में केस लगा दिया और फिर से मुग़ल-ए-आज़म को जारी रखने का आदेश ले लिया. इस जगह एक और पेंच था. गोलचा सेठ ने तब तक फ़िल्म का सारा कलेक्शन अपने पास ही रखा हुआ था. डिस्ट्रीब्यूटर को उसका शेयर ही नहीं मिला था. विवाद आगे बढ़ने पर गोलचा सेठ ने शेयर रोकने का इशारा कर दिया. यह एक ख़ासी मोटी रकम थी. इसलिए कुछ लोगों के बीच-बचाव के बाद अदालत के बाहर यह तय हुआ कि गोलचा जी फ़िल्म का शेयर देंगे और आसिफ, शापूरजी और मदन कोठारी फ़िल्म दोबारा लगाने की ज़िद नहीं करेंगे.

इस तरह मुग़ल-ए-आज़म 77 हफ़्ते के बाद एक विवाद के चलते मराठा मंदिर से बेवक़्त ही उतर गई. इस फ़िल्म का यूं बीच राह सफ़र रुक जाना एक बड़ा सवाल भी छोड़ गया है: अगर इस फ़िल्म को चलने दिया जाता तो यह फ़िल्म कब तक चलती? आज तो यह महज़ एक सवाल है, जवाब नहीं. यूं भी मुग़ल-ए-आज़म से जुड़ी किसी भी चीज़ का जवाब अब तक सामने नहीं आया. ऐसे में इसी एक सवाल का जवाब आता तो कैसे आता?

अनारकली
हक़ीक़त या फ़साना

ज़माने से इस बात को लेकर एक बहस चली हुई है कि अनारकली थी कि नहीं थी. ठीक वैसे ही जैसे उमराव जान 'अदा' को लेकर बहस चलती है. जिस तरह उमराव जान की लिखी एक किताब मौजूद है. उसकी लिखी ग़ज़लें मौजूद हैं. और उसका मकबरा मौजूद है, ठीक उसी तरह लाहौर में आज भी अनारकली का मकबरा मौजूद है. उसकी याद में तड़पते हुए आशिक़ शहज़ादा सलीम का लिखा एक शेर मौजूद है. लेकिन यह बहस आज भी जारी है कि अनारकली हक़ीक़त थी या महज़ फसाना.

इतिहासकारों की इन सारी बहसों से परे, हमारी असल दुनिया ने अनारकली को इस तरह कुबूल किया है मानो उसे इन सारी बहसों से कुछ लेना-देना ही न हो. अब देखिए, अनारकली की कहानी को लेकर कितनी फ़िल्में बन चुकी हैं यह बात तो हम लोग पहले ही कर चुके हैं. इन फ़िल्मों ने फ़िल्म बनाने वालों के लिए कितना पैसा बनाया अगर इस बात को छोड़ भी दें तो भी इस बात को कैसे भुलाया जा सकता है कि उसकी दास्तान ने इन सबको अपने ही साथ-साथ अमर भी बना दिया. फिर चाहे वह के. आसिफ़ की बेमिसाल *'मुग़ल-ए-आज़म'* हो या नंदलाल जसवंतलाल की *'अनारकली'* (1953).

उसके नाम पर लाहौर का एक बहुत ही मशहूर 200 साल पुराना बाज़ार है; अनारकली बाज़ार. इस बाज़ार में आपको ख़ंजर से लेकर पायल तक सब कुछ मिल सकता है. बेहतरीन हैंडीक्राफ़्ट और लज़ीज़ खाने के साथ ही नायाब क़िस्म की किताबें भी मिल जाएंगी. उसकी प्रसिद्धि ऐसी है कि दुनिया भर से आने वाले तमाम टूरिस्ट इस जगह ज़रूर जाते हैं. इसी तरह अगर आप कभी दिल्ली के मशहूर होटल करीम जाएं तो उसके मेनू को ज़रा ग़ौर से देखिएगा. उसमें एक आइटम होता है - मुर्ग बिरयानी अनारकली. और तो और संस्कृत जैसी शास्त्रीय भाषा में भी पूरा एक नाटक है. इस ड्रामे के लेखक वी. राघवन को 1972 में मध्य प्रदेश शासन और 1974 में उत्तर प्रदेश सरकार की तरफ़ से पुरस्कार भी मिल चुके हैं.

ये कली अनार की

मुझे लगता है कि अगर हम लोग किसी एक फ़िल्म की बात कर रहे हैं जिसमें शहंशाह अकबर, शहज़ादा सलीम, राजा मान सिंह जैसे इतिहास के इतने सारे प्रमाणित चरित्र मौजूद हैं तो उसके बाक़ी चरित्रों की भी जानकारी ज़रूर लेनी चाहिए. और ख़ासकर तब जब सारी फ़िल्म का ताना-बाना ही उसके आसपास ही बुना गया हो. सो इस सिलसिले में थोड़ा गहराई में जाना ज़रूरी हो जाता है.

अनारकली की कहानी का पहला ज़िक्र ईस्ट इंडिया कम्पनी के विलियम फिंच की रिपोर्ट्स में आता है. विलियम 24 अगस्त 1608 को हिन्दुस्तान आया था. अनारकली को दीवार में ज़िन्दा चुनवाए जाने की कथित घटना के मात्र 9 साल बाद. इसके बाद तो फिर अनेक विदेशी यात्रियों और इतिहासकारों ने इस कहानी का ज़िक्र किया है. लेकिन हमारे नाटककार इम्तियाज़ अली 'ताज' ने अपनी कहानी की बुनियाद को बचपन में सुनी हुई बातों और 'हिस्ट्री ऑफ़ पंजाब' के लेखक सैयद मुहम्मद लतीफ़ और कन्हैयालाल की लिखी 'तारीख़-ए-लाहौर' का नतीजा बताया है.

इतिहासकार पी. कोहली की पुस्तक *'ए शॉर्ट हिस्ट्री ऑफ़ अकबर ऐंड मुग़ल एडमिनिस्ट्रेशन इन इंडिया'* के मुताबिक़ अनारकली के पिता की डाकुओं ने हत्या कर दी थी और उसे बांदी बनाकर रख लिया था. जब वह गवर्नर काबुल की नज़र में आई तो उसने उसे शहंशाह अकबर को ख़ुश करने के लिए उन्हें पेश कर दिया.

अनारकली को कहानी की शक्ल में पेश करने का सेहरा सबसे पहले *'गुजिश्ता लखनऊ'* के लेखक अब्दुल हलीम शरर (1860-1926) के सर बंधा है. शुरुआती दौर में वाजिद अली शाह के दरबारी रहे शरर के लिखने की रफ़्तार तूफ़ानी थी. 66 बरस की कुल उम्र पाई और जाने से पहले पूरी 102 किताबें लिखकर गए. इनमें से ज़्यादातर मुग़लिया दौर की कहानियां थीं. इन्हीं कहानियों में से एक कहानी अनारकली की थी, जिसे उन्होंने एक काल्पनिक कहानी के तौर पर पेश किया था.

इम्तियाज़ अली 'ताज' ने उसे ड्रामे की शक्ल में अपने अंदाज़ में पेश किया. यहां पात्र परिचय में अनारकली को 'हरमसरा में अकबर की मंज़ूरे-नज़र कनीज़' और उसकी रकीब दिल आराम (*'मुग़ल-ए-आज़म'* में बहार) को 'अनारकली से पहले अकबर की मंज़ूरे नज़र कनीज़' बताया गया है. इसका आशय है कि अनारकली का सलीम के इश्क़ में पड़ जाना अकबर के लिए किसी सूरत क़ाबिले बरदाश्त नहीं हो सकता था.

अनारकली के मकबरे पर उसकी दास्तान इन लफ्ज़ों में लिखकर फ्रेम में टंगी हुई है. 'ताज' साहब द्वारा इसका अनुवाद इस तरह पेश किया गया है.

''लाहौर का सिविल स्टेशन अनारकली के नाम से मशहूर है. ये ख़िताब शहंशाह अकबर के हरम में नादिरा बेग़म या शर्फुल निसा बेग़म, एक मंज़ूरे नज़र को मिला था. एक रोज़ अकबर शीश महल में बैठा था. नौजवान अनारकली उसकी ख़िदमत में मसरूफ़ थी तो अकबर ने आईनों में देख लिया कि वो सलीम के इशारे का जवाब तबस्सुम (मुस्कराहट) से दे रही है. बेटे से मुजिरिमाना साज़िश के शुबहे पर शहंशाह ने उसे ज़िंदा गाड़ देने का हुक्म दिया. चुनांचे हुक्म की तामील में उसे मुकर्रर मुक़ाम पर सीधा खड़ा करके दीवार चुन दी गई.

सलीम को इसकी मौत का बेहद सदमा हुआ. तख़्त पर बैठने के बाद उसने अनारकली की क़ब्र पर एक निहायत आलीशान इमारत बना दी. इसका तावीज़ ख़ालिस संगमरमर की एक ही सिल से बना हुआ है, जो अपने हुस्न के लिहाज़ से ग़ैर-मामूली और नक़्श के एतबार से नादिर रोज़गार है. बकौल ईस्टविक (एक इतिहासकार) के ये तावीज़ दुनिया में संगतराशी के बेहतरीन नमूनों में से है. इसके ऊपर अल्लाह ताला की 99 सिफात कुन्द हैं. पहलुओं पर ये शेर खुदा हुआ है जो अनारकली के आशिक़ शाह जहांगीर ने ख़ुद कहा था :

ता क़यामत शुक्र गोयम करद गारा ख़्विश रा
आह! गर मन बाज़ कीनम रू-ए-यार खविश रा
(मजनून सलीम अकबर)

इस शेर का आशय इस बात से है, 'काश! कि मैं एक बार फिर अपनी माशूक़ का चेहरा अपने हाथों से छू पाता तो मैं ता-क़यामत उस खुदा का शुक्राना अदा करता रहता'.
(इश्क़ में दीवाना सलीम अकबर).''

खोजने वाले इस राज़ से बार-बार, अपनी-अपनी तरह अनारकली के होने और न होने को लेकर आगे भी खोजते और नतीजे बताते रहेंगे लेकिन मुहब्बत में अक़ीदा रखने वाले इन तमाम बातों से मुतासिर हुए बिना शहज़ादा सलीम और अनारकली इश्क़ की इस अनोखी दास्तान को हमेशा सुनते और दोहराते रहेंगे.

इम्तियाज़ अली 'ताज'
की अनारकली

उन्नीसवीं सदी को अलविदा और बीसवीं सदी को ख़ुश आमदीद करते हुए साल 1900 के माह अक्टूबर के 13 वें दिन, लाहौर के एक मुमताज़ घराने में एक ऐसे बच्चे ने जन्म लिया, जिसका नाम आने वाली कई सदियों तक गूंजने वाला था. इस बच्चे का नाम था इम्तियाज़ अली 'ताज'.

आपके दादा सैयद ज़ुल्फ़िकार अली और पिता मुमताज़ अली शेख़ अपने दौर की मशहूर हस्तियां थीं. दादा डिप्टी इंस्पेक्टर स्कूल्स से तरक़्क़ी करके असिस्टेंट कमिश्नर के ओहदे तक पहुंचे तो पिता मुमताज़ अली ने पत्रकारिता में बड़ा नाम कमाया. उन्नीसवीं सदी के अंग्रेज़ी हुकूमत वाले मुश्किल दौर में उन्होंने औरतों के लिए *'रिसाला तहज़ीब निसवां'* और बच्चों के लिए *'फूल'* नाम के अख़बार निकाले. आपकी मां मुहम्मदी बेग़म भी अपने शौहर के हमराह इन कारनामों में बराबरी से शरीक थीं. क़ाबिले ज़िक्र यह भी है कि 'ताज' की शरीक-ए-हयात हिजाब इम्तियाज़ अली अविभाजित भारत की पहली महिला पायलट थीं. बतौर अफ़साना निगार भी उन्हें ख़ासी शोहरत मिली.

इम्तियाज़ अली का अदबी सफ़र बहुत कमसिनी के दौर से ही शुरू हो गया, स्कूल के दिनों में ही शायरी करने लगे थे. 17 बरस की उम्र में एक अफ़साना *'शमा और परवाना'* लिख डाला.

सेंट्रल मॉडल स्कूल से निकलकर गवर्नमेंट कॉलेज लाहौर पहुंचे तो फ़ौरन ही एक मासिक पत्रिका '*कहकशां*' का प्रकाशन शुरू कर दिया. कॉलेज पहुंचकर ड्रामा लिखने और खेलने का शौक़ लगा. इसी कड़ी में उन्होंने 1922 में अपना संगे-मील नाटक '*अनारकली*' लिख डाला, जिससे मुतासिर होकर कई फ़िल्में बनाई गईं.

अपने इस ड्रामे के बारे में खुलासा करते हुए आप पुस्तक रूप में छपे नाटक '*अनारकली*' की भूमिका में कहते हैं :

मैंने '*अनारकली*' 1922 में लिखा था. इसकी मौजूदा सूरत में थियेटरों ने इसे क़बूल न किया. जो मशविरे तरमीम (बदलाव) के लिए उन्होंने पेश किए उन्हें क़ुबूल करना मुझे गवारा न हुआ.

इम्तियाज़ अली 'ताज' अपने एक मज़ाहिया नाटक 'चच्चा छक्कन' वाली श्रंखला के लिए ज़्यादा मारूफ़ रहे लेकिन '*अनारकली*' पर इतनी फ़िल्में बनीं कि मुग़ल दौर की यह दास्तान ही उनकी पहचान बन गई. उनकी अदबी ख़िदमात के लिए पाकिस्तान सरकार ने उन्हें निशान-ए-इम्तियाज़ से भी सम्मानित किया.

'ताज' काफ़ी रंगीन शख़्सियत के मालिक थे. मशहूर व्यंगकार शौकत थानवी ने उनकी शख़्सियत का एक दिलचस्प ख़ाका खींचा है.

''1928 में पहली मर्तबा लाहौर आना हुआ. लाहौर में मेरे लिए जो कशिश थी वह अल्लामा इक़बाल, सर अब्दुल क़ादिर और इम्तियाज़ अली 'ताज' की थी. यानी जहांगीर के मक़बरे और शालीमार बाग़ से भी ज़्यादा कशिश, जिसका सुबूत यह है कि मैंने सफ़र में न जहांगीर का मक़बरा देखा और न शालीमार की सैर की. अलबत्ता अल्लामा इक़बाल, सर अब्दुल क़ादिर और इम्तियाज़ अली 'ताज' से निहायत बेताबी से मिलने पहुंच गया.

रेल्वे रोड पर दाराला शाइत में सैयद इम्तियाज़ अली 'ताज' बड़े बांके सजीले जवान. ख़ूबसूरत पिंडलियों में चुभा हुआ चूड़ीदार पाजामा, पैर में सलीम-शाही जूता. कड़ाव के काम का कुर्ता पहने, सुनहरी कमानी की ऐनक लगाए आप अपने ड्रॉइंग रूम में मुझसे मिले. मौलाना चिराग़ हसन 'हसरत' मरहूम भी उस वक़्त आपके पास मौजूद थे.''

इस तरह की ख़ूबसूरत शख़्सियत का अंत बहुत दर्दनाक हुआ. 18 अप्रैल 1970 की रात जब वह छत पर लेटे हुए थे तब दो नकाब पोशों ने उन पर चाकुओं से हमला कर उन्हें लहू-लुहान कर दिया. डॉक्टरों की तमाम कोशिशों के बावजूद वे न बच सके और अगले दिन उनकी सांसों ने उनका साथ छोड़ दिया.

'*अनारकली*' के लेखक इम्तियाज़ अली 'ताज' की जवानी का एक चित्र.

सागर निज़ामी की अनारकली

सागर निज़ामी

मास्टर मदन की आवाज़ में आपने ये दो ग़ज़लें ज़रूर सुनी होंगी - हैरत से तक रहा है जहान-ए-वफ़ा मुझे / तुमने बना दिया है मुहब्बत में क्या मुझे और यूं न रह-रह कर हमें तड़पाइए / आइए आ जाइए, आ जाइए. ये दोनों ग़ज़लें एक ही शायर की हैं. जनाब सागर निज़ामी की.

इन्हीं सागर निज़ामी (1905-1983) ने भी *'अनारकली'* को लेकर एक पूरा नाटक लिखा है. यह नाटक अनारकली की मशहूरे ज़माना दास्तान के आगे की कहानी है.

सागर निज़ामी 1940 के दशक में शालीमार पिक्चर्स, पूना में जोश मलीहाबादी, कृश्न चंदर, अख़्तर-उल-ईमान, मीराजी और कई दूसरे लेखकों की तरह नौकरी में थे. बंटवारे के वक़्त शालीमार पिक्चर्स के मालिक डब्लू.ज़ेड. अहमद पाकिस्तान चले गए और कंपनी बंद हो गई. लिहाज़ा बाक़ी सब की तरह सागर भी काम की तलाश में बम्बई पहुंच गए.

'मुग़ल-ए-आज़म' के लिए बतौर लेखक पर्दे पर सिर्फ़ चार नाम आते हैं लेकिन हक़ीक़तन इस सारे काम के पीछे ढेर सारे लेखकों का योगदान रहा है. आसिफ़ ने अनारकली की कहानी कमाल अमरोही से फ़िल्म *'फूल'* की मेकिंग के दौरान सुनी और उसी वक़्त से उसने इस कहानी को और बेहतर, और असरदार बनाने के लिए ढेर सारे लेखकों के साथ महफ़िलें जमाईं, उनसे इनपुट्स लिए. इस बात का ज़िक्र मंटो ने भी किया है.

इन लेखकों में से एक सागर निज़ामी भी थे. जिस वक़्त आसिफ़ ख़ुद अमान साहब के साथ स्क्रीन प्ले लिख रहे थे, उस वक़्त सागर निज़ामी भी उनके सलाह-मशविरे और स्क्रीन प्ले में ज़रूरी इज़ाफ़ात के लिए मददगार बने रहे.

उसी काम के दौरान ही सागर निज़ामी के दिमाग़ में *'अनारकली'* की इस कहानी को अपने अंदाज़ में लिखने का विचार आया. उनकी *'अनारकली'* की कहानी वहां से शुरू होती है, जहां इम्तियाज़ अली 'ताज' की *'अनारकली'* की ख़त्म होती है. बाद में फ़्लैश बैक में शहज़ादा सलीम के ख़्वाबों के ज़रिए सलीम-अनारकली की मुहब्बत की दास्तान आती है.

सबसे पहले 1958 में, मतलब *'मुग़ल-ए-आज़म'* के रिलीज़ से पूरे दो साल पहले, निज़ामी का यह कारनामा एक रेडियो नाटक के तौर पर आल इंडिया रेडियो से प्रसारित हुआ था. बाद में इसको किताबी शक्ल में लाने के लिए सागर निज़ामी ने कुछ ज़रूरी फेर-बदल किए. 1963 में यह ड्रामा किताब की शक्ल में सामने आया, जिसे ख़ूब वाह-वाही मिली.

यह पूरा का पूरा नाटक शायरी में लिखा गया है. बिना किसी ग़ज़ल या किसी बहर, रदीफ़ के बंधन के बेहद ख़ूबसूरत आज़ादाना अंदाज़ में लिखा गया है.

अनारकली दीवार में चुनी जा चुकी है. इसके बाद सलीम और महारानी जोधा बाई पर अनारकली की मौत का रद्दे अमल.

- चुन दिया मेरी तितली को दीवार में चुन दिया
- मेरी मैना को दीवार में चुन दिया
मेरी कोयल को दीवार में चुन दिया
मेरी दुनिया को दीवार में चुन दिया
अनारकली! अनारकली!
(सलीम की आंखों से आंसू जारी हैं)

इस नाटक से चंद और नमूने.

आह वह फूल सा बदन रक़्स कना समन, समन
जैसे सबा की गोद में रक़्स करे कोई किरन
इत्र फ़िशां रोशे रविश बदा चुकां चमन चमन
हाए वह ज़ुल्फ़-ए-अंबरी, हाए वह बू-ए पैरहन

*****

मौजे निकहत को दीवार में चुनवा दिया
साज़े इशरत को दीवार में चुनवा दिया
रक़्सो-नग़मा को दीवार में चुनवा दिया
जाम-ओ-मीना को दीवार में चुनवा दिया
(शहज़ादा सलीम)

*****

ज़रा अपने हाथों को देखो
है इनमें लहू ताज़ा दम ज़िंदगी का
चिता इक किरन की, कफ़न इक कली का
ज़रा अपने ख़ंजर को देखो
टपकता है ख़ूं मेरे लख़्ते जिगर का
(महारानी जोधा बाई का अकबर से ख़िताब)

तमाम ख़ुशबू ही ख़ुशबू , तमाम रंग ही रंग
पटे हुए हैं गुलों से ये रहगुज़ार तमाम
(अनारकली)

****

और दिले सोज़ां में लिए इश्क़ की दुनिया
ऐ जाने वफ़ा तेरे लिए, तेरे लिए हूं
तू मेरे लिए है तो जहां मेरे लिए है
ये अर्ज़-ओ-समां, कोन-ओ-मकां मेरे लिए है.
(अनारकली)

इस कहानी में अनारकली के सोग़ में डूबा शहज़ादा सलीम क्रोध में आकर दिल आराम (*'मुग़ल-ए-आज़म'* में बहार) का क़त्ल कर देता है. शहंशाह अकबर को अनारकली का क़ातिल क़रार देकर मुंह मोड़ लेता है और ख़्वाबों में अपनी 'अनार' से बातें करता रहता है.

इस नाटक की शुरुआत में सागर निज़ामी का अनारकली के वजूद को लेकर चलती बहस पर एक बेहद अहम बयान दर्ज है. उर्दू अदब की एक बड़ी हस्ती का यह बयान बहुत अहमियत रखता है. इस चेप्टर का शीर्षक है 'कौन थी वह'?

'क्या किसी अफ़साना तराज़ की ज़हनी मख़लूक़ थी या किसी शायर के आफ़रीदा तख़य्युल या किसी नक़्क़ाश का नक़्शे ख़याली या किसी साज़ का नग़मा-ए-नाशनीदा या वह किसी ख़लाक़ ज़हन की हसीन जोदत थी जिसे दास्तान गोयों ने शहज़ादा सलीम की हुस्न परस्ती फ़ितरत से वाबस्ता कर दिया था?

नहीं !--- वह एक ज़िंदा वजूद थी, वह एक ईरानी नस्ल नौ-उम्र दोशीज़ा थी जिसका नाम नादिरा बेग़म या शर्फ़-उल-निसा था और जलालुद्दीन मुहमद अकबर शहंशाहे हिंद के रंग महलों में ''अनारकली'' के ख़ूबसूरत नाम से पुकारी जाती थी.' (सागर निज़ामी)

गुरुदेव रबींद्रनाथ टैगोर की अनारकली

अनारकली की असल कहानी ख़ोजते-खोजते एक नायाब नगीना हाथ आ गया. गुरुदेव की कलम से निकली अनारकली की दास्तान एक निहायत ही अनोखे अंदाज़ में. इस बात का कोई पुख़्ता सुबूत अब तक नहीं ढूंढ़ पाया हूं कि उनकी यह रचना इम्तियाज़ अली 'ताज' से पहले की है या बाद की लेकिन इतना तय है कि यह रचना पूरी तरह गुरुदेव के रंग में रंगी है. यह बिना कविता की ऐसी कविता है जिसमें गुरुदेव के किरदार में बसा एक निहायत ख़ूबसूरत रूमानी तत्व हर लफ़्ज़ के साथ ख़ुशबू की तरह फैलता चला जाता है.

अब एक और क़यामतख़ेज़ बात. वह यह कि इसका एक उर्दू तर्जुमा किया है शायर-ए-आज़म फ़िराक़ गोरखपुरी ने. और वल्लाह! क्या ख़ूब किया है. ज़रा एक नमूना देखिए:

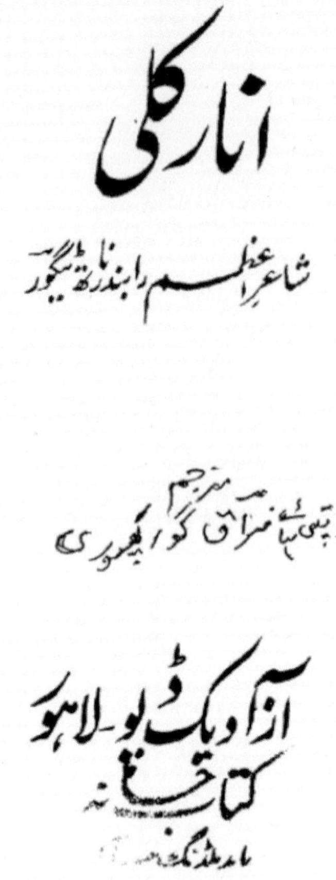
انارکلی
شاعر اعظم رابندر ناتھ ٹیگور
مترجم
فراق گورکھپوری
آزاد بک ڈپو-لاہور

''अनारकली को देखकर यह गुमान होता था कि वह खिलती हुई कली है. यह अनारकली निहायत हसीन प्यारी-प्यारी लड़की थी. जिसका जिस्म अनार के फूल की तरह ख़ूबसूरत और नाज़ुक था. शाही बेग़मात भी अनारकली के हुस्न पर जी जान से शैदा थीं. जब यह प्यारी-प्यारी हसीन चिड़िया अनारकली, शाही महलात की चार दीवारी के महदूद से मैदान में हंसती, मुस्कराती, खेलती, दौड़ती गोया हिरन के प्यारे-प्यारे बच्चे की तरह अठखेलियां करती. और ख़िराम सबुक (नर्म-ओ-नाज़ुक) रफ़्तार की तरह अपनी मस्ताना चाल से दिलों को लुभाती फिरती थी. ऐसा मालूम होता था कि हुस्न-ए-मासूम की दिलकश झलक इश्क़ के सर-सब्ज़ मैदानों में चौकड़ियां भरती हुई, इधर से उधर और उधर से इधर अपनी नाज़ुक ख़रामी में मारूफ़ कार है. गोया जिस तरह फूलों के ख़ूब खुले कुंज में नग़मा-ए-ख़ामोश गाती हुई उड़ने वाली है. ख़ुश-ख़ुर्रम और प्यारी-प्यारी सी तीतरी.''

गुरुदेव की कहानी के अंत में भी अनारकली दीवार में चुनवा दी जाती है.

जलालउददीन मुहम्मद अकबर

एम.एफ. हुसैन सीरीज़ | 10

'मुग़ल-ए-आज़म' एक ऐसी अनोखी फ़िल्म है जिसके डायलॉग्स में लगभग अप्रचलित उर्दू, बल्कि फ़ारसी-ज़द अल्फ़ाज़, मसलन : नक़ाब कुशाई / जुंबिश मकन / सजदे में निगाह रहे / तमाम होश-ओ-ख़िरद पेश-ए- बादशाह रहे / हद्दे अदब / तख़्लिया वग़ैरह का भरपूर इस्तेमाल हुआ है. लेकिन ख़ूबसूरत बात यह है कि इस बात की कभी किसी ने शिकायत नहीं की. सच तो यह है कि लफ़्ज़ी माइने ढूंढ़ने की बजाय मंज़र और हालात से जोड़कर ही बात को समझ लिया.

डायलॉग
बा-आवाज़-ए-बुलंद पढ़ा जाए

अगर यूं कहा जाए कि *'मुग़ल-ए-आज़म'* में एक नहीं दो शीश महल हैं, तो कुछ ग़लत न होगा. अगर नज़ारा-ए-शीश महल ने आंखों को एक ख़ुशनुमा फ़रहत बख़्शी तो फ़िल्म के डायलॉग्स ने हर दिल की धड़कन में हमेशा के लिए एक शीश महल बना लिया. फ़िल्म के रिलीज़ के 59 बरस बाद भी अगर आज तक वह संवाद लोगों की ज़बान पर हैं, तो इसकी वजह शायद यही है.

अरबी-फ़ारसी की चाशनी में डूबी हुई उर्दू में लिखे गए इन मक़ालमों को लेकर इन तमाम बरसों में कभी किसी से शिकायती लहज़े में यह नहीं सुना कि डायलॉग समझ में ही नहीं आए. उर्दू के दुश्मनों को मालूम हो कि हिंदुस्तान की अवाम उर्दू से इतनी दूर नहीं है जितनी कुछ लोग इस सच्चाई से दूरी बनाए बैठे हैं.

मोतियों की लड़ी

इस सख़्त ज़बान की शिकायत तो किसी ने ज़रूर नहीं की लेकिन इन लफ़्ज़ों से लुत्फ़ भरपूर लिया गया. शुरू-शुरू में तख़्लिया का उच्चारण ही जिन लोगों की समझ में न आया, वे उसे मज़ाक़ के तौर पर एक-दूसरे से तकिया ला कहकर ठहाके लगा लेते थे. धीरे-धीरे यह बात सबने समझ ली कि तख़्लिया का अर्थ तन्हाई होता है.

जितनी बार *'मुग़ल-ए-आज़म'* के डायलॉग सुनिए, लगता है किसी ने एक-एक नौख़ेज़ मोती चुनकर इंसानी ज़बान को सितारों की सी चमक से जगमग कर दिया है. कौन थे ये लोग, जो एक मामूली सी गुफ़्तगू को भी फ़लक की सी ऊंचाई दे सकते थे?

यह चार लोग थे; अमान, अहसन रिज़वी, कमाल अमरोही और वजाहत मिर्ज़ा. फ़िल्म की पटकथा के. आसिफ़ और अमान के नाम है.

अक्सर यह सवाल उठता रहा है कि आख़िर इन चार लोगों में से किसने कौन सा डायलॉग लिखा. लेकिन इस सवाल का एकदम पुख़्ता जवाब किसी के पास नहीं है. कुछ छोटे-छोटे किस्से ज़रूर हैं जिन्हें एक साथ जोड़कर देखने पर ख़ासा अंदाज़ा ज़रूर हो जाता है.

फ़िल्म का एक बेहद अहम-तरीन मंज़र है. अनारकली को दीवार में ज़िन्दा चुनवाने से पहले उसकी आख़िरी ख़्वाहिश पूछी जाती है. जवाब में अनारकली एक रात के लिए हिन्दुस्तान की मलिका बनने की बात कहती है. मजबूरन अकबर को बात माननी पड़ती है और आख़िर में अनारकली मलिका का ताज पहनकर अपनी मौत की तरफ बरास्ता शहज़ादा सलीम चलने लगती है तो उसका वो आख़िरी डायलॉग क्या होगा?

इस फ़िल्म के राइटर्स अमान साहब, वजाहत मिर्ज़ा, अहसन रिज़वी के साथ के. आसिफ़ और नौशाद साहब अक्सर बैठकर कहानी पर डिस्कस करते थे और एक-एक डायलॉग पर बहस हुआ करती थी. कभी-कभी तो माहौल गर्म हो जाया करता था. एक सीन में जहां अनारकली को चुनवाया जाता है, उससे पहले उसकी आख़िरी ख़्वाहिश पूछी जाती है तो वह एक रात की मलिका बनने की ख़्वाहिश ज़ाहिर करती है. अकबर यह सुनकर नाराज़ होता है. अकबर की इस नाराज़गी पर अनारकली को क्या जवाब देना चाहिए, यह मसला बन गया था और कोई हल नहीं निकल रहा था.

एक दिन तीनों लेखक अपने-अपने डायलॉग लिखकर ले आए और सुनाने लगे. आसिफ़ साहब चुपचाप बैठे सुनते रहे, फिर वजाहत मिर्ज़ा से पूछा मिर्ज़ा साहब आप क्या लिखकर लाए हैं?

उस वक़्त मिर्ज़ा साहब पान खा रहे थे, उन्होंने पीक थूकते हुए कहा, 'यह सब बकवास है. इतना बड़ा ड्रामा बोलने की क्या ज़रूरत है.' उन्होंने अपने पान की डिबिया से एक छोटी सी पर्ची निकाली और कहा, अनारकली यहां सिर्फ़ एक जुमला अदा करेगी.

आसिफ़ साहब ने कहा पढ़िए क्या कहेगी. मिर्ज़ा साहब बोले, पहले अकबर को सलाम करेगी, फिर कहेगी, 'यह अदना कनीज़ जलालुद्दीन मुहम्मद अकबर को अपना ख़ून माफ़ करती है'.

इस डायलॉग पर कमरे में मुशायरे का माहौल बन गया. दाद देती आवाज़ों की गूंज से माहौल भर गया. आसिफ़ ने मिर्ज़ा साहब को गले लगा लिया. अमान और अहसन साहब ने अपने-अपने काग़ज़ फाड़ दिए और दिल खोलकर मिर्ज़ा साहब के डायलॉग की तारीफ़ की.

यह वाकई इस फ़िल्म के बेहतरीन और ख़ूबसूरत सीक्वेंस में से एक है. ज़रा इसके असल डायलॉग सुनकर देखें. मज़ा आ जाता है.

'सुबह होने से पहले, बेहोशी की दवा में बसा हुआ ये फूल, तुझे सलीम को सुंघाना होगा. ताकि वो तेरी मौत से नाआशना हो जाए. तुझे भूल जाए. और हमारे पहरेदार तुझे बेहोश आशिक़ के पहलू से उठाकर मौत की आग़ोश में गुम कर दें.

मौत मुहब्बत से क़रीब हो गई. ... ऐसा ही होगा.

अगर ऐसा न हुआ... तो सलीम तुझे मरने नहीं देगा... और हम अनारकली तुझे जीने नहीं देंगे.

कनीज़ तो कब की मर चुकी... अब जनाज़े को रुख़सत की इजाज़त दीजिए'.

इस जगह अकबर अनारकली को मलिका का ताज पहनाता है और कहता है - 'जा सकती हो'.

इसी जगह पर अनारकली का जवाब आता है : शहंशाह की इन बेहिसाब बक्शीशों के बदले में... यह कनीज़... जलालुद्दीन मोहम्मद अकबर को अपना ख़ून माफ़ करती है'.

अमान

अमान, यह नाम पर्दे पर जिस क़दर छोटा सा दिखाई देता है, काम के हिसाब से उतना ही बड़ा है. 3 सितम्बर 1924 को जन्मे अमान का पूरा नाम था - अमानउल्ला ख़ान. पैदाइशी तौर पर भोपाल के नवाबी ख़ानदान से ताल्लुक रखते थे और असल ज़िन्दगी में शायर-अदीब थे. मय तख़ल्लुस नाम हो जाता था - अमानउल्ला ख़ान 'अमान'. स्कूल के ज़माने से ही वे क्लासिकल लिटरेचर के जितने ज़बरदस्त आशिक़ थे उतने ही लिखने के शौक़ीन भी थे.

40 के उस शुरुआती दौर में अमान अपनी ख़ूबसूरत शख़्सियत, तहज़ीब और ख़ुलूस वाले नौजवान वाली इमेज के साथ ही उर्दू अदब के सरगर्म आशिक़ की तरह भी पहचाने जाते थे. अपने कहानी और शायरी के हुनर को ज़माने तक पहुंचाने के लिए उन्हें फ़िल्म एक बेहतर ज़रिया नज़र आया. सो वे बम्बई की तरफ़ चल पड़े.

प्रसिद्ध अभिनेत्री वीना ने अमान के फ़िल्म इंडस्ट्री में पहुंचने बारे में लिखा है : ''मेरे शौहर अल नासिर (प्रसिद्ध हीरो) भोपाल के रहने वाले थे. उनका ताल्लुक़ नवाब ख़ानदान से था. ज़ीनत अमान के वालिद अमानउल्ला मरहूम और मेरे शौहर ख़ालाज़ाद भाई थे. अठारह-उन्नीस साल की उम्र में ये दोनों भाई फ़िल्मों में काम करने की ग़रज़ से बम्बई आ गए. स्टूडियोज़ के चक्कर लगाने लगे. जब लोगों को पता चला कि ये दोनों लड़के भोपाल से आए हैं तो किसी ने उन्हें मशविरा दिया कि जद्दन बाई से जाकर मिलें. वह उनकी सिफ़ारिश कर सकती हैं. क्योंकि जद्दन बाई अपने ज़माने की मशहूर क्लासिकल सिंगर थीं और वह अक्सर नवाब भोपाल की तकरीबात में प्रोग्राम पेश करने जाती थीं.''

अल नासिर और अमानउल्ला जब महबूब साहब से मिले तो उन्होंने दोनों को एक सीन में खड़ा कर दिया. इसके बाद अल नासिर लाहौर चले गए. वहां कुछ फ़िल्मों में काम करने के बाद दोबारा आ गए.

इधर अमानउल्ला बम्बई में अकेले ही फ़िल्म राइटर बनने के संघर्ष में जुटे रहे. तमाम लेखकीय गुणों के बावजूद उनका ख़ूबसूरत चेहरा-मोहरा और कद्दावर शख़्सियत उनके लेखक की कामयाबी के आड़े आती रही. जद्दन बाई ने भी अमान के लेखक को दरकिनार करते हुए अपनी एक ज़ेरे-तामीर फ़िल्म *'रोमियो-जूलियट'* में एक रोल के लिए साइन कर लिया. 1951 में रिलीज़ हुई फ़िल्म *'जादू'* में भी नायक सुरेश के समानांतर अमान ने भूमिका निभाई.

अभिनेता रज़ा मुराद रिश्ते में अमान साहब के भांजे होते हैं. उनके मुताबिक़ अमान ने दो और फ़िल्मों *'खेल'* और *'आबशार'* में भी अभिनय किया लेकिन वे इससे ख़ुश नहीं थे. न तो वे एक्टर बनना चाहते थे और न वो अपनी एक्टिंग से ख़ुश थे. वे तो बस फ़िल्में लिखना चाहते थे. आख़िर कमाल अमरोही ने उन्हें यह मौक़ा दिया अपनी फ़िल्म *'दायरा'* (1953) लिखने का. इस फ़िल्म से उन्हें ख़ासी शोहरत मिली.

इसी साल बतौर लेखक उनकी एक और फ़िल्म रिलीज़ हुई के. अमरनाथ की 'लैला मजनू'. इससे अगले क़दम पर ही सबसे बड़ी कामयाबी अमान का इंतज़ार कर रही थी. उनकी मुलाक़ात के. आसिफ़ से हुई. मिले तो यूं लगा मानो दोनों को एक-दूसरे की अरसे से तलाश थी. शुरुआत हुई *'मुग़ल-ए-आज़म'* की कहानी से. दोनों ने मिलकर एक बेमिसाल स्क्रीन-प्ले लिख डाला. बात जब डायलॉग्स पर आई तो अमान उसका भी हिस्सा बने.

फ़िल्म के मक़ालमे लिखने में वह बाक़ी तीन लेखकों के मुक़ाबले सबसे आगे रहे हैं. इस बात का एक दस्तावेज़ी क़ुबूलनामा एक डाक्यूमेंट्री की शक्ल में अब तक मौजूद है. के. आसिफ़ की निगरानी में बनी यह डाक्यूमेंट्री 1960 में रिलीज़ के कुछ अरसे बाद ही जारी की गई थी जिसमें इस फ़िल्म की मेकिंग के बारे में एक तफ़्सीली बयान भी है. इस बयान को लिखा है शकील बदायूनी और अमान ने मिलकर लेकिन आवाज़ अमान साहब की ही है.

''406 बरस पहले जलालउद्दीन मोहम्मद अकबर नाम का एक बादशाह इस देश में गुज़रा है, जिसे दुनिया मुग़ल-ए-आज़म के नाम से जानती है. अकबर का ज़माना गुज़रे सैकड़ों साल बीते, मगर इंसाफ़ और प्यार के साथ आज भी अकबर का नाम ज़िन्दा है.

और फिर 406 बरस बाद इसी देश में एक और इंसान ने जन्म लिया. उसका नाम के. आसिफ़ है. उसके दिल में अकबर की मोहब्बत जागी. वतन की तारीख़ और सभ्यता का प्यार उमड़ा. और वो मुग़लों के शानदार दौर की एक झलक दिखाने को तड़पने लगा.

ये तड़प, ये आरज़ू, आसिफ़ की ज़िंदगी की धड़कन बन गई और वो *'मुग़ल-ए-आज़म'* का ख़्वाब देखने लगा.

उसने सबसे अलग हटकर सोचा. उसके दिमाग़ में मुग़लों की शानो-शौकत का असली नक़्शा खिंचने लगा. ख़ाके बनते चले गए. झलकियां आती चली गईं.

इन बिखरे हुए ख़यालों को एक तारीख़ी कहानी में ढालने के लिए आसिफ़ ने इंडस्ट्री के बेहतरीन दिमाग़ों की ख़िदमात हासिल कीं. वजाहत मिर्ज़ा, अहसन रिज़वी, कमाल अमरोही और **ख़ास तौर पर अमान** ने अपने-अपने कलम के जौहर दिखाए. और फिर कल्पना और आर्ट के और माहिर अज़ीम शायर शकील बदायूनी, मौसीकी के बादशाह नौशाद. लाजवाब फ़ोटोग्राफ़ी आर.डी. माथुर. बेहतरीन साउंड रिकॉर्डिस्ट अकरम शेख. नामी एडिटर धरमवीर. एसोसियेट डायरेक्टर एस.टी. ज़ैदी. आर्ट डायरेक्टर एम.के. सैयद, *'मुग़ल-ए-आज़म'* में शरीक हो गए.''

अमान चमक-दमक की दुनिया में रहकर भी चमक-दमक से दूर अपनी दुनिया में ख़ुश रहने वाले इंसान थे. उनकी क़ाबलियत पर आसिफ़ फ़िदा थे. एक बार साथ हुआ तो आसिफ़ ने अपनी आख़िरी सांस तक अमान का हाथ न छोड़ा. आसिफ़ जिस फ़िल्म का ख़्वाब देखते, अमान फ़ौरन उस ख़्वाब की तसवीर काग़ज़ पर उकेरने में जुट जाते.

इस तरह की कवायद कम से कम आधा दर्जन फ़िल्मों के लिए हुई, लेकिन पर्दे तक बमुश्किल सिर्फ़ एक और फ़िल्म *'मुहब्बत और ख़ुदा'* ही पहुंच पाई. इसके अलावा जिन प्रोजेक्ट्स पर अमान ने काम किया, उनमे *'सस्ता ख़ून, महंगा पानी'*, *'वाजिद अली शाह'* और *'ताज महल'* के नाम शामिल हैं.

फिल्म *'मुग़ल-ए-आज़म'* के डायलॉग चार लोगों ने लिखे हैं सो अलग-अलग किसके कौन से डायलॉग हैं ये पता करना ज़रा मुश्किल काम है, लेकिन कुछ किस्सों की बदौलत कुछ-कुछ तो पता लग ही जाता है. इसी सिलसिले में एक बात रज़ा मुराद ने सुनाई.

अमान साहब एक बार अपनी बहन, यानी रज़ा मुराद की मां से मिलने घर पहुंचे तो अपने साथ फ़िल्म के कुछ डायलॉग भी ले गए, जो उन्होंने लिखे थे और आसिफ़ साहब को देना था. सो उससे पहले एक राय मालूम करने की ग़रज़ से उन्होंने वो मंज़र मय डायलॉग अपनी बहन को सुनाए.

सुनना चाहेंगे वो महान डायलॉग्स?... सुनिए.

ज़ंजीरों में जकड़ी अनारकली को क़ैदख़ाने से लाकर अकबर के सामने पेश किया गया है. अब अकबर शुरू करते हैं और अनारकली जवाब देती है.

अकबर : **हमें यकीन है, क़ैदख़ाने के ख़ौफ़नाक अंधेरों ने, तेरी आरज़ुओं में वो चमक बाक़ी न रखी होगी... जो कभी थी.**

अनारकली : क़ैदख़ाने के अंधेरे, कनीज़ की आरज़ुओं की रोशनी से कम थे.

- अंधेरे और बढ़ा दिए जाएंगे.
- आरज़ुएं और बढ़ जाएंगी.

- और बढ़ती हुई आरज़ुओं को कुचल दिया जाएगा.
- और ज़िल्ले इलाही का इंसाफ़?

- हम एक लफ्ज़ नहीं सुनना चाहते... अकबर का इंसाफ़, उसका हुक्म है.'

जिस वक़्त अमान को *'मुग़ल-ए-आज़म'* लिखने के लिए आसिफ़ ने साइन किया था उस वक़्त उनकी उम्र तकरीबन 23 बरस की थी. इस छोटी सी उम्र में उन्हें बतौर राइटर *'मुग़ल-ए-आज़म'* जैसा बड़ा काम कर दिखाने का मौक़ा तो मिला लेकिन उनका शायर अनजाना ही रह गया.

संगीतकार उषा खन्ना ने अपनी तरफ़ से एक कोशिश ज़रूर की कि अमान की शायरी का अंदाज़ा लोगों को हो सके. अमान की मृत्यु के कोई 6 साल बाद रिलीज़ हुई निर्माता जुगल किशोर की फ़िल्म *'मुनीमजी'*(72) में उषा जी ने उनकी एक ग़ज़ल को फ़िल्म में शामिल किया. रफ़ी साहब की पुर-सुकून गायकी के साथ इस ग़ज़ल का रंग और निखर गया है.

इक चिंगारी आंखों की दिल की लगन बन जाती है
जब हद से बढ़ती है ख़िज़ां, रूहे चमन बन जाती है
ज़िक्र हमारा छेड़ के देखे, कोई उनकी महफ़िल में
पलकें घूंघट करती हैं, आंख दुल्हन बन जाती है.

वजाहत मिर्ज़ा

फिल्म *'मुग़ल-ए-आज़म'* के डायलॉग राइटर टीम में एक नाम है वजाहत मिर्ज़ा चंगेज़ी. उत्तर प्रदेश में सीतापुर के एक ज़मींदार घराने में 20 अप्रैल 1908 को जन्मे मिर्ज़ा वजाहत हुसैन कज़लबाश चंगेज़ी को अपनी पुश्तैनी ज़मीनों, धन-दौलत के बूते टांग पर टांग चढ़ाकर हुक्का पीना कभी न भाया. आढ़त का धन्धा करने वालों की बजाय उन्होंने लिखत-पढ़त वालों की सोहबत बेहतर समझी और लखनऊ को अपना घर बनाया.

अपनी कलम से नर्मो-नाज़ुक और रूमानी मकालमे लिखने में उस्ताद वजाहत मिर्ज़ा को अपने चंगेज़ी होने का बड़ा मान था. एक मर्तबा मेरे दोस्त ख़ालिद आबिदी ने उनसे पूछा; आप नाम के साथ 'चंगेज़ी' किस रिआयत से लिखते हैं? मिर्ज़ा जी ने जवाब दिया था; मेरे पास शजरा मौजूद है. मैं चंगेज़ ख़ान के सबसे छोटे पोते हलाकू ख़ान की औलाद से हूं.

उन्होंने यह भी ख़ुलासा किया कि शुरू में उनकी अदब से ज़्यादा थियेटर में ज़्यादा दिलचस्पी थी. ''मुझे थियेटर के खेलों से काफ़ी दिलचस्पी रही मगर सिर्फ़ कॉमेडी पोरशन से, ट्रेजिक सीनों को मैं अननेचुरल समझता था. मुझे हंसी आती थी जब बुलंद आवाज़ में रोमांटिक सीन अदा किए जाते थे.''

फ़िल्मी दुनिया में उनकी आमद कलकता की ईस्ट इंडिया कंपनी की *'आबे हयात'*(1936) में डायलॉग लिखने के साथ हुई. उसके बाद महबूब ख़ान की अधिकांश फ़िल्मों *'वतन'* (1938), *'हम, तुम और वो'* (1938), *'एक ही रास्ता'* (1939), *'औरत'* (1940), *'बहन'* (1941) और *'मदर इंडिया'*(1957) के लेखक वे ही थे.

शुरुआत में उन्होने कुछ फ़िल्मों में गीत भी लिखे जिनमें यहां शुमार पहली दो फ़िल्में भी शामिल हैं. इसी तरह के. आसिफ़ के साथ भी उनका साथ आख़िर तक बना रहा. आसिफ़ की अधूरी छूटी फ़िल्म *'लव एण्ड गॉड'*, जो 1986 में जाकर किसी तरह पूरी हुई के डायलॉग भी वजाहत मिर्ज़ा साहब के ही लिखे हुए थे.

इसके अलावा रमेश सहगल की *'शिकस्त'* (1953), बिमल राय की *'यहूदी'* (1958), एस. मुखर्जी की *'लीडर'*(1964), एस.यू. सन्नी की *'पालकी'*, एस.एस. वासन की *'शतरंज'*(1978) और सुल्तान अहमद की *'गंगा की सौगन्ध'*(1978) जैसी फ़िल्में भी उन्हीं ने लिखीं.

1940 के दशक में ही कुछ फ़िल्में डायरेक्ट भी कीं. इनमें 1942 की *'स्वामीनाथ'* और *'जवानी'*, 1945 में *'शहंशाह बाबर'* और *'निशाना'* (1950) शामिल हैं.

वजाहत मिर्ज़ा को फ़िल्मी दुनिया में दाख़िला दिलाने में लखनऊ के एक साहब का नाम ज़रूर लिया जाना चाहिए. यह नाम था कृष्ण गोपाल का. कृष्ण गोपाल लखनऊ के एक मशहूर वकील रामगोपाल के बेटे थे. सिनेमा के शौक़ीन थे लेकिन उस वक़्त लखनऊ के मेडिकल कॉलेज के लिए बनने वाली टी.बी. की फ़िल्मों के केमरामेन थे. यह उनका फ़िल्मी दुनिया में तजुर्बे के साथ पहुंचने के लिए अपनाया गया रास्ता था.

आख़िर में वे कलकत्ता पहुंच ही गए और कैमरामेन स्थापित हो गए. उन्होंने ही अभिनेता कुमार (संगतराश) को और वजाहत मिर्ज़ा के सपनों को हक़ीक़त में बदलने में मदद की. वजाहत मिर्ज़ा को तो शुरू में अपने साथ बतौर असिस्टेंट केमरामेन रख लिया और फिर न्यू थियेटर्स के मशहूर डायरेक्टर देवकी बोस से मिलवाया जिन्होंने वजाहत को अपना असिस्टेंट बना लिया.

1933 में कृष्ण गोपाल ने ईस्ट इंडिया फ़िल्म कम्पनी, कलकता के बैनर तले जब फ़िल्म *'आब-ए-हयात'* बनाई तो वजाहत मिर्ज़ा को फ़िल्म के डायलॉग लिखने का मौक़ा दिया. इस फ़िल्म के बाद मिर्ज़ा बम्बई जा पहुंचे. वहां महबूब साहब का साथ हुआ और ज़माने पर उनकी क़ाबिलियत ज़ाहिर हो गई. मिर्ज़ा अपने अंदाज़ में उस दौर के तमाम लेखकों से अलग थे. तरह-तरह की भाषा पर उनकी पकड़ और भाषा को किसी बाज़ीगर की गेंदों की तरह हवा में उछालकर फिर उन सबको वापस एक हाथ में समेटकर दिखाने के उनके हुनर ने उन्हें अपने फ़न का उस्ताद बना दिया था.

ठेठ अरबी-फ़ारसी के बेल-बूटों से सजी उर्दू हो, एकदम ज़मीनी, देसज मुहावरे वाली भाषा हो या फिर आम बोलचाल की सरल-सीधी ज़बान, मिर्ज़ा ने हर रंग में अपना फ़न दिखाया.

नमूने के तौर पर ज़रा *'मदर इंडिया'* के ये कुछ एक डायलॉग देखें. ये डायलॉग सुखी लाला (कन्हैयालाल)

सुनील दत्त, नरगिस, राजेंद्र कुमार - फ़िल्म 'मदर इंडिया' (57)

और शामू (राजकुमार) की मां बनी (जिल्लो बाई) के बीच होते हैं.

'काका! एक अरज और. लगे हाथ शामू का अंगूठा भी इस पर लगवाय दियो, नहीं तो काका, इस बुढ़िया का क्या भरोसा, आज है कल लुढ़क गई तो...'

'अरे लुढ़केगा तू और तेरे होते-सोते. मैं तो तेरी चिता ठंडी करके जाऊंगी... पंचों को दबाकर अपनी तरफ़ फ़ैसला करा लिया. मेरे बच्चों का पेट काटा. भगवान करेगा तो फूट-फूट के निकलेगा. मेरे होते शामू अंगूठा नहीं लगाएगा'.

फ़िल्म *'गंगा जमना'* के चटक-मटक, मस्ती भरे भोजपुरी रंग के डायलॉग याद कीजिए. दिलीप कुमार और वैजयंती माला के बीच का झगड़ा सुनिए.

ऐ मुन्ना! तू ए की बात में न आना. भैया, बहुत फसादी औरत है.

अरे ओ बेईमान! ऊ बीच रास्ता मा धक्का दे के कऊन का बोझा गिराय रहा तू?

बो..बो..बो..बोझा गिराए दिया तो कऊन अइसी ख़राबी होइ गई? कौन अइसी आफ़त आइ गई? हां देखा मुन्ना! अरे इत्ती सी बात का बतंगड-अ बनाइ के रो रही है -टुसुर-टुसुर-टुसुर..

अरे बस! रहाय दियो, रहाय दियो. तुम और हमका रुलाइयो? अरे तुम जैसन का का तो हम रुलाय-रुलाय के माटी चटाय दें.

देखो धन्नो रानी! जादा मुंह न लगो हमरे. समझी? नहीं त दे हों एक लप्पड़ और जाइके गिरे हो दुसरे गांव में.

साठ के दशक में वजाहत मिर्ज़ा चंगेज़ी पाकिस्तान चले गए थे, जहां 4 अगस्त 1990 को कराची, पाकिस्तान में उनका निधन हुआ.

वजाहत मिर्ज़ा के मिजाज़ के बारे में एक किस्सा प्रसिद्ध लेखक अली रज़ा साहब ने एक इंटरव्यू के दौरान फ़िल्म पत्रकार बन्नी रुब्बेन को बताया था. किस्सा कुछ यूं है कि मिर्ज़ा साहब का निर्माता-निर्देशक महबूब के साथ बहुत पुराना नाता था. वजाहत मिर्ज़ा को अपनी शुरुआती दौर में ही कामयाबी मिल गई थी. उनकी शोहरत जिस वक़्त बुलन्दी पर थी उस वक़्त महबूब अपनी पहचान बनाने में ही लगे हुए थे.

जब महबूब साहब को बड़ी कामयाबियां और शोहरत मिली तो भी मिर्ज़ा साहब उन्हें जान-बूझकर सिर्फ़ 'महबूब' कहकर बुलाते थे. और अगर कभी साथ में 'साहब' जोड़ते तो वो काफ़ी तंज़िया अंदाज़ में मखौल की तरह होता. ज़ाहिर है महबूब साहब को यह बात चुभती थी और यूं भी वे कोई कम भड़कू इंसान न थे.

फ़िल्म *'अंदाज़'* (1949) के डायलॉग अली रज़ा साहब से ही लिखवाए थे. अब इसके बाद जब उन्होंने अपनी पुरानी फ़िल्म *'औरत'* को *'मदर इंडिया'* के नाम से दुबारा बनाने का फ़ैसला किया तो रज़ा साहब, जो कि मिर्ज़ा साहब के बहुत क़रीबी थे, ने ज़ोर दिया कि फ़िल्म मिर्ज़ा साहब से ही लिखवानी चाहिए, क्योंकि *'औरत'* भी उन्हीं की लिखी हुई थी. सो मिर्ज़ा साहब को साइन कर लिया गया.

एक दिन सेट पर मधुबाला की बहन चंचल आई हुई थी. मिर्ज़ा जी का उनके पित्ता अत्ताउल्ला ख़ान से दोस्ताना था और वे इन लड़कियों को अपनी बेटी की तरह मानते थे. मिर्ज़ा जी भी उस वक़्त वहीं थे. दोनों काफ़ी घुल-मिलकर बात कर रहे थे. उस समय महबूब अपने काम में मशगूल थे लेकिन उनकी नज़र लगातार इन दोनों पर बनी हुई थी.

अचानक वो वजाहत मिर्ज़ा पर चीख़ पड़े और उन्हें सेट से बाहर चले जाने हुक्म दे दिया. मिर्ज़ा जी भी बिना एक सेकंड की देर किए गुस्से में चल दिए. अब महबूब साहब ने अली रज़ा को अगले दिन की शूटिंग के लिए डायलॉग लिखने को कहा. रज़ा साहब मिर्ज़ा जी की बहुत इज्ज़त करते थे लिहाज़ा उन्होंने डायलॉग लिखने की बजाय अपना इस्तीफ़ा लिखकर भेज दिया.

आख़िर दिलीप कुमार को बीच में लाकर समझौते की कोशिश हुई. मिर्ज़ा जी तो लौटने को तैयार न हुए, सो समझौता यूं हुआ कि रज़ा साहब महबूब से सीन सुनते और मिर्ज़ा जी को सुनाकर उनके डायलॉग लाकर महबूब को देते. इस तरह यह फ़िल्म पूरी हुई.

इस हादसे के बाद मिर्ज़ा जी महबूब साहब फिर कभी नहीं मिले.

अहसन रिज़वी

इस कड़ी का तीसरा नाम है अहसन रिज़वी. पूरा नाम मोहम्मद अहसन रिज़वी. उनके वालिद सैयद मुहम्मद बद्रउद्दीन, पेशे से हकीम थे, पर शायरी उनका शौक़ था और 'बद्र दानापुरी' के नाम से जाने जाते थे.

अहसन रिज़वी का जन्म 1915 में उनके ननिहाल, गया(बिहार) में हुआ था. उनका घर पटना अज़ीमाबाद की छावनी के कस्बे दानापुर में था.

अहसनः अति उत्तम, अति सुंदर

अपने वालिद से काफ़ी मुतासिर थे और बचपन से ही शेरो-अदब से लगाव सा था. अहसन रिज़वी कमसिनी के दौर से ही जंगे आज़ादी के कुछ लीडरों से बहुत मुतासिर हुए थे, जिनमें ख़िलाफ़त आंदोलन के मशहूर लीडर मुहम्मद अली जोहर भी एक थे. अहसन साहब मानते हैं कि 4 जनवरी 1931 को, जिस दिन मुहम्मद अली जोहर के इंतक़ाल की ख़बर आई, उसी दिन अपने शायर होने की ख़बर भी लगी. उस दिन उन्होंने अपने रंजीदा दिल की हालत बयान करते हुए एक शेर लिखा;

है ग़म भी आबरू ग़म भी, अश्क़ों की रवानी भी
बहुत से बे-बहा मोती, बहे जाते हैं पानी में

फ़िल्मों में उनकी शुरुआत एक 'कुली' के तौर पर हुई. ''घर से तलाशे-माश में बाहर भाग निकला था. मज़दूरी करता हुआ एक मज़दूर की हैसियत से रंगून की एक फ़िल्म कंपनी 'बर्मा इम्पीरियल फ़िल्म कम्पनी' में पहुंच गया. उसके मलिक जनाब अब्दुल रहमान निज़ामी थे.'' (इंटरव्यू - ख़ालिद आबिदी)

बर्मा से उनको कलकता की 'ईस्ट इंडिया फ़िल्म कंपनी' के डायरेक्टर राजहंस अपने साथ कलकता ले आए. राजहंस अपनी फ़िल्म *'एक दिन की बादशाहत'* (1933) की शूटिंग के लिए बर्मा गए हुए थे. इस फ़िल्म में अख़्तरी बाई फ़ैज़ाबादी (बेग़म अख़्तर), मज़हर ख़ान और सविता देवी की प्रमुख भूमिकाएं थीं. राजहंस को इस मामूली कुल्ली अहसन रिज़वी में कोई ऐसी बात नज़र आई कि उसे सीधे अपना असिस्टेंट डायरेक्टर बनाकर साथ ले आए. कुछ अर्से बाद वो बम्बई शिफ़्ट हुए तो अहसन रिज़वी को भी साथ ही ले आए.

बम्बई में अहसन रिज़वी की पारी शुरू हुई बतौर लेखक-गीतकार फ़िल्म *'बहादुर किसान'* (1938) से. इस फ़िल्म के डायरेक्टर थे कॉमेडियन भगवान. अब तक भगवान अभिनय कर रहे थे और *'बहादुर किसान'* से डायरेक्टर भी बन गए.

यहां से सफ़र शुरू हुआ तो ऊपर-नीचे, होते-हवाते आख़िर डायलॉग राइटर स्थापित हो गए. उनके पास काम का बोझ बढ़ गया तो कहानियां और गीत लिखने का काम छोड़कर सिर्फ़ डायलॉग लिखने में ही रम गए. *'अलबेला'*(1951), *'बारादरी'*(1955), *'प्यार का सागर'*(1961), *'गहरा दाग़'*(1963), *'वो कौन थी'*(1964), *'फूल और पत्थर'*(1966), *'ज़ाल'*(1967), *'तलाश'*(1969), *'आन मिलो सजना'*(1970), *'विक्टोरिया 203'*(1972), *'जुगनू'*(1973), *'अमीर ग़रीब'*(1974), से लेकर *'गोपीचंद जासूस'* और *'नास्तिक'*(1983) तक के डायलॉग लिखे.

अहसन रिज़वी के मुताबिक़ उन्होंने *'मुग़ल-ए-आज़म'* में उन्होंने जोधा बाई के शुरुआत वाले और आख़िर के और इसी तरह अनारकली के कुछ डायलॉग लिखे.

कमाल अमरोही

अगर के. आसिफ़ ने *'मुग़ल-ए-आज़म'* जैसा शाहकार बनाया तो उसका कुछ श्रेय कमाल अमरोही को भी जाता है. उन्होंने ही फ़िल्म *'फूल'* की शूटिंग के दौरान आसिफ़ को *'अनारकली'* की कहानी सुनाई थी, जिसने आसिफ़ को दीवाना बना दिया और उसी दीवानगी का नतीजा है *'मुग़ल-ए-आज़म'*.

कमाल अमरोही का जन्म 17 जनवरी 1918 को उत्तर प्रदेश के शहर अमरोहा के एक शिया घराने में हुआ. असल नाम सैयद अमीर हैदर. कलमी नाम 'कमाल'. घर में अगर मज़हब के प्रति गहरी आस्था थी तो साथ ही साथ शेरो-अदब की भी गूंज थी. यही वजह है कि कमाल के अलावा उनके दो चचाज़ाद भाई रईस अमरोहवी और जान एलिया भी मशहूर शायर बनकर सामने आए.

शुरुआती तालीम अमरोहा में ही हासिल की और फ़ारसी में एम.ए. करने के लिए लाहौर के ओरियंटल कॉलेज में दाख़िला ले लिया. बाद में वहीं लाहौर के उर्दू अख़बार *'मिलाप'* में नौकरी कर ली. एक दिलचस्प बात यह है कि इस अख़बार के मालिक महाशय ख़ुशाल चंद आर्य समाजी थे और अख़बार में कांग्रेस की जंगे-आज़ादी की मुहिम की ताईद करते हुए भी हिंदू महासभा के समर्थक थे.

'मिलाप' के साथ ही कमाल ने लाहौर के ही एक प्रसिद्ध अदबी रिसाले *'आलमगीर'* के लिए भी काम करना शुरू किया. यहीं से बतौर लेखक उनका सफ़र शुरू हुआ. इसी दौर में उनका लिखा एक उपन्यास *'परदेसी'* काफ़ी लोकप्रिय हुआ. इस उपन्यास का बंगाली में भी अनुवाद छपा जिसकी शोहरत सुनकर कलकत्ते के एक फ़ायनेंसर-प्रोड्यूसर राजहंस ने लाहौर जाकर कमाल अमरोही के *'परदेसी'* पर फ़िल्म बनाने के इरादे के साथ ही कमाल को कलकता में उनकी कंपनी ज्वॉइन करने का ऑफ़र दे दिया.

कमाल को ऑफ़र अच्छा लगा और वे कलकत्ता चले गए. *'परदेसी'* के निर्माण की तैयारियां शुरू तो हुईं मगर कारोबारी झगड़ों में इस क़दर उलझीं कि आख़िर मामला ख़त्म ही हो गया. कमाल ने नाउम्मीद होकर बम्बई की राह ली.

बम्बई में ख़्वाजा अहमद अब्बास की सिफ़ारिश से उन्हें बाम्बे टाकीज़ में बतौर लेखक नौकरी मिल गई. यहां उनकी पहली कहानी ही रिजेक्ट कर दी गई. कमाल वही कहानी लेकर सोहराब मोदी के पास पहुंचे.

सोहराब मोदी को कमाल अमरोही की यह कहानी काफ़ी पसंद आई और उन्होंने इस पर फ़िल्म बनाने का फ़ैसला कर लिया. इस कहानी पर जो फ़िल्म बनी उसका नाम है *'जेलर'*(1938). इस फ़िल्म के क्रेडिट टाइटल्स में बतौर लेखक-गीतकार एक लंबा-चौड़ा नाम था - अमीर हैदर कमाल 'अमरोहवी'. बाद के सालों में व्यवहारिक दिक्क़तों के चलते यह सिमटकर 'कमाल अमरोही' हो गया.

कमाल साहब को सोहराब मोदी की मिनर्वा मूवीटोन में नौकरी मिल गई. अगली फ़िल्म उन्होंने ऐसी लिखी कि उनका नाम हमेशा के लिए लोगों के ज़हन में दर्ज हो गया. फ़िल्म का नाम था *'पुकार'*(1939). जहांगीर के इंसाफ़ की कहानी कहती इस फ़िल्म में सोहराब मोदी के अलावा चंद्रमोहन और नसीम बानो थे. फ़िल्म में कमाल अमरोही के लिखे डायलॉग बहुत पसंद किए गए. फ़िल्म सुपर हिट साबित हुई.

कमाल अमरोही ने जिस वक़्त फ़िल्म *'पुकार'* लिखी थी उस वक़्त उनकी उम्र महज़ 21 बरस की थी. जिस वक़्त सोहराब मोदी *'पुकार'* की स्क्रिप्ट सुनने बैठे तो सामने बैठे एक नौ-उम्र लड़के के मुंह से इस क़दर वज़नदार जुमले सुनते तो वो हैरानी से उसका मुंह ही ताकते जाते. उनके चेहरे के भाव देखकर कमाल अमरोही ने यहां भी एक डायलॉग जड़ दिया था. वे बोले; 'मोदी साहब, मैं देखने नहीं, सुनने की चीज़ हूं'.

कमाल अमरोही का यह ख़ुसूसी अंदाज़े बयां ही है जिसने उन्हें अपने दौर का एक नायाब फ़िल्मकार बनाया. 1949 में बतौर निर्देशक उन्हें पहली फ़िल्म *'महल'* से जो बेपनाह कामयाबी हासिल हुई तो वे ख़ुद ही प्रोड्यूसर भी बन गए. इस वजह से बतौर लेखक उनका हुनर अक्सर उनकी अपनी फ़िल्मों; *'पाकीज़ा'* और *'रज़िया सुल्तान'* जैसी फ़िल्मों में ही दिखाई दिया.

ऐसा समझा जाता है है कि फ़िल्म में दरबारे-अकबरी, ख़ासकर शहंशाह अकबर और शहज़ादा सलीम के बीच के डायलॉग कमाल अमरोही के ही लिखे हुए हैं. इतिहास की गहरी जानकारी की वजह से उन्हें महलों के अदबो-आदाब, शाही ज़बान पर महारत हासिल थी.

फ़िल्म *'पुकार'*(1939) में कमाल अमरोही ने ही पहली बार शहंशाह जहांगीर की आमद के ऐलान के लिए बा-अदब बा-मुलाहिज़ा होशियार-3, शहंशाहे-शाहां, खिज्र-रवे-दौरां, आली-मर्तबा-ओ-आली-जाह, मरकज़े इनायते-ख़ुदावंदी... जैसी भाषा इस्तेमाल की थी. फ़िल्म *'मुग़ल-ए-आज़म'* में महारानी जोधा बाई, शहज़ादा सलीम और शहंशाह अकबर के लिए दरबारी ऐलान का मौक़ा आया तो वह कुछ इस अंदाज़ में था.

जुंबिश मकुन, हुशियार बाश ! मलिका-ए-ज़ीशान, ज़ीनत-ए-तख़्त-ए-हिंदुस्तान, महारानी जोधा बाई.

नाज़िश-ए-लोह-ओ-कलम, साहिब-ए-आलम शहज़ादा सलीम.

सजदे में निगाह रहे. तमाम होश-ओ-ख़िरद, पेश-ए-बादशाह रहे, ज़िल्ल-ए-इलाही, शहंशाह, आलम पनाह, जलालुद्दीन मोहम्मद अकबर जलवा-अफ़रोज़ होते हैं.

संगीतकार नौशाद, जो इस फ़िल्म की मेकिंग के दौरान हर क़दम पर के. आसिफ़ के साथ रहे, उनका कहना है कि लेखकों की सिटिंग के दौरान कमाल अमरोही कभी नज़र नहीं आए.

''कमाल अमरोही साहब ने *'मुग़ल-ए-आज़म'* में यक़ीना तहरीरी काम किया होगा, इसलिए उनका नाम फ़िल्म में शामिल है. मगर मैं यह बात कह सकता हूं कि मेरे सामने कभी कमाल साहब कहानी पर बहस के लिए नहीं बैठे. हालांकि सैकड़ों मर्तबा हम लोगों ने इस पर बहस की. हो सकता है कमाल साहब ने ख़ुफ़िया तौर पर फ़िल्म के लिए काम किया हो. इसका मुझे इल्म नहीं.'' (नौशाद)

इस फ़िल्म के डायलॉग्स जिस तरह बच्चे-बच्चे की ज़बान पर आ गए थे उसे देखकर रिकॉर्ड कंपनी एच.एम.वी. ने फ़िल्म की कहानी बयान करते डायलॉग और गीतों का 3 एल.पी. रिकॉर्ड का सेट ख़ास तौर पर जारी किया था. पुरानी चीज़ों के आशिक़ों के बीच आज भी इस सेट की ज़बरदस्त मांग है और बहुत भारी प्रीमियम पर यह बरसों पुराने रिकॉर्ड आज भी बिक रहे हैं.

संगीत
इस रंग में कोई जी ले अगर...

1945 में जब *'मुग़ल-ए-आज़म'* का आगाज़ हुआ था तो उस वक़्त फ़िल्म के संगीतकार थे अनिल बिस्वास. कुछ गीत भी रिकॉर्ड हुए थे. इन गीतों में क़ैफ भोपाली का लिखा एक ख़ूबसूरत गीत था 'अल्लाह भी है, मल्लाह भी है, कश्ती है कि डूबी जाती है'.

यह गीत उस सिचुएशन के लिए था जब अनारकली को हथकड़ियों में जकड़कर क़ैदख़ाने में डाल दिया जाता है. इसलिए इस गाने के म्यूज़िक में बेड़ियों की झंकार का इस्तेमाल किया गया था. जब 1951 में फ़िल्म दुबारा शुरू हुई तो के. आसिफ़ ने अनिल बिस्वास की जगह संगीत के लिए नौशाद को साइन कर लिया. तब अनिल विश्वास ने इस गीत को फ़िल्म *'मान'*(1954) में इस्तेमाल कर लिया.

इसी तरह गीतकार तनवीर नक़वी ने भी *'मुग़ल-ए-आज़म'* के लिए कुछ गीत लिखे थे. असल में के. आसिफ़ के मामू नज़ीर के साथ तनवीर नक़वी के काफ़ी पुराने ताल्लुक़ात थे. उनके बैनर हिंद पिक्चर्स की फ़िल्म *'आबरू'*(1943) के बाद 1945 में *'लैला मजनू'* के गीत भी उन्होंने लिखे थे. *'लैला मजनू'* की कामयाबी में इन गीतों का भी बड़ा योगदान था. इस फ़िल्म में 'तेरा जलवा जिसने देखा वो दीवाना हो गया' (एस.डी. बातिश, मुहम्मद रफ़ी और साथी), 'टुकड़े उठा के दिल के, ले जाएंगे निशानी' और 'सांस जो सीने में है, फ़रियाद है' जैसे गीत उस वक़्त बेहद मक़बूल हुए थे.

के.आसिफ़ - नौशाद - बात को समझो

तनवीर नक़वी ने *'मुग़ल-ए-आज़म'* के लिए चार गीत लिखे थे. जब आसिफ़ ने इन गीतों को इस्तेमाल न किया तो तनवीर नक़वी ने इन चार गीतों में से दो फ़िल्म *'शीरीं फरहाद'*(1955) में और बाक़ी के दो गीत 1958 में पाकिस्तान में मलिका-ए-तरन्नुम नूरजहां को लेकर बनी फ़िल्म *'अनारकली'* में इस्तेमाल कर लिए.

'शीरीं फ़रहाद' के गीत थे 'गुज़रा हुआ ज़माना आता नहीं दुबारा, हाफ़िज़ ख़ुदा तुम्हारा' (लता) और रफ़ी साहब का 'हज़ारों रंग बदलेगा ज़माना, न बदलेगा मुहब्बत का फ़साना'. इस फ़िल्म के टाइटल्स के साथ रफ़ी की आवाज़ में ही 'हज़ारों रंग' की ज़मीन बनाता हुआ एक क़िता है;

न ताज-ए-शाही, न बादशाही,
न शानो शौकत रहेगी बाक़ी
न ज़िंदगी का निशां रहेगा,
न ये ज़मीं-आसमां रहेगा
यूं ही रहेगी हर शै रवाना,
मगर मुहब्बत रहेगी बाक़ी.'

इसी तरह पाकिस्तानी फ़िल्म *'अनारकली'* में उनका लिखा और नूरजहां का गाया एक गीत है 'कहां तक सुनोगे, कहां तक सुनाऊं/ हज़ारों ही शिकवे हैं, क्या-क्या सुनाऊं'. यह गीत उस हालात में इस्तेमाल किया गया है जहां अनारकली की छोटी बहन सुरैया ख़त लेकर शहज़ादा सलीम के पास जाती है.

1945 में जिस वक़्त *'मुग़ल-ए-आज़म'* का मुहूर्त हुआ था तब तक नौशाद फ़िल्मों में अपनी पहचान बनाने के लिए संघर्ष ही कर रहे थे, जबकि अनिल बिस्वास उसी वक़्त संगीतकारों के बीच एक बादशाह की हैसियत रखते थे. 1951 के आते-आते मंज़र बदल चुका था. नौशाद के संगीत का जादू चल चुका था. लोगों की ज़बान पर नौशाद की फ़िल्मों *'रतन'*(1944), *'अनमोल घड़ी'*(1946), *'शाहजहां'*(1946), *'मेला'*(1948), *'अंदाज़'*(1949), *'दिल्लगी'*(1949), *'बाबुल'*(1950) के सुपर हिट गीतों की धूम थी.

'अख़ियां मिला के, जिया भरमा के चले नहीं जाना', 'ओ जाने वाले बालमवा, लौट के आ, लौट के आ' *(रतन)*, 'उड़न खटोले पे उड़ जाऊं, तेरे हाथ न आऊं', 'आवाज़ दे कहां है, दुनिया मेरी जवां है' *(अनमोल घड़ी)*, 'जब दिल ही टूट गया, हम जी के क्या करेंगे' *(शाहजहां)*, 'ये ज़िंदगी के मेले दुनिया में कम न होंगे' *(मेला)*, 'तू कहे अगर, मैं गीत सुनाता जाऊं', 'झूम-झूम के नाचो आज' *(अंदाज़)*, 'तू मेरा चांद, मैं तेरी चांदनी' *(दिल्लगी)*, 'मिलते ही आंखें दिल हुआ दीवाना किसी का', 'छोड़ बाबुल का घर मोहे पी के नगर आज जाना पड़ा' *(बाबुल)* जैसे गीतों ने नौशाद को उरूज़ पर पहुंचा दिया था.

नौशाद की इस शानदार कामयाबी से मुतासिर होने वाले लोगों में के. आसिफ़ भी शामिल थे. लिहाज़ा उन्होंने इस बार नौशाद को साथ लेने का मन बना लिया. आसिफ़ अपना इरादा लेकर नौशाद के घर पहुंचे तो उन्होंने पहले पहल इंकार कर दिया. लेकिन आसिफ़ के मज़बूत इरादों के आगे उनका इंकार बहुत देर टिक न सका.

नौशाद के इंकार की वजह यह नहीं थी कि उन्हें संगीत कम्पोज़ करने में कोई तक़लीफ़ होती. उसकी वजह थी ख़ुद के. आसिफ़, जिसकी दीवानगी से नौशाद साहब काफ़ी ख़ौफ खाते थे. दीवानगी, जिसे उन्होंने आसिफ़ के बम्बई में शुरुआती दौर में देखा था, जब वो दादर में दुकान चलाते थे टेलर की और बातें करते थे महान फ़िल्में बनाने की.

चौधरी ज़िया इमाम की पुस्तक *'नौशाद - ज़र्रा जो आफ़ताब बना'* में नौशाद साहब के बयान के सहारे उस मंज़र को इस तरह चित्रित किया गया है. 'एक दिन नौशाद साहब अपने घर में एक फ़िल्म की मौसीकी पर काम कर रहे थे तभी उनसे मिलने के. आसिफ़ आए और कहने लगे; 'मैं एक फ़िल्म बनाने जा रहा हूं.'

इस पर नौशाद साहब ने पूछा - 'कौन सी फ़िल्म बना रहे हो?'

जवाब मिला - *'मुग़ल-ए-आज़म'* और इस फ़िल्म की मौसीकी आप ही को देनी है.' नौशाद साहब ने कहा - 'अभी मेरे पास वक़्त नहीं है. मैं बहुत मसरूफ हूं और तबीयत भी ठीक नहीं है. आप किसी और मौसीकार से बात कर लें.' आसिफ़ साहब ने यह सुना तो रुपये का बंडल उनके हारमोनियम पर रखते हुए बोले - 'यह एडवांस रख लीजिए, मौसीकी तो आप ही को देनी है.'

नौशाद साहब ने कहा - 'क्या आप समझते हैं कि पैसे से हर चीज़ ख़रीदी जा सकती है और आप हर चीज़ ख़रीद लेंगे? अपने पैसे उठाइए मैं फ़िल्म नहीं करूंगा.'

इस पर आसिफ़ साहब ने चुटकी बजाते हुए कहा - 'कैसे नहीं करेंगे. इतने पैसे दूंगा कि आज तक किसी ने नहीं दिए होंगे.'

जब आसिफ़ साहब का इसरार और पैसे की बात बढ़ गई तो इन्होंने (नौशाद ने) गुस्से में आकर नोटों का बंडल फेंक दिया. कमरे में नोट ही नोट बिखर गए. इतने में नौशाद साहब की बेग़म नौकर के साथ छत पर आ गईं. उन्होंने नौकर के साथ मिलकर नोट समेटे और पूरा माजरा जाना. आसिफ़ साहब चुटकी बजाते रहे और मुस्कराते रहे फिर नौशाद साहब ने उनसे कहा - 'अच्छा आसिफ़ साहब आप अपने नोट अपने पास रखिए हम फ़िल्म साथ करेंगे.'

तो यह थी नौशाद साहब की स्टोरी. इसे वे ख़ुद भी कई बार अपने इंटरव्यूज़ के दौरान भी सुना चुके हैं. बहुत ही दिलचस्प अंदाज़ में.

आसिफ़ का नौशाद को साथ लेने वाला फ़ैसला इत्तिफ़ाक़न ही सही लेकिन एक बेहद दूरंदेशी वाला फ़ैसला सबित हुआ. उसने बहुत सही इंसान पर नोट बरसाए थे. इस इंसान ने आसिफ़ के जुनून को परवान चढ़ाने के लिए उसकी कई अंधेरी राहों को रोशन किया. फिर चाहे वह फ़िल्म की कहानी का मसला हो या फिर सही डांस डायरेक्टर के चुनाव का मामला. फ़ायनेंसर शापुरजी की उलझन हो, या उस्ताद बड़े ग़ुलाम अली ख़ान की रज़ामंदी, नौशाद ने हर क़दम पर आसिफ़ को एक सच्चे राहनुमा की तरह मदद की.

फ़िल्म के संगीत को सुनते वक़्त भी इस बात को भूल पाना मुश्किल है कि यह सब उस दौर की रिकॉर्डिंग्स हैं जिस दौर में रिकॉर्डिंग की तकनीक अभी पूरी तरह से विकसित नहीं हो पाई थी. रिकॉर्डिंग के प्रॉपर क़िस्म के स्टूडियो नहीं थे. लेकिन उस दौर में एक चीज़ थी जिसे कहते हैं - ईमान. यह लफ्ज़ इस नए दौर में ज़रा कम ही सुनाई पड़ता है वरना एक वक़्त था कि लोग कसम खाने को भी कहते थे - 'ईमान से'.

यह ईमान, धर्म से जुड़ा हुआ लफ्ज़ है. ईमान वालों को अपने धर्म के प्रति समर्पित माना जाता है. उस दौर के लगभग हर फनकार की कामयाबी की कहानी उसी ईमान से जुड़ी है जिसने अपने काम को अपना धर्म, अपनी इबादत, अपना मज़हब सब कुछ मानकर काम किया. और वाह! क्या ख़ूब काम किया.

शकील बदायूनी और नौशाद की कामयाब जुगलबंदी का सिलसिला 1947 की फ़िल्म *'दर्द'* से चला आ रहा था. दोनों ने मिलकर एक से एक नायाब गीत दिए थे. *'मेला'*(1948), *'दिल्लगी'* और *'दुलारी'*(1949), *'बाबुल'*(1950), *'दीदार'*(1951), *'बैजू बावरा'*(1952) जैसी म्यूज़िकल हिट्स की एक लंबी साझेदारी चली आ रही थी. लेकिन *'मुग़ल-ए-आज़म'* की संगीत रचना का काम एक अलग बात थी.

जिस वक़्त अनिल बिस्वास *'मुग़ल-ए-आज़म'* के संगीतकार थे तब उनके सामने कोई चुनौती न थी लेकिन जब नौशाद की बारी आई तो सामने *'अनारकली'*(1953) की शक्ल में एक बहुत बड़ी चुनौती आ खड़ी हुई थी. सी. रामचंद्र के संगीत के साथ राजेंद्र कृष्ण, हसरत जयपुरी, शैलेंद्र और जां निसार अख़्तर जैसे चार धुरंधर गीतकारों की संगत से बने लगभग सारे गीत सुपर हिट साबित हो चुके थे. लता मंगेशकर के मिठास भरे जादू से भरे 'ये ज़िंदगी उसी की है, जो किसी का हो गया / प्यार ही में खो गया,' 'आजा अब तो आजा, मेरी क़िस्मत के ख़रीदार अब तो आजा,' 'मुझसे मत पूछ मेरे इश्क़ में क्या

एक गीत रिकॉर्डिंग के वक़्त संगीत के सुरों में डूबे नौशाद और के. आसिफ़

रखा है / एक शोला है जो सीने में दबा रखा है,' 'दुआ कर ग़मे दिल, ख़ुदा से दुआ कर ग़मे दिल, ख़ुदा से दुआ कर,' 'मुहब्बत में ऐसे क़दम डगमगाए, ज़माना यह समझा कि हम पी के आए' जैसे गीतों ने ज़माने को दीवाना बना डाला था. सच तो यह कि इन गीतों ने फ़िल्म को मिली ज़बरदस्त कामयाबी में भी एक बड़ी भूमिका निभाई थी. इन हालात में नौशाद के सामने एक बड़ी चुनौती आ खड़ी हुई. *'अनारकली'* के संगीत से बेहतर कर दिखाने की चुनौती.

नौशाद ने *'मुग़ल-ए-आज़म'* के लिए कुल जमा 14 गीत रिकॉर्ड किए गए थे. इनमें से दो गीत फ़िल्म में कभी इस्तेमाल न हुए. पहला गीत था;

हुस्न की बारात चली, मौसमे बहार में
दिल का चमन, बनके दुल्हन, झूम उठा प्यार में'
(शमशाद बेग़म, लता मंगेशकर, मुबारक बेग़म साथी)

दूसरा गीत था :
अकेला हम को छोड़ के
हमारे दिल को तोड़ के,
कहां चले, तुम कहां चले'

ये दोनों गीत रिकॉर्ड भी हुए और बाकायदा पिक्चराइज़ भी किए गए लेकिन आख़िर में फ़िल्म का हिस्सा न बन सके.

'हुस्न की बारात चली, मौसमे बहार में' फ़िल्म में उस वक़्त आता था जब शहज़ादा सलीम मैदाने-जंग से वापस आता है. बहार (निगार सुल्ताना) शहज़ादे की दिल-बस्तगी के लिए दरिया-ए-जमना में कश्तियों की दौड़ के एक मुक़ाबले का एहतिमाम (आयोजन) करती है. इन कश्तियों में सवार लड़कियां रक़्स करते हुए यह गीत गाती हैं. शहज़ादा सलीम जमुना के किनारे यह मुक़ाबला देखता है और अव्वल आने वाली लड़की को इनाम देता है.

यह गीत आसिफ़ साहब ने इनडोर-आउट-डोर में फ़िल्माया था. जब फ़िल्म मुकम्मल हुई और उसका ट्रायल शुरू हुआ तो आसिफ़ साहब ने इस गीत को फ़िल्म से निकाल

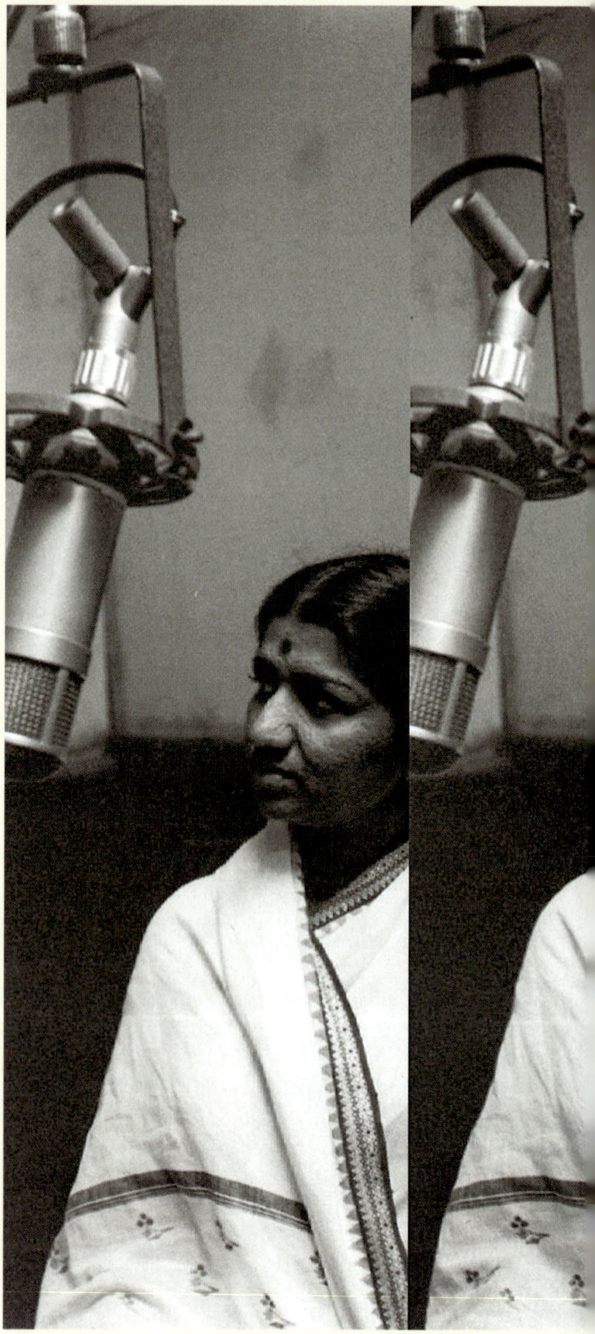

देने का फ़ैसला किया. इस पर काफ़ी बहस भी हुई. आसिफ़ साहब का कहना था कि फ़िल्म में क़व्वाली 'तेरी महफ़िल में क़िस्मत आज़मा कर हम भी देखेंगे' में बहार और अनारकली का मुक़ाबला होता है. यहां भी मुक़ाबला है. ये तक़रार होगी. लिहाज़ा सब से राय मांगी गई. सबने क़व्वाली के हक़ में फ़ैसला दिया. मैंने इस मौक़े पर कहा, गीत बहुत अच्छा है. बड़ा मक़बूल होगा. इसे मत निकालिए. आसिफ़ साहब ने जवाब दिया नौशाद साहब इस गीत को किसी दूसरी फ़िल्म में इस्तेमाल करेंगे.

दूसरा गीत 'अकेला हम को छोड़ के', मुहम्मद रफ़ी की आवाज़ में रिकॉर्ड किया गया था. यह गीत शहज़ादा सलीम पर फ़िल्माने के लिए रिकॉर्ड हुआ था. शहज़ादे से मुलाक़ात के बाद वापस घर लौटती अनारकली को दिल की दुहाई दे कर रोकने लिए सलीम को यह गीत गाना था. रिकॉर्डिंग के बाद आसिफ़ को अहसास हुआ कि शहंशाह अकबर का वली अहद, हिंदुस्तान का होने वाला बादशाह पर्दे पर गीत गाता हुआ अच्छा नहीं लगेगा. (नौशाद)

नौशाद साहब ने इस दूसरे गीत को बचाने के लिए भी कई दलीलें दीं लेकिन के. आसिफ़ ने मुस्करा कर हर बात को अनसुना कर दिया. इस तरह फ़िल्म के रिलीज़ तक आते-आते गीतों की तादाद रह गई 12.

उसके कुछ चुनिंदा गीतों पर तफ़सील से बात शुरू करने से पहले चंद याद रखने लायक़ बातें. पहली बात तो यह है कि कुल जमा 197 मिनट की इस फ़िल्म के 49 मिनट 2 सेकंड गीतों के खाते में हैं. मतलब हुआ फ़िल्म का तकरीबन 25 फ़ीसद वक़्त गीतों के हिस्से में गया है.

दूसरी बात यह है कि नौशाद ने इन गीतों में हिंदुस्तानी संगीत के उस्तादों; उस्ताद हलीम जाफ़र ख़ान (सितार), पंडित रामनारायण (सारंगी), पन्नालाल घोष (बांसुरी) और रामलाल (शहनाई) की ख़िदमात हासिल करके ख़ालिस संगीत से फ़िल्म को संवारा है. आजकल ये हिंदुस्तानी साज़ ज़रा कम ही सुनाई देते हैं.

ख़ुदा निगेहबान हो तुम्हारा

यह *'मुग़ल-ए-आज़म'* के लिए रिकॉर्ड किया जाने वाला सबसे पहला गीत है. इस गीत की रिकॉर्डिंग की भी एक ज़बरदस्त दास्तान है. बीसवीं सदी के उस पांचवें दशक में हिंदुस्तानी सिनेमा अभी पांव-पांव चलना सीख ही रहा था. तकनीक भी धीरे-धीरे विकसित हो ही रही थी. आज की तरह के साधन नहीं थे इसलिए बहुत सारे काम बस 'जुगाड़ टेक्नोलॉजी' से ही अंजाम दिए जाते थे.

इस गीत की रिकॉर्डिंग दादर के रंगमहल स्टूडियो (बाद में नाम बदलकर रूपतारा स्टूडियो) के एक फ़्लोर पर होनी थी. उस दौर में साउंड प्रूफ़ रिकॉर्डिंग स्टूडियो तो थे नहीं सो बाहर से ट्रैफ़िक का शोर बकायदा अन्दर तक आता था. इस फ़्लोर को साउंड प्रूफ़ बनाने की गरज़ से नौशाद ने कई गांठें कम्बल की मंगवाई. इन सारे कम्बलों को खोलकर फ़्लोर पर एक शामियाना सा तान दिया गया. दीवारों पर भी कम्बल चस्पां कर दिए गए. फ़र्श पर नारियल का टाट बिछाया गया.

गायिका लता मंगेशकर के लिए एक ख़ास केबिन बनाया गया और साज़िन्दों के लिए बाहर जगह बनाई गई. कुल जमा दो माइक्रोफ़ोन. एक लता मंगेशकर के लिए और दूसरे माइक्रोफ़ोन पर बाक़ी सारे साज़िन्दे.

इन तमाम मुश्किल हालात का तसव्वुर कीजिए और सोचिए और इस गीत को सुनिए. आपके मुंह से ख़ुद-ब-ख़ुद नौशाद साहब के लिए दुआएं निकल पड़ेंगी. सिचुएशन के मुताबिक़ एक लाजवाब गीत.

पर्दे पर अनारकली की लाचारी और शिकस्तगी के जज़्बात को एक शक्ल देता मधुबाला का चेहरा, होंठों पर लता मंगेशकर की करिश्माई आवाज़ में शकील बदायूनी की शायरी :

वो आई सुबह के परदे से मौत की आवाज़
किसी ने तोड़ दिया जैसे ज़िन्दगी का साज़

आप उस इंसान के दिल की कैफ़ियत का अंदाज़ा लगाइए कि जिसे अपने पांव पर चलकर अपनी मौत की तरफ़ जाना है और उसी वक़्त उसे अपनी मुहब्बत का जनाज़ा भी कांधे पर लादकर चलना है, जिसकी ख़ातिर उसने मौत को भी मंज़ूर कर लिया है.

ज़िंदगी के इस टूटते साज़ की अज़ीयत को कोई लफ़्ज़ नहीं कोई साज़ ही बता सकता है. सो इस जगह पंडित रामलाल की शहनाई की दर्द से भरी, मुंदी-मुंदी सी, लरज़ती सी लहर आकर यह काम कर जाती है. और फिर लफ़्ज़ अपना काम करते हैं :

ख़ुदा निगेहबान हो तुम्हारा
धड़कते दिल का पयाम ले लो

एक सहमा-सहमा सा तबला इस आवाज़ के साथ संगत करता हुआ इस सारी सूरते-हाल की संजीदगी का अहसास कराता हुआ चल रहा है. मधुबाला के बहते आंसुओं और थम-थम कर बड़ते क़दमों के साथ अंतरे में कुछ वायलिन्स आकर गीत को और साथ ही इस मंज़र को कुछ रफ़्तार देते हैं.

काले लबादों में मौजूद मौत के फ़रिश्तों के बीच घिरी मधुबाला का हर क़दम इस वक़्त ज़मीन पर नहीं, सिनेमा हॉल में बैठे तमाशबीनों को अपने ही सीने पर पड़ता हुआ सा महसूस होता है. दिल में एक लाचार बग़ावत का जज़्बा उठता है और अगली घड़ी दम तोड़कर टूटे हुए शीशे की तरह बिखरकर टीस पैदा करता रहता है. दिल दर्द से पारा-पारा और रूह सदमे से निढाल सी हो जाती है.

यह गीत उन चुनिंदा गीतों में से एक गीत है जहां इस कारनामे से जुड़ा हर शख़्स एक ही शक्ल में दिखाई देता है और एक ही आवाज़ में सुनाई देता है. के. आसिफ़, शकील बदायूनी, नौशाद, उनके साज़िंदे सब के सब यहां आकर एक ही साज़ के कई तार बन गए हैं. रही बात लता मंगेशकर और मधुबाला की तो इसी जगह आकर इन दो के बीच जिस्म और रूह वाला रिश्ता दिखाई दे जाता है. उस शीश महल में दर्द की यह गूंज इस तरह उभरती है मानो टूटे हुए शीशे के टुकड़े कराह रहे हों.

एक दिलचस्प संयोग यह है कि फ़िल्म के 12 गीतों में से 9 में लता मंगेशकर की आवाज़ है. *'अनारकली'* में भी 12 गीत थे और यहां भी 9 में लता मंगेशकर की ही आवाज़ थी. नौशाद ने रिकॉर्डिंग की शुरुआत भी लता मंगेशकर से ही की.

प्रेम जोगन बन के / शुभ दिन आयो

यूं तो दुनिया के हर क्रिएशन के साथ एक कहानी ज़रूर होती है. सो *'मुग़ल-ए-आज़म'* के गीतों के पीछे भी कहानियां हैं. इनमें से एक कहानी तो अब तक एक दंत कथा की तरह मशहूर हो चुकी है - उस्ताद बड़े गुलाम अली ख़ान का इस फ़िल्म के लिए गाने से पहले इंकार और फिर इक़रार वाली कहानी.

आसिफ़ साहब की आंखों के सपने 35 एम.एम. के ज़माने में भी 70 एम.एम. के ही होते थे. सो जब फ़िल्म में सलीम-अनारकली के तन्हाई में मिलने वाला निहायत रूमानी और दिलकश सीन सोचा गया तो फ़िल्म के लेखकों की टीम ने आसिफ़ से बातचीत के बाद इस सीक्वेंस के लिए सलीम-अनारकली के कुछ डायलॉग्स लिखे. के. आसिफ़ ने पहली ही नज़र में इन डायलॉग्स को रिजेक्ट कर दिया.

उनसे पूछा गया कि आख़िर इस मंज़र के लिए उनका तसव्वुर क्या है? वो क्या करना चाहते हैं. आसिफ़ का जवाब था, 'मुहब्बत का ऐसा इज़हार, जहां लफ़्ज़ बेमानी हो जाते हैं.'

उन्होंने ऐलान कर दिया कि इस जगह कोई डायलॉग नहीं होगा बल्कि पस-मंज़र में तानसेन का गीत होगा जो इस मुहब्बत की तर्जुमानी करेगा.

उस वक़्त शायद उन्होंने यह नहीं कहा कि वो इस एक मंज़र से इज़हारे-मुहब्बत को एक ऐसे मकाम पर लाकर खड़ा कर देंगे कि जिसे देखकर फ़रिश्ते भी बिना रश्क किए न रह सकेंगे. परिंदे (शुतुरमुर्ग) के सफ़ेद पंख से अनारकली के होंठों को सहलाकर शहज़ादा सलीम जो कह जाते हैं, वो किसी शायर के ला-ज़वाल कलाम का सबसे हसीन मिसरा बन गया

तानसेन के किरदार को क़ाबिले-यक़ीन बनाने की गरज़ से आसिफ़ ने अपने दौर के नामवर नायक-गायक सुरेंद्र को लिया. पर्दे पर कॉस्ट्यूम से सजे बैठे सुरेंद्र की मौजूदगी ने आसिफ़ के इस मक़सद को भरपूर कामयाबी दी.

तानसेन बने अभिनेता सुरेंद्र

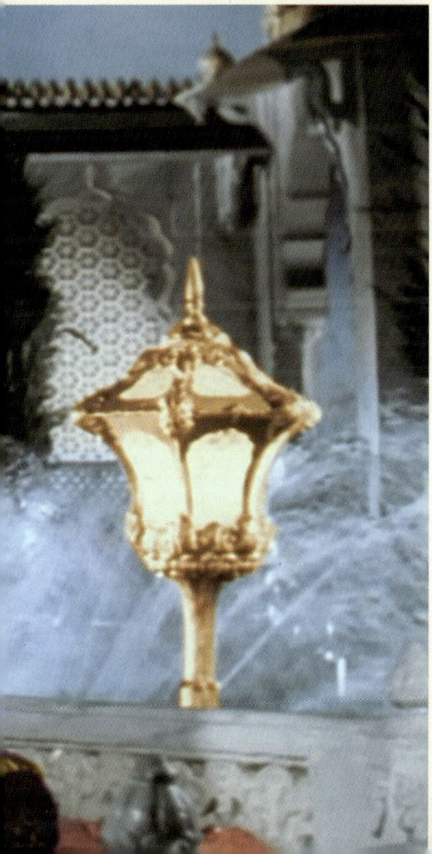

है. एक ऐसा मिसरा जिसमें इंसान का ईजाद किया हुआ कोई लफ़्ज़ नहीं बल्कि कुदरत की बख़्शी हुई मुहब्बत ही मुहब्बत है. यह वो मक़ाम है जहां देखने वाली नज़रें पर्दे पर नज़र आती दो जिस्मों की नज़दीकियों से आगे निकलकर एक रूहानियत के अहसास में खो जाती हैं.

इस अकेले एक गीत के ज़रिए अगर के. आसिफ़ के हुनर को परखना हो तो राग सोहनी की इस बंदिश को ज़रा पूरे ग़ौर से देखिए. 4 मिनट 56 सेकंड के इस वक़्फ़े में कैमरा 30 अलग-अलग शॉट्स के ज़रिए यह मधुर मिलन दिखाता है. 5 मिनट से भी कम वक़्त में आसिफ़ ने बिना किसी डायलॉग के दो इंसानों के बीच होने वाले इज़हारे-मुहब्बत को हिमाला की ऊंचाई तक पहुंचा दिया है. वक़्त के इसी नन्हे से दायरे के भीतर ही भीतर फ़िल्म की कहानी को जवानी की उस दहलीज़ तक पहुंचा दिया है, जहां पहुंचकर आशिक़ ज़माने की तमाम रस्मों से आज़ाद होकर परिंदे की मानिंद आसमान में परवाज़ करते दिखाई देते हैं.

इस जगह इस बात को तस्लीम किए बिना आगे बढ़ना गुनाह-ए-अज़ीम होगा कि आसिफ़ के लिए बिना आर.डी. माथुर, दिलीप कुमार और मधुबाला यह सब हासिल करना मुमकिन न था. आर.डी. माथुर का कैमरा यूं तो इस पूरी फ़िल्म में ही के. आसिफ़ को उन तमाम ऊंचे मक़ामात को छू लेने का ज़रिया बना हुआ है जहां सिर्फ़ इंसान अपनी ख़याल परवरी से भले ही पहुंच जाता हो लेकिन आंखें उसे देखने को तरसती रहती हैं. ख़ासकर इस लाफ़ानी रूमानी परवाज़ के मंज़र को हक़ीक़त की ज़मीन पर लाने के लिए माथुर ने जिस लियाक़त का मज़ाहिरा किया है, वह अपनी क़द्रदानी के लिए नए लफ़्ज़ों की मांग करता है.

और बात हो दिलीप कुमार-मधुबाला की तो आंखों को रोने की और दिल को पारा-पारा होने की इजाज़त देने के अलावा कोई चारा नहीं बचता. ज़रा सोचिए, असल ज़िंदगी में बरसों मुहब्बत में मुब्तला दो लोग इस पिक्चराइज़ेशन के वक़्त दुआ-सलाम के रिश्ते से भी दूर हो चुके हैं. एक-दूसरे की मौजूदगी से दिलों में कांटे सी चुभती टीस सी उठती है. मगर वाह रे फ़नकार वाह! अपनी ज़ाती ज़िंदगी के दुख-दर्द से ऊपर उठकर फ़न का हक़ अदा करने को जब दोनों अदाकार आमने-सामने आते हैं तो लगता है कि आज मुक़ाबला फ़नकार की फ़नकारी और मुहब्बत की बुलंदी के बीच है. और ऐन इसी जगह, इन दो कलाकारों के अज़्म की बुलंदी बीच में आकर इन दोनों को एक आला मकाम तक

पहुंचाकर दोनों के वक़ार और आबरू को फ़तह का ताज पहना जाती है.

इस मंज़र के लिए जिस वक़्त गीत की बात चली तो नौशाद के ज़हन में उस्ताद बड़े ग़ुलाम अली ख़ान का नाम ही था लेकिन वे जानते थे कि उस्ताद जी फ़िल्मों के लिए नहीं गाते, लिहाज़ा उन्होंने उस्ताद अमीर ख़ान साहब का नाम आगे किया. आसिफ़ ने फ़ौरन सवाल किया क्या वो बड़े ग़ुलाम अली से भी अच्छा गाते हैं? ज़ाहिर है जवाब नहीं में था. सो आसिफ़ साहब ने फरमाया कि तानसेन तो सबसे बड़े गवैये थे, तो हम भी सबसे बड़े गवैये से ही गवाएंगे.

नौशाद अगर उस्ताद की हक़ीक़त जानते थे तो वह के. आसिफ़ की ज़िद भी जानते थे. उसके इरादों के आगे 'नहीं' जैसे किसी लफ्ज़ का कोई वजूद ही न था. सो दोनों पहुंचे उस्ताद जी के घर. नौशाद साहब ने जब अपनी फ़रमाइश सामने रखी तो उस्ताद ने यह कहते हुए इंकार कर दिया कि वे फ़िल्मों के लिए तो गाते ही नहीं हैं. सो वे नहीं गाएंगे.

हमेशा की तरह इस कहानी में भी आसिफ़ हाथ में सिगरेट लिए थे और चुटकी के साथ गुल झाड़कर फरमाया - *'गाना तो आप ही गाएंगे'.*

उस्ताद ने हैरत से नौशाद की तरफ़ देखा और पूछा - *'ये पागल है क्या?'*

नौशाद ने कहा- *'बिलकुल सही फ़रमाया हुज़ूर. एकदम पागल है. मानेगा नहीं. सो आप गा दें. मेरी इज़्ज़त भी बढ़ जाएगी और हम लोग इस पागल से भी बच जाएंगे.'*

उस्ताद जी ने मुस्कराकर जवाब दिया- *'मुझे भी पागलों का इलाज ख़ूब आता है. गाने के इतने रुपये मांगूंगा कि सारा पागलपन ठीक हो जाएगा.'*

उस्ताद ने फ़ैसला सुनाया - *'ठीक है, गाऊंगा. लेकिन लूंगा पूरे पच्चीस हज़ार रुपये'.* आसिफ़ ने फिर चुटकी बजाकर गुल झाड़ा और जेब से नोटों की एक गड्डी निकालकर पेश कर दी. *'बस! सिर्फ़ पच्चीस हज़ार! मंज़ूर है.'*

अब क्या. उस्ताद जी ने एक के बाद एक दो गीत रिकॉर्ड करवाए; *'प्रेम जोगन बन के, जोगन सुंदरी, पिया ओर चले'* और *'शुभ दिन आयो राज दुलारा.'* ये दोनों गीत अब हमारे फ़िल्म संगीत की अनमोल धरोहर हैं.

उस्ताद बड़े गुलाम अली ख़ान में बच्चों की सी चंचलता बहुत थी. स्टूडियो में जाकर रिकॉर्डिंग करवाने में उनको बड़ी कोफ़्त होती थी. सो वो रिकॉर्डिंग न करने के ऐसे-ऐसे बहाने ईजाद करते थे कि सामने वाले को पसीना आ जाए.

एक शास्त्रीय गायक हुए हैं जी.एन. जोशी. 1938 के आसपास वे रिकॉर्ड कम्पनी एच.एम.वी. के अधिकारी बन गए. 1944 में उस्ताद जी का बम्बई में पहला परफ़ॉर्मेंस हुआ, जिसको आम सुनने वालों के साथ ही साथ दूसरे बड़े उस्तादों की भी भरपूर दाद मिली. जोशी जी की इसी जगह से उनकी दोस्ती का आग़ाज़ हुआ. और इस इस हद तक पहुंची कि वे लाहौर में उस्ताद के ही मेहमान बने और उनके ही घर पर रुके थे.

1948 में उस्तादजी एक कार्यक्रम के सिलसिले में फिर बम्बई आए तो एच.एम.वी. के लिए रिकॉर्डिंग करने की बात हुई. जोशी जी के आग्रह को मानकर वे तैयार भी हो गए. लेकिन ठीक रिकॉर्डिंग वाले दिन उन्होंने फ़ोन करके कह दिया कि न तो उन्हें अपनी तबीयत ठीक लग रही है और न गला. स्टूडियो में बैठे जोशी ने कहा कि चलिए कोई बात नहीं. रिकॉर्डिंग न सही. आप यहां आ जाएं. थोड़ी गप-शप करेंगे और बाद में डिनर भी ले लेंगे. काफी ना-नुकुर के बाद वे मान ही गए.

उस्ताद जी खाने के और पीने के बड़े ज़बर्दस्त शौक़ीन थे. बकौल जी.एन. जोशी वे एक वक़्त में एक पूरा मुर्गा, 12 चपाती और एक किलो मिठाई बड़े मज़े से खा जाते थे. वे मज़ाक़ में उन्हें कहते थे कि बड़े गुलाम अली को ज़माना 'रंगीला गवैया और रसीला खवैया' के नाम से हमेशा याद रखेगा.

चलिए वापस रिकॉर्डिंग पर चलें. जोशी ने फ़ौरन अपने चपरासी को भेजकर ख़ान साहब के आने से पहले ही एक बोतल स्कॉच की बुलवाकर रख ली. स्टूडियो में ही गिलास बुलवाकर महफ़िल सजा ली. दौरे-जाम शुरू हुआ. जोशी ने थोड़े सब्र के बाद बात छेड़ी कि आख़िर कुछ गायक किस तरह से राग अडाना में तीव्र और कोमल निषाद एक साथ लगा लेते हैं? और क्या ऐसा करना मुनासिब है?

अब तक रंग में आ चुके उस्ताद सीधे होकर गाने वाली मुद्रा में बैठ गए. पास ही रखा तानपूरा उठाकर समझाने के लिए राग अडाना की गायकी शुरू की. जोशी जी ने वाह-वाह के साथ दाद दी कि क्या गा रहे हैं आप. आपकी आवाज़ तो इस वक़्त माशाअल्ला बिलकुल अपने उरूज़ पर है. उस्ताद जी मुस्करा दिए. वे जानते थे इसका क्या मतलब था.

ख़ैर, किस्सा कोताह यह कि रिकॉर्डिंग हुई. वह एक या दो नहीं पूरी दस. तो ऐसे रंगीले थे उस्ताद बड़े गुलाम अली ख़ान साहब.

जब *'मुग़ल-ए-आज़म'* के गीत रिकॉर्ड करने की बारी आई तब भी ख़ान साहब के वही रंगीले अंदाज़ क़ायम रहे. पहले 'प्रेम जोगन बन के' की रिकॉर्डिंग होनी थी. इस बार रिकॉर्डिंग महबूब स्टूडियो में रखी गई. उस रिकॉर्डिंग का बयान ख़ुद नौशाद साहब की ज़बानी इस तरह है :

''ख़ान साहब रिकॉर्डिंग पर आए तो उन्होंने कहा, मेरे लिए गद्दा बिछवाइए. हारमोनियम मेरे सामने रखिए. तानपूरा पीछे होना चाहिए. हालांकि फ़िल्म की रिकॉर्डिंग में ऐसा नहीं होता, मगर मैंने रिकॉर्डिस्ट कौशिक की मदद से ख़ान साहब की हिदायत के मुताबिक़ दोबारा बंदोबस्त किया. मैंने इस रिकॉर्डिंग पर आसिफ़ साहब को ख़ास तौर पर यह कह कर

रंगीले राजा उस्ताद बड़े ग़ुलाम अली

बुलाया था कि मैं ख़ान साहब को हिदायत नहीं दे सकूंगा. अगर आप होंगे तो मैं कह सकता हूं कि आसिफ़ साहब ऐसा चाहते हैं.

रिकॉर्डिंग शुरू हुई. मैंने आसिफ़ साहब से पूछा कि क्या आपकी मर्ज़ी के मुताबिक़ रिकॉर्डिंग हो रही है?

आसिफ़ साहब बोले, मुझे गीत 'लव सीन' पर फ़िल्माना है. गले में नर्मी होनी चाहिए.

बात दुरुस्त थी. मैंने ख़ान साहब से कहा कि ये गीत मुहब्बत के सीन पर फ़िल्माया जाएगा. शहज़ादा सलीम और अनारकली बाग़ में आधी रात के वक़्त मिलते हैं तो आप ज़रा तानें मुलायम कर दें. ये सीन का तक़ाज़ा है.

ख़ान साहब ने सुना तो नाराज़ हो गए. कहने लगे, आज रिकॉर्डिंग नहीं होगी.

मैंने कहा. क्या कोई गुस्ताख़ी हो गई?

कहने लगे, पहले मुझे फ़िल्म दिखाइए ताकि मैं समझ सकूं कि मुझे क्या करना है.

दूसरे दिन दोबारा रिकॉर्डिंग रखी गई. ख़ान साहब को फ़िल्म के मनाज़िर दिखाए गए. ख़ान साहब ने सीन देखे तो उन में गुम हो गए. तबले पर निज़ामउद्दीन साहब संगत दे रहे थे. ख़ान साहब उनसे बार-बार कहते, अमां निज़ामउद्दीन कितनी ख़ूबसूरत लौंडिया है (इशारा मधुबाला की तरफ़ था).

मैंने कहा, ख़ान साहब रिकॉर्डिंग शुरू करें?

कहने लगे पहले इसके साथ रिहर्सल करता हूं. चुनांचे रिहर्सल ख़त्म हुई. रिहर्सल ख़त्म हुई तो कहने लगे, इस शर्त पर गाऊंगा कि फ़िल्म चलती रहे.

फ़िल्म चलती रही और ख़ान साहब गाते रहे.''

राग सोहनी में निबद्ध यह गीत पूरे पांच मिनट तीन सेकंड का है. राग सोहनी एक छोटा सा राग है जिसमें बहुत विस्तार की गुंजाइश नहीं होती. रात के आख़िरी पहर, जब पौ फूटने के आसार बन रहे होते हैं, उस समय यह राग गाया जाता है. फ़िल्म के संगीतकार भले ही नौशाद हैं लेकिन उस्ताद बड़े ग़ुलाम अली

ख़ान के इस गीत में साज़ उस्ताद की पसंद के ही हैं : उनके सीने से हरदम चिमटा रहने वाला स्वर मंडल, तानपूरा और तबला.

हिंदुस्तानी सिनेमा के आशिक़ों को शुक्रगुज़ार होना चाहिए के. आसिफ़ का, जिसने उस्ताद बड़े गुलाम अली जैसे मायानाज़ फ़नकार को फ़िल्म में गाने के लिए राज़ी कर लिया. इस नतीजे में जो मंज़र पर्दे पर दिखाई देते हैं वो सोने में जड़वाकर रखने जैसे हैं.

पिया मिलन को जाती अनारकली ख़ुद को आईने में निहार रही है और उस्ताद तानसेन के रियाज़ का पहला अलाप शुरू होता है. अनारकली को वक़्त का अहसास होता है और वह चौंककर आईने के सामने से हटकर छुपती-छुपाती निकल पड़ती है उस तरफ़ जहां शहज़ादा सलीम उसके इंतज़ार में बेचैनी से टहल रहा है.

जिस घड़ी दोनों का आमना-सामना होता है, ठीक उसी घड़ी कैमरा अनारकली के चेहरे के एक क्लोज़-अप पर आकर टिक जाता है. पूरे 11 सेकंड तक पर्दे पर एक सहर सा छा जाता है. एक ज़िंदा जादू, जिसकी ज़द में आकर हर देखने वाला इस करिश्मे में गुम हो जाता है.

यह पूरा सीक्वेंस जादू-दर-जादू है. मधुबाला के हुस्न का जादू अभी ख़त्म भी नहीं होता कि उस्ताद जी के क़यामतख़ेज़ छोटे-छोटे अलाप एक नया जादू पैदा हो जाता है. अभी आप इससे उबरने भी न पाए कि के. आसिफ़ अपना जादुई सफ़ेद पंख सलीम के हाथ में थमा देते हैं. अब इसके बाद पर्दे पर जो चमत्कार होता है, उसे निहारते-निहारते न जाने कितनी पीढ़ियां निहाल हो चुकी हैं. उस एक लम्हे की ख़ुसूसियात बयान करते-करते न जाने कितने कलमकार अपनी-अपनी कलम घिस चुके लेकिन मुहब्बत के इस लासानी मंज़र का मुकम्मल बयान अब भी बाक़ी है.

शुभ दिन आयो

दूसरा गीत 'शुभ दिन आयो' भले ही बाद में रिकॉर्ड हुआ हो लेकिन फ़िल्म में आता पहले है. शहज़ादा सलीम एक लंबे अरसे के बाद जंगे-मैदान से फ़तेहयाब होकर लौट रहा है. मां की व्याकुल आंखें बेटे की सूरत देखने को बेताब हैं. बेटे की बहादुरी की दास्तानें सुनकर फ़ख़्र से सीना ताने महाबली अकबर को भी इस शुभ घड़ी का न जाने कब से इंतज़ार था.

पर्दे पर के. आसिफ़ के ख़ुश-गुल तसव्वुरात से महकता ख़ुश-मंज़र है. शहज़ादे की आमद को यादगार बनाने के लिए आख़िरी घड़ी तक कनीज़ों के भागते-दौड़ते, झूम-झूम नाचते क़दमों से उठती पायल की रुन-झुन आवाज़ें हैं. और इस सारी गहमा-गहमी को एक तव्वाज़ुन में लाती हुई मियां तानसेन की गायकी ब-ज़रिया बड़े गुलाम अली ख़ान.

शुभ दिन आयो राज दुलारा
साहिबे-आलम, जग उजियारा

इस गीत में स्वर मंडल के स्वर ख़ुलकर उभरते हैं. शब्दों में बयान से परे की चीज़ों को बयान करते अनोखे अलाप, इस सारे मंज़र को उस जगह लाकर खड़ा कर देते हैं कि जहां हर चीज़ बस एक ख़ुशबू में तब्दील होती हुई सी महसूस होती है.

मधुबाला के वालिद अत्ताउल्ला ख़ान जिस तरह लगातार उसके पीछे-पीछे सेट पर आ जाते थे उससे आसिफ़ को बड़ी खुन्नस होती थी. एक दिन उन्होंने गुस्से में आकर उनसे पूछ ही लिया, 'ख़ान साहब, आप मधु के बाप हैं कि बॉय फ्रेंड? हर वक़्त उसके पीछे लगे रहते हैं.'

मोहे पनघट पे नंदलाल छेड़ गयो रे

इतिहास गवाह है कि नंद के लाला पनघट पर गोपियों को हमेशा छेड़ते थे. उन्हें मज़ा आता होगा. सो वे छेड़ते थे. गोपियों को भी मज़ा आता होगा सो छिड़ती भी थीं और गाती भी थीं. इस मज़े, इस आनंद के समय अनुपस्थित कवि ने कल्पना करके आनंद लिया और गीत रच दिया - 'मोहे पनघट पर नंदलाल छेड़ गयो रे.'

इस एक गीत के कई वर्शन हैं और न जाने कब से इस गीत को गाया जा रहा है. इस गीत की रिकॉर्डिंग से पहले नौशाद, के. आसिफ़ और फ़िल्म के कोरियोग्राफ़र विख्यात कत्थक नर्तक पंडित लच्छू महाराज की बैठक हुई. लच्छू महाराज ने नौशाद को इस गीत के अतीत से जुड़ी कुछ कहानियां सुनाईं कि किस तरह यह गीत वाजिद अली शाह के दरबार में उनके पिता कालका प्रसाद और ताऊ बिंदादीन महाराज द्वारा रचा गया था और उसे किस तरह ठुमरी और दादरे के मिश्रित रंग में बांधकर गाया जाता था और किस तरह का नृत्य होता था.

नौशाद साहब ने लता मंगेशकर की आवाज़ में गीत रिकॉर्ड किया. फिर तीनों लोग साथ हुए और गीत सुना गया. लच्छू महाराज ने तो हरी झंडी दे दी लेकिन आसिफ़ ने नौशाद से कहा कि यह गीत दुबारा रिकॉर्ड करना पड़ेगा. अच्छे-ख़ासे गीत को इस तरह रिजेक्ट होते देख दोनों लोग हैरान हुए. वजह पूछी गई तो आसिफ़ ने बताया कि इस वक़्त यह एक सोलो गीत है. इसे सुनते हुए मुझे महसूस हुआ कि इस गीत में अनारकली के साथ फ्रेम में बहुत सारी कोरस डांसर होना चाहिए. इस तरह से भरा हुआ फ्रेम बेहद ख़ूबसूरत लगेगा. सो ज़रूरी है कि इस सोलो गीत में कोरस आवाज़ें भी हों. बात सबको पसंद आई. इस तरह गीत की रिकॉर्डिंग दुबारा हुई. इस बार गीत के साथ ही सचमुच फ़िल्म के उस दृश्य में भी ज़बरदस्त निखार आ गया.

इस गीत का इतिहास, जैसा कि पहले कह चुका हूं, बहुत पुराना है. इस गीत की मूल रचना तो ख़ैर कालका-बिंदादीन महाराज की ही थी लेकिन उनकी इस रचना को बाद में अनेक गायकों ने बोलों के थोड़े-थोड़े हेर-फेर से अपना बनाकर गाया है. तमाम रद्दो-बदल के बावजूद मुखड़ा हमेशा वही रहा जो वाजिद अली शाह के दरबार में गाया जाता था - 'मोहे पनघट पर नंदलाल छेड़ गयो रे/ मोरी नाज़ुक कलैयां मरोड़ गयो रे.'

पिछली सदी की प्रसिद्ध गायिका इन्दुबाला की आवाज़ में भी यह गीत 78 आर.पी.एम. रिकॉर्ड पर मौजूद है. इस गीत का मुखड़ा तो यही है लेकिन अंतरा अलग है. यहां अंतरे में है :

लिपट-झपट मोरी
सिर की गगरिया फोरी
और चुरियां कसाय गयो रे.

वाजिद अली शाह का शासन रहा 1847 से 1856 तक. इसका अर्थ हुआ कि इस गीत का मूल 150 साल से भी ज़्यादा पुराना है. इसी तरह 1899 में जन्मी इन्दुबाला ने गाना शुरू किया 1911 में. ज़ाहिर है यह गीत 1911 के बाद ही किसी वक़्त रिकॉर्ड हुआ होगा, जो तकरीबन सौ बरस पहले का हो जाता है.

अब रही बात फ़िल्म वाले गीत की. तो साहब कोई 44 साल तक तो यह गीत भी शकील बदायूनी के नाम से ही चलता रहा लेकिन 2004 में जाकर यह क़बूल किया गया कि यह गीत असल में शकील साहब की बजाय रसकवि रघुनाथ ब्रह्मभट का लिखा है. इसके लिए कवि के पोते डॉक्टर राज ब्रह्मभट को लम्बा संघर्ष करना पड़ा. असल में रसकवि ने यह गीत 1919 या 1920 के एक गुजराती नाटक *'छत्र विजय'* के लिए लिखा था. गीत का मुखड़ा अलबत्ता वही 150 बरस पुरानी मूल रचना वाला ही है.

नौशाद ने जब दूसरी बार यह गीत रिकॉर्ड किया तो इसमें कई नए तत्व शामिल हो गए जिनसे इस गीत में ग़ज़ब का निखार आ गया. सबसे पहली बात तो यह कि इस गीत में बांसुरी की जो मधुर तान आप सुनते हैं उसे बजाया है महान बांसुरी वादक पन्नालाल घोष ने. इस बांसुरी के साथ हैं एक साथ दस सितार. और उसके साथ लता जी के साथ कोरस की इठलाती-लहराती सुरीली, साज़ की तरह सी बजतीं आवाज़ें. नौशाद साहब को कोरस इस्तेमाल करने में यूं भी महारत हासिल थी.

शहंशाह-ए-ग़ज़ल मेहदी हसन ने गीत 'मोहे पनघट पे नंदलाल छेड़ गयो रे / मोरी नाज़ुक कलैयां मरोड़ गयो रे' 1969 में रिलीज़ हुई पाकिस्तानी फ़िल्म *'ज़ीनत'* के लिए गाया है. इसकी दिलचस्प बात यह है कि मुखड़े के अलावा अंतरों में ग़ालिब और मीर के अशार इस्तेमाल किए हैं. स्थायी अलबत्ता वही है, 'मोहे पनघट पर...'

इस गीत की एक ख़ूबी और भी है. इस गीत की कोरस आवाज़ों में लता जी की दो छोटी बहनों उषा और मीना मंगेशकर की आवाज़ें भी शामिल हैं. इसी तरह पन्नालाल घोष की बांसुरी के साथ बजने दस सितारों वाले कोरस की रहनुमाई की है देश के प्रसिद्ध सितार नवाज़ उस्ताद हलीम जाफ़र ख़ान ने.

गीत रिकॉर्ड हुआ तो लच्छू महाराज को चाहिए थी एक ऐसी नृत्यांगना जो चेहरे के भाव और हाथों के घुमाव से गीत के शब्दों की अदायगी कर सके. मधुबाला क्लासिकल डांसर तो थी नहीं और आसिफ़ को चाहिए था एकदम परफ़ेक्ट शास्त्रीय अंदाज़ का नाच. सो मधुबाला ने बेहद मेहनत की. लच्छू महाराज से महीनों नाच सीखती रहीं. उसी मेहनत का नतीजा है कि 'मोहे पनघट पर नंदलाल' वाला पूरा का पूरा डांस मधुबाला ने ही किया है. अलबता कुछ बेहद मुश्किल जगहों पर डबल का इस्तेमाल ज़रूर करना पड़ा.

इस गीत की शूटिंग दौरान सेट पर एक ख़ूबरू नौजवान लगातार मौजूद रहता और एकटक मधुबाला की हर अदा को हसरत भरी निगाहों से एकटक निहारता रहता. सेट पर उसका एक वी.आई.पी. की तरह इस्तक़बाल होता था. इस नौजवान का नाम था ज़ुल्फ़िकार अली भुट्टो, जो बाद में 1971 में पाकिस्तान के राष्ट्रपति और 1973 में प्रधान मंत्री बने.

प्यार किया तो डरना क्या

यह गीत मौसीक़ार नौशाद और गीतकार शकील बदायूनी के लिए एक ज़बरदस्त इम्तिहान साबित हुआ. इस एक गीत ने इन दो लोगों की रातों की नींद छीन ली. असल में फ़िल्म *'अनारकली'* में इसी सिचुएशन पर लता का ही एक गीत था 'मुहब्बत में ऐसे क़दम डगमगाए, ज़माना ये समझा कि हम पी के आए.' इस गीत ने ऐसी ज़बदस्त मक़बूलियत हासिल की थी कि *'मुग़ल-ए-आज़म'* के खेमे में अफ़रा-तफ़री सी मच गई थी.

हालांकि *'अनारकली'* का शीश महल वाला सेट बेहद मामूली क़िस्म का था लेकिन पर्दे पर अनारकली बनी बीना राय ने शराब के ख़ुमार को इस ख़ूबसूरती से निभाया था कि देखने वालों का ध्यान सेट पर कम ही गया.

अब आसिफ़ चाहकर भी इस सिचुएशन को बदल नहीं सकते थे क्योंकि इसी जगह से पूरी कहानी में एक नया मोड़ आता है. वो इसे अपने अंदाज़ में फ़िल्मा कर एक नया रंग और एक नई ऊंचाई देना चाहते थे. *'अनारकली'* में नायिका नशे की लहर में गाती है, आसिफ़ ने उसे बाकायदा मुहब्बत के हक़ में एक बा-होश, बग़ावती ऐलान की सिचुएशन बना दिया. फिर भी सिचुएशन तो वही थी जो मूल नाटक में है.

एक ज़रा कम ही जानी गई बात यह है कि बम्बई के वर्ली सी फ़ेस के प्लॉट नम्बर 4ए पर भुट्टो परिवार की एक ख़ूबसूरत कोठी थी. 1954 से 1958 के बीच ज़ुल्फ़िकार अली भुट्टो की इसी कोठी में बाकायदा रहते भी थे जबकि उनका पूरा परिवार पाकिस्तान जा चुका था. ज़ुल्फ़िकार इस दौरान बम्बई-कराची के बीच शटल करते रहते थे. जब कस्टोडियन ने इसी कोठी को हिजरती जायदाद (एवेक्यू प्रॉपर्टी) घोषित कर क़ब्ज़ा लेना चाहा तो भुट्टो ने अदालत में ख़ुद को बाकायदा भारतीय नागरिक बताया था. इसी बात को सही साबित करने के लिए वे बाकायदा इस जगह रहते भी थे.

''मुझे आज भी बख़ूबी याद है कि जिस वक़्त हम लोग 'मोहे पनघट पे नंदलाल छेड़ गयो रे' के शब्दों को मधुबाला के भाव प्रदर्शन में ढालने के काम में मसरूफ़ थे, तब किस तरह ज़ुल्फ़िकार अली भुट्टो हमारे बीच मौजूद होते थे. वह अनारकली के किरदार पर फ़िल्माए जाने वाले, मेरे रचे हुए और लता मंगेशकर के गाए इस दिलकश नग़मे पर इस क़दर फ़िदा थे कि वो कई बार इस गीत के पिक्चराइज़ेशन के दौरान आते रहे.

'मोहे पनघट पे' ठुमरी अंग की रचना है. मैंने ज़ुल्फ़िकार अली भुट्टो को इस अंग के बारे में तफ़्सील से बताया था कि किस तरह इसे उन्होंने वाजिद अली शाह के दरबारी डांसर कालका बिन्दा दीन के घराने से उठाया है.

लेकिन हक़ीक़त यह है कि मधुबाला के आतिशी हुस्न की आग से झुलसने वाले हज़ारों परवानों की फ़ेहरिस्त में भुट्टो भी शामिल रहे थे. वो मधुबाला से शादी को लेकर भी बेहद संजीदा थे. अपने इस इरादे को इज़हार एक बार उन्होंने एक लंच के दौरान मधुबाला के सामने भी कर दिया था. जवाब में उन्हें सिर्फ़ मधुबाला एक कहकहा भर ही नसीब हुआ.'' (नौशाद)

''मैं घर आया और शकील साहब को बुलाया. शाम के छह बजे थे. सूर्यास्त हो रहा था. हम दोनों घर के एक कमरे में क़ैद हो गए. शकील साहब ने कई दर्जन मुखड़े लिखे. कभी गीत का रंग अपनाया, कभी ग़ज़ल के मीटर में कोशिश की. फिर शुरुआत के लिए दूसरे शायरों के शेर याद किए. जैसे ;

निगाहें नीची किए सिर झुकाए बैठे हैं
यही तो हैं जो मेरा दिल चुराए बैठे हैं

*****

हम आज तुम्हारी महफ़िल में,
इस दिल को जलाकर देखेंगे

दुनिया का तमाशा देख चुके,
अब अपना तमाशा देखेंगे

*****

बज़्म में रक़्क़ासा आई, रक्स करने के लिए
हो गए तैयार जीने वाले, मरने के लिए

... हर ओर काग़ज़ों के टुकड़ों का ढेर लग गया. न हमें खाने का होश था और न पीने का. गीत अब भी हमारी पकड़ से दूर था. अचानक ही मुझे पूर्बी भाषा के एक गीत का मुखड़ा याद आ गया जो कभी बचपन में सुना था : 'प्रेम किया का चोरी करी?'. मैंने शकील साहब को सुनाया. उन्हें पसन्द आया. मैंने हारमोनियम पर धुन बनाई. शकील साहब ने मुखड़ा लिया : 'प्यार किया तो डरना क्या, प्यार किया कोई चोरी नहीं की.'

मुखड़े के बाद दो अंतरे आसानी से बन गए. तीसरे पर फिर गाड़ी अटकी. इसी जगह *'अनारकली'* को सरे महफ़िल मुहब्बत का ऐलान करना था. वह भी इस अंदाज़ में कि अकबर को क्रोध आ जाए. ऐसा क्रोध जो उसके अगले क़दम, अनारकली को सज़ा-ए-मौत, की राह खोल दे.

सो काफ़ी मशक़्क़त के बाद शकील ने लिखा;

आज कहेंगे दिल का फ़साना
जान भी ले ले चाहे ज़माना
पर्दा नहीं जब कोई ख़ुदा से
बंदों से पर्दा करना क्या

इस गीत की शुरुआत सीधे-सीधे मुखड़े 'प्यार किया तो डरना क्या' से नहीं होता. इसके पीछे भी एक कहानी है. आसिफ़ साहब ने गीत सुना तो हमारी मेहनत की दाद इन अल्फ़ाज़ में दी, नौशाद साहब, हमारा गीत *'अनारकली'* के गीत से क़तई मुख़्तलिफ़ है. मैं यही चाहता था.

इसी वक़्त फ़िल्म के कोरियोग्राफ़र विख्यात नर्तक लच्छू महाराज ने भी गीत सुना. जब सुन चुके तो बोले गीत अच्छा बना है लेकिन दरबार में गीत शुरू होने से पहले सलामी का टुकड़ा भी होना चाहिए. अनारकली का गीत शुरू करने से पहले चंद क्लासिकल सिंगर दरबार में राग दरबारी में कुछ गाते हुए दिखाए जाएं. यह एक ऐसी ख़ूबसूरत सलाह थी जिसने फ़िल्म में कमाल का माहौल बनाने का काम किया है.

इसी सलाह के नतीजे में पर्दे पर गीत से पहले राग दरबारी पेश होता है. मुल्क के तीन मशहूर गाने वालों हफ़ीज़ अहमद ख़ान साहब, नियाज़ अहमद ख़ान साहब, फ़ैयाज़ अहमद ख़ान साहब से राग दरबारी में टुकड़ा गवाया गया, जिस पर बनारस के मशहूर पखावजी राम दास जी ने पखावज बजाया. इसके साथ मैंने मुकम्मल ऑर्केस्ट्रा का इस्तेमाल किया. जब इस गीत की फ़िल्मबंदी शुरू हुई तो मैंने इन तीनों गायकों से ज़ाती दरख़्वास्त की कि इसको पिक्चराइज़ भी वही कराएं ताकि होंठों की हरकत में फ़र्क़ न आए. इन गायकों ने मेरी दरख़्वास्त क़बूल की. मेक-अप किया और फ़िल्म की शूटिंग में हिस्सा लिया.'' (नौशाद)

छह मिनट और पूरे 637 फ़ीट लंबे इस ऐलान-ए-मुहब्बत के दौरान कैमरा 57 बार अपनी जगह बदल-बदल कर कभी शीश महल के बेनज़ीर हुस्न को, कभी अनारकली के चेहरे पर दमकती बेख़ौफ़ मुहब्बत, कभी शहंशाह अकबर, शहज़ादा सलीम और दूसरे किरदारों पर आते-जाते, पल-पल बदलते चेहरों के रंग के ज़रिए डायरेक्टर के तसव्वुर को पर्दे पर उतार लाया है. इस कारनामे को अंजाम देना दर हक़ीक़त कोह-ए-काफ़ की दास्तानी दुनिया को ज़मीन पर उतारने जैसा करिश्मा है. एक ऐसी दुनिया जहां देव और परियों का डेरा है और जहां हर चीज़ आला और हर रंग निराला है.

बेक़स पे करम कीजिए सरकारे मदीना

शकील बदायूनी और नौशाद ने 1947 में जब पहली बार साथ काम शुरू किया था, तो अपनी पहली ही फ़िल्म *'दर्द'* में एक निहायत ख़ूबसूरत नात रच दी थी; 'बीच भंवर में आन फंसा है दिल का सफ़ीना, शाहे मदीना.' सुरैया की पुर-सोज़ आवाज़ में यह नात आज भी अपना असर रखती है.

'मुग़ल-ए-आज़म' में मौक़ा आया तो नौशाद ने राग केदार में एक ऐसी नायाब नात की रचना की कि फ़िल्म के तमाम गीतों के बीच उसने एक कोहिनूर की हैसियत पा ली. बंदिश के लिहाज़ से यह एक अनमोल चीज़ है.

लता मंगेशकर की ख़ूबी यह रही है कि उन्हें जब भी शास्त्रीय आधार की रचना मिली है तो वो उस राग विशेष के ज़ाहिर रंगों के साथ ही साथ उसके तमाम पोशीदा रंगों को भी अपनी गायकी से नुमाया कर देती हैं. इस नात में भी लता मंगेशकर ने वही कारनामा अंजाम दिया है.

शकील बदायूनी के शब्दों में बसे जज़्बात को रागदारी वाले अंदाज़ में इस क़दर डूबकर गाया है कि अनारकली की बेक़सी हर सुनने वाले के अहसास में शामिल हो जाती है.

मलिका-ए-ग़ज़ल बेग़म अख़्तर इस नात की इस क़दर दीवानी थीं कि उन्होंने नौशाद और लता मंगेशकर को फ़ोन करके भरपूर दाद दी थी. रिकॉर्ड पर सुनते-सुनते जी नहीं भरा तो फ़रमाइश करके लता जी से फ़ोन पर सुनाने की फ़रमाइश तक कर डाली. ज़ाहिर है इस दाद पर कौन फ़िदा न होगा.

ज़िंदाबाद! ज़िंदाबाद!
ऐ मुहब्बत ज़िंदाबाद!

यह फ़िल्म में मोहम्मद रफ़ी का गाया इकलौता गीत है. संगीत की दृष्टि से यह कोई महान रचना तो नहीं है लेकिन फ़िल्म की सिचुएशन के हिसाब से मौज़ू ज़रूर है. मुहब्बत की ख़ातिर शहज़ादा सलीम की बग़ावत और शहंशाह अकबर के सज़ा-ए-मौत के हुक्म की पृष्ठभूमि वाली इस सिचुएशन में गीत का मुखड़ा भी जंगे आज़ादी के नारे 'ज़िंदाबाद! ज़िंदाबाद! इंक़लाब ज़िंदाबाद' का ही आशिक़ाना वर्शन है.

अलबत्ता इस गीत की रिकॉर्डिंग का किस्सा काफ़ी मज़ेदार है. यह गीत महबूब स्टूडियो में रिकॉर्ड किया गया था. निर्माता-निर्देशक महबूब ख़ान ने इस स्टूडियो को बड़े प्यार से बनाया था और हर मुमकिन कोशिश की थी कि फ़िल्म निर्माण की ज़्यादा से ज़्यादा सुविधाएं वहां उपलब्ध हो सकें.

इस गीत में 'ज़िंदाबाद' वाला समूह गान 50 कोरस सिंगर्स की आवाज़ में है. यह शायद पहला मौक़ा था कि एक गीत के लिए एक साथ इतने सारे कोरस सिंगर्स का इस्तेमाल किया गया हो. इन 50 लोगों को स्टूडियो के ग्राउंड फ़्लोर पर खड़ा किया गया और मुख्य गायक मोहम्मद रफ़ी और साज़िंदों को ऊपरी मंज़िल के रिकॉर्डिंग थियेटर में खड़ा किया गया था.

इस ऊपर-नीचे वाली रिकॉर्डिंग ने कुछ और किया हो या न किया हो लेकिन फ़िल्म के उस सीन के लिए ज़रूरी असर ज़रूर पैदा कर दिया है.

मुहब्बत करने वालों का है बस इतना ही अफ़साना...

एम.एफ. हुसैन सीरीज़ 12

محبت کرنے والوں کا ہے بس اتنا ہی فسانہ
تڑپنا چپکے چپکے آہ بھرنا گھٹ کے
مر جانا
کسی دن یہ تماشہ مسکرا کر ہم بھی دیکھیں گے

तेरी महफ़िल में क़िस्मत आज़मा कर हम भी देखेंगे

इस मुक़ाबला-ए-क़व्वाली का मरकज़ी ख़याल है मुहब्बत. दो अलग-अलग किरदार - अनारकली और बहार और दो अलग-अलग नज़रिए. एक शकील बदायूनी ने दोनों तरफ़ की बातें कही हैं. और बड़ी ख़ूबी से कही हैं.

एक तरफ़ है : **मोहब्बत करने वालों का है बस इतना ही अफ़साना**
तड़पना, चुपके-चुपके आह भरना,
घुट के मर जाना

दूसरी तरफ़;

मोहब्बत हमने माना ज़िंदगी बरबाद करती है
ये क्या कम है कि मर जाने पे दुनिया याद करती है

शकील के इन्हीं दो पहलुओं को आधार बनाकर इससे आगे का सीन भी लिखा गया है. जिसमें शहज़ादा सलीम फ़ैसला देते हुए बहार को फूल और अनारकली को कांटे देता है. तब अनारकली का लाजवाब जवाब आता है; *ज़हे-नसीब! कांटों को मुरझाने का ख़ौफ़ नहीं होता.*

ऐ इश्क़ ये सब दुनिया वाले...

यह शकील बदायूनी की एक ख़ूबसूरत ग़ज़ल है. इसकी तारीफ़ में मैं तो जो कुछ कहूंगा वो महज़ मेरा कहना होगा लेकिन अगर आप सचमुच इस गीत के हुस्न का असल रंग देखना चाहें तो इसका सबसे आसान फ़ॉर्मूला इसी फ़िल्म के एक डायलॉग में मौजूद है - मुहब्बत कीजिएगा, तो जान जाइएगा. मतलब इस गीत ही नहीं बल्कि इस क़ायनात की किसी भी चीज़ का असल हुस्न देखना हो तो यही फ़ॉर्मूला है - मुहब्बत कीजिए और जान जाइए.

इस ग़ज़ल में शकील की शायरी अपने रिवायती रंग से ज़रा हटकर ज़माने के नज़रिये को सिरे से खारिज करते हुए तंज़ का सहारा लेती है.

ऐ इश्क़ ये सब दुनिया वाले बेकार की बातें करते हैं
पायल के ग़मों का इल्म नहीं, झंकार की बातें करते हैं.

टाइटल / बैकग्राउंड म्यूज़िक

शुद्ध भारतीय पारम्परिक राग और साज़ एक साथ पिरोकर नौशाद ने कई बेमिसाल कारनामे अंजाम दिए हैं. फ़िल्म की शुरुआत में टाइटल म्यूज़िक ही पूरी तरह राग दरबारी पर आधारित है.

बैकग्राउंड म्यूज़िक में भी नौशाद और उनके दोनों सहायकों मुहम्मद शफ़ी और इब्राहीम की मेहनत साफ़ दिखाई देती है. फ़िल्म का हर मंज़र इस बात की गवाही देता हुआ चलता है कि नौशाद ने हर क़दम पर ज़रूरी जज़्बात को उभारने के लिए अपनी रातों की नींद को चराग़ों की नज़्र कर दिया है.

फ़िल्म को देखते हुए इस बात का बड़ी शिद्दत से अहसास होता है कि नौशाद को इस बात का भरपूर अहसास था कि उसे हिंदुस्तान के एक निहायत लतीफ़ नज़र डायरेक्टर के. आसिफ़ के तसव्वुरात की बेनज़ीर दुनिया से हम-क़दम होकर अपने कारनामे को अंजाम देना है. और ख़ुदा का शुक्र कि नौशाद के संगीत की लौ आसिफ़ के हर मंज़र को बराबर रोशन करती हुई चलती है.

लता मंगेशकर ने किसी जगह यह कहा था कि फ़िल्म *'मुग़ल-ए-आज़म'* में मधुबाला पर फ़िल्माए गए गीतों में अगर वह ज़रूरी असर पैदा कर सकीं हैं, तो उसके लिए एक ख़ास क़िस्म की तपस्या की ज़रूरत थी.

मैं इस बयान में जोड़ूंगा : जब के. आसिफ़ जैसा कठिन तपस्वी फ़िल्म बनाता है तो उससे जुड़े हर शख़्स को भी तपस्वी ही बनना पड़ता है.

फिल्म *'मुग़ल-ए-आज़म'* के संगीत को ज़माने ने चाहे जितना सराहा हो लेकिन अवार्ड देने वाले इसमे पीछे ही रह गए. साल 1960 के लिए *'मुग़ल-ए-आज़म'* के संगीत के मुक़ाबले फ़िल्म 'दिल अपना और प्रीत पराई' के संगीत के लिए शंकर-जयकिशन को फ़िल्मफ़ेयर अवार्ड दिया गया था. इस फ़िल्म के गीत याद हैं या याद दिलाऊं? ... चलिए ज़रा मुखड़े सुन लें : 'जाने कहां गई, दिल मेरा ले गई'(रफ़ी), 'उई, इतनी बड़ी महफ़िल और इक दिल किसको दूं'(आशा) और लता के 'मेरा दिल अब तेरा ओ साजना,' 'अजीब दास्तां है ये,' 'दिल अपना और प्रीत पराई,' 'अंदाज़ मेरा मस्ताना' और 'शीश-ए-दिल इतना ना उछालो'.

ख़ैर फ़िल्मफ़ेयर ने तो पृथ्वीराज कपूर के महान अभिनय को भी अनदेखा किया. इस साल बेस्ट एक्टर का अवार्ड मिला दिलीप कुमार को फ़िल्म 'कोहिनूर' के लिए. मधुबाला के मुक़ाबले बीना राय को मिला फ़िल्म *'घूंघट'* के लिए अवार्ड. इस तरह *'मुग़ल-ए-आज़म'* को मिले तो कुल जमा तीन पुरस्कार - बेस्ट फ़िल्म, सिनेमाटोग्राफ़ी और डायलॉग्स के अवार्ड्स.

इस फ़ैसले से नाराज़ होकर के. आसिफ़ ने *'मुग़ल-ए-आज़म'* के लिए घोषित 'बेस्ट फ़िल्म' का अवार्ड लेने से ही इंकार कर दिया.

'मुग़ल-ए-आज़म' आर्ट डायरेक्टर एम.के. सैयद ने अपनी जी-तोड़ मेहनत से इतिहास के पन्नों में दर्ज माज़ी को हक़ीक़ी तौर पर खड़ा कर दिखाया था. दिलचस्प बात यह है कि *'मुग़ल-ए-आज़म'* की शूटिंग ख़त्म होने के बाद गुरुदत्त ने के. आसिफ़ से *'मुग़ल-ए-आज़म'* के सेट्स के नक़्क़ाशीदार खंबे और महल की दीगर चीज़ें उधार लेकर अपनी फ़िल्म *'चौदहवीं का चांद'*(1960) के सेट्स तैयार करवाए. फ़िल्मफ़ेयर की इससे बड़ी सितम ज़रीफ़ी और क्या हो सकती थी कि सैयद साहब को तो अवार्ड न दिया लेकिन उनके मुक़ाबले में उनके उधार लिए सामान से बने सेट्स लगाने वाले बीरेन नाग को *'चौदहवीं का चांद'* के लिए बेस्ट आर्ट डायरेक्टर का अवार्ड दे दिया.

शहंशाह अकबर
पृथ्वीराज कपूर

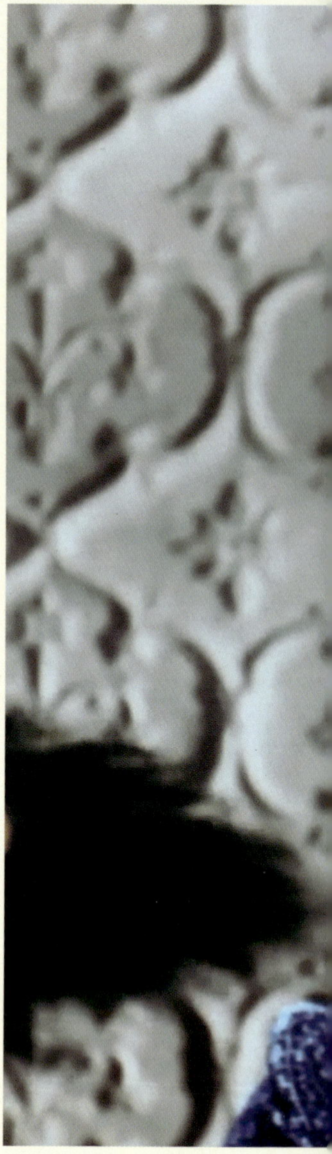

हिंदुस्तानी सिनेमा जब बेआवाज़ी के दौर से गुज़र रही थी, उस वक़्त पेशावर और लायलपुर में स्टेज पर एक कलाकार शेर की मानिंद बुलंद आवाज़ में अपने मक़ालमे अदा कर रहा था. तब वो कहलाता था पृथ्वीनाथ. जब पृथ्वीनाथ स्टेज से सिनेमा पहुंचा तो नाम हो गया पृथ्वीराज : पृथ्वीराज कपूर.

3 नवम्बर 1906 को समुंदरी, लायलपुर, पंजाब (अब पाकिस्तान) में जन्मे पृथ्वीनाथ के पिता बशेश्वरनाथ कपूर पेशावर में पुलिस सब-इंस्पेक्टर थे. दादा दीवान केशोमल, समुंदरी में तहसीलदार के ओहदे पर थे. पृथ्वी की उम्र अभी तीन साल की ही थी कि मां का साया सर से उठ गया. लिहाज़ा दादाजी ने उसे अपनी सरपरस्ती में लेकर समुंदरी के ही एक स्कूल में दाख़िला करवा दिया.

शुरुआती तालीम के बाद पृथ्वी पहुंचे लायलपुर के खालसा हाई स्कूल में. उस वक़्त इस स्कूल के हेड मास्टर थे मास्टर तारा सिंह, जो देश की आज़ादी के जांबाज़ सिपाही और बाद में सिखों के बड़े नेता के तौर पर उभरे. आज का पंजाब प्रांत इन्हीं मास्टर तारा सिंह और संत फ़तेह सिंह के आंदोलन के बाद ही वजूद में आया था.

पृथ्वी अपने स्कूल के समय ही दोस्तों में बेहद लोकप्रिय था. तराशा हुआ ख़ूबसूरत चेहरा और उतनी ही मर्दाना शख़्सियत. उस पर ख़ूबी यह कि पढ़ाई में जितने होशियार उतने ही खेल-कूद में माहिर. मैट्रिक का इम्तिहान अव्वल दर्जे में पास किया तो खेल के लिए लिए ट्रॉफ़ीज़ भी हासिल कीं.

"हम एक लाडले बेटे के शफ़ीक़ बाप ज़रूर हैं, लेकिन हम शहंशाह के फ़र्ज़ को नज़र अंदाज़ नहीं कर सकते. अपने बेटे के धड़कते हुए दिल के लिए हम हिंदुस्तान की तक़दीर नहीं बदल सकते. [अकबर]"

इस कम-उम्री में भी अगर उसे किसी चीज़ से इश्क़ था तो वह था नाटक से. स्कूल के नाटकों से निकलकर रंगमंच पर अभिनय को आतुर थे कि परिवार के दबाव में शादी करनी पड़ी. 13 दिसम्बर 1923 को जब उनकी शादी हुई तब उनकी उम्र महज़ 17 साल की थी और उनकी पत्नी रामसरनी मेहरा की उम्र थी 15 बरस की. शादी के अगले साल की 14 तारीख़ को बेटा भी आ गया. नाम रखा गया रणबीर राज, जिसे ज़माना याद करता है राज कपूर के नाम से.

शादी के बाद भी पढ़ाई जारी रही. दादाजी का निधन हो गया तो पिता ने पेशावर बुलाकर एडवर्ड कॉलेज में दाख़िला दिला दिया. कॉलेज में उनकी मुलाक़ात एक ऐसे इंसान से हुई जिसने पृथ्वी की पूरी ज़िंदगी की राह ही बदल दी. इस शख़्स का नाम था जयदयाल, जो कॉलेज के ड्रामेटिक्स के इंचार्ज थे. उन्होंने पृथ्वी को नाट्य-कला की गंभीरता और गहराई से वाक़िफ़ कराया. तरह-तरह के रोल निभाने के मौक़े फ़राहम दिए. कल्पना कीजिए कि उस कमसिनी के दौर में पृथ्वीराज ने लड़कियों के रोल भी निभाए. जान मिलिंगटन सिंज के प्रसिद्ध नाटक *'राइडर्स टु द सी'* के मुख्य पात्र मोरिया की छोटी बेटी नोरा वाले रोल के लिए उनकी ख़ूब वाह-वाह हुई.

1927 में बी.ए. की डिग्री हासिल कर ली तो पिता ने क़ानून की पढ़ाई के लिए इसरार किया. मजबूरन लॉ कॉलेज भी चले गए. लेकिन उनका दिल तो कहीं और जा लगा था. सो पढ़ाई बीच में ही छोड़कर 200 रुपये की जुगाड़ जमाई और सीधे जा पहुंचे बम्बई.

यह 1929 का साल था. बम्बई पहुंचते ही धोबी तालाब के नज़दीक मुसाफ़िरख़ाना टाइप लॉज में एक कमरा ले लिया और फिर निकल पड़े काम की तलाश में फ़िल्म स्टूडियोज़ की तरफ़.

उस दौर में बम्बई में गिनती के तीन-चार स्टूडियो ही थे. जब वे कोहिनूर और कृष्णा जैसे स्टूडियो के दरवाज़े तक पहुंचे तो वहां से तो बाहर से ही निकाल दिए गए. आख़िर एक दिन इम्पीरियल फ़िल्म कम्पनी के मुखिया आर्देशिर ईरानी से मुलाक़ात हो ही गई. इस मुलाक़ात का नतीजा भी कुछ तूफ़ानी तो नहीं निकला लेकिन इतना भर ज़रूर हुआ कि कम्पनी की निर्माणाधीन साइलेंट फ़िल्म *'चैलेंज'* (1929) में उन्हें एक एक्स्ट्रा का रोल ज़रूर मिल गया. इस फ़िल्म में वे हाथ में बल्लम पकड़े एक दरबान की भूमिका में दिखाई दिए थे.

आर्देशिर ईरानी की कम्पनी की तीन फ़िल्मों - *'चैलेंज'*, *'वेडिंग नाइट'* और *'दांव-पेंच'* में छोटी-छोटी भूमिकाएं निभाने के बाद वहीं हीरो का रोल मिल गया. फ़िल्म का नाम था *'सिनेमा गर्ल'*(1930) और उनकी हीरोइन थी अर्मलीन, जो फ़िल्म *'चैलेंज'* में हीरोइन थी और पृथ्वी एक एक्स्ट्रा.

एक्स्ट्रा से हीरो बने तो उसी के साथ नाम भी बदल गया. अब उनका नाम पृथ्वीनाथ की जगह हो गया पृथ्वीराज. *'सिनेमा गर्ल'* के बाद जो सिलसिला चला तो चलता ही चला गया. 1931 में जब आर्देशिर ईरानी ने हिंदुस्तान की पहली बोलती फ़िल्म बनाई *'आलमआरा'* तो उसमें भी पृथ्वीराज को एक प्रमुख

“अकबर : ये बदनसीब बाप, जिसे दुनिया शहंशाह कहती है, अपने रूठे हुए बेटे को मनाने आया है.

सलीम : शहंशाह बाप का भेस बदल कर आया है.”

भूमिका दी. इम्पीरियल के साथ दो और फ़िल्में करने के बाद वे कलकत्ता की ओर चल पड़े, जहां के.एल. सहगल, पहाड़ी सान्याल जैसे कलाकारों और देवकी बोस जैसे निर्देशकों के काम की धूम मची हुई थी.

कलकत्ता पहुंचे तो न्यू थियेटर्स में उन्हें हाथों-हाथ लिया गया. देवकी बोस और नितिन बोस जैसे नामवर निर्देशकों के साथ *'राजरानी मीरा'*(1933), *'सीता'* (1934), *'डाकू मंसूर'* (34) और *'विद्यापति'*(1937) जैसी फ़िल्मों में अपने अभिनय की धाक जमाई. छह बरस और बारह फ़िल्मों के बाद 1939 में पृथ्वीराज एक बार फिर बम्बई लौट गए.

बम्बई में उन्होंने किसी एक कंपनी की नौकरी की परम्परा को तोड़कर फ्री-लांसिंग की शुरुआत की और कांट्रेक्ट के तहत काम करना शुरू किया. 1941 में सोहराब मोदी ने जब पृथ्वीराज कपूर को पर्दे पर सिकंदर के रूप में पेश किया तो देखने वाले अवाक रह गए. इस एक फ़िल्म की वजह से तब के हिंदुस्तानी नौजवानों में बॉडी बिल्डिंग का ज़बरदस्त क्रेज़ पैदा हुआ. हर नौजवान 'सिकंदर' की तरह दिखना चाहता था.

इस ज़बरदस्त फ़िल्मी कामयाबी के बावजूद थियेटर से उनके इश्क़ में रती भर की कमी न आई. अपनी इस नई शोहरत को फ़िल्मों में भुनाने की जगह उन्होंने रंगमंच की राह पकड़ी. पृथ्वी थियेटर्स की स्थापना की और नाटकों का मंचन शुरू किया. बम्बई का रायल ऑपेरा हाउस, जहां बाकायदा हर रोज़ फ़िल्में दिखाई जाती थीं, उसी जगह उन्होंने अपने थियेटर की नींव रखी. क्योंकि वहां रोज़ाना तीन शो में फ़िल्में दिखाई जाती थीं इसलिए रविवार की सुबह ड्रामे स्टेज करने का सिलसिला शुरू किया.

देखते-देखते इस कोशिश ने कामयाबी हासिल कर ली. एक के बाद एक नए नाटक लिखे गए, स्टेज होते रहे और लोग देखते रहे. देखते ही देखते पृथ्वी थियेटर्स के पास *'दीवार,' 'पठान,' 'ग़द्दार,' 'शकुंतला,' 'आहुति,' 'पैसा,' 'किसान'* और *'कलाकार'* जैसे आठ नाटक तैयार हो गए जिन्हें लेकर पृथ्वीराज देश भर में घूमते रहते थे.

पृथ्वीराज कपूर का दिल हिंदू-मुस्लिम एकता के लिए ही धड़कता था. *'दीवार'* के बाद आया *'पठान.'* इस खेल में एक मुस्लिम ख़ान और हिंदू दीवान की दोस्ती की कहानी है. देश के सीमांत प्रांत के दोनों पठान एक-दूसरे के लिए प्राण न्यौछावर करने को तैयार. मज़हब की दीवारों से ऊंचे प्रेम-त्याग और मित्रता की महिमा गाते भावुकता से भरे इस नाटक को भी ख़ूब कामयाबी मिली.

अकबर : मालूम हुआ कि तुम अपनी मुहब्बत की आग में मुग़लों का ताज पिघलाकर एक रक्कासा के पैरों की पाज़ेब बनाना चाहते हो. तुम हिंदुस्तान के तख़्त पर एक हसीन लौंडी को नचाना चाहते और तुम...

सलीम : ... और आप इस भरे दरबार में अपनी होने वाली बहू को ज़लील करना चाहते हैं.

यह एक हक़ीक़त है कि पृथ्वीराज कपूर का नाम लेते ही नज़रों के सामने सबसे पहले जो तसवीर नज़रों के सामने यक-ब-यक उभर कर आ जाती है, वह तसवीर है फ़िल्म *'मुग़ल-ए-आज़म'* में उनके निभाए किरदार शहंशाह अकबर की. इस बात के लिए उन्हें यक़ीनन दाद दी जानी चाहिए कि ठीक उसी अंदाज़ में शहंशाह अकबर का नाम लेते ही पृथ्वीराज कपूर की ही सूरत सामने आ जाती है. यह उनकी अदाकारी की उन ख़ुदादाद सलाहियतों की नाक़ाबिले फ़रामोश गवाही है, जिसकी कसमें लोग आज भी खाते हैं.

लेकिन 1960 की *'मुग़ल-ए-आज़म'* तक आने से कोई 19 बरस पहले भी वे इसी तरह का एक और कारनामा वे अंजाम दे चुके थे. यह फ़िल्म थी सोहराब मोदी की *'सिकंदर'*(1941). इस फ़िल्म में पृथ्वीराज ने इतिहास के इस जांबाज़ किरदार को वो अज़मत दी कि न सिर्फ़ लोगों की नज़र में वो सिकंदर का चेहरा बन गए बल्कि इस फ़िल्म के बाद जब-जब किसी फ़िल्म में सिकंदर का किरदार पेश किया गया तो उसे पृथ्वीराज कपूर की तरह का ही गेट-अप दिया गया.

बीसवीं सदी में तिलिस्मी दुनिया,जादू-मंतर और मार-धाड़ की बेहद कामयाब फ़िल्मों से शोहरत हासिल करने वाले जे.बी.एच. वाडिया ने भी वाडिया मूवीटोन के बैनर में पृथ्वीराज को लेकर दो फ़िल्में बनाईं. एक थी 1941 में रिलीज़ हुई *'राज नर्तकी'* और दूसरी थी *'आंख की शर्म'*. *'राज नर्तकी'* एक साथ तीन भाषाओं; हिंदी, अंग्रेज़ी और बांग्ला में बनी थी. *'कोर्ट डांसर'* के नाम से रिलीज़ हुई यह फ़िल्म डबिंग से नहीं बल्कि बाकायदा अंग्रेज़ी में ही बनी फ़िल्म थी. इसे हिंदुस्तान में बनने वाली सबसे पहली अंग्रेज़ी फ़िल्म का शर्फ़ हासिल है.

फ़िल्म *'आवारा'*(1951) में पृथ्वीराज ने जज रघुनाथ की भूमिका में एक बार फिर अपने अभिनय की धाक जमाई. हाथ-पांव को हिलाने की बजाय आंखों और चेहरे से जज़्बात का इज़हार करते हुए पृथ्वीराज ने अपने हर सीन में ज़बरदस्त असर पैदा किया है.

गिनती के लिए तो पृथ्वीराज कपूर के नाम से *'रुस्तम सोहराब'*, *'जानवर'*, *'सिकंदर-ए-आज़म'*, *'ज़िंदगी'*, *'लुटेरा'*, *'आसमान महल'* और न जाने कितनी फ़िल्में गिनाई जा सकती हैं लेकिन उनके हिमालया की चोटी *'मुग़ल-ए-आज़म'* ही है. इस एक अकेली फ़िल्म के ज़रिए ही पृथ्वीराज के फ़न की ऊंचाई को समझा जा सकता है.

'मुग़ल-ए-आज़म' की शूटिंग के दौरान ही पृथ्वीराज कपूर गले के कैन्सर की ज़द में आ चुके थे. उनकी आवाज़ में लगातार आते बदलाव से सभी चिंतित थे लेकिन पृथ्वीराज और के. आसिफ़ दोनों ही मुतमईन थे. बीमारी से बिगड़ी आवाज़ को इस महान कलाकार ने डायलॉग्स को छोटे-छोटे टुकड़ों में तोड़कर एक नया ही रंग दे दिया. इसे शहंशाह का एक ख़ुसूसी अंदाज़ बना दिया. एक ऐसा अंदाज़ जिसकी दाद से आज भी ज़माना गूंजता है.

लेकिन इन डायलॉग्स की डबिंग के वक़्त उनकी हालत कितनी ख़राब थी इसका कुछ अंदाज़ा 1 मई 1960 को साथी कलाकार ज़ोहरा सहगल को लिखे एक ख़त से लगाया जा सकता है.

''4 अप्रैल को 'मुग़ल-ए-आज़म' के लिए पूरे चार घंटे तक डबिंग ख़त्म करने के बाद मैंने (रामपुर यात्रा के लिए) बम्बई छोड़ा. डबिंग के लिए मैंने पूरा ज़ोर लगाकर अपनी बुलंदतर आवाज़ का इस्तेमाल किया.''

रामपुर में उनके नाटक *'पठान'* का मंचन होना था. नाटक के डायलॉग्स ने रही-सही हालत भी बिगाड़ दी.

''लोगों की फ़रमाइश थी कि हम चौथे दिन 'पठान' का शो करें. यही फ़रमाइश मेरे लिए ताबूत की आख़िरी कील सी साबित हुई. मेरे गले के अंदर की सारी नसें मानो टूटकर बिखरने सी लगीं. खेल के आख़िरी लम्हों में मेरे जिस्म की तमाम हड्डियों से भी चटखने जैसी आवाज़ें सी आने लगी थीं. मुझे लग रहा था कि मेरी पसलियां मेरी छाती चीरकर बाहर आ जाएंगी.'' पृथ्वीराज कपूर

यही पृथ्वीराज कपूर और उनके पृथ्वी थियेटर्स का आख़िरी शो था. लेकिन ज़िंदगी का आख़िरी शो अभी काफ़ी दूर था.

शकेब जलाली का शेर है, **हर चंद राख़ हो के बिखरना है राह में / जलते हुए परों से उड़ा हूं, मुझे भी देख.** पृथ्वीराज भी अपने जलते हुए परों के साथ अगले 12 बरस तक फ़िल्मी आसमान पर उड़ते रहे.

आज से लगभग सत्तर बरस पहले जब अकबर बने पृथ्वीराज कपूर के लिए ख़ास क़िस्म के जूते बनवाए तो उनकी लागत आई 4 हज़ार रुपये. जब उन्हें कैमरामैन आर.डी. माथुर, जिनकी इस फ़िल्म में बहुत अहम भूमिका थी, ने आसिफ़ को हंसते हुए बताया कि ये जूते तो शॉट में ठीक से नज़र भी नहीं आएंगे, तो आसिफ़ का जवाब था - 'मगर ये मत भूलो कि मेरे अकबर को यह बात मालूम है और जब वो ऐसे आलीशान जूते पहनकर चलेगा तो उसकी चाल में सचमुच एक मुग़ल शहंशाह वाली शान होगी'.

मैं तो मिट्टी हूं

15 जनवरी 1963 को दिल्ली के कांस्टीट्यूशन क्लब में पृथ्वीराज कपूर के अभिनंदन का विशाल आयोजन था. तत्कालीन राष्ट्रपति डॉक्टर राधाकृष्णन से लेकर देश भर से आकर जुटे नेता, अभिनेता, लेखक, गायक सबने उनके गुणों की भरपूर तारीफ़ की. अपने अभिनंदन के उत्तर में पृथ्वीराज कपूर ने एक बड़ा मार्मिक सा भाषण दिया था. उस भाषण का एक वाक्य उनके अज़ीम किरदार का नमूना है.

''मेरा नाम पृथ्वी है. पृथ्वी का अर्थ ही मिट्टी होता है. मैं तो मिट्टी हूं पर उसमें फूलों के संसर्ग से कुछ ख़ुशबू आ गई है.''

मिट्टी में मिलकर मिट्टी, फिर मिट्टी बन जाती है. इसी मिट्टी की बदौलत नई-नई ख़ुशबुओं के क़ाफ़िले निकलते हैं. पृथ्वीराज का काफ़िला आज भी क़ायम -दायम है.

“अनारकली: ज़िल्ले-इलाही को
साहिब-ए-आलम की ज़िंदगी मुबारक हो
अकबर: और तुझे तेरी मौत”

शहज़ादा सलीम
दिलीप कुमार

अल्लामा इक़बाल ने कहा है - 'हज़ारों साल नरगिस अपनी बेनूरी पे रोती है / बड़ी मुश्किल से होता है चमन में दीदावर पैदा.' हिंदुस्तानी सिनेमा की ख़ुशनसीबी है कि उसे यह दीदावर उसकी पैदाइश के तैंतीसवें बरस में ही मिल गया, जिसका नाम है दिलीप कुमार.

'मुग़ल-ए-आज़म' का यह शहज़ादा सलीम हिंदुस्तानी सिनेमा के शहंशाह-ए-जज़्बात की तरह जाना जाता है. इस शहंशाह को उसका यह ताज उसे किसी राज महल में पैदा होने के एवज़ में नहीं मिला. उसने ख़ुद को हलाक़ करके अपनी ही ख़ाक़ से अनगिनत किरदारों को फ़िल्मी पर्दे पर ज़िंदगी बख़्शी तो वह ख़ुद-ब-ख़ुद इस ताज का हक़दार बन गया.

अपने अभिनय से सिनेमा घरों के बेजान पर्दों में जान फूंकने वाला यह बेमिसाल अदाकार अपने समकालीन कलाकारों और उसके बाद आने वाले कलाकारों की तमाम पीढ़ियों के लिए अभिनय का एक ऐसा संग़े मील है जिसकी छांव में खड़े होने भर से इंसानी जिस्मों में अदाकारी के हुनर के आसार पैदा होने लगते हैं.

11 दिसम्बर 1922 को पेशवार के किस्सा ख़्वानी इलाक़े में फ़लों के व्यापारी लाला गुलाम सरवर के घर जन्मे दिलीप कुमार का नाम पैदाइश के वक़्त रखा गया था मुहम्मद यूसुफ़ ख़ान.

जिस दिन यूसुफ़ का जन्म हुआ उस दिन घर में एक और वजह से बेहद अफरा-तफरी का माहौल था. दिसम्बर की उस बेहद सर्द शाम असल में पड़ोस के एक घर में आग लग गई थी और सारा मोहल्ला उस घर की आग बुझाने में जुटा हुआ था. ज़ाहिर है इसमें सरवर ख़ान का परिवार भी शामिल था.

आख़िर पड़ोस की आग बुझ गई और आसमान की ओर उठती लपटों से पैदा होती हुई रोशनी भी गुम हो गई, लेकिन उस वक़्त मां की गोद में सिमटा बच्चा यूसुफ़ शायद मन ही मन मुस्कराता हुआ आसमान को देख रहा था और आसमान यूसुफ़ को देख मुस्करा रहा था. ज़ाहिर है, आसमानों को इस बात की ख़ूब ख़बर थी कि यूसुफ़ एक दिन दुनिया में कभी न ख़त्म होने वाला ऐसा उजाला फैलाएगा कि जिसकी रोशनी से सारी कायनात जगमगा उठेगी.

पैदाइश के वक़्त यूसुफ माशा अल्लाह, सुर्ख़ गालों और ख़ूबसूरत आंखों वाला काफ़ी गोल-मटोल बच्चा था. वज़न था पूरे आठ पाउंड. उसकी दिलकश मुस्कराहट देखकर, अक्सर घर में आवाज़ें सुनाई देती - हाय मैं कुरबान जाऊं. ख़ुदा नज़रे बद से बचाकर रखे.

“अगर उमर ख़य्याम की रुबाई सुनहरे वर्क़ की बजाय पथरीली ज़मीन पर लिख दी जाए, तो क्या उसके मायने बदल जाएंगे? [सलीम]”

कुछ और बड़े हुए और यूसुफ़ के क़दम घर की चार दीवारी से बाहर पड़ने लगे तो बुरी नज़र से बचाने को उसकी दादी उसके माथे पर काला टीका लगाकर ही छोड़ती थीं.

एक दिन एक फ़क़ीर ने इस बच्चे को देखकर यह पेशिन-गोई कर दी कि यह बच्चा बहुत नामवर होगा. एक दिन सारी दुनिया में उसके नाम की धूम होगी.

1944 में जब यही बच्चा यूसुफ़, बाईस साल का जवान बनकर, दिलीप कुमार के नाम से फ़िल्मी दुनिया में पर्दे पर आया तब भी किसी को इस बात का अंदाज़ा नहीं था कि फ़क़ीर की बात के सच होने का वक़्त आ गया है.

यूसुफ़ ख़ान की फ़िल्मों में आमद और फिर दिलीप कुमार बनने की भी एक बेहद दिलचस्प कहानी है. तीस के दशक में उनका पूरा परिवार बेहतर रोज़गार की तलाश में पेशावर से बम्बई, नासिक और देवलाली जैसे जगहों पर घूमता रहा. आख़िर बम्बई के क्रॉफ़र्ड मार्केट में फ्रूट की दुकान पर जाकर सिलसिला थमा.

आख़िर एक दिन तक़दीर ने दरवाज़ा खटखटाया. बाम्बे टाकीज़ की मालकिन और मशहूर हीरोइन देविका रानी उस वक़्त उनकी कम्पनी से ताज़ा-ताज़ा अलग हुए अशोक कुमार की जगह एक नए चेहरे की तलाश में थीं. जिस घड़ी यूसुफ़ ख़ान पर उनकी नज़र पड़ी तो उन्होंने फ़ौरन ही अपनी अगली फ़िल्म *'ज्वार भाटा'* में काम करने का न्यौता दे डाला, जिसे यूसुफ़ ख़ान ने फ़ौरन मंज़ूर कर लिया.

इसके बाद बात जाकर अटकी नाम पर. देविका रानी कुछ आसान और फैंसी नाम चाहती थीं. उधर यूसुफ़ ख़ान भी अपने वालिद बुज़ुर्गवार के डर से किसी 'घोस्ट नेम' से ही काम करना चाहते थे. आख़िर तपन कुमार और दिलीप कुमार में से, यूसुफ़ साहब ने दिलीप कुमार नाम पसंद किया. उनके इसी पसंदीदा नाम को बाद में सारी दुनिया ने पसंद किया.

दिलीप साहब ने अपने फ़िल्मी करियर से जुड़ी बातों को याद करते हुए एक बार कहा था कि उन्होंने असल में अपने परिवार की कमज़ोर माली हालत को बेहतर बनाने की गरज़ से फ़िल्मों में काम करना चाहा था, जो बाद में उनके लिए ज़िंदगी बन गया.

बकौल दिलीप साहब - मुझे फ़िल्मों में अदाकारी करने या शुहरत कमाने का कोई शौक़ नहीं था. सब कुछ लुट गया था और घर की कफालत की गरज़ से फ़िल्म इंडस्ट्री का रुख़ किया था.

दिलीप साहब ने एक और मज़ेदार बात भी बताई थी. ''राज कपूर मुझसे पहले फ़िल्मी सन्नत में मौजूद थे और वो उस ज़माने में एक फ़िल्म के 145 (एक सौ पैंतालीस) रुपये लेते थे. इब्तदाई मराहिल से गुज़र जाने के बाद मुझे 1200 (बारह सौ) रुपये महीने पर अदाकारी का ऑफ़र आया, जिसे सुनकर मुझे अपने कानों पर यक़ीन नहीं आया और सोचता रहा कि ज़रूर 1200 सालाना का ऑफ़र होगा.''

1944 में रिलीज़ हुई दिलीप कुमार की पहली फ़िल्म *'ज्वार भाटा'* ने कोई ख़ास चमत्कार नहीं किया. लेकिन 1947 में जिस वक़्त देश में अंग्रेज़ी हुकूमत से निजात हासिल करने के बाद आज़ादी की ख़ुशी की शहनाइयां गूंज रहीं थी, दिलीप कुमार की अभिनय प्रतिभा ने भी उसी वक़्त अपनी असल शख़्सियत और हुनर के साथ ख़ुद को पेश किया.

एक के बाद एक उनकी तीन फ़िल्में *'मिलन'*, *'शहीद'* और *'जुगनू'* रिलीज़ हुईं और ज़माने को अहसास हो गया कि अब हिंदुस्तान भी इस बात पर फ़ख़्र कर सकता है कि उसके पास एक ऐसा अदाकार है जो अपने फ़िल्मी किरदार को असल ज़िंदगी की तरह जीता

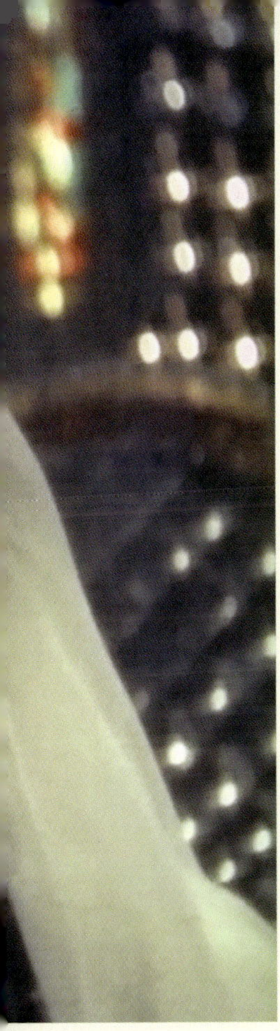

है और जिसकी अदाकारी का मुक़ाबला दुनिया के किसी भी बड़े से बड़े कलाकार के साथ किया जा सकता है.

दिलीप साहब ने एक बार जो अपने काम की रफ़्तार पकड़ी तो फिर वे आगे ही बढ़ते चले गए. 1948 में *'मेला'*, 1949 में *'शबनम'*, *'अंदाज़'* और *'जोगन'*, 1950 में *'बाबुल'*, 1951 में *'दीदार'*, 1952 में *'दाग़'* और *'आन'* जैसी कामयाब फ़िल्में दीं तो 1955 में *'देवदास'* जैसा शाहकार दिया.

यह तो ठीक है कि फ़िल्म देखने वालों की नज़रों में दिलीप साहब अपने हुनर के दम पर ख़ुदा बन गए लेकिन उनको इसकी भारी क़ीमत भी चुकानी पड़ी.

दिलीप कुमार के करियर के शुरुआती दौर में ज़्यादातर फ़िल्मों में उनकी भूमिकाएं दुख-दर्द से भरी ट्रेजेडी भूमिकाएं थीं. अपने रोल को उन्होंने इतनी शिद्दत से निभाया कि इसका बुरा असर उनकी ज़हनी हालत पर पड़ने लगा.

हालत यह हो गई कि उनको इलाज के लिए लंदन जाना पड़ा. वहां उनको एक साइकोलॉजिस्ट ने इस हालत से बाहर निकलने के लिए हल्के-फुल्के कॉमेडी रोल करने की सलाह दी.

दिलीप कुमार जितने अपने अभिनय के लिए चर्चा में रहते थे उतने ही उनके रोमांस की चर्चा रहती थी. शुरुआत में अभिनेत्री कामिनी कौशल के साथ उनका रिश्ता ख़ूब चर्चित रहा. लेकिन यह दास्तान इसलिए अधूरी रह गई कि कामिनी कौशल को 1949 में अपनी बहन की मौत के बाद उनके छोटे-छोटे बच्चों की देखभाल के लिए मजबूरन अपने बहनोई बी.एस. सूद से शादी करनी पड़ी.

दिलीप साहब की मधुबाला से मोहब्बत की दास्तान तो ज़माने में अलिफ़-लैला के किस्सों की तरह मशहूर रही है. दोनों एक दूसरे पर दिलो-जान से फ़िदा थे लेकिन मधुबाला के सख़्त मिज़ाज बाप ने इस

"हमारे हाथ में यह लचकती हुई शमशीर उस नाज़नीन की तरह है जो अपने आशिक़ के हाथ में शर्म से थरथराने लगती है और हिजाब से उसके गुलाबी रुख़सार तमतमा कर सुर्ख़ हो जाते हैं. [सलीम]"

“ मेरी आख़िरी इल्तजा है दुनिया में दिलवालों का साथ देना, दौलत वालों का नहीं. [सलीम] ”

मोहब्बत को परवान चढ़ने नहीं दिया. इस नाकाम मोहब्बत के सदमे से न तो दिलीप साहब और न मधुबाला कभी बाहर निकल पाए.

और आख़िर जब दिलीप साहब की शादी हुई भी तो एक ऐसी लड़की से जिसे वे 'बच्ची' कहते थे. और वे बिलकुल सही कहते थे. 1966 में जब उनकी शादी हुई तो उनकी बेग़म साहिबा अभिनेत्री सायरा बानो की उम्र कुल बाईस साल की थी जबकि दिलीप साहब चवालीस साल के. लेकिन छोटी सी उम्र की सायरा बानो से उनका रिश्ता आधी सदी से भी ज़्यादा वक़्त गुज़रने के बाद भी एक हसीन मिसाल की तरह ज़माने पर नुमाया है.

दिलीप कुमार साहब के काम करने का अंदाज़ निराला रहा. वे सिर्फ चुनिंदा फ़िल्में ही करते थे. उन्होंने 1944 से 1998 के बीच के पूरे 54 साल के दौरान कुल जमा साठ फ़िल्मों में काम किया है.

अपने इसी मिजाज़ की वजह से कई यादगार रोल और फ़िल्में स्वीकार नहीं कीं. गुरुदत्त की सर्वकालिक महान फ़िल्म *'प्यासा'* में दिलीप साहब को ही साइन किया गया था लेकिन जब वे शूटिंग पर नहीं पहुंचे तो गुरुदत्त ने ख़ुद ही मेक-अप करवाकर शूटिंग शुरू कर दी थी.

राज कपूर और दिलीप कुमार फ़िल्मी दुनिया में एक तरफ पेशेवर रक़ाबत थी तो दूसरी तरफ़ बचपन की दोस्ती भी. उनकी यह दोस्ती हमेशा क़ायम रही लेकिन जब राज साहब ने अपनी फ़िल्म *'संगम'* में दिलीप कुमार को अपने साथ साइन करना चाहा तो उन्होंने यह फ़िल्म सिर्फ़ इसलिए नहीं की कि लगभग इसी तरह की कहानी पर बन चुकी फ़िल्म 'अंदाज़' में दोनों ने साथ काम किया था.

हॉलीवुड की क्लासिक फ़िल्म *'लारेंस ऑफ़ अरेबिया'* में भी उन्हें रोल ऑफ़र किया गया था जिसे उनके इंकार के बाद प्रसिद्ध अभिनेता उमर शरीफ़ को दिया गया.

दिलीप साहब ने कम लेकिन यादगार फ़िल्मों में काम किया है. *'मुग़ल-ए-आज़म'* उन यादगार फ़िल्मों की फ़ेहरिस्त में तकरीबन सबसे ऊपर बैठती है. उनकी अपनी फ़िल्म *'गंगा जमुना'* भी इसी मकाम की हक़दार है.

दिलीप साहब ने कुल जमा एक फ़िल्म *'मुसाफ़िर'* में एक गीत गाया है, वह भी लता मंगेशकर के साथ - 'लागी नाही छूटे रामा, चाहे जिया जाए'. इस गीत को सुनकर हैरानी होती है कि दिलीप साहब ने और गीत क्यों नहीं गाए.

1998 की फ़िल्म *'किला'* के बाद फ़िल्मों में काम बंद कर दिया. सौ बरस की मंज़िल से बस चंद क़दम की दूरी पर खड़े दिलीप साहब आज फ़िल्मी दुनिया और अवामी दुनिया के दिलों में महज़ 'ट्रेजडी किंग' की तरह नहीं बल्कि एक शहंशाह की तरह बसे हुए हैं.

“सुभान अल्लाह! मालूम होता है जैसे किसी फ़रिश्ते ने आसमान से उतरकर संगे-मरमर में पनाह ले ली है. [अकबर]”

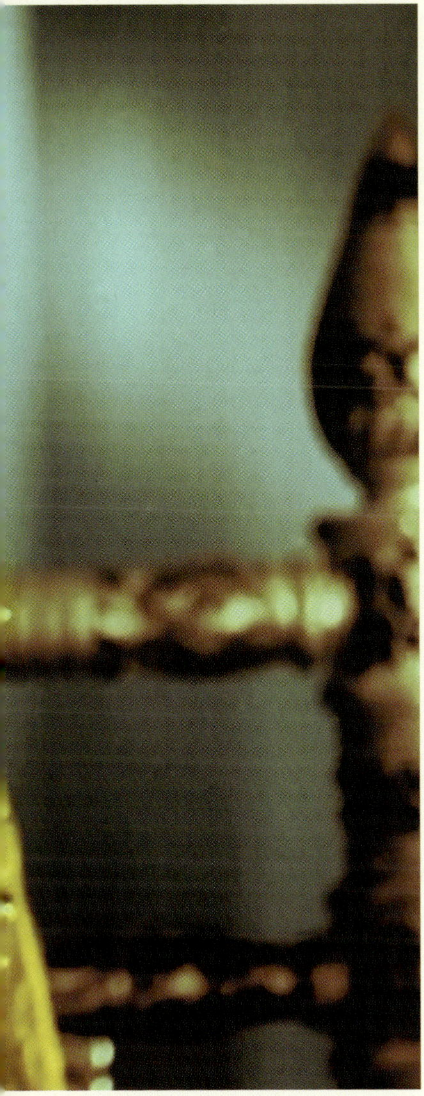

अनारकली - मधुबाला
ज़िक्र उस परीवश का...

हॉलीवुड के पास अगर नाज़ करने के लिए मर्लिन मुनरो जैसी ख़ूबसूरत अभिनेत्री की दास्तान है तो बॉलीवुड के पास ख़ुदाई तख़लीक़ का करिश्मा मधुबाला की विरासत है. इस एक नाम के साथ हज़ार दास्तानों के पन्ने फड़फड़ाने लगते हैं. लाखों दिलों की धड़कनें तेज़ हो जाती हैं, और अनगिनत आंखों में हसीन सपने तैरने लगते हैं.

हिंदी सिनेमा के सौ साला इतिहास में यूं तो एक से एक हसीन-ओ-जमील और एक से बढ़कर एक क़ाबिल अदाकाराओं के नाम दर्ज हैं लेकिन जब ज़िक्र मधुबाला का हो, तो उसके मुक़ाबिल औरों की बात यहां जाकर ठहरती है कि ...लेकिन वो बात कहां.

मधुबाला की बात, चांद की बात है. मधुबाला की बात तारों की बात है, मधुबाला की बात महज़ बात ही बात नहीं कयामत की बात है. उसका बेपनाह हुस्न देखकर बेसाख़्ता ही परवानों की मुंह से आहें निकलने लगतीं. उसकी आंखों को देखकर यक-ब-यक एक शेर याद आ जाता है :

सावन के बादलों की तरह से भरे हुए,
ये वो नयन हैं जिनसे कि जंगल हरे हुए

एक ऐसी सूरत जिसे देखकर न जाने कितने शायराना जुमले ईजाद हुए. न जाने कितने दिल मचले और न जाने कितने दिलफ़रेब जज़्बात का इज़हार हुआ. हर बार कोशिश एक ही थी कि इस सरापा हुस्न की तसवीर को लफ़्ज़ों में बयान किया जाए. मगर ख़ुदाई हुस्न के आगे इंसानी कोशिशें कभी पूरी न पड़ीं.

मधुबाला के बारे में कहा गया है कि जहां कायनात का हुस्न ख़त्म होता है वहां से उसका शुरू होता है. मैं इसमें जोड़ूंगा; और जो शुरू होता है तो बस ख़त्म नहीं होता. कमोबेश आधी सदी गुज़रने को आई है कि मधुबाला ने इस दुनिया-ए-फ़ानी से रुख़सत ली है लेकिन उसके हुस्न के चर्चे आज भी आम हैं.

मधुबाला का जन्म 1933 में वेलेंटाइन डे यानी 14 फ़रवरी 1933 को दिल्ली में शदीद मुफ़लिसी से घिरे एक परिवार में हुआ. पैदाइश के वक़्त नाम रखा गया मुमताज़ जहां बेग़म. ग्यारह बच्चों वाले अत्ताउल्ला ख़ान के परिवार में वो पांचवें नम्बर की औलाद थी, लिहाज़ा उसको मंझली आपा भी कहते थे.

अत्ताउल्ला ख़ान अपने पठानी मिज़ाज की वजह से अक्सर तकलीफ़ में रहते थे और उसका ख़मियाज़ा उनके पूरे परिवार को भुगतना पड़ता था. घर में अक्सर भूख ज़्यादा और राशन कम ही होता था.

इन्हीं हालात से हारकर अत्ताउल्ला ख़ान ने बेहतर मौक़ों और बेहतर ज़िंदगी की तलाश में बम्बई की राह पकड़ी. ज़ाहिरा तौर पर इस ख़ानदान के बम्बई पहुंचने पर बम्बई की सेहत पर कोई ख़ास फ़र्क़ नहीं पड़ा लेकिन बम्बई की गोद में छोटी सी मुमताज़, घर के तमाम मुश्किल हालात के बीच भी खिलखिलाती हुई बड़ी हो रही थी. बम्बई को तब इस बात की ख़बर भी न थी कि एक दिन उसके आंगन में गूंजने वाली इसी खिलखिलाहट और मादक मुस्कान से वह तमाम दुनिया के लोगों में जीने की एक वजह पैदा करने वाली है.

बम्बई में थोड़े संघर्ष के बाद कुल जमा आठ साल की मुमताज़ को बाम्बे टाकीज़ की 1942 में रिलीज़ हुई फ़िल्म 'बसंत' में भूमिका मिली. इस फ़िल्म में उल्हास और मुमताज़ शांति की मुख्य भूमिकाएं थीं. इस फ़िल्म में मधुबाला ने बेबी मुमताज़ के नाम से काम किया था.

इस फ़िल्म के बाद भी बाल कलाकार के रूप में बेबी मुमताज़ ने कई फ़िल्मों में काम किया. लेकिन बदनसीबी इस परिवार का पीछा छोड़ने को कतई तैयार नहीं थी. जब यह परिवार मलाड में रह रहा था उन्हीं दिनों 14 अप्रैल 1944 को बम्बई के विक्टोरिया डाक पर एक जहाज़ में आग लगी और भयानक धमाका हुआ. इस धमाके के नतीजे में जलता हुआ सामान मिसाइल्स की तरह कई मील तक के इलाक़े में पहुंचकर बर्बादी की वजह बन गया.

मधुबाला का घर भी आग के इन उड़ते गोलों की ज़द में आ गया और पूरी तरह जलकर ख़ाक हो गया. रोटी की तो पहले से ही मुश्किल थी अब सर छुपाने की जगह भी नहीं बची थी.

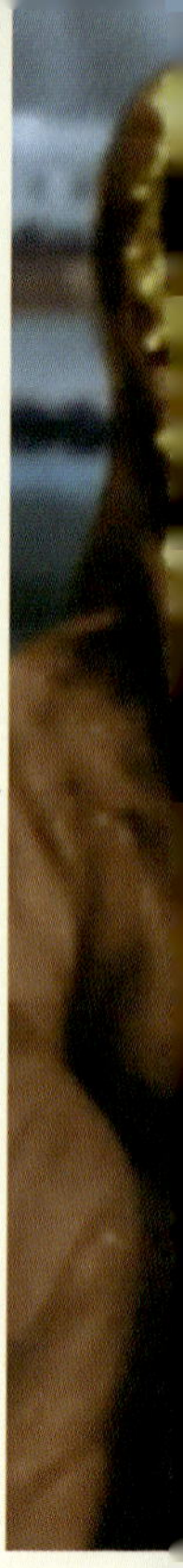

> **"मुहब्बत जो डरती है, मुहब्बत नहीं ऐयाशी है, गुनाह है. [सलीम]"**

“ज़हे-नज़ीब! कांटों को मुरझाने का ख़ौफ़ नहीं होता. [अनारकली]”

क़िस्मत की कलाबाज़ियों के नतीजे में उठते-गिरते आख़िर एक दिन वो भी आया कि बेबी मुमताज़, आख़िर में मधुबाला बन गई. हुआ यूं कि प्रसिद्ध निदेशक केदार शर्मा ने, जो ग्रेट शो मैन राज कपूर के गुरु भी थे, चंदूलाल शाह के रंजीत स्टूडियो के लिए एक फ़िल्म शुरू की जिसका नाम था *'बेचारा भगवान'*. इस फ़िल्म की हीरोइन उनकी पत्नी कमला चटर्जी और हीरो जयराज थे.

क़िस्मत का खेल कि अचानक ही कमला जी का निधन हो गया. फ़िल्म रुक गई. केदार शर्मा ज़रा सदमे से उभरे तो उन्होंने घोषणा की - 'मैं यह फ़िल्म ज़रूर बनाऊंगा. भगवान भी क्या याद रखेगा.' उन्होंने तमाम ऐतराज़ों को दरकिनार करते हुए बाल कलाकार बेबी मुमताज़ को महज़ चौदह साल की उम्र में ही अपने असिस्टेंट राज कपूर के साथ बतौर हीरोइन ले लिया. अब बेबी मुमताज़ का नाम उन्होंने रखा मधुबाला और फ़िल्म का नाम बदलकर कर दिया - *'नील कमल.'*

1947 में जब *'नील कमल'* रिलीज़ हुई तो मधुबाला को फ़िल्में मिलती चली गईं. *'लाल दुपट्टा'*, *'सिपहिया'*, *'पारस'* जैसी फ़िल्में 1948 में रिलीज़ हुईं. लेकिन मधुबाला को मधुबाला बनाने वाली फ़िल्म आना अभी बाक़ी थी.

यह फ़िल्म आई 1949 में. फ़िल्म का नाम था *'महल.'* बाद के बरसों में *'पाकीज़ा'* और *'रज़िया सुल्तान'* जैसी आला फ़िल्मों के डायरेक्टर के तौर पर मशहूर हुए कमाल अमरोही इस फ़िल्म के लेखक-निर्देशक थे. रहस्य और रोमांच से भरपूर इस फ़िल्म ने मधुबाला को नए-नए आज़ाद हुए मुल्क हिंदुस्तान के नौजवानों के सपनों की मलिका बना दिया.

पस मंज़र में रवां गीत 'आएगा, आएगा आने वाला आएगा' के सरे-मंज़र एक जलती हुई कंदील की रोशनी में कुछ दिखता, कुछ छिपता एक हसीन चेहरा बदली की ओट लेकर लुका-छिपी का खेल खेलने वाले चांद की याद दिला जाता था. झूले पर झूलती एक शोख़ हसीना और बार-बार पास आकर भी नज़रों से ओझल होता वह परीनुमा चेहरा, फ़िल्म के हीरो अशोक कुमार के साथ ही साथ ज़माने के लिए एक तलब, एक प्यास बन गया.

इस फ़िल्म ने बॉक्स ऑफ़िस पर सफलता के झंडे तो गाड़े ही लेकिन उसी के साथ मधुबाला को फ़िल्म की सफलता की गारंटी भी बना दिया. ब्लैक एण्ड व्हाइट के उस दौर में भी लोगों ने मधुबाला की शक्ल में बचपन में सुनी रंगीन परी कथाओं वाली सपनीली परियों के चेहरे ढूंढ़ लिए थे.

मधुबाला का समूचा जिस्म हुस्न के सबसे हसीन सांचे में ढला हुआ नज़र आता था. मख़मली-गोरा जिस्म, ताज़ा खिले हुए फूल सा चेहरा, बिना काजल मद भरी कजरारी आंखें, ख़ंजर से अबरू, याकूत जैसे होंठ, लम्बे घने काले बाल, किसी मुस्सविर के से नाज़ुक हाथ और नज़ाकत से घूमती अंगुलियों के साथ ही कयामत बरपाती मासूम मुस्कान ने मधुबाला को हिंदी सिनेमा की वीनस बना दिया.

उफ़! ये संग-ए-मरमर से तराशा हुआ
शफ़्फ़ाफ़ बदन
देखने वाले तुझे ताज महल कहते हैं

जिस तरह शमा को अपनी ही आग में धीरे-धीरे जलते हुए फ़ना होना होता है, मधुबाला को भी ठीक उसी तरह ज़िंदगी भर अपनी ख़ूबसूरती की आग में जलना पड़ा. अपने मिज़ाज से मधुबाला में एक मासूमियत, एक भोलापन था. उसके वजूद में ज़िंदा एक बच्चा, कभी उसके लबों पर मुस्कान बनकर नुमाया हो जाता और कभी खिलखिलाकर अपने होने का अहसास कराता रहता.

> **अकबर: हमें यक़ीन है क़ैदख़ाने के अंधेरों ने तेरी आरज़ुओं में वो चमक बाक़ी न रखी होगी, जो कभी थी.**
>
> **अनारकली: क़ैदख़ाने के अंधेरे क़नीज़ की आरज़ुओं की रोशनी से कम थे.**
>
> **अकबर: अंधेरे और बढ़ा दिए जाएंगे.**
>
> **अनारकली: आरज़ुएं और बढ़ जाएंगी.**

जिसे कहते हैं न कि - तेरा जलवा जिसने देखा वो तेरा हो गया, बस वही हालत थी. मधुबाला और होश, ये दो ऐसी चीज़ें थी, जो दोनों एक वक़्त में, एक जगह मौजूद नहीं रह सकती थीं. इसी वजह से कमाल अमरोही जैसे शानदार फ़िल्मकार, प्रेमनाथ जैसे अदाकार और ज़माने भर में बेशुमार लोग उसके दीवाने थे. और हां, फ़ेहरिस्त में सबसे ऊपर, अदाकारी के शहंशाह दिलीप कुमार का नाम तो था ही.

दिलीप कुमार और मधुबाला की मोहब्बत की दास्तान आज भी सलीम-अनारकली की मोहब्बत की दास्तान की तरह ज़माने में सुनाई जाती है. लेकिन यह मोहब्बत भी परवान न चढ़ सकी. मधुबाला के पिता अत्ताउल्ला ख़ान को दिलीप कुमार की परछाईं तक पसंद नहीं थी, और दिलीप कुमार को तो उनके नाम तक से परहेज़ था. नतीजतन, मोहब्बत, नफ़रत की आग में जलकर ख़ाक हो गई.

क़िस्मत के खेल निराले होते हैं. 1944 में जिस वक़्त दिलीप कुमार की पहली फ़िल्म *'ज्वार भाटा'* की शूटिंग हो रही थी. इस शूटिंग में, असल ज़िंदगी के कुछ ऐसे केरेक्टर्स, एक जगह, एक साथ मौजूद थे, जिन्हें इस बात की बिलकुल ख़बर न थी कि आने वाले बरसों में वे एक-दूसरे की ज़िंदगी में भी किसी न किसी तरह हिस्सेदार होने वाले हैं. इन केरेक्टर्स के नाम हैं - दिलीप कुमार, मधुबाला और रूमा देवी.

मधुबाला उस वक़्त महज़ ग्यारह साल की बच्ची थीं और बाल कलाकार की तरह काम कर रही थीं. दिलीप कुमार बतौर हीरो और रूमा देवी बतौर अभिनेत्री, अपनी पहली फ़िल्म कर रहे थे. बाद के बरसों में यही ग्यारह साल की बच्ची बेबी मुमताज़ जो बाद को मधुबाला कहलाईं, दिलीप कुमार की प्रेमिका बनीं. रूमा देवी, 1951 में गायक-अभिनेता किशोर कुमार की पहली पत्नी बनीं और उनसे तलाक़ के बाद ही किशोर कुमार ने 1960 में मधुबाला से शादी की.

> शहंशाह की इन बेहिसाब बख़्शीशों के बदले में यह कनीज़ जलालुद्दीन मुहम्मद अकबर को अपना ख़ून माफ़ करती है. [अनारकली]

मधुबाला एक ऐसी अभिनेत्री थीं, जो अपनी ख़ूबसूरती के साथ ही साथ अभिनय में भी उतनी ही माहिर थीं. अपनी गंभीर भूमिकाओं से दर्शकों का दिल जीतने वाली मधुबाला ने *'चलती का नाम गाड़ी'* जैसी कॉमेडी फ़िल्म में, किशोर कुमार के सामने अपनी डायलॉग डिलेवरी और चेहरे के अदभुत एक्स्प्रेशंस की मदद से कॉमेडी के लाजवाब रंग दिखाए.

इस बात दूसरा छोर है सर्वकालिक महान फ़िल्म *'मुग़ल-ए-आज़म'*. पृथ्वीराज कपूर और दिलीप कुमार जैसे दिग्गज कलाकारों के बर-अक्स अनारकली का किरदार निभाते हुए मधुबाला ने अपने बेजोड़ अभिनय से कभी गुदगुदाया, कभी सपने दिखाए, कभी ज़िंदगी का मतलब समझाया और कभी रुला-रुला दिया.

फ़िल्म *'मुग़ल-ए-आज़म'* की शूटिंग के दौरान ही मधुबाला के दिल की बीमारी बहुत बढ़ चुकी थी. डॉक्टरों ने उसे सख़्ती से बहुत काम करने से मना किया था, लेकिन फिर भी उन्होंने अपनी जान जोखिम में डालकर भी मुश्किल से मुश्किल सिचुएशंस में शूट किया.

के. आसिफ़ के असिस्टेंट रहे सुल्तान अहमद बताते हैं : ''उसमें अपने काम के लिए ग़ज़ब का समर्पण भाव था. आपको याद होगा फ़िल्म में उसका वो पहला सीन जिसमें उसे बुत बनाकर खड़ा किया गया था. मधुबाला ज़री के काम से लदे भारी-भरकम कपड़ों के वज़न के साथ वह शॉट ओके होने तक घंटों झुलसाने वाली गर्मी (लाइट्स की गर्मी) के बीच बिना किसी शिकायत खड़ी रही.

इसी तरह एक सीन में उसे एक जलती हुई शमा को अपने हाथ से बुझाना था. उसने सचमुच ही अपना हाथ जलती हुई शमा पर रखा और शॉट दिया, भले ही इस काम में उसका हाथ सचमुच ही जल गया. बस एक अच्छे और असरदार शॉट के लिए.''

मधुबाला की हंसी फ़िल्मी हलकों में बेहद मशहूर थी. बच्चों की तरह अठखेलियां करना, बात-बात पर हंसना उसकी आदत में शामिल था. मधुबाला जब पहली बार शूटिंग के लिए सेट पर आई तो इसकी ख़बर आसिफ़ को सेट पर उसकी गूंजती हंसी से हुई.

आसिफ़ अपनी असल ज़िंदगी में ख़ुद हंसी-ठहाकों का बादशाह था लेकिन सेट पर आते ही वह एकदम मुख़्तलिफ़ इंसान बन जाता था, जो अपने काम में खोया दुनिया को भूल जाता था. मधुबाला के इस कहकहे ने उसकी एकाग्रता भंग कर दी और वह नाराज़ होकर बैठ गया. बिना कोई वजह बताए शूटिंग कैंसिल कर दी. दो दिन तक यही सिलसिला चलता रहा. आख़िर मधुबाला को इसकी वजह मालूम हुई तो उसे अफ़सोस हुआ और उसी लम्हे उसने अपने किरदार में ख़ुद को समो दिया.

फ़िल्म के आख़िरी सींस में वह ज़्यादातर लोहे की भारी-भरकम ज़ंजीरों में जकड़ी होती है. ज़ंजीरें इस क़दर भारी थीं कि वह जब-जब उन्हें पहन कर खड़े होने की कोशिश करती तो घुटनों के बल गिर पड़ती. लेकिन उसने हिम्मत न हारी और अपनी पूरी ताक़त लगाकर काम को अंजाम दिया.

सनद रहे कि हक़ीक़त पसंद डायरेक्टर के. आसिफ़ के हुक्म पर डॉक्टरों की सख़्त मनाही के बावजूद मधुबाला ने इन भारी-भरकम लोहे की असल ज़ंजीरों में बंधना मंज़ूर किया. इन ज़ंजीरों का बोझ मधुबाला के वज़न से भी ज़्यादा था, जिसे पहनकर चलना बेहद आज़माइश और तकलीफ़ का काम था.

मधुबाला के दिल में बचपन से ही एक छेद था. इस बात की जानकारी उसके परिवार को भी थी, लेकिन तब घर में उससे भी बड़ी बीमारी मौजूद थी - ग़रीबी. जब ग़रीबी हटी, तो मधुबाला पर घर चलाने की ज़िम्मेदारी आन पड़ी. उस पर सितम यह कि उस ज़माने में आज जैसे इलाज भी मौजूद न थे.

किशोर कुमार से शादी के बाद ज़रूर लंदन जाकर इलाज कराया, लेकिन सिर्फ़ इलाज ही हुआ. मर्ज़ बना रहा. दर्द बना रहा. इसी तरह अपने जिस्म के मर्ज़ और दिल के दर्द को ढोते-ढोते मधुबाला 1964 तक फ़िल्म *'शराबी'* की शूटिंग भी करती रही. उसके बाद तो उसने बिस्तर ही पकड़ लिया.

23 फ़रवरी 1969 को महज़ छतीस बरस की कमसिनी में ही इस बेमिसाल अभिनेत्री ने इस दुनिया पर आंखें मूंद लीं. उसे उम्र भर के दर्द से निजात मिल गई. दर्द - कुछ कुदरत से मिला, तो कुछ ज़माने से.

मधुबाला को गुज़रे आधी सदी होने को आती है लेकिन उसके हुस्न के चर्चे आज भी ज़माने में होते हैं. उसकी दास्तान आज भी दुहराई जाती है. इतिहासकार मुग़ल दौर की अनारकली के वजूद पर भले ही सवाल उठाते रहें लेकिन पर्दे की इस अनारकली की दास्तान की गवाही देने तो शायद आसमाम से फ़रिश्ते भी ज़मीन पर उतर आएंगे.

"ब-ख़ुदा ! हम मुहब्बत के दुश्मन नहीं, अपने उसूलों के ग़ुलाम हैं. [अकबर]"

दिलीप कुमार - मधुबाला
एक ख़ूबसूरत रिश्ते का बदसूरत अंत

यह सच है कि इस तमाम कायनात में इश्क़-ओ-मोहब्बत से ज़्यादा ख़ूबसूरत कोई दूसरी शै नहीं है लेकिन जब बात बिगड़ जाए तो इतिहास के पन्ने खुलकर सामने आते हैं और नाकाम मोहब्बत के दर्दनाक अंजाम की हज़ारों कहानियां याद दिलाते हैं. ऐसी ही एक कहानी है - दिलीप कुमार-मधुबाला की प्रेम कहानी.

बात बरसों पुरानी है. निर्देशक राम दरयानी की फ़िल्म *'तराना'* (1957) के लिए दिलीप कुमार को हीरो और मधुबाला को बतौर हीरोइन साइन किया गया. हीरो-हीरोइन का आमना-सामना क्या हुआ कि बस जादू हो गया. दो जवां दिलों में एक साथ यकसां तरंगें उठीं और एक दूसरे की हमवार हो गईं.

'मोहब्बत का इक़रार'

इस फ़िल्म में लता मंगेशकर और तलत महमूद का एक युगल गीत इस जादू को यूं बयान करता है, 'नैन मिले नैन हुए बावरे, चैन कहां मोहे सजन सांवरे.' यह आग़ाज़ था दिलीप कुमार-मधुबाला की मोहब्बत का.

कहते हैं इस आग़ाज़ में गुलाब के एक फूल की बेहद अहम भूमिका थी. मधुबाला ने उस दौर में इश्क़ के प्रचलित साधन 'पर्ची' के साथ यह गुलाब दिलीप कुमार को उनके मेक-अप रूम में भेजा था.

पर्ची पर लिखा था 'अगर आपको मुझसे मोहब्बत का इक़रार हो तो इस गुलाब को कुबूल फ़रमाएं'. दिलीप कुमार ने अपने चेहरे पर मुस्कान बिखेरी और गुलाब अपने हाथों में ले लिया.

मधुबाला की तबीयत में ज़बरदस्त रूमानियत और लड़कपन का एक ग़ज़ब का मेल था और क्यों न हो? मधुबाला की पैदाइश ही हुई थी आशिक़ों की दीवाली वाले दिन 'वेलेंटाइन डे' पर.

जब यह सिलसिला शुरू हुआ तब मधुबाला की उम्र बमुश्किल 17 बरस की थी. इस 17 की उम्र तक आने से पहले मधुबाला कमाल अमरोही और प्रेमनाथ के साथ इश्क़ में गिरफ्तार हो चुकी थीं. लड़कपन की नासमझी में हुए नाकाम इश्क़ के इन हादसों से गुज़रकर आई मधुबाला इस बार इस रिश्ते को लेकर बेहद संजीदा थी. इस इश्क़ में वह दीवानगी की हद तक मुब्तला थीं.

इस मोहब्बत की पहलक़दमी भले ही मधुबाला ने की हो लेकिन दिलीप कुमार की दीवानगी भी किसी तरह कम न थी. उनके लिए बिना मधुबाला के एक दिन गुज़ारना लगभग नामुमकिन हो चुका था. हालत यह थी कि वे अपनी फ़िल्म की शूटिंग छोड़-छोड़ कर वहां पहुंच जाते जहां मधुबाला की शूटिंग चल रही होती.

मधुबाला के पिता अताउल्ला ख़ान बेहद सख़्त मिज़ाज पठान थे. अपनी बेटी पर हर वक़्त बड़ी चौकस नज़र रखते थे. फ़िल्मी दुनिया के तमाम मर्दों का किरदार उनके लिए शक के दायरे में था. दिलीप कुमार भी इस दायरे से बाहर न थे फिर भी बात यहां तक जा पहुंची कि रिश्ते को एक औपचारिक रूप दिया जा सके.

मधुबाला की बहन के मुताबिक़ उनकी सगाई भी हो गई. दिलीप कुमार की बड़ी बहन सकीना आपा मधुबाला के घर रस्मी तौर पर चुनरी लेकर भी पहुंची थीं लेकिन एक दिन बात आख़िर बिगड़ ही गई.

इस जोड़ी ने *'तराना'* के बाद 1952 में *'संगदिल'* और 1954 में *'अमर'* में एक साथ अहम रोल निभाए थे. *'मुग़ल-ए-आज़म'* की शूटिंग के दौरान ही दिलीप कुमार के मन में अताउल्ला ख़ान के लिए एक अजीब सी नापसंद का जज़्बा नफ़रत में तब्दील हो चुका था. इसकी वजह थी ख़ान साहब का मधुबाला की ज़िंदगी में क़दम-क़दम पर दख़लंदाज़ी करना. शूटिंग के दौरान भी उनकी दख़लंदाज़ी से डायरेक्टर्स परेशान हो जाते थे.

उधर मधुबाला को अपने वालिद साहब के लिए बेइंतिहा इज़्ज़त और मुहब्बत थी. वह जानती थी कि उसके पिता ने घर भर के लिए किस-किस तरह की कुरबानियां दी हैं. जिन मुश्किल हालात से वह परिवार को निकालकर एक ख़ुशनुमा ज़िंदगी की राह पर ले आए थे, वो उसकी बड़ी क़द्र करती थी. इसी मसले को लेकर इन दो प्रेमियों में अकसर झगड़े की नौबत आ जाती थी.

1956 में निर्माता-निर्देशक बी.आर. चोपड़ा ने अपनी फ़िल्म *'नया दौर'* की योजना बनाई. इस फ़िल्म के लिए दिलीप कुमार के साथ मधुबाला को कास्ट किया गया. शुरुआत अच्छी हुई.

कारदार स्टूडियो में मुहूर्त के बाद पहले दस दिन की शूटिंग भी मज़े-मज़े में पूरी हो गई. इसके बाद बात आई आउटडोर शूटिंग की. इस फ़िल्म की अधिकांश शूटिंग असल लोकेशन पर भोपाल के पास बुधनी कस्बे में कोई दो महीने तक चलनी थी.

बी.आर. चोपड़ा की इस बात से ख़ान साहब सहमत नहीं थे. वो चाहते थे कि बम्बई के ही किसी स्टूडियो में गांव का सेट लगाकर शूटिंग की जाए लेकिन चोपड़ा साहब इस बात पर बिलकुल तैयार न थे.

यह विवाद इतना गहराया कि आख़िर तैश में आकर चोपड़ा साहब ने मधुबाला की जगह वैजयंती माला को साइन कर लिया. दिलीप कुमार इस पूरे मामले में चोपड़ा साहब के साथ खड़े रहे. उनका विचार था कि अताउल्ला उनकी वजह से मधु को भोपाल जाने नहीं दे रहे.

मधुबाला के परिवार वालों का कहना है कि असल में मधुबाला दिल में छेद होने की वजह से वह बीमार रहती थीं और इस बात को उन्होंने एक राज़ की तरह दुनिया से छुपा रखा था. आउटडोर में तबीयत बिगड़ भी सकती थी और राज़ खुल सकता था.

फ़िल्म के डायलॉग्स में अनारकली को कई बार लौंडी कह कर संबोधित किया गया है. अनारकली बनी मधुबाला के बारे में इस लफ़्ज़ ख़ास के इस्तेमाल से दिलीप कुमार बेचैन हो जाते थे. जिस वक़्त एक सीन में ख़ुद उन्हें एक डायलॉग में सामने खड़ी मधुबाला को यही लफ़्ज़ कहने की बारी आई तो वे अड़ गए. उन्होंने डायलॉग में बदलाव की मांग की. लेकिन लंबे बहस मुबाहिसे और समझाइश के बाद अपने जज़्बात पर क़ाबू किया और आख़िरकार वह डायलॉग अदा किया.

चोपड़ा ने वैजयंती माला को लेकर इसका ऐलान एक अख़बारी इश्तिहार के ज़रिए किया. इस इश्तिहार में मधुबाला पर एक कट का निशान लगाकर उसकी जगह वैजयंतीमाला का फ़ोटो छपवा दिया.

पठान अताउल्ला ख़ान का ख़ून खौल गया और जवाब में उन्होंने एक इश्तिहार दिया जिसमें मधुबाला की तमाम फ़िल्मों के नाम देकर आख़िर में *'नया दौर'* के नाम पर वैसा ही कट का निशान लगा दिया.

इससे भी एक क़दम और आगे जाकर उन्होंने अदालत में फ़िल्म की शूटिंग पर रोक लगाने के लिए केस भी लगा दिया. इस केस के जवाब में चोपड़ा ने भी मधुबाला को फ़िल्म के साइनिंग अमाउंट के तौर पर दिए हुए 30 हज़ार रुपये की वापसी के लिए केस लगा दिया.

इन्हीं अदालती झगड़ों की सुनवाई के दौरान दिलीप कुमार को गवाही के लिए बुलाया गया. बाक़ी तमाम सारे सवालों के अलावा एक सवाल यह भी पूछा गया कि क्या वे मधुबाला से प्यार करते हैं. दिलीप कुमार ने मजिस्ट्रेट आरएस पारख की अदालत में सबके सामने कहा, हां मैं मधु से प्यार करता हूं और उसे हमेशा प्यार करता रहूंगा.

कैसी विडंबना है कि जिस दिन दिलीप कुमार ने सरे आम इस प्यार का इज़हार किया था उसी दिन इस प्रेम कहानी का अंत भी हो गया.

इस पूरी कहानी से जुड़ी एक बेहद अहम बात यह है कि इस कथित अंत के बाद भी फ़िल्म *'मुग़ल-ए-आज़म'* की शूटिंग में दोनों साथ ही साथ काम करते रहे.

मोहब्बत के मंज़र तो देखिए कि फ़िल्म के सीन कर वे एक-दूसरे से मुंह फेर लेते थे लेकिन एक सीन ऐसा भी आया जब सलीम अनारकली को गुस्से में एक थप्पड़ जड़ता है. इस सीन में दिलीप कुमार ने मधुबाला को ऐसा करारा तमाचा मारा था कि सेट पर मौजूद तमाम लोग हिल गए थे. मधुबाला को भी अपने होश संभालने में बड़ा वक़्त लगा.

फ़िल्म *'तराना'* में ही लता मंगेशकर का गाया एक और गीत था - 'मोसे रूठ गयो मोरा सांवरिया, किसकी लगी ज़ुल्मी नज़रिया.' काश! कभी किसी भी मोहब्बत को ऐसी नज़र न लगे कि बात नफ़रत में बदल जाए.

"अल्लाह, मजबूर को मग़रूर कौन कहेगा? [अनारकली]"

"औलाद मां की गोद में परवान चढ़ती है, तलवारों की छांव में नहीं. भगवान ! मेरे नन्हे से फूल पर बरसती तलवारों के आगे मां का दिल ढाल बना देना. [जोधाबाई]"

जोधा बाई
दुर्गा खोटे

फ़िल्म में महारानी जोधा बाई का किरदार निभाने वाली अभिनेत्री दुर्गा खोटे, 1944 में शुरू हुई फ़िल्म की ओरिजनल स्टार कास्ट का हिस्सा थीं. फ़िल्म जब दुबारा शुरू हुई तो बाक़ी तमाम सितारे बदल चुके थे लेकिन दुर्गा खोटे जस की तस मौजूद थीं. पहली शूटिंग के वक़्त भी वह महारानी जोधा बाई थीं और नई फ़िल्म में भी जोधा बाई ही बनी रहीं.

14 जनवरी 1905 को बम्बई के कांदेवाड़ी इलाक़े में आबाद गोवा मूल के एक कोंकणी भाषी परिवार में जन्मी दुर्गा खोटे ने फ़िल्मी दुनिया में ऐसे वक़्त में क़दम रखा जिस वक़्त शरीफ़ घराने की लड़कियों का फ़िल्मों में आना शराफ़त पर एक दाग़ माना जाता था. इस लिहाज़ से उन्हें फ़िल्मी दुनिया की शरीफ़ घराने से आई, पहली पढ़ी-लिखी अभिनेत्री माना जाता है. सेंट ज़ेवियर कॉलेज से पढ़ाई पूरी की. 1923 में जब वो अठारह बरस की थीं तो उनकी शादी विश्वनाथ खोटे से हो गई. दो संतानें - बकुल और हारिन - भी हो गईं.

दुर्गा खोटे को शुरू से ही मराठी थियेटर से बड़ा लगाव था. बोलते सिनेमा का दौर आया तो रुझान उस तरफ़ बढ़ गया. 1931 में ही एम. भावनानी की फ़िल्म *'फ़रेबी जाल'* में काम मिल गया. और फिर काम मिलता ही चला गया.

उस वक़्त के एक उर्दू पत्रकार ने दुर्गा खोटे का नख-शिख वर्णन इस प्रकार किया था. किताबी चेहरा, बड़ी-बड़ी आंखें, मार स्याह ज़ुल्फ़ें, गालों में गड्ढे, सरो-कामत, जवानी से कुछ आगे बड़ी हुई. रफ़्तार-ओ-गुफ़्तार से निहायत सलीक़ामंदी का इज़हार होता है. आम मरहटा (मराठा) औरतों की तरह बालों का जूड़ा बांधकर उसके गिर्द फूल लगाना बहुत पसंद करती है.

इधर यह सिलसिला चल ही पड़ा था कि दुर्भाग्य से पति का एक कार दुर्घटना में देहांत हो गया. 26 बरस की छोटी सी उम्र में विधवा हुई दुर्गा के सामने दो बच्चों के साथ ज़िंदगी का एक लंबा सफ़र सामने था. अब उसके लिए फ़िल्मों में काम करना और भी ज़रूरी हो गया था.

लगभग 50 साल तक थियेटर और सिनेमा में सक्रिय रहने वाली दुर्गा खोटे ने अपनी पूरी वज़ादारी के साथ तरह-तरह के रोल अदा किए. 1933 की *'राजरानी मीरा'* की मीरा, *'भरत मिलाप'* की केकयी, *'मुग़ल-ए-आज़म'* की जोधा बाई से लेकर 1980 की क़र्ज़ में राज किरन और ऋषि कपूर की मां शांति वर्मा तक के सफ़र में न जाने कितनी तरह के यादगार किरदारों को पर्दे पर ज़िंदगी दी.

हिंदी सिनेमा की तरक्क़ी में उनके अद्भुत योगदान के लिए उन्हें पहले पद्मश्री और फिर 1983 में सिनेमा के सर्वोच्च पुरस्कार दादा साहेब फ़ालके अवार्ड से समानित भी किया गया.

22 सितम्बर 1991 को 86 बरस में उनका देहांत हो गया.

एक दिलचस्प बात यह है कि फ़िल्म *'मुग़ल-ए-आज़म'* में पर्दे पर पति-पत्नी बने पृथ्वीराज और दुर्गा खोटे असल ज़िंदगी में राखी के धागे से बंधे भाई-बहन थे. दुर्गा खोटे के गालों में पड़ते गड्ढों (डिम्पल्स) की वजह से पृथ्वीराज उन्हें 'डिम्प्स' कहकर बुलाते थे.

इन दोनों की पहली फ़िल्म *'राजरानी मीरा'* (1933) थी. उसके बाद उन्होंने छह और फ़िल्मों में साथ काम किया.

> **"कभी रणभूमि से मां को आवाज़ देकर देखते, तलवारों की झंकारों से लोरियां गूंजने लगतीं, रणभूमि मां की गोद बन जाती. लेकिन तुमने मुझे कभी न पुकारा. [जोधा बाई]"**

“मेरे बनाए हुए मुजस्समे बादशाहों और शाहज़ादों को पसंद नहीं आएंगे ...क्योंकि यह सच बोलते हैं... [संगतराश]”

संगतराश

कुमार

इस एक किरदार के ज़रिए आसिफ़ ने 16 वीं सदी की कहानी में बड़ी महीन कारीगरी और नफ़ासत से एक ऐसा चेहरा जोड़ दिया है जिसे इक्कीसवीं सदी में फ़िल्म देखने वाला भी ब-आसानी अपने दौर के साथ जोड़कर देख सकता है.

इस संगतराश के एक-एक लफ़्ज़ में शहंशाही निज़ाम के लिए नफ़रत और हक़ परस्ती की बेख़ौफ़ बात मंसूर अल हलाज के 'अनल हक़' के ऐलान की तरह मौजूद है. इस फ़िल्म के लिखने वालों ने ऐसी जगहों पर अपनी कलम के ज़ोर से फ़िल्मी लेखन को साहित्य की ऊंची मीनारों की टक्कर में लाकर खड़ा कर दिया है. संगतराश जब-जब मुंह खोलता है, तब-तब सिनेमा हाल में बैठे दर्शक को बेसाख़्ता ही उस आवाज़ में ख़ुद अपनी आवाज़ सुनाई देने लगती है.

संगतराश का यह बेख़ौफ़ बाग़ियाना अंदाज़ उसके पहले दृश्य से ही स्थापित हो जाता है. उसके पास एक मुज्जसमे की फ़रमाइश लेकर आई बहार उसके तंज़ का शिकार बनती है.

संगतराश! संगतराश!
महलों की बहार वीराने में!
साहिबे आलम के लिए पत्थर का एक मुज्जसमा लेने आई हूं.
मेरे बनाए हुए मुज्जसमे शहज़ादों और बादशाहों को पसंद नहीं आएंगे.
क्यों?
क्योंकि यह सच बोलते हैं.

इससे भी आगे की बात यह है कि जिस वक़्त संगतराश का सामना शहंशाह अकबर से होता है उस वक़्त भी उसकी वही बेख़ौफ़ अदा बनी रहती है.

अकबर फ़रमाते हैं :
संगतराश! हमें यह जानकर ख़ुशी हुई कि तुम्हारे जैसे फ़नकार भी हमारी सल्तनत में आबाद हैं.
मगर सच तो यह है कि मैं आपकी सल्तनत में बरबाद हूं.
अब नहीं रहोगे. हम तुम्हारे फ़न की ख़ूबसूरती को मानते हैं, और तुम्हे इनामो-इक़राम से मालामाल करते हैं. (हीरे-जवाहरात से भरी थाली देता है)

इसके बाद जब अकबर संगतराश को यह बताता है कि बतौर इनाम उसकी शादी अनारकली से की जा रही है तो वह अपने ग़ारनुमा मस्कन में लौटकर इनाम वाली थाली हाथ में लिए कहता है : शहंशाहों के इंसाफ़ और ज़ुल्म में किस क़दर कम फ़र्क़ होता है.

इतना कहकर संगतराश एक ज़ोर का ठहाका लगाता है. इसी ठहाके की गूंज के बीच बहार की आमद होती है.

बहार न सिर्फ़ अनारकली की रक़ीब है बल्कि एक तरह से अकबर की मंज़ूरे नज़र भी है. कहानी में जगह-जगह वो अकबर को सलाह देती है और अकबर हर बार उसकी सलाह पर अमल भी करते दिखाई देते हैं. इस तरह वो अंजाने ही अनारकली के ख़िलाफ़ उसकी साज़िशों के मोहरे भी बन जाते हैं.

बहार संगतराश से कहती है - शहंशाह का बख़्शा हुआ इनाम पाकर तुम्हें इसी क़दर ख़ुश होना चाहिए.
संगतराश : ख़ुश! ख़ुशी का इज़हार कम ज़र्फ़ इंसान किया करते हैं. मैं किसी कम अक्ल की बख़्शीशों का मज़ाक़ उड़ा रहा हूं.
बहार : तो गोया तुम्हें शहंशाह के हुक्म और इस बेशक़ीमती इनाम, दोनों से इंकार है?
संगतराश : यक़ीनन.
बहार : अंजाम जानते हो, संगतराश?
संगतराश : हो सकता है मेरे बनाए हुए शाहकार की तक़्मील (पूर्णता) मेरे ही ख़ून से हो.

संगतराश जिस वक़्त यह जुमला कह रहा होता है उसी वक़्त कैमरा चेहरों से हटकर दीवार पर संगतराश की बनाए हुए एक म्यूरल (दीवार पर नक़्श तसवीर) की तरफ़ घूमकर, उस पर टिक जाता है, जहां एक हाथी अपने पांव से एक इंसान का सिर कुचलता हुआ दिखाई देता है.

आसिफ़ जिस वक़्त शहज़ादा सलीम की सज़ा-ए-मौत के वक़्त अवाम के विरोध की आवाज़ बुलंद करने वाला मंज़र सोचते हैं तो उस इंक़लाब की आवाज़ की रहनुमाई की बागडोर भी वे संगतराश के हाथ में दे देते हैं.

> **संगतराश का दावा, दिलचस्पी की हदों से आगे बढ़ गया है. हम उसके फ़न का ग़ुरूर देखना चाहते हैं.**

सच बोलना, हक़ की बात करना और 'शहंशाहों की कम अक्ली' का मज़ाक़ उड़ाना, हर दौर की हर हुकूमत को नागवार गुज़रा है और हर दौर में ऐसा करने वाले हर मंसूर की आवाज़ को कुचला गया है. लेकिन कहानी में संगतराश की मौजूदगी इस बात की भी शाहिद बन जाती है कि हुक्मरानों को आईना दिखाने वाले हर दौर में मौजूद होते ही हैं.

कमाल अमरोही ने 1980 की दहाई में अपने एक लेख के ज़रिए *'मुग़ल-ए-आज़म'* की अभूतपूर्व सफ़लता की वजूहात को गिनाते हुए, एक अहम वजह बताई थी - परफ़ेक्ट कास्टिंग. उनके मुताबिक़ के. आसिफ़ ने इस फ़िल्म के हर किरदार के लिए एक-एक एक्टर ऐसा चुना था जो अंगूठी में नगीने की तरह जड़ा हुआ मालूम होता है. संगतराश के किरदार के लिए कुमार का चुनाव, कमाल अमरोही की इस बात को बड़ी पुख़्तगी देता है कि आसिफ़ के ज़हन में फ़िल्म के हर किरदार का ख़ाका किस क़दर ज़िंदा और किस क़दर रोशन रहा होगा.

संगतराश एक आम आदमी है. कलाकार है. बुद्धिजीवी वर्ग का चेहरा है. इंसान और इंसानी ज़िंदगी का उसका अपना एक नज़रिया है. वह शाही ख़ानदान के किरदारों की तरह का हसीन-ओ-जमील चेहरा नहीं है. वह गहरी सांवली चमड़ी वाला इंसान है. सजे-संवरे चेहरों के सामने बिखरे बालों और बिजली की सी कड़क से भरी आवाज़ में बेख़ौफ़ सीधी और सच्ची बात करता है.

कुमार ने अपने शानदार अभिनय से इस किरदार का क़द और भी ऊंचा उठा दिया है. याद कीजिए यह वही एक्टर है जो *'श्री 420'* में राज कपूर को एक परम सत्य से परिचय कराते हुए कहता है, '...ये बम्बई है मेरे भाई बम्बई! यहां बिल्डिंगें बनती हैं सीमेंट की और इंसानों के दिल पत्थर के.' यह वही कलाकार है जिस पर फ़िल्म *'मेहंदी'* में हेमंत कुमार का गाया मशहूर गीत 'बेदर्द ज़माना तेरा दुश्मन है तो क्या है / दुनिया में नहीं जिसका कोई उसका ख़ुदा है' फ़िल्माया गया है.

प्रमिला- ईस्थर अब्राहम

सैयद हैदर अली

"संगतराश का दावा यक़ीनन सही था. बेशक़ इस बेपनाह हुस्न की ताब पत्थर ही ला सकता है. बुतों की ख़ुदाई तस्लीम करने को जी चाहता है. [सलीम]"

कुमार का जन्म 1903 में लखनऊ में हुआ. पैदाइश पर नाम रखा गया हसन. पूरा नाम सैयद हसन अली ज़ाहिदी. घर में प्यार से कहलाते थे मिज्जन. आगे चलकर कहलाए मीर हसन अली. शुरुआती फ़िल्मों में अली मीर के नाम से काम करते रहे लेकिन फ़िल्मी करियर में एक मोड़ आया और वे कुमार हो गए.

अभिनेत्री प्रमिला और कुमार के बेटे हैं सैयद हैदर अली. वे *'नुक्कड़'* में राजा का किरदार निभाते नज़र आते थे और फ़िल्म *'फिर भी दिल है हिंदुस्तानी'* में शाहरुख़ के पिता की भूमिका में नज़र आए थे. आशुतोष गवारीकर की *'जोधा अकबर'* के लेखक भी वही हैं. मेरे अज़ीज़ दोस्त भी हैं. उनके मुताबिक़ इस नाम के पीछे का किस्सा कुछ यूं है कि 1930 के दशक के महान फ़िल्मकार देवकी बोस न्यू थियेटर्स, कलकत्ता के लिए फ़िल्म *'पूरन भगत'*(1933) बनाने की योजना बना रहे थे. मीर हसन अली भी एक्टर बनने की तमन्ना लिए लखनऊ से रंगून तक चक्कर लगाकर कलकत्ता लौट आए थे. देवकी बोस ने उन्हें सीधे *'पूरन भगत'* की भूमिका का ऑफ़र दिया.

जिस वक़्त यह फ़िल्म रिलीज़ के नज़दीक पहुंची उस वक़्त तक साम्प्रदायिक दंगों की आग देश के कई शहरों में भड़क चुकी थी. ऐसे में मीर हसन अली को पूरन भगत बनाकर पेश करना काफ़ी बड़ी रिस्क थी. बहुत सोच विचार के बाद देवकी बोस ने हल निकाला.

देवकी बोस का पूरा नाम था कुमार देवकी बोस. उन्होंने उस वक़्त मीर हसन अली से कहा कि मैं तुम्हें अपने नाम का एक हिस्सा बतौर तोहफ़ा देता हूं. मैं अब से अपने नाम में कुमार नहीं लगाऊंगा. अब से कुमार तुम हो और मैं सिर्फ़ देवकी बोस. कुमार ने मुहब्बत भरे इस अंदाज़ के आगे सर झुका दिया. इस तरह पर्दे पर *'पूरन भगत'* के टाइटल्स में उनका नाम हो गया ए.एम. कुमार. वक़्त के साथ ए.एम. पीछे छूट गया और रह गया सिर्फ़ कुमार.

इस नाम के साथ कुमार ने एक के बाद अनेक फ़िल्मों में काम किया और कई सारी सफ़लताएं और शोहरत हासिल कीं. याद रहे कि इससे पहले फ़िल्मों में कुमार जैसे नाम का कोई चलन न था लेकिन इसके बाद तो यह एक ट्रेंड सा बन गया.

1936 में कुमार की मुलाक़ात उस दौर की मशहूर अभिनेत्री प्रमिला से फ़िल्म *'महामाया'* के सेट पर हुई. प्रमिला, यहूदी मूल की थीं. उनका असल नाम ईस्थर अब्राहम था और उन्हें आज़ाद हिंदुस्तान की पहली मिस इंडिया (1947) होने का शर्फ़ हासिल है. इस पहली मुलाक़ात से जो रिश्ता क़ायम हुआ, उसकी परणिति 1942 में दोनों की शादी में हुई.

कुमार की खरे सिक्के की सी खनकदार आवाज़, डायलॉग डिलेवरी का विशिष्ट अंदाज़ और अभिनय का अपना ख़ास अंदाज़ उन्हें एक आला अदाकार बनाता था. कमाल अमरोही की *'महल'* में महल का केयर टेकर माली, *'नेक परवीन'*(1945) में हाजी साहब, *'तराना'* में मधुबाला के सूरदास पिता वाली भूमिकाओं में अपनी गहरी छाप छोड़ी.

'मुग़ल-ए-आज़म' के बाद कुमार 1961 में फ़िल्म *'शमा'*, *'रज़िया सुल्तान'*, *'झुमरू'* और 1962 में अपने पुराने दोस्त महबूब ख़ान की आख़िरी फ़िल्म *'सन ऑफ़ इंडिया'* (1962) में भी पर्दे पर दिखाई दिए.

इन सारी फ़िल्मों के बाद कुमार 1963 में पाकिस्तान चले गए. वहां उनकी पहली फ़िल्म *'तौबा'*(1964) और आख़िरी फ़िल्म थी 'धड़कन' (1976).

1982 में के. आसिफ़ के इस संगतराश ने इस संगदिल दुनिया से रुख़सत ले ली.

बहार

निगार सुल्ताना

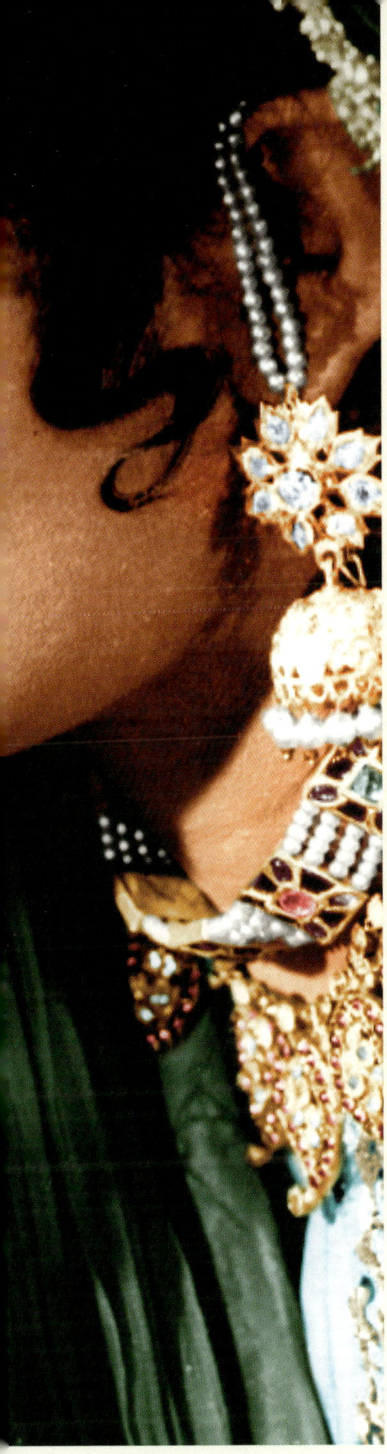

'मुग़ल-ए-आज़म' की बहार, असल ज़िंदगी में निगार सुल्ताना (21 जून 1932-21 अप्रैल 2000) हैदराबाद के एक फ़ौजी अफ़सर की बेटी थी. निगार बेहद ख़ूबसूरत होने के साथ ही साथ एकदम बेख़ौफ़ मगर बा-ज़ौक़, बिंदास मगर सलीकेदार औरत थीं. असल ज़िंदगी में उनकी एक बड़ी अजीब मगर मज़ेदार आदत थी. बोलते वक़्त वो मर्दों की ज़बान बोलती थीं. मसलन 'आती हूं' को 'आता हूं', 'जाती हूं' को 'जाता हूं', 'बोलती' को 'बोलता' और 'गई' को 'गया' बोलती थीं.

निगार की एक ख़ुसूसी अदा और थी जिसके लिए उनके साथी कलाकार उसे बड़ी मुहब्बत से याद करते थे. वह खाने और खिलाने की बेहद शौक़ीन थीं. वो जब भी सेट पर पहुंचती थीं तो अपने साथ एक से एक नायाब हैदराबादी खाने साथ लेकर ही पहुंचती थीं जिसे वो अपने ही साथी कलाकारों को ज़ोर देकर खिलाती थीं.

निगार अभी बहुत छोटी ही थीं कि उन्होंने देखा कि उस दौर के प्रसिद्ध फ़िल्म अभिनेता जगदीश सेठी उनके अब्बा के दोस्त होने के नाते अक्सर घर आते थे. जब एक दिन अचानक ही अब्बा की मौत हो गई तो जगदीश सेठी ने ही आगे आकर निगार को फ़िल्मों में काम करने और परिवार की ज़िम्मेदारी उठाने की सलाह दी.

निगार का एक भाई था जो उसका सबसे क़रीबी दोस्त और भरोसेमंद सलाहकार भी था. दोनों भाई-बहन ने काफ़ी सोच-विचार के बाद फ़िल्मी दुनिया में क़दम रखने का फ़ैसला ले लिया. इस फ़ैसले के पीछे जगदीश सेठी पर अटूट भरोसा और मदद भी शामिल थी.

महज़ 14 बरस की उम्र से ही निगार का फ़िल्मी सफ़र शुरू हुआ निर्माता-निर्देशक एम. भावनानी की फ़िल्म *'रंगभूमि'*(1946) से, जिसमें जगदीश सेठी, लीला मिश्रा और गोप की प्रमुख भूमिकाएं थीं. उसके बाद धीरे-धीरे निगार के पांव जमते चले गए. राज कपूर की फ़िल्म *'आग'*(1948) में वह नरगिस और कामिनी कौशल के साथ तीसरी हीरोइन थीं.

"ताज उन सरों पर नहीं रहता जिनके करीब ख़ौफ़ आ जाए. [बहार]"

1940 के दशक के ख़ूबरू हीरो श्याम और गोप के साथ उनकी फ़िल्म *'पतंगा'*(1949) ने निगार के करियर को ख़ासा उछाल दिया. इस फ़िल्म के एक गीत 'मेरे पिया गए रंगून' की ऐसी धूम मची कि फ़िल्म सुपर हिट हो गई. इसी फ़िल्म के बाद से श्याम से उनकी गहरी छनने लगी.

1951 में निर्माता-निर्देशक एस.एम. यूसुफ़ का निगार की ज़िंदगी में दाख़िला हुआ. इस साल उन्होंने फ़िल्म *'बिखरे मोती'* में कास्ट किया. अगले ही साल *'हैदराबाद की नाज़नीन'* भी बना डाली. यूसुफ़ हालांकि शादी-शुदा थे लेकिन निगार पर दिलो जान से फ़िदा हो चुके थे. आख़िर दोनों की शादी भी हो गई. इस शादी से उनकी एक बेटी हुई - हिना, जो आगे चलकर हिना कौसर के नाम से फ़िल्मों में दिखाई दी. इन फ़िल्मों में *'पाकीज़ा'*(1972), *'अदालत'*(1977), *'कालिया'*(1981), *'धरम कांटा'*(1982) और *'रज़िया सुल्तान'* जैसे नाम शामिल हैं.

एस.एम. यूसुफ़ और निगार की शादी को अभी चंद साल ही गुज़रे थे कि आसिफ़ ने निगार को बहार का रोल ऑफ़र कर दिया. इस बात को लेकर मियां-बीवी में काफ़ी तनातनी चलती रही. एस.एम. यूसुफ़, के. आसिफ़ की रंगीन मिज़ाजी से बख़ूबी वाक़िफ़ थे, लिहाज़ा वो जानते-बूझते कोई ख़तरा मोल नहीं लेना चाहते थे. सो उन्होंने साफ़-साफ़ इंकार कर दिया. उधर निगार समझ चुकी थी कि बहार का किरदार उसके करियर को बुलंदी पर पहुंचा सकता है लिहाज़ा उसने इसे हर क़ीमत पर निभाने का इरादा किया हुआ था. सो तलाक़ भी उसे इस काम से न रोक सका.

“उन्हें ख़्वाब देखने दो. तुम मेरी आंखें देखो. [बहार]”

फ़िल्म शुरू होने के बाद जब निगार का वक़्त *'मुग़ल-ए-आज़म'* के सेट पर गुज़रने लगा तो उसके सामने आसिफ़ का वह जुनूनी किरदार भी सामने दिखने लगा, जिस पर कोई भी क़ुरबान हो सकता था. और हुआ भी ऐसा ही.

सेट पर ख़ाली वक़्त में आसिफ़ जब अपनी कुर्सी पर बैठकर ख़यालों में डूबे अपने ख़ास अंदाज़ में हाथ को हुक़्क़ानुमा शक्ल देकर बीच में सिगरेट पकड़कर सुट्टे मारने बैठता तो निगार उस पर 'मैं वारी जावां' वाले अंदाज़ में उसके इर्द-गिर्द मंडराती रहती. आसिफ़ भी निगार के हुस्न और नाज़-ओ-अंदाज़ पर फ़िदा था. दोनों तरफ़ बराबरी से लगी इस आग ने आख़िर दोनों को अपनी ज़द में ले ही लिया. फ़िल्म अभी बन ही रही थी कि दोनों ने बकायदा शादी कर ली.

अपने ख़्वाबों में डूबे रहने वाले के. आसिफ़ ज़माने के दस्तूर और अदालती क़ानूनों की तरफ़ से लगभग बेख़बर सा रहता था. निगार से शादी के वक़्त उसने न तो अपनी पहली पत्नी सितारा को तलाक़ दिया था और न ही उसकी रज़ामंदी हासिल की थी. यह बात बाद के सालों में उसके लिए बवाले जान भी साबित हुई.

निगार सुल्ताना शादी से बेहद ख़ुश थी और *'मुग़ल-ए-आज़म'* की शूटिंग के दौरान भी उनका पूरा अंदाज़ एक मालकिन वाला होता था. निगार निडर और बुलंद हौसलों वाली औरत होने के साथ ही बेहद महत्त्वाकांक्षी औरत थी. वह बेहद ख़ूबसूरत थी और उसे इस बात का बख़ूबी अहसास भी था. वह चाहती थी कि आसिफ़ उसके हुस्न को फ़िल्मी पर्दे के ज़रिए उसकी हसीनतर शक्ल में ज़माने पर ज़ाहिर करे. इसीलिए शूटिंग के दौरान वह अक्सर आसिफ़ को याद दिलाती थी कि फ़िल्म में भले ही मधुबाला उसकी अनारकली बनी हो लेकिन उसकी ज़िंदगी की असल मलिका वही है, लिहाज़ा वह उसके रोल पर ज़रा ज़्यादा तव्वजो दे और उसके हुस्न और हुनर दोनों को एक साथ उभरने का मौक़ा दे.

फ़िल्म देखने के बाद इस बात से कोई इंकार नहीं कर सकता कि निगार ने मधुबाला जैसी बुलंद-पाया अदाकार और हसीन-ओ-जमील औरत के बर-अक्स ख़ूबसूरत दिखने के साथ ही साथ ज़बरदस्त अदाकारी का मज़ाहिरा भी किया है. फ़िल्म देखने के बाद इस किरदार के लिए किसी और चेहरे का तसव्वुर भी ज़रा मुश्किल ही हो जाता है.

इस जगह यह बयान करना ज़रूरी है कि निगार की इस कामयाबी के पीछे कई सारे जाने-अनजाने झगड़ों की एक लंबी दास्तान है. उन्हीं झगड़ों की वजह से कई बार फ़िल्म की शूटिंग भी रुक जाती थी. निगार की बेटी हिना कौसर ने दबी ज़बान से एक बार इस हक़ीक़त को क़ुबूल भी किया था.

''मम्मी का डैडी से काफ़ी टेंशन भी हो जाता था. मधुबाला जी के साथ भी मेरी मम्मी का और उनका एक साल तक फ़िल्म की शूटिंग के दौरान थोड़ी सी बातचीत बंद हो गई थी. फिर एकदम पता चला कि मम्मी की और मधुबाला की ऐसी दोस्ती हो गई कि एंड तक बहुत अच्छा रहा.'' (हिना कौसर)

निगार-आसिफ़ की शादी से एक बेटा अकबर और एक बेटी शबाना की इस दुनिया में आमद हुई. हिना कौसर गो कि आसिफ़ की अपनी बेटी न थी लेकिन आसिफ़ ने इन बच्चों में कभी फ़र्क़ न किया. वो एक शफ़ीक़ बाप और सरपरस्ती के जज़्बे से लबरेज़ इंसान थे.

निगार और आसिफ़ के रिश्ते की उम्र बहुत लंबी न रही. इनकी शादी हुई उस वक़्त जब *'मुग़ल-ए-आज़म'* अभी लगभग आधी ही बन पाई थी, और इस शादी का अंत हुआ फ़िल्म के अंतिम सीन से पहले. इसे संजोग कहें या फिर कुछ और लेकिन जिस तरह आसिफ़ ने पहली बीवी सितारा के घर में होते हुए निगार से शादी कर ली थी ठीक उसी तरह निगार के रहते ही उसने दिलीप कुमार की बहन अख़्तर से भी शादी कर ली.

जब आसिफ़ ने निगार को तलाक़ दिया तो निगार ने अदालत में इस बिना पर अदालत में आसिफ़ के ख़िलाफ़ केस दर्ज करवाया था कि आसिफ़ आदतन गुनहगार है. सितारा के रहते मुझसे शादी कर ली और मेरे रहते अख़्तर से. दोनों बार उसने किसी से रज़ामंदी हासिल न की जो कि ग़ैर कानूनी और शरिया के ख़िलाफ़ है.

आसिफ़ की मृत्यु के बाद भी उसने जायदाद में हिस्सा हासिल करने के लिए निगार को काफ़ी संघर्ष के दौर से गुज़रना पड़ा. अपने और अपने बच्चों के हक़ की लड़ाई के लिए कई अदालती मुकदमे दायर किए. वह सत्तर के दशक तक फ़िल्मों में काम भी करती रही. अस्सी के दशक में निगार ने एंटीक़ फ़र्नीचर का कारोबार भी शुरू किया था.

अप्रैल 2000 के आख़िरी दिनों में उसकी मृत्यु हो गई.

> **कभी-कभी तारे ख़ुद टूटकर ज़मीन पर गिर आते हैं. मग़रूर शहज़ादों के लिए एक झुकी हुई नज़र ही काफ़ी होती है. [बहार]**

दुर्जन सिंह
अजीत

'मुग़ल-ए-आज़म' का जांबाज़ राजपूत दुर्जन सिंह असल ज़िंदगी में एक पठान था. संजोग की बात कि इनकी पैदाइश का साल भी वही है - 1922, जिस साल लाहौर में एक तरफ़ ड्रामा *'अनारकली'* लिखा और खेला गया और उधर इटावा में करीमउद्दीन आसिफ़ भी पैदा हुआ.

27 जनवरी 1922 को उत्तर प्रदेश के शाहजहांपुर में जन्मे और हैदराबाद में पले-बड़े अजीत का असल नाम था हामिद अली ख़ान. उनके वालिद बशीर अली ख़ान निज़ाम हैदराबाद की फ़ौज में एक अहम ओहदेदार थे.

हामिद अली को लड़कपन से ही फ़िल्मों से बेतरह लगाव हो चुका था. स्कूल-कॉलेज की पढ़ाई में कभी दिल न लगा, सो 1944 में एक दिन कॉलेज की किताबें बेच कर हीरो बनने की गरज़ से बम्बई जाने वाली ट्रेन में सवार हो गए.

"1944 में मुझे जब पता चला कि पूना में शालीमार स्टूडियो के कर्ता-धर्ता डब्लू.ज़ेड. अहमद साहब फ़िल्म *'मन की जीत'* के लिए कुछ नए आर्टिस्टों का इंतिख़ाब कर रहे हैं तो बम्बई से पहुंचने वाले बहुत से उम्मीदवारों में एक उम्मीदवार मैं भी था".

प्रसिद्ध शायर जोश मलीहाबादी और सागर निज़ामी उस वक़्त शालीमार में ही नौकरी कर रहे थे. क़िस्मत से हामिद अली सागर निज़ामी को जानते थे. सो सागर निज़ामी ने उन्हें उस वक़्त जारी ऑडिशन में शामिल होने में मदद की. लेकिन क़िस्मत ने साथ न दिया और वो रिजेक्ट हो गए.

उस ऑडिशन में उन्हें जो डायलॉग अदा करने के लिए दिया गया था, वह अजीत साहब कभी भूल न पाए. डायलॉग मिर्ज़ा ग़ालिब के शेर से शुरू होता था.

कलकत्ता का जो ज़िक्र किया तूने हमनशीं
इक तीर मेरे सीने पे मारा कि हाए-हाए

वह रंग-रलियां, वह शोख़ अलबेली छोकरियां, तरह-तरह की शराबें कि एक बार को उसमें आसी दादा भी मूंछें डुबो लें.

हामिद अली के लिए यह नाकामी बस एक नाकामी थी, नाउम्मीदी नहीं. सो उम्मीद का दामन थामे-थामे उन्होंने छोटे-मोटे एक्स्ट्रा के रोल करने में भी हिचक न दिखाई. आख़िर वह दिन भी आया कि यह एक्स्ट्रा फ़िल्म *'शाहे-मिस्र'*(46) में गीता बोस के साथ हीरो बन गया. इस फ़िल्म के क्रेडिट्स में पर्दे पर उनका नाम आया हामिद, जिसे बाद में निर्माता-निर्देशक के. अमरनाथ की सलाह पर उन्होंने आसानी से ज़बान पर चढ़ने वाले एक छोटे से नाम अजीत में तब्दील कर लिया. 1959 के आसपास उन्होंने फ़िल्मों में कुमार नाम के साथ कामयाब होते हीरोज़ की देखा-देखी अपना नाम बदलकर अजीत कुमार करने का ऐलान कर दिया लेकिन *'मुग़ल-ए-आज़म'* की बेमिसाल कामयाबी के बाद उन्हें कुमार लगाने की ज़रूरत ही न पड़ी.

के. आसिफ़ ने अजीत को दुर्जन सिंह के रोल के लिए जब पहली बार रिजेक्ट किया तो वे बहुत उदास हुए. जब कमाल अमरोही ने *'अनारकली'* का आग़ाज़ किया तो उन्होंने अजीत को मीना कुमारी के साथ शहज़ादा सलीम के रोल के लिए चुन लिया. यह फ़िल्म शुरू होते ही बंद हो गई वरना आज शायद अजीत की पहचान किसी और तरह की होती.

'मेहरबानी'(1950), *'सरकार'*(1951), *'सैयां'*(1951), *'मोती महल'*(1952), *'सम्राट'*(1954), *'तीरंदाज़'*(1955), *'शहज़ादा'*(1955) और *'नास्तिक'*(1956) जैसी फ़िल्मों में प्रमुख भूमिकाएं निभाकर काफ़ी नाम कमाया. 1963 की कामयाब फ़िल्म *'शिकारी'* में भी वे रागिनी के साथ बतौर हीरो नज़र आए. *'नया दौर'*(1956) जैसी सुपर हिट फ़िल्म में दिलीप कुमार के साथ सहयोगी भूमिका भी निभाई.

अपने हीरो वाले इस दौर में अजीत ने मधुबाला, वनमाला, निगार सुल्ताना, नलिनी जयवंत, सुरैया, गीता बाली, माला सिन्हा के साथ फ़िल्में कीं. 1966 में पहली बार वे फ़िल्म *'सूरज'* में राजेंद्र कुमार-वैजयंतीमाला के बर-अक्स विलन के किरदार में पर्दे पर नज़र आए. 1973 की कामयाब तरीन फ़िल्म *'ज़ंजीर'* के ज़रिए अजीत ने हिंदुस्तानी सिनेमा को एक नए तरह के विलन को जन्म दिया. बुरे-बुरे मुंह बनाकर ख़ौफ़ पैदा करने की कोशिश करने वाले विलन की जगह पर्दे पर अपनी तमाम बदकारियों के साथ एक ऐसा हंसता-मुस्कराता, अपने डायलॉग्स की अनोखी अदायगी से गुदगुदाता विलन पेश किया जो लोगों के दिल में नफ़रत के बावजूद पसंदगी का जज़्बा भी पैदा कर देता था.

फ़िल्म *'ज़ंजीर'* के एक मामूली डायलॉग 'मोना डार्लिंग' को महज़ अपनी अदायगी के अनोखे अंदाज़ से लोगों के दिलों में उतार दिया. *'यादों की बारात'* में 'लिली! डोंट बी सिली' या फिर *'कालीचरन'* का 'सारा शहर मुझे लॉयन के नाम से जानता है' जैसे डायलॉग आज भी दोहराए जाते हैं.

अजीत के इस कामयाब कारनामे के नतीजे में फ़िल्मों में यह हंसता-मुस्कराता, गुदगुदाता अपने बुरे कामों को अंजाम देता विलन एक स्थाई भाव सा बन गया है. कादर ख़ान और शक्ति कपूर जैसे विलन का किरदार निभाने वाले कलाकारों ने यही राह पकड़कर कामयाबी हासिल की.

"राजपूत जान हारता है शहज़ादे!
वचन नहीं हारता.
[दुर्जन सिंह]"

जब तक दुर्जन के हाथ में तलवार उठाने की ताक़त है, मौत साहिब-ए-आलम के क़रीब नहीं आ सकती. [दुर्जन सिंह]

सत्तर की वह दहाई अजीत के करियर का सबसे सुनहरा दौर था. इस दौर में उन्होंने बतौर विलन पूरी 57 फ़िल्में कर डालीं.

फ़िल्म *'मुग़ल-ए-आज़म'* में दुर्जन सिंह की भूमिका के लिए पहली बार ऑडिशन देकर रिजेक्ट हुए थे लेकिन 1952 में जब दूसरी बार उन्हें यह रोल ख़ुद के. आसिफ़ ने ऑफ़र किया तो उस वक़्त अपनी हीरो वाली इमेज के टूटने के डर से उन्होंने इसे स्वीकार करने में काफ़ी हिचकिचाहट दिखाई. आख़िर दिलीप कुमार ने हौसला दिया और यह रोल करने के लिए राज़ी कर लिया.

दिलचस्प बात यह है कि इस फ़िल्म के बाद अजीत के पास सबसे ज़्यादा रोल राजपूत योद्धाओं के आए. उस वक़्त अजीत ने बयान दिया था कि ख़ुदा की कुदरत और उसका करम है कि मैंने *'मुग़ल-ए-आज़म'* में दुर्जन वाला रोल कर लिया वरना मैं तो इंकार करने लगा था. उस वक़्त मेरे दोस्त ने दिलीप की सलाह मानकर मैंने यह रोल कुबूल किया और आज इसी रोल की वजह से मेरे पास इतने ऑफ़र्स आ रहे हैं.

अजीत अपने इस एक रोल के लिए हमेशा याद किए जाते हैं और किए जाते रहेंगे. पृथ्वीराज, दिलीप कुमार, मुराद जैसे डायलॉग डिलीवरी के उस्तादों के बीच अजीत ने जिस तरह अपने मकालमों में जान डाली है, उसका कोई जवाब नहीं है.

अजीत से जुड़ी एक बेहद दिलचस्प बात उनकी मौत के बाद निर्माता-निदेशक नासिर हुसैन के ज़रिए सामने आई थी. शम्मी कपूर को 'रेबल स्टार' का तमग़ा दिलाने वाले नासिर हुसैन ने एक इंटरव्यू के दौरान यह उजागर किया था कि वो बतौर डायरेक्टर अपनी पहली फ़िल्म *'तुमसा नहीं देखा'*(1957) में अजीत को बतौर हीरो लेना चाहते थे. लेकिन अजीत के पास डेट्स नहीं थीं. मजबूरन अजीत की जगह शम्मी कपूर को ले लिया और वह रातों-रात सुपर स्टार बन गया.

''मैं हमेशा सोचता रहा हूं कि अगर सचमुच इस फ़िल्म *'तुमसा नहीं देखा'* में शम्मी कपूर की जगह अजीत होता तो क्या वह भी वाकई शम्मी कपूर की तरह स्टार बन जाता? बहरहाल, जो भी हो आने वाली पीढ़ियां अब भी अजीत को उसकी 'मोना डार्लिंग' के साथ ज़रूर याद रखेंगे.'' (नासिर हुसैन)

अपनी तरह का यह अनोखा कलाकार अपनी उम्र के आख़िरी बरसों में दिल के मर्ज़ में मुब्तला होकर रह गया था. 21 अक्टूबर 1998 को आख़िर दिल की बेवफ़ाई के नतीजे में ही इस दिलदार पठान ने 76 साल की उम्र में इस दुनिया को अलविदा कह दिया.

राजा मान सिंह

मुराद

'मुग़ल-ए-आज़म' में राजा मान सिंह के किरदार को बा-वक़ार और पुर-असर तरीक़े से पर्दे पर पेश करने वाले इस अभिनेता के फ़िल्मी करियर की शुरुआत होती है 1943 में. महबूब ख़ान की फ़िल्म *'नजमा'* में फ़िल्म के हीरो अशोक कुमार के पिता की भूमिका में वे नज़र आए. *'अंदाज़'* में भी वे हीरोइन नीना(नरगिस) के पिता ही बने लेकिन बिमल राय की क्लासिक फ़िल्म *'दो बीघा ज़मीन'*(1953) में हमेशा बच्चों पर शफ़क़त और मुहब्बत बरसाने वाला बाप जब गांव के क्रूर ज़मींदार के रूप में नज़र आया तो दर्शकों पर बड़ा गहरा असर छोड़ गए.

"लो, हम आज मुग़लों का मुस्तक़बिल तुम्हारे हवाले करते हैं. [अकबर-मानसिंह]"

1955 में बिमल राय के साथ वे फ़िल्म *'देवदास'* में मरकज़ी किरदार निभा रहे दिलीप कुमार के बाप के तौर पर सामने आए तो इस मुश्किल किरदार में भी उन्होंने अपनी सधी हुई अदाकारी से प्रभावित किया.

1910 में उत्तर प्रदेश के ज़िला रामपुर में जन्मे मुराद का पूरा नाम था हामिद अली मुराद. 1941 में ही बम्बई आ गए थे और शुरुआत एक चरित्र अभिनेता के तौर पर ही की. जिस वक़्त मुराद फ़िल्म *'अनमोल घड़ी'* में अशोक के पिता की भूमिका निभा रहा थे, उस वक़्त इतिफ़ाक़न उनकी और अशोक कुमार की उम्र लगभग एक ही थी. महीन पड़ताल से कुछ महीने छोटे ही निकलते.

खरे सिक्के की सी खनकदार, बुलंद आवाज़ को अपने किरदार के मुताबिक़ सख़्त या नर्म अंदाज़ में बदलने का उनका हुनर बेमिसाल था. पहली बार जब के. आसिफ़ ने यह फ़िल्म शुरू की थी तो उसमें मान सिंह की भूमिका के लिए अभिनेता जगदीश सेठी को चुना था. नए सेट अप में मुराद आ गए.

फ़िल्म में उनके हिस्से में ख़ामोशी ज़्यादा और डायलॉग कम थे लेकिन इसके बावजूद शहंशाह अकबर के साथ उनकी मौजूदगी का अहसास ज़रूर होता रहता है. हिंदुस्तान के एक अज़ीम बादशाह की कहानी में मुराद ने अपने किरदार को बेहद संयमित तरीक़े से निभाने में कामयाबी हासिल की है.

1981 में उनके जिस्म पर लक़वे का हमला हुआ. कुछ वक़्त बिस्तर पर रहे लेकिन एक फ़ाइटर की तरह उन्होंने वापसी की और फ़िल्मों में काम करते रहे. '90 के दशक के शुरुआती दौर तक वे फ़िल्मों में दिखाई देते रहे. बाद में उन्होंने पूरी तरह एक्टिंग से संन्यास ले लिया. इस वक़्त तक उनका बेटा रज़ा मुराद उन्हीं की सी आवाज़ और अपना अनोखा अंदाज़ लेकर अपनी धाक जमा चुके थे.

87 बरस की भरी-पूरी ज़िंदगी जीकर 24 अप्रैल 1997 को वे इस जहान-ए-फ़ानी से कूच कर गए.

मुराद साहब मशहूर-ए-ज़माना शायर अकबर इलाहाबादी के किरदार और उनकी शायरी के ज़बरदस्त आशिक़ थे. वे उन पर एक फ़िल्म बनाना चाहते थे. '60 के दशक में उन्होंने एक कोशिश भी की थी लेकिन कामयाबी न मिल सकी. उसी साठ की दहाई के आग़ाज़ में उन्हें इस फ़िल्म *'मुग़ल-ए-आज़म'* ने एक ला-ज़वाल कामयाबी ज़रूर दे दी.

मुराद साहब के नाम को उनके निहायत क़ाबिल अदाकार बेटे रज़ा मुराद ने अपने नाम के साथ जोड़कर उस आलीशान रिवायत को अब भी क़ायम रखा हुआ है.

> **"मैदान-ए-जंग में तलवार सिपाही के हाथ में दी जाती है, मायूस आशिक़ के हाथ में नहीं. [मानसिंह]"**

सुरैया

शीला दलाया

फ़िल्म में नादिरा यानी अनारकली की एक छोटी बहन सुरैया का रोल निभाने वाली इस अभिनेत्री का नाम है शीला दलाया. इन्दौर, मध्य प्रदेश की इस बेहद ख़ूबसूरत लड़की का नाम और चेहरा सिर्फ़ एक ही फ़िल्म *'मुग़ल-ए-आज़म'* में ही दिखाई और सुनाई दिया, उसके बाद वह न जाने किस ख़ला में गुम हो गया.

जिस वक़्त शीला का इंतिख़ाब इस किरदार के लिए किया गया उस वक़्त वह इन्दौर में कॉलेज की छात्रा थी. फ़िल्म की शूटिंग से फ़ारिग होकर वह वापस इन्दौर चली जाती और फिर बुलावे पर वापस बम्बई पहुंच जाती थी. इस बार-बार के आने-जाने की वजह से कॉलेज में उसके लेक्चर मिस हो जाते थे. हाज़िरी रजिस्टर में हाज़िरी कम हो जाती थी.

शीला ने इस मुश्किल से उबरने का एक निहायत ख़ूबसूरत तरीक़ा खोज निकाला. मधुबाला के साथ काम-काम करते-करते दोनों के बीच बहुत अच्छे ताल्लुक़ात बन गए थे. सो बम्बई से वापसी के वक़्त हर बार वह अपनी 'आपा' मधुबाला से उनके ढेर सारे ऑटोग्राफ़ वाले फ़ोटो ले जाती और अपने टीचर्स और सहेलियों में बांट देती थी. साथ ही वह सबको शूटिंग के दिलचस्प किस्से भी सुनाती. नतीजे में उसे हाज़िरी में छूट मिल जाती. उसकी ग़ैर मौजूदगी में सहेलियां उसके नोट्स बनाकर रख लेती थीं.

एक बार दिलीप कुमार ने शीला से छेड़ने वाले अंदाज़ पूछ लिया कि वो मधु से तो हर बार फ़ोटो मांगती है लेकिन उनसे यह फ़रमाइश कभी नहीं करती. जवाब में दिलीप कुमार को वही मासूम हंसी फिर एक बार सुनने को मिल गई, जिसे फ़िल्म में देख-देख कर न जाने कितने लोग, कितनी बार दीवाने हुए हैं.

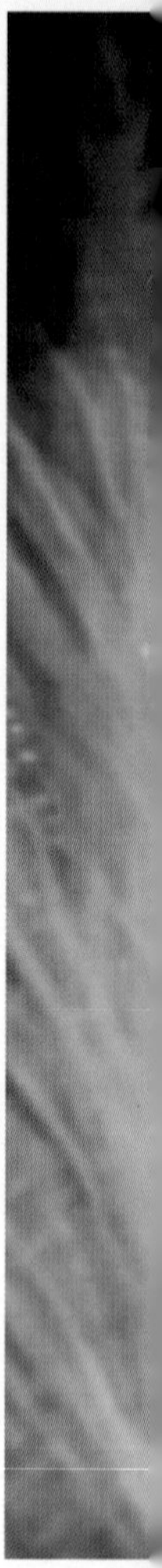

"शहंशाह बेशक ख़ास अल्ला मियां के यहां से आते हैं पर उनकी मलिकाएं तो कहीं से भी आ सकती हैं.

[सुरैया]"

"मुहब्बत कीजिएगा तो डर दिल से निकल जाएगा. [सुरैया]"

के. आसिफ़ ने *'मुग़ल-ए-आज़म'* के शूटिंग के दौरान एक अरसे तक फ़िल्म के किसी तरह के फ़ोटो प्रेस के लिए जारी नहीं किए. अलबत्ता फ़िल्म को लेकर ख़बरें बहुत छपती थीं. लोगों में ज़बरदस्त उत्सुकता थी. उस दौर की एक प्रसिद्ध पत्रिका के सम्पादक ने बेहद दोस्ताना अंदाज़ में आसिफ़ से गुज़ारिश की कि कम से कम फ़िल्म की एक छोटी सी तसवीर ही उन्हें छापने को मिल जाए तो वो सबसे अव्वल हो जाएंगे. आसिफ़ ने मुस्कराकर जवाब दिया - 'हुज़ूर, *मुग़ल-ए-आज़म* में कुछ भी छोटा है ही नहीं. फिर ये छोटी सी तसवीर कहां से दूं'.

"इंसाफ़ के इस मुक़द्दस तराज़ू की कसम,
अकबर से ज़िंदगी में एक बार जो मांगोगी,
अता किया जाएगा. [अकबर]"

अनारकली की मां

ज़िल्लो बाई

अनारकली की मां की भूमिका निभाने वाली ज़िल्लो बाई एक निहायत मंजी हुई अदाकारा थीं. 1905 में जन्मी ज़िल्लो बाई का असल नाम था ज़ुलेख़ा इब्राहीम. ज़ुलेखा को घर में प्यार से 'ज़िल्लू' पुकारा जाता था. साइलेंट फ़िल्मों के दौर में ही उनका फ़िल्मी सफ़र शुरू हुआ तो पर्दे पर भी नाम 'ज़िल्लू' ही आया. बाद में यह नाम पलटकर 'ज़िल्लो' और कभी 'जिल्लो' हो गया. उनकी पहली फ़िल्म थी *'इन्द्र कुमारी.'* उसके बाद आई *'रज़िया बेग़म'* में वह बाकायदा हीरोइन थीं.

साइलेंट सिनेमा के दौर में पहली बार बनी *'अनारकली'* (1928) में भी ज़िल्लो बाई मौजूद थीं. *'अल्लादीन एण्ड वंडरफुल लैंप'*(1927), *'नारी या नागिन'*(1927), *'माधुरी'*(1928), *'इन्द्रा बी.ए.'* (1929) और *'पंजाब मेल'*(1929) जैसी कोई दो दर्जन अन्य साइलेंट फ़िल्मों में अलग-अलग तरह के किरदार निभाए.

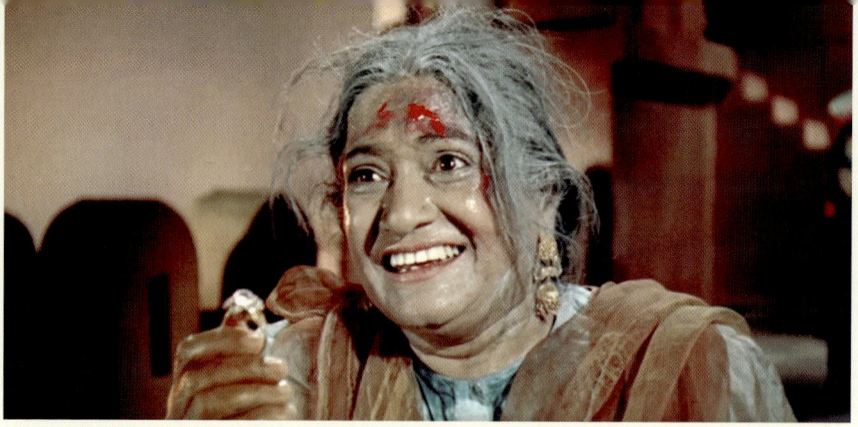

1931 में जब फ़िल्मों ने बोलना शुरू किया तो इस कड़ी की सबसे पहली फ़िल्म *'आलमआरा'* की कास्ट में भी उन्हें भी शामिल किया गया. इस फ़िल्म में अभिनय के साथ ही साथ उन्होंने एक गीत भी गाया था, जिसके बोल थे, 'रूठा है आसमां / गुम हो गया माहताब, दुश्मन है अहले जहां.'

हिंदुस्तानी फ़िल्मों के इतिहास लेखन की विडंबना सी रही है कि अक्सर इसके केंद्र में नामी और कामयाब सितारों को ही तवज्जो मिलती रही है. इसके नतीजे में बेहद आला सलाहियत और आला क़ुव्वत से फ़िल्म के छोटे-छोटे किरदारों तक को एक बुलंदी देने वाले कलाकारों का ज़िक्र ज़रा कम-कम ही हुआ है.

ज़िल्लो बाई भी ऐसी ही एक अदाकारा थीं जो अपने फ़न के जादू से पर्दे पर नुमाया किरदार को हक़ीक़त के ऐसे रंग दे देती थीं कि दिल बेसाख़्ता उस काल्पनिक किरदार को हक़ीक़ी मानने को मचल जाता था. इस बयान की रोशनी में याद कीजिए महबूब ख़ान की सर्वकालिक महान फ़िल्म *'मदर इंडिया'* में राजकुमार की मां की भूमिका निभाती हुई ज़िल्लो बाई को. या फिर *'मुगल-ए-आज़म'* में अनारकली की मां बनी ज़िल्लो बाई को.

फ़िल्म का वह मंज़र जहां वह अपनी बेटी की जां बख़्शी की फ़रियाद करती है. आंसू बहाती मां शहंशाह अकबर के इंकार से बिफ़र कर, अपनी बांदी वाली हैसियत में मां के जज़्बात से भरकर, शहंशाह की ताक़त और हैसियत को चुनौती देती है और उसके गरेबां की तरफ़ हाथ बढ़ा देती है.

1963 में 58 साल की उम्र में अस्थमा की बीमारी से पीड़ित ज़िल्लो बाई का दुनियावी सफ़र तमाम हुआ.

> **आप अपना वादा भूल सकते हैं, लेकिन वो शहंशाहों का शहंशाह, जिसने आपको शहंशाह बनाया, वो अपनी ग़रीब मख़्लूक़ को कभी नहीं भूलता. हश्र के दिन उसकी अदालत में मेरा हाथ होगा और आपका गिरेबां. वहां मेरे साथ नाइंसाफ़ी नहीं होगी, इंसाफ़ होगा. [ज़िल्लो बाई]**

मीर अर्ज़
ख़्वाजा साबिर

फ़िल्म यूं तो अकबर, सलीम, अनारकली के तीन पात्रों के इर्द-गिर्द घूमती है लेकिन इस फ़िल्म का हर किरदार अपनी जगह, अपने महदूद दायरे में अपनी छाप छोड़ने में कामयाब ज़रूर हुआ है. फिर चाहे वो ज़िल्लो बाई का अनारकली की मां वाला रोल हो या शीला दलाया वाला बहन सुरैया का. जलाल आग़ा सलीम के बचपन का रोल या फिर बा-आवाज़े बलंद शाही फ़रमान और पैग़ाम पढ़ने वाले ख़्वाजा साबिर.

फ़िल्म में अकबर के दरबार में उनके पास खड़े होकर काफ़ी बुलन्द आवाज़ में शाही फ़रमान और पैग़ाम पढ़ने वाला एक किरदार है. यह किरदार भोपाल के ख़्वाजा मोहम्मद साबिर ने निभाया था. आप ज़रा याद कीजिए, इतना सा काम भी इस किरदार ने कितने ख़ूबसूरत अंदाज़ में निभाया है. डायलॉग्स में ज़रूरत के मुताबिक़ किस कदर उतार-चढ़ाव है. ज़रूरी लफ्ज़ों पर ज़ोर डालकर पढ़ा गया है.

हमारे समाज की यह बहुत बड़ी त्रासदी है कि हम सिर्फ़ बड़ी चीज़ों पर ज़्यादा ध्यान देते हैं. कई बार कई ख़ूबसूरत चीज़ें महज़ साइज़ से मार खा जाती हैं. ख़ैर तो ख़्वाजा साबिर ने कई दूसरी फ़िल्मों में भी भूमिकाएं की हैं. इन फ़िल्मों में न्यू थियेटर्स की *'पूरन भगत'*, के. आसिफ की *'फूल'* के अलावा *'नाज़'* और *'कनीज़'* जैसी फ़िल्मों में भूमिकाएं निभाईं. *'मुग़ल-ए-आज़म'* के बाद वे वापस भोपाल आ गए थे और जीवन बीमा निगम की नौकरी करते रहे.

इसी बात पर ज़रा फिर से याद कर लीजिए शहज़ादे सलीम का वह सन्देश शहंशाह अकबर के नाम, जिसमें जंग में फ़तह की ख़बर है.

'बनाम ताजदार-ए-हिन्दुस्तान शहंशाह जलालुदीन मोहम्मद अकबर!

लीजिए, ये आपके अज़ीमो-शान वली अहद के ख़ून से सींची हुई एक-एक ग़ज़ ज़मीन का हिसाब है. चौदह बरस तक जंग के शोलों में लिपटी हुई ये ज़मीन मेरी रगों से आपका ख़ून चूसती रही. जंग की आग तो ठंडी हो गई, लेकिन आपके सलीम की रगों में अभी ख़ून बाक़ी है. हुक्म हो तो दक्न की चटियल और सन्दलाब वादियों को अपने ख़ून से दुल्हन बना दूं. आपका फरमाबरदार

सलीम'

इस तरह के किरदारों की अजब ट्रेजेडी होती है. इतनी बड़ी फ़िल्म में किरदार निभाने के बाद, समाज से जिस तवज्जो की उम्मीद होती है, वह अक्सर मिल नहीं पाती. इससे ज़रा नाउम्मीदी पैदा होती है.

भोपाल की भारत टाकीज़ में, जहां फ़िल्म *'मुग़ल-ए-आज़म'* रिलीज़ हुई थी, वहां फ़िल्म के शोज़ के दौरान वह अक्सर हॉल में अपनी फ़िल्म देखते हुए पाए जाते थे.

> "कनीज़ को खंजर की नाफ़रमानी पर हैरत और अपनी बदनसीब ज़िंदगी से शिकायत है. साहिब-ए-आलम ! गुस्ताख़ खंजर को सुर्ख़-रू होने का एक मौक़ा और दीजिए. कनीज़ के सीने में काफ़ी ख़ून है. [बहार]"

छोटा सलीम
जलाल आग़ा

इस छोटे सलीम के किरदार के लिए काफ़ी सारे बच्चों के साथ ही साथ आज के उस्ताद तबला नवाज़ ज़ाकिर हुसैन को भी बुलाया गया था लेकिन फ़ैसला हुआ कॉमेडियन आग़ा के जलाल के हक़ में. इसकी वजह थे दिलीप कुमार. आग़ा उनके क़रीबी दोस्त थे और वे जलाल को कभी-कभार दो-दो, तीन-तीन दिन के लिए अपने घर ले जाते थे. लिहाज़ा वो नन्हे से जलाल की क़ाबलियत से वाक़िफ़ थे. सो वे ही उसे आसिफ़ के पास ले गए और उसे रोल मिल गया.

जलाल आग़ा ने जिस तरह अपना किरदार निभाया है, वह दिलीप कुमार के फ़ैसले को सही ठहराता है. अपनी उम्र के लिहाज़ से उसने काफ़ी सुन्दर अभिनय किया था. ख़ासकर इंसाफ़ के तराज़ू के साथ वाले दृश्य में, जिसमें वो राजा मानसिंह बने मुराद को गुस्ताख़ अंदाज़ में जवाब देता है और फिर शराब के नशे में चूर होकर कनीज़ों को तराजू पर बिठाकर खेलता है.

उसकी यह प्रतिभा उनकी जवानी में और भी संवर गई थी और अनेक फ़िल्मों में उसने काम किया. अफ़सोस कि 1995 में 50 बरस की उम्र में ही उनकी मृत्यु हो गई.

... अब बाप कहकर पुकारने वाली आवाज़ भी सुना दे!

एम.एफ. हुसैन सीरीज़ | 14

फ़िल्म के रिलीज़ के महज़ सात दिन बाद ही 12 अगस्त 1960 को के. आसिफ़ ने जहांगीर आर्ट गैलरी में एक नुमाइश लगाई. इस नुमाइश में फ़िल्म में इस्तेमाल हुए तमाम कॉस्ट्यूम - सारे किरदारों के शाही लिबास, जंगी लिबास, ढालें, तलवारें, मुजस्समे और तमाम चीज़ें रखी गईं थीं.

इस नुमाइश को देखने के लिए बम्बई और हिंदुस्तान के अलग-अलग शहरों से हज़ारों की तादाद में लोग पहुंचते और हैरानी से इन तमाम चीज़ों को देखते रह जाते.

शापूरजी पालोनजी मिस्त्री सीनियर के पोते और पालोनजी के बड़े बेटे शापूरजी मिस्त्री 2004 में हुए रंगीन मुग़ल-ए-आज़म के प्रीमियर के मौके पर दिलीप कुमार के साथ अपनी ख़ुशी का इज़हार करते हुए.

शापूरजी पालोनजी मिस्त्री

इस दुनिया की सबसे ख़ूबसूरत बात यह है कि दो यकसां चीज़ों के मेल से कोई नई चीज़ नहीं बनती और दो बेमेल चीज़ों के मेल से एक तीसरी चीज़ ईजाद हो जाती है. जीवन के इसी शाश्वत सत्य को इंसान ने साइंस का नाम दिया है. लेकिन जब यही साइंस इंसानी रिश्तों के अमल में आती है तब सिर्फ़ चमत्कार होते हैं.

शापूरजी सीनियर, पृथ्वीराज कपूर के साथ

करीमउद्दीन आसिफ़ और शापूरजी पालोनजी मिस्त्री, इस सच्चाई के सबसे बड़े सुबूत हैं. दो अलग-अलग मिज़ाज, दो अलग-अलग रहन-सहन और दो अलग-अलग बोलियां बोलते इंसान जब एक साथ खड़े हुए तो इस संगम के नतीजे में जो अज़ीम शाहकार बना, उसे कहा जाता है - *'मुग़ल-ए-आज़म.'*

इन दो अलहदा क़िस्म के इंसानों के बीच एक बात ज़रूर एक जैसी है. दोनों ही को अपना-अपना मकाम हासिल करने के लिए रांझे की तरह ही पहाड़ों के सीने चीर कर ही अपनी राहें बनानी पड़ीं थीं. के. आसिफ़ ने अगर दादर के ख़ुदादाद सर्कल वाली दर्ज़ी की दुकान से निकलकर दुनिया के हर दिल में अपना घर बनाया तो शापूरजी ने भी बम्बई की सड़कों के गर्दो-गुबार के बीच सफ़र करते हुए ख़ुद अपनी क़िस्मत और बम्बई की सूरत संवारने जैसे बेनज़ीर कारनामे को अंजाम दिया था.

हमारी आज की दुनिया में कॉरपोरेट वर्ल्ड के एक दमकते सितारे की हैसियत रखने वाले शापूरजी पालोनजी मिस्त्री ग्रुप की असल कहानी शुरू होती है 19वीं सदी की छठी दहाई से. पालोनजी मिस्त्री नाम का एक पारसी अपने परिवार के 11 लोगों के एक बड़े से परिवार के साथ बम्बई के खेतवाड़ी के एक निम्न-मध्य वर्गीय इलाक़े में रहता था. खेतवाड़ी के नाम से ही ज़ाहिर है कि किसी वक़्त वह इलाक़ा खेती-बाड़ी का इलाक़ा था.

पालोनजी मिस्त्री की शुरुआत बहुत साधारण थी. उनका सरनेम मिस्त्री अन्य पारसी सरनेम की तरह उनके पेशे की पहचान था. पालोनजी ने मिस्त्री के पेशे से आगे बढ़कर उसी कारोबार की अगली सीढ़ी पर क़दम रख दिया. उन्होंने एक अंग्रेज़ व्यवसायी लिटलवुड के साथ मिलकर 1865 में एक निर्माण कंपनी लिटलवुड पालोनजी ऐंड कंपनी के नाम से शुरू की. इस कंपनी को पहला ठेका मिला बम्बई के मशहूर गिरगाम चौपाटी के पेवमेंट के निर्माण का. इस काम को जिस तरह कंपनी ने पूरा किया था उसकी बहुत तारीफ़ हुई. नतीजे में और ढेर सारे काम मिलना शुरू हो गए.

दूसरा अहम काम जिसने लिटिलवुड पालोनजी कंपनी को बड़ा नाम दिया वह था पीने के पानी की सप्लाय का स्रोत मालाबार हिल पर बना जलाशय. 1884 से 1887 के बीच बने इस जलाशय से कंपनी को ख़ासा आर्थिक लाभ भी हुआ.

इस ठेके से हुए मुनाफ़े की रक़म से नींव पड़ी आज के शापूरजी पालोनजी ग्रुप की. जिस साल यह काम पूरा हुआ, उसी साल मतलब 1887 में पालोनजी के घर में एक बच्चे का जन्म हुआ. परंपरा के अनुसार नाम रखा गया शापूरजी. यह एक ऐसी परंपरा है जो आज भी इस परिवार में क़ायम है. शापूरजी का पहला बेटा पालोनजी और पालोनजी का पहला बेटा शापूरजी. इसी परंपरा के चलते ही *'मुग़ल-ए-आज़म'* वाले शापूरजी मिस्त्री के बेटे का नाम पालोनजी है. पालोनजी के दो बेटे हैं जो आज इस ग्रुप को आगे बढ़ा रहे हैं : बड़े का नाम है शापूरजी मिस्त्री और छोटे का साइरस मिस्त्री.

तो ख़ैर, अब बात एक बार फिर 19 वीं सदी के उस दौर की जब मिस्त्री परिवार अभी अपनी नींव को सींचने के लिए पसीना बहा रहा था.

शापूरजी की आमद के बाद इस परिवार के सितारे बदलने लगे थे. लगातार काम मिल रहे थे. घर के हालात बेहतर हो रहे थे, लेकिन मंज़िल अभी बहुत दूर थी. इसी वक़्त जवान होते शापूरजी ने भी बूढ़े होते बाप पालोनजी के साथ काम पर जाना शुरू कर दिया था. 20वीं सदी के पारसी समाज की तफ़सील देती हुई नवाज़.बी. मोदी की किताब *The Parsis in western India, 1818 to 1920* में दर्ज है कि घर से कंस्ट्रक्शन साइट तक आने-जाने में लगने वाला ट्राम का दो आना किराया बचाने के लिए बाप-बेटे की यह जोड़ी पैदल सफ़र करते हुए जाती थी.

इस सारी मेहनत और किफ़ायतशारी की ज़िंदगी के नतीजे ख़ुशगवार होने ही थे. सो हुए. पूंजी और घर की ख़ुशहाली लगातार बढ़ रही थी. इसी दर्मियान 1921 में पालोनजी इस जहान-ए-फ़ानी से कूच कर गए.

पालोनजी मिस्त्री बेटे शापूरजी के साथ

34 बरस के नौजवान शापूरजी को विरासत में पिता से जी-तोड़ मेहनत और धंधे का हुनर दोनों मिले थे. इन दो चीज़ों में जब उसके ऊंची उड़ान के जवान सपने जुड़ गए तो एक नया अध्याय शुरू हो गया.

शापूरजी पालोनजी कंस्ट्रक्शन कंपनी के झंडे तले नई परवाज़ शुरू हुई. उसी परवाज़ का नतीजा है कि आज की बम्बई में हर बड़ी इमारत के साथ इस कंपनी का नाम जुड़ा है. बाम्बे सेंट्रल स्टेशन, क्रिकेट क्लब ऑफ़ इंडिया, मफ़तलाल पार्क, रिज़र्व बैंक ऑफ़ इंडिया, कॉटन एक्सचेंज, धनराज महल, ब्रीच कैंडी हॉस्पिटल, टाटा मोटर्स, मर्केंटाइल बैंक, नरीमन पाइंट, ओबेराय टॉवर्स और न जाने कितनी रिहाइशी इमारतें इसी कंपनी ने खड़ी की हैं.

शापूरजी और सिनेमा

शापूरजी अपने शौक़ से सिनेमा के कोई बड़े रसिया न थे. अलबत्ता पारसी होने के चलते थियेटर से लगाव ज़रूर था. सो वे ऑपेरा हाउस में होने वाले पृथ्वी थियेटर्स के नाटकों में अक्सर मौजूद रहते थे. पृथ्वीराज कपूर उनके पसंदीदा कलाकारों में से एक थे.

1947 में जिस वक़्त देश का बंटवारा हुआ तो शिराज़ अली हकीम को महालक्ष्मी में अपनी फ़ेमस सिने बिल्डिंग ऐंड लेबोरटरी वाली विशाल इमारत अधूरी ही छोड़कर जाने का फ़ैसला लेना पड़ा. इस इमारत के कंस्ट्रक्शन का ठेका भी शापूरजी की कंपनी के पास ही था. हिसाब-किताब करने बैठे तो शापूरजी

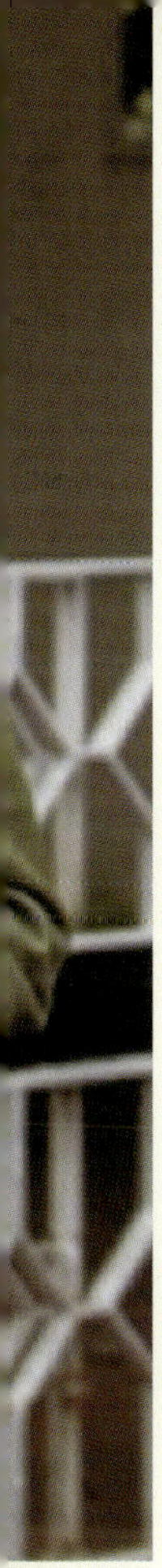

का काफ़ी सारा पैसा हकीम की तरफ़ निकल रहा था और हकीम ने पैसे के नाम पर हाथ खड़े कर दिए. अलबत्ता अपनी लेनदारियों का कुछ हिसाब उसने शापूरजी के नाम कर दिया. इसी के साथ बार्टर ट्रेडिंग (अदला-बदली का सौदा) के तौर पर हकीम ने अपनी अधूरी फ़िल्म *'मुग़ल-ए-आज़म'* भी शापूरजी को सौंप दी.

अब शापूरजी सेठ को फ़िल्म के धंधे में किसी तरह की दिलचस्पी न थी. लेकिन के. आसिफ़ को ज़रूर सेठ में दिलचस्पी थी. वह जान चुका था कि उसका सपना इसी सेठ की मदद से पूरा होगा. सो वह उनके पीछे लगा रहा.

आसिफ़ को सुराग़ मिला कि सेठ पृथ्वी थियेटर के नाटक देखता है और पृथ्वीराज कपूर का बड़ा शैदाई है और शहंशाह अकबर उनके लिए इतिहास का सबसे बड़ा हीरो है. यह बात सुनकर आसिफ़ की आंखों में चमक आई और मन ही मन उसने एक मंसूबा बांध लिया. इसी मंसूबे के तहत उसने सेठ को फ़िल्म की कहानी सुनने पर आमादा कर लिया. सेठ शापूरजी आसिफ़ के कहानी सुनाने के तमाशानुमा हुनर की गिरफ़्त में आए बिना न रह सका. आसिफ़ ने जिस तरह मुग़ल दरबार के लफ़्ज़ी मंज़र खींचे. जिस तरह पृथ्वीराज कपूर का बतौर शहंशाह अकबर ख़ाका खींचा, उसे सुनकर शापूरजी पूरी तरह मंत्र मुग्ध हो गए.

आसिफ़ की कारीगरी काम आ गई लेकिन इस कामयाबी को हासिल करने में भी पूरे तीन साल लग गए. 1950 में जाकर एक बार फिर से फ़िल्म शुरू करने की तैयारी हुई.

ज़ाहिरा तौर पर तो शापूरजी सेठ का आसिफ़ की फ़िज़ूलख़र्ची को लेकर आए दिन झगड़ा होता रहता था लेकिन दिल ही दिल में वो आसिफ़ को बेटे की ही तरह प्यार करते थे. इस फ़िल्म की मेकिंग में भी वो किस क़दर मुब्तला थे इसका अंदाज़ा एक किताब से हो जाता है.

इस फ़िल्म के टिकट जिन भावों में ब्लैक में बिके, उनसे न जाने कितने ब्लैकियों के दिन बदल गए. दिल्ली, बम्बई जैसे बड़े शहरों में शुरुआती हफ़्तों में टिकट अपनी असल क़ीमत से दस-दस, बीस गुना क़ीमत पर बिके.

शापूरजी पालोनजी ग्रुप को लेकर अमन नाथ की लिखी पुस्तक *चेंजिंग स्काइ-लाइंस* के मुताबिक़ शापूरजी सेठ के दिल-दिमाग़ पर फ़िल्म के डायलॉग्स का ऐसा जुनून तारी था कि शाम के वक़्त घर में इधर-उधर घूमते-फिरते, सीढ़ियां चढ़ते-उतरते, ब-आवाज़-ए-बलंद डायलॉग्स दोहराते रहते थे. उनकी पूरी शख़्सियत इस तारीख़ी फ़िल्म के रंग में रंगी हुई दिखाई देती थी.

इस सारी दीवानगी के बावजूद सेठ की गणित किसी तरह कमज़ोर नहीं पड़ी थी. उन्हें ख़ासा अंदाज़ा था कि 15-20 लाख में बनने वाली फ़िल्मों के दौर में वो पूरे 150 लाख रुपये एक फ़िल्म में ख़र्च कर चुके हैं. ऐसे में किसी तरह का बैलेंस क़ायम करना ज़रूरी है. सो उन्होंने महज़ इसी ख़ातिर दिलीप कुमार की फ़िल्म *'गंगा जमुना'* को फ़ायनेंस करना मुनासिब समझा.

सेठ का गणित एक बार फिर सही सबित हुआ. *'मुग़ल-ए-आज़म'* की डेढ़ करोड़ की लागत के मुक़ाबले महज़ बीस लाख रुपये में बनी *'गंगा जमुना'* ज़्यादा मुनाफ़े का सौदा साबित हुई. लेकिन काग़ज़ी दौलत के बदले में के. आसिफ़ की *'मुग़ल-ए-आज़म'* ने इज़्ज़त, शोहरत का जो एक लाफ़ानी परचम शापूरजी की पीढ़ियों को सौंप दिया, उसका मुक़ाबला दुनिया का कोई सरमाया नहीं कर सकता.

सेठ शापूरजी मिस्त्री को इस बात का भरपूर अहसास था कि आसिफ़ ने रुपयों के बदले उनके परिवार को एक अमर तत्व से जोड़ दिया है. इसी वजह से उन्होंने आसिफ़ की अगली फ़िल्म 'लव एण्ड गॉड' को भी शुरूआती फ़ायनेंस किया. 1975 में शापूरजी का 88 साला दुनियावी सफ़र पूरा हुआ.

यह भी इस कहानी का एक मक़ाम-ए-शादमानी है कि शापूरजी के बेटे पालोनजी जो उस वक़्त इस फ़िल्म के साथ जुड़े रहने के हक़ में न थे, उन्हें भी आख़िर के. आसिफ़ और उसकी फ़िल्म से मुहब्बत सी हो गई. इसी मुहब्बत के चलते उन्होंने और उनके बेटों ने इस अनमोल विरासत को और आगे बढ़ाने और उसे हमेशा-हमेशा के लिए अमर कर देने की कोशिश में कोई कमी नहीं छोड़ी है. 1960 की ब्लैक ऐंड व्हाइट फ़िल्म को 2004 में कलर करके रिलीज़ करना. 2016 में फ़िल्म स्क्रिप्ट को करोड़ों रुपये की लागत से एक स्टेज प्ले में बदलकर पेश करना, क़ाबिले दाद क़दम हैं.

आर.डी.माथुर
कैमरामैन

'मुग़ल-ए-आज़म' के एक-एक फ्रेम को दुल्हन की तरह सजाकर पेश करने वाले सिनेमाटोग्राफ़र आर.डी. माथुर का पूरा नाम रामेश्वर दयाल माथुर था. 1914 में दिल्ली के एक बा-शऊर ख़ानदान में जन्मे आर.डी. माथुर सेंट स्टीफ़न्स कॉलेज से डिग्री हासिल करके निकले तो उनके पिता उन्हें अपने शौक़ यानी फ़ोटोग्राफ़ी को पेशे की तरह अपनाने की सलाह दी और भरपूर मदद भी की. इसी के नतीजे में वे न्यू यॉर्क की प्रतिष्ठित न्यूयॉर्क इंस्टीट्यूट ऑफ़ फ़ोटोग्राफ़ी में उन्होंने दाख़िला लिया. उसी के फ़ौरन बाद हॉलीवुड के एम.जी.एम. और 20 सेंचुरी फ़ॉक्स में इंटर्नशिप की.

हिंदुस्तान वापसी पर उन्हें बाम्बे टाकीज़ में जर्मन कैमरामैन जोसेफ़ वर्शिंग के सहायक के रूप में नौकरी मिल गई. यहीं पर डायरेक्टर अमिया चक्रवर्ती ने उन्हें अपनी फ़िल्म *'अनजान'* (1941) में स्वतंत्र रूप से काम करने का पहला मौक़ा दिया. 1942 में उन्होंने *'बसंत'* और 1944 में *'ज्वार भाटा'* की सिनेमाटोग्राफ़ी भी की. संयोग से *'बसंत'* में मधुबाला, बाल कलाकार बेबी मुमताज़ के तौर पर काम कर रही थीं और *'ज्वार भाटा'* से दिलीप कुमार भी अपना करियर शुरू कर रहे थे.

आर.डी. माथुर एक ऐसे इंसान थे जो ख़ुद बहुत कम बोलते थे लेकिन उनका काम जादू की तरह सर चढ़कर बोलता था. 1973 में महेंद्र सरल से बातचीत के दौरान अपने बारे में जो बात कही थी उसे दोहराए देता हूं - पीते नहीं, खाते नहीं, साले ज़िंदगी बेकार करते हैं.

जयपुर की खासा कोठी के बाहर खड़े (दाएं से बाएं) सुल्तान अहमद, आर.डी. माथुर और विजय नारायण शुक्ल

इस बयान में एक छुपी हुई सी एक सच्चाई है. वह सच्चाई है कि माथुर साहब ने अपने खाने-पीने से वक़्त बचाकर ज़माने के लिए काम किया. यह सच है कि उन्हें तमाम शोहरत के. आसिफ़ की *'मुग़ल-ए-आज़म'* से हासिल हुई लेकिन उससे पहले वो ख़ुद बतौर डायरेक्टर भी फ़िल्में बना चुके थे. माथुर साहब के मुताबिक़ उन्होंने चार फ़िल्में डायरेक्ट कीं, *'गजरे'*(1948), *'मग़रूर'*(1950), *'आगोश'*(1953) और *'ज़िंदगी और रास्ते.'*

के. आसिफ़ ने जब पहली बार फ़िल्म की शूटिंग शुरू की तो इसी बाम्बे टाकीज़ में ही शुरू की. इसी जगह से आसिफ़ और माथुर ने एक टीम की तरह काम शुरू किया जो 1971 में के. आसिफ़ की बेवक़्त मौत के साथ ही ख़त्म हो पाया.

आसिफ़ के बाद उन्होंने अधूरी *'लव एण्ड गॉड'* का काम पूरा किया. इसी तरह कमाल अमरोही की फ़िल्म *'पाकीज़ा'* के सिनेमाटोग्राफ़र और माथुर के गुरु जोसेफ़ वर्शिंग की मृत्यु हो गई तो उन्होंने अधूरी फ़िल्म का काम पूरा किया. माथुर साहब ने जिस तरह इस फ़िल्म में गीत 'चलो दिलदार चलो, चांद के पार चलो' का फ़िल्मांकन किया है, उस पर ख़ुद कमाल अमरोही भी फ़िदा थे. इसके बाद जब उनकी अगली फ़िल्म *'रज़िया सुल्तान'* शुरू हुई तो उसके डायरेक्टर ऑफ़ फ़ोटोग्राफ़ी आर.डी. माथुर ही थे.

बाद के बरसों में वे बम्बई छोड़, दिल्ली जा बसे थे. रोशनियों की चकाचौंध से परे सुकून के साथ परिवार में रहते हुए 87 वर्ष की आयु में दिल्ली में उनका देहांत हुआ.

एम.के.सैयद
आर्ट डायरेक्टर

के. आसिफ़ के सपनों को हक़ीक़ी शक्ल देने में एक बेहद अहम किरदार का नाम है एम.के. सैयद. मूल रूप से हैदराबाद के रहने वाले सैयद को बचपन से ही पेंटिंग का शौक़ था. इसी शौक़ को परवान चढ़ाने की गरज़ से उन्होंने 1925-26 में बम्बई के जे.जे. आर्ट स्कूल से दाख़िला लिया.

1927 में स्कूल से निकलकर एक इटालियन कंपनी 'बैंडमैन ऑपेरा' में बतौर पेंटर अपनी ज़िंदगी की शुरुआत की. वे कंपनी के साथ सिंगापुर भी गए, जहां उन्होंने मलाया फ़िल्म कम्पनी में सेटिंग्स मास्टर (आर्ट डायरेक्टर) के तौर पर काम किया. 5 साल वहां रहे और एक हिंदी और एक बर्मी फ़िल्म के कला निदेशक रहे.

बम्बई वापस लौटकर उन्होंने 1936 में नानूभाई देसाई की सरोज फ़िल्म कंपनी में बतौर आर्ट डायरेक्टर काम करना शुरू कर दिया. यहां कोई 7-8 फ़िल्मों के लिए काम किया, जिनमें एक सामाजिक फ़िल्म '*मॉडर्न गर्ल उर्फ़ चंद्रा बी.ए.*' भी शामिल थी, जिसके हीरो मास्टर निसार थे.

बम्बई में इस छोटे पैमाने पर काम सैयद को रास न आया. सो कुछ बड़ा कारनामा करने की गरज़ से वे हॉलीवुड की तरफ़ निकल गए. वहां के माहौल में ख़ुद को एडजस्ट न कर पाए तो 1942 में उनकी घर वापसी हो गई.

एम.के.सैयद
फ़ोटो- विजय शुक्ल

बम्बई में उनके लिए काम की कमी न थी. पहले चंदूलाल शाह की रणजीत में नौकरी की फिर डब्लू.ज़ेड. अहमद की शालीमार पिक्चर्स, पूना पहुंच गए, जहां उस वक़्त जोश मलीहाबादी, कृष्ण चन्दर, सागर निज़ामी, रामानंद सागर और अख़्तर-उल-ईमान जैसे हिंदुस्तान के तमाम बेहतरीन लेखक काम कर रहे थे. 1947 के बंटवारे के नतीजे में डब्लू.ज़ेड. अहमद पाकिस्तान चले गए और शालीमार पिक्चर्स पर ताला पड़ गया.

पूना से लौटकर एम.के. सैयद काफ़ी नाउम्मीदी, बेकारी और बेरोज़गारी के दौर से जूझते रहे. तभी एक दिन एक पुराने दोस्त से अचानक ही मुलाक़ात हो गई और इस दोस्त ने हस्बे-मामूल होंठों से रूठी हुई हंसी को वापस ला दिया. इस दोस्त का नाम था फ़िल्म अभिनेता-कॉमेडियन गोप कमलानी.

अपने हालाते-ज़िंदगी के बारे में लिखते हुए सैयद साहब कहते हैं कि एक दिन सड़क चलते उन्हें गोप ने देख लिया और अपनी गाड़ी में बिठाकर घर ले गए.

घर ले जाकर ख़ूब खिलाया-पिलाया. हाल-चाल पूछे. सारी कहानी सुनी. आख़िर में चलते वक़्त जेब में पांच हज़ार रुपये डाल दिए और कहा कि तुम फ़ोटो स्टूडियो खोलो. अपना धंधा करो. पैसे की फ़िक्र मत करो, मैं दूंगा. बाद में दस हज़ार और भी दिए. इस तरह इस पूंजी से माहिम में अपना फ़ोटो स्टूडियो खोल लिया 'लाइट एण्ड शेड.'

1950 में इत्तिफ़ाक़न के. आसिफ़ से मुलाक़ात हुई. हुनरमंद के हुनर को फ़ौरन पहचान लेने वाले आसिफ़ ने सैयद की काबिलियत का अंदाज़ा लगा लिया. फ़िल्म मेकिंग के तीन बेहद अहम कामों का उस्ताद उसके हाथ लग गया था. सैयद ने बतौर आर्ट डायरेक्टर फ़िल्मों के सेट तो तैयार किए ही थे, वे बेहतरीन पेंटर भी थे और उससे भी बढ़कर फ़ोटोग्राफ़र.

उस वक़्त तक *'मुग़ल-ए-आज़म'* की बाकायदा शूटिंग शुरू नहीं हुई थी लेकिन कोशिशें जारी थीं. आसिफ़ और सैयद के बीच इस फ़िल्म को लेकर एक लम्बी बातचीत हुई. इसी बातचीत के दौरान आसिफ़ को अहसास हो गया कि उसके ख़्वाबों के ताज महल को तामीर करने वाला शीराज़ी उसे मिल गया है. उन्होंने उसी वक़्त एम.के. सैयद को बतौर आर्ट डायरेक्टर साइन कर लिया. उसके बाद इन दो लोगों ने मिलकर जिस कारनामे को अंजाम दिया वह एक इतिहास है, जिसे ज़माना *'मुग़ल-ए-आज़म'* के नाम से याद करता है.

ए.एल.सैयद

फ़ोटोग्राफ़र

इस दुनिया में इश्क़, मुहब्बत और जुनून की हज़ार दास्तानें मौजूद हैं लेकिन के. आसिफ़ की दास्तान किसी मजनून, किसी रांझे या किसी फ़रहाद से कमतर नहीं है. उसने महज़ एक फ़िल्म के लिए अपनी उम्र का एक बड़ा हिस्सा सर्फ़ कर डाला और हातिमताई की तरह नामालूम मक़ामात से चुन-चुन कर जिस तरह के नगीने ढूंढ़कर हिंदुस्तानी सिनेमा के सिर को एक ऐसे ताज से सजा दिया, जिसके नगीनों की चमक से न जाने कितनी पीढ़ियों की राहें रोशन होनी है. अकेला यही एक कारनामा के. आसिफ़ को किसी दास्तान का हीरो बनने का हक़दार बना देता है.

जिन नगीनों को आसिफ़ ने जमा किया उनमें से एक नाम है ए.एल.सैयद का. किसी भी फ़िल्म के बनते वक़्त हमेशा ही मूवी कैमरों के साथ ही साथ स्टिल फ़ोटोग्राफ़स के लिए फ़ोटोग्राफ़र्स की ख़िदमात भी ली जाती हैं. इसके लिए किसी ख़ास जफ़ाकशी की ज़रूरत नहीं पड़ती कि फ़िल्म इंडस्ट्री में हमेशा ही ऐसे नामवर फोटोग्राफ़र्स हमेशा मौजूद रहे हैं और बख़ूबी अपने काम को अंजाम देते रहे हैं.

लेकिन ख़ूब से ख़ूबतर की जुस्तजू में के. आसिफ़ ने अपनी यूनिट में शूटिंग के आख़िर-आख़िर में भी एक फ़ोटोग्राफ़र ए.एल. सैयद को शामिल किया. और उसकी ख़ास वजह यह थी कि सैयद साहब को शाही ख़ानदानों के साथ रहकर काम करने का काफ़ी लंबा तजुर्बा था. शादी-ब्याह से लेकर शिकार तक के मौक़ों पर राजा-महाराजाओं और नवाबों के साथ रहना और फ़ोटो लेना उनकी ज़िम्मेदारी थी. यह उनका ख़ानदानी पेशा भी कहा जा सकता है.

ए.एल. सैयद के वालिद सैयद लाल मियां पालनपुर, गुजरात में हकीमी के पेशे में थे लेकिन बड़े भाई के.एल. सैयद कश्मीर, भोपाल और राजस्थान की कई सारी रियासतों के ऑफ़िशियल फ़ोटोग्राफ़र थे. उन्हीं के काम से मुतासिर होकर छोटे सैयद ने भी हकीमी की बजाय कैमरा पकड़ लिया. पहले बड़े भाई के हमराह होकर और बाद में आज़ाद तरीक़े से.

एक बार कुछ यूं हुआ कि ए.एल. सैयद नवाब पालनपुर के साथ बम्बई गए हुए थे. बम्बई में नरगिस की मां जद्दन बाई ने उनकी मुलाक़ात के. आसिफ़ से करवाई. यह बीसवीं सदी की चौथी दहाई का वो वक़्त था जब आसिफ़ नरगिस को अनारकली बनाकर *'मुग़ल-ए-आज़म'* बनाने की कोशिश में जुटे थे.

''उस ज़माने में आसिफ़ साहब *'मुग़ल-ए-आज़म'* बना रहे थे, जिसके लिए उन्होंने नरगिस का इंतख़ाब किया था. आसिफ़ साहब ने मुझसे अनारकली के लिबास में नरगिस की चंद तसवीरें बनाने की फ़रमाइश की. मैंने तसवीरें बनाईं. वह तसवीरें आसिफ़ साहब को बहुत पसंद आईं. यह मेरा किसी फ़िल्म और फ़िल्मी शख़्सियत के साथ काम करने का पहला मौक़ा था. उन दिनों आसिफ़ साहब की यह फ़िल्म नहीं बन सकी और मामला वहीं ख़त्म हो गया.''
(ए.एल. सैयद)

कई बरसों के वक़्फ़े के बाद इन दोनों की मुलाक़ात हुई दिल्ली के एक होटल में, जहां दोनों ठहरे हुए थे. आसिफ़ आए थे फ़िल्म की जंग वाले मनाज़िर के लिए फ़ौजी जवानों को शामिल करने की गरज़ से सरकारी इजाज़त हासिल करने और सैयद साहब हस्बे-मामूल पहुंचे हुए थे नवाब पालनपुर के साथ.

मुलाक़ात हुई तो आसिफ़ ने तपाक से सैयद साहब को फ़िल्म से जुड़ने की दावत दे डाली. तमाम ना-नुकुर और मजबूरियों के बहानों को नामंज़ूर करते हुए आसिफ़ ने हां कहलवा ही ली. और एक दिन जब वो नेपाल में नवाब भोपाल के साथ 'शिकार टूअर' पर थे तभी आसिफ़ ने उनको वहां से लगभग जबरिया तरीक़े से जयपुर बुलवा लिया, जहां फ़िल्म की शूटिंग चल रही थी.

''जयपुर में आसिफ़ साहब पृथ्वीराज कपूर, दिलीप कुमार और मधुबाला महाराजा के 'गेस्ट हाउस' - 'ख़ासा कोठी' में ठहरे हुए थे. आसिफ़ साहब ने इसी गेस्ट हाउस में मेरे लिए एक एयर कंडीशंड कमरे का इंतज़ाम करा दिया. और एक कार मेरे हवाले कर दी. लोकेशन 'ख़ासा कोठी' से पांच मील दूर था. जब मैं लोकेशन पर पहुंचा तो लश्कर तैयार खड़ा था. पृथ्वीराज जी हाथी पर बैठे हुए थे और दिलीप कुमार दूसरी तरफ़ घोड़े पर. लकड़ी की मचानों पर बारह कैमरे लगे हुए थे. आर.डी. माथुर क्रेन पर बैठे हुए थे. आसिफ़ साहब ने मुझे क्रेन पर बैठने की हिदायत की और मैंने वहीं से फ़ोटोग्राफ़ी शुरू कर दी. आर्मी के जवान और टेक्नीशियंस ज़मीन के नीचे बारूद बिछाकर धमाके कर रहे थे. आसिफ़ साहब के काम करने का स्टाइल सबसे जुदा था. इस वक़्त हाथी की पीठ पर पृथ्वीराज जी का डुप्लीकेट बैठा हुआ था. हाथी को एक लाल झंडी के ऊपर से गुज़रना था. जैसे ही हाथी उसके ऊपर आया आसिफ़ साहब ने अपने हाथों से वह पंप दबा दिया जिससे धमाका होने वाला था. वह सीन बड़ा नेचुरल आया.'' (सिकंदर सामरी- *शमा* - मार्च 1981)

जिस वक़्त दिलीप कुमार-सायरा बानो की शादी का मौक़ा आया तो उस वक़्त दिलीप साहब ने इन्हीं ए.एल. सैयद साहब को याद किया. इस शादी की निहायत ख़ूबसूरत तसवीरें सैयद साहब के हुनर का एक और दस्तावेज़ हैं.

बी.आर. खेड़कर

मूर्तिकार

इस फ़िल्म में कुछ लोगों के छोटे-छोटे योगदान ने भी बड़े-बड़े जादू कर दिखाए थे. इनमे से एक नाम है एक शिल्पकार बी.आर. खेड़कर उर्फ़ अप्पा साहेब का. फ़िल्म में संगतराश के साथ दीवारों पर नक़्श ख़ूबसूरत म्यूरल्स (भित्ति चित्र) या फिर फ़िल्म के रिलीज़ के वक़्त मराठा मंदिर के फ़ोयर के अंदर और बाहर प्लास्टर ऑफ़ पेरिस में की गई अक़्क़ासी, इस शिल्पकार के फ़न के नायाब नमूने हैं.

1926 में एक कुम्हार परिवार में जन्मे खेड़कर कहते थे, मिट्टी मेरा जीवन है. इसी मिट्टी की मुहब्बत में उन्होंने स्कूल छोड़कर मिट्टी की प्रतिमाएं बनाने का अभ्यास शुरू कर दिया. असल में स्कूल जाते समय ही वास्तुकार विनायक करमाकर को छत्रपति शिवाजी की मूर्ति बनाते देखकर ख़ुद भी मूर्तिकार बनने की इच्छा जाग्रत हुई. उनके बड़े भाई शंकर राव के सानिध्य में उन्होंने यह काम सीखा.

1951 में जब *'मुग़ल-ए-आज़म'* की शूटिंग नए सिरे से शुरू हुई तो खेड़कर भी वहां पहुंच गए. आसिफ़ की पारखी नज़र ने उसे फ़ौरन अपने यूनिट में शामिल कर लिया. खेड़कर ने इस दौरान मूर्तियों के अलावा मधुबाला के चेहरे का फेस मास्क भी बनाया, जिसे पहनकर डांसर लक्ष्मीनारायण ने गीत 'प्यार किया तो डरना क्या' के कुछ दृश्यों में मधुबाला का डबल बनकर नृत्य किया है.

1960 में फ़िल्म के रिलीज़ के साथ ही खेड़कर ने फ़िल्म लाइन छोड़ दी. पुणे में रहकर उन्होंने महापुरुषों की स्मारक मूर्तियां बनाने का कम शुरू कर दिया. 1961 में सबसे पहले उन्होने शिवाजी महाराज की मूर्ति बनाई जिसकी स्थापना सतारा जिले के पवई नाका पर हुई. उसके बाद तो नेताजी सुभाष चंद्र बोस, वीर सावरकर, महात्मा गांधी, महात्मा ज्योतिबा फुले, शहीद भगत सिंह जैसी अनेक विभूतियों की 400 से अधिक मूर्तियां बनाईं जो देश में अलग-अलग जगह स्थापित हैं.

12 अगस्त 2016 की आधी रात, 90 साल की उम्र में, उनका देहांत हो गया.

EROS
MUGHAL-E-AZ
NOW IN COLOUR
Dolby Digital
MUGHAL-E-AZA
PAY & PARK

स्याह-सफ़ेद से रंगीन
रंग पर रंग निखरते ही चले आते हैं

'मुग़ल-ए-आज़म' हिंदुस्तान की शायद एक इकलौती फ़िल्म है जिसे मंज़रे-आम से ओझल होने से साफ़ इंकार है. यह एक ऐसी फ़िल्म है जो अपने ही गर्भ से बार-बार पैदा होती है. हर बार उतनी ही दिलकश, उतनी ही हसीन, कि देखने वाले का दिल कह उठता है :

मैं निगाहें तेरे चेहरे से हटाऊं कैसे
लुट गए होश तो फिर होश में आऊं कैसे

1960 में पहले रिलीज़ के बाद एक लंबे अरसे तक *'मुग़ल-ए-आज़म'* के डायलॉग और गीतों वाले एल.पी. रिकॉर्ड घरों और होटलों में बजते रहे. अभी यह सिलसिला चल ही रहा था कि फ़िल्म की सी.डी. बाज़ार में आ गईं. नई-पुरानी पीढ़ी एक साथ इस फ़िल्म को देखते थकती ही न थी कि एक और धमाका हो गया : के. आसिफ़ की अधूरी ख़्वाहिश को पूरा करने का फ़ैसला हो गया. मतलब पूरी फ़िल्म को ब्लैक एण्ड व्हाइट से रंगीन बनाने का.

इस निहायत जज़्बाती फ़ैसले के पीछे एक निहायत दिलचस्प कहानी है. जिस वक़्त शापूरजी सेठ ने *'मुग़ल-ए-आज़म'* को फ़ायनेंस करने का फ़ैसला लिया था तो उनका बेटा पालोनजी इस फ़ैसले से क़तई ख़ुश न था. के. आसिफ़ के साथ अपने पिता के होने वाले रोज़-रोज़ के पंगों और नतीजे में होने वाली परेशानी से पालोनजी हमेशा चिंतित रहते थे. उन्हें फ़िल्म से ज़्यादा अपने पिता की ज़िंदगी अज़ीज़ थी. लेकिन शापूरजी, के. आसिफ़ और *'मुग़ल-ए-आज़म'* के बीच एक ऐसा जज़्बाती रिश्ता बन चुका था कि चाहकर भी कोई किसी को छोड़ नहीं पाता था.

1960 में जब फ़िल्म रिलीज़ हुई और ज़माने भर के दिलो-दिमाग़ पर छा गई तो नौजवान पालोनजी को मुहब्बत के कच्चे धागे की ताक़त का अहसास हो गया. शापूरजी की मौत के बाद उन्हें रह-रह कर आसिफ़ की बातें याद आती थीं. ख़ासकर उसकी एक दिली ख़्वाहिश कि वो फ़िल्म के ब्लैक एण्ड व्हाइट वाले हिस्से को भी कलर में बनाना चाहता है.

उस वक़्त बरसों से चल रही फ़िल्म की शूटिंग से सब थक चुके थे और कोई भी इस नए पचड़े में फंसना नहीं चाहता था. सो मजबूरन आसिफ़ को फ़िल्म उसी तरह रिलीज़ करनी पड़ी.

पालोनजी के दिल में रहे आए इस मलाल ने किसी एक लम्हे एक फ़ैसले की शक्ल ले ली. दिलीप कुमार ने उन्हें एक मुलाक़ात के दौरान इस बात की याद दिलाई तो फ़ैसला पुख़्ता हो गया.

पलोनजी के बड़े बेटे शापूरजी की टीम में एक ऐसा शख़्स था जिसका परिवार फ़िल्म कारोबार से बरसों से जुड़ा हुआ था. इस नौजवान का नाम था दीपेश सालगिया. दीपेश ने स्टर्लिंग इन्वेस्टमेंट की बागडोर संभाली तो सबसे पहले उसका सामना हुआ *'मुग़ल-ए-आज़म'* के यहां-वहां बिखरे पड़े ख़ज़ाने पर. उसकी आंखों में एक चमक सी आई और इन चमकती आंखों में एक हसीन ख़्वाब जगमगाने लगा. दीपेश ने जब इस ख़्वाब की झलक पालोनजी को दिखाई तो बरसों से मलाल करते जज़्बात ने अंगड़ाई ली और देखते ही देखते एक बार फिर के. आसिफ़ की रूह ने स्टर्लिंग इन्वेस्टमेंट कॉर्पोरेशन के ज़र्रे-ज़र्रे को अपनी गिरफ़्त में ले लिया.

फ़ैसला हो गया - नई तकनीक का इस्तेमाल कर फ़िल्म को रंगीन बनाया जाए. इस काम के लिए सबसे

पहले नज़रें हॉलीवुड की तरफ़ उठीं लेकिन फ़ौरन ही अहसास हो गया कि हिंदुस्तान की कहानी में रंग भी हिंदुस्तानी होना चाहिए. सो काफ़ी तलाश के बाद 2002 में यह काम सौंपा गया पुणे की इंडियन अकेडमी ऑफ़ आर्ट्स एण्ड एनीमेशन को.

ख़्वाब और हक़ीक़त के बीच का फ़ासला अक्सर हज़ारों मील का होता है. इसी वजह से अक्सर ख़्वाब अधूरे रह जाते हैं. सफ़र की पुरख़ार राहें, हौसले तोड़ देती हैं. लेकिन मज़बूत इरादों से तो इंसान चांद को छू लेता है. सो यह फ़ासला, इंसानी इरादों के आगे छोटा साबित हुआ.

पहले ही क़दम पर पता चला कि फ़िल्म का ओरिजनल निगेटिव तमाम रख-रखाव के बावजूद काफ़ी मद्धम पड़ चुका है. इस निगेटिव के उजालों की वापसी के लिए, साफ़-सफ़ाई ज़रूरी थी. यह एक निहायत मुश्किल काम होता है. और इस मुश्किल काम को आसान बनाने का काम कर दिखाया चेन्नई की आइरिस इंटर-एक्टिव ने.

पहली मुश्किल से सुर्ख़-रू होकर निकले तो पता चला कि फ़िल्म की 'साउंड' ही ख़राब हो चली है. यह एक ऐसा मक़ाम था जहां आकर सफ़र ख़त्म होने का अंदेशा पैदा होने लगा था. और हर इंसानी कामयाबी और नाकामी में सबसे अहम रोल अदा करने वाले 'लेकिन' ने आकर बंद दरवाज़ा खोल दिया. सो जुमला यूं हुआ कि 'लेकिन इस मुश्किल का हल एक दरवाज़े के पीछे बंद था.'

तलाश में जुटे दीपेश को एक दिन कंपनी के गोदाम में अलादीन का चिराग़ मिल गया. फ़िल्म के ओरिजनल साउंड ट्रेक वाले मैग्नेटिक टेप हाथ लग गए. उस पुराने दौर के इन स्पूल टेप्स को पूरी तरह साफ़ कर हंगामा रहित आवाज़ में तब्दील करने के लिए हॉलीवुड के प्रसिद्ध चेस स्टूडियो भेजा गया.

अब जो कामयाबी का सिलसिला बना तो बनता ही चला गया. फ़िल्म के संगीत को नए दौर के हिसाब से नए सिरे से डोल्बी सिस्टम में रिकॉर्ड करवाया गया. इस संगीत की आत्मा को अक्षुण्ण बनाए रखने की

दिलीप कुमार-सायरा बानो के साथ दीपेश सालगिया

'मुग़ल-ए-आज़म' एक ऐसी अनोखी फ़िल्म है जिसके डायलॉग्स में लगभग अप्रचलित उर्दू, बल्कि फ़ारसी-ज़द अल्फ़ाज़, मसलन : नक़ाब कुशाई / जुंबिश मकन / सजदे में निगाह रहे / तमाम होश-ओ-ख़िरद पेश-ए- बादशाह रहे / हद्दे अदब / तख़्लिया वग़ैरह का भरपूर इस्तेमाल हुआ है. लेकिन ख़ूबसूरत बात यह है कि इस बात की कभी किसी ने शिकायत नहीं की. सच तो यह है कि लफ़्ज़ी मायने ढूंढ़ने की बजाय मंज़र और हालात से जोड़कर ही बात को समझ लिया.

गरज़ से यह काम नौशाद साहब को ही सौंपा गया. नौशाद साहब इस वक़्त तक काफ़ी बूढ़े हो चुके थे. उनकी उम्र लगभग 84 बरस की हो चुकी थी. जिस्म भले कुछ कमज़ोर हुआ हो लेकिन संगीत से प्यार ज़रा भी कम न हुआ था.

नौशाद साहब की मदद के लिए उनके साथ बतौर अरेंजर लाया गया उत्तम सिंह जैसे नामवर और तजुर्बे कार संगीतकार को. साथ ही उनके अपने बेटे राजू नौशाद भी इस काम में उनके साथ जुट गए.

अगले दो साल तक यह कई मोर्चे एक साथ खुले रहे. न जाने कितने सिपाहियों ने अपनी रातों की नींद कुरबान की और न जाने कितने दिलों की दुआओं ने असर दिखाया कि एक दुश्वार मंज़िल फ़तेह हो गई. 12 नवम्बर 2004 को फ़िल्म मुम्बई के इरोज़ सिनेमा में रिलीज़ हो गई.

इस बार भी दिल खोलकर पैसा ख़र्च किया गया. इरोज़ सिनेमा में प्रीमियर की बारी आई तो एक बार फिर 1960 के मंज़र को दोहराते हुए हाथी की पीठ पर *'मुग़ल-ए-आज़म'* का रंगीन प्रिंट लाया गया. उसी ताम-झाम से जुलूस निकला. उसी शान से भव्य प्रीमियर हुआ. इस बार के. आसिफ़ न थे तो अख्तर आसिफ़ मौजूद थीं. शापूरजी सेठ की जगह उनका पोता शापूर मौजूद था. पृथ्वीराज कपूर और राज कपूर न थे तो उनके बेटे रणधीर और ऋषि कपूर मौजूद थे. और सबसे बढ़कर यह कि फ़िल्म के शहज़ादा सलीम, दिलीप कुमार, जो आसिफ़ से झगड़े के चलते ओरिजनल प्रीमियर के वक़्त ग़ैर-हाज़िर रहे थे, वो भी अपनी अहलिया सायरा बानो के साथ मौजूद थे और पूरे शो का सबसे बड़ा आकर्षण बने हुए थे.

जब टिकट खिड़की खुली तो सिनेमा घर के बाहर कतार में खड़े हुजूम के हुजूम दिखाई दिए. *'मुग़ल-ए-आज़म'* एक बार फिर बॉक्स ऑफ़िस का सरताज साबित हुई.

मुग़ल-ए-आज़म से मुग़ल-ए-आज़म
द म्यूज़िकल

अगर अल्लादीन के पास जादुई गुफ़ा का दरवाज़ा खोलने के लिए एक पासवर्ड था - खुल जा सिम-सिम तो के. आसिफ़ ने लगभग साठ बरस पहले हमारे लिए एक ऐसी जादुई दुनिया ईजाद की, जिसका पासवर्ड है - *'मुग़ल-ए-आज़म.'* खुल जा सिम-सिम आज बिना जादू का लफ़्ज़ और *'मुग़ल-ए-आज़म'* आज भी जादू है.

इसी जादू के असर में खोए थियेटर डायरेक्टर फ़िरोज़ अब्बास ख़ान ने के. आसिफ़ की *'मुग़ल-ए-आज़म'* को स्टेज पर एक म्यूज़िकल प्ले की तरह पेश करने का ख़्वाब देखा. इसी ख़्वाब का नतीजा है *'मुग़ल-ए-आज़म - द म्यूज़िकल'* जो अक्टूबर 2016 में ख़्वाब से हक़ीक़त बनकर मुम्बई के नेशनल सेंटर फ़ॉर परफ़ॉर्मिंग आर्ट्स (एन.सी.पी.ए.) के मंच पर उतर आया. और जब यह शो ख़त्म हुआ तो हैरत में डूबे दर्शकों ने इस नाटक के जादू को सलाम करते हुए, स्टैंडिंग ओवेशन के साथ बड़ी देर तक तालियां बजाते रहे.

इस नाटक के स्टेज तक आने की कहानी बड़ी दिलचस्प है. 2004 में जब फ़िल्म को रंगीन बनाकर पेश किया गया तो दर्शक इस 44 साल पुरानी फ़िल्म के जादू में खो गए. इस जादू की ज़द में आने वालों में से एक नाम था फ़िरोज़ अब्बास ख़ान का. वह उसे ब्राडवे की तर्ज़ पर एक म्यूज़िकल प्ले की तरह पेश करने को मचल गया.

कई साल की सोच-विचार के बाद फ़िरोज़ ने हिम्मत बटोरी और अपनी टीम से सलाह-मशविरे के बाद फ़िल्म के प्रोड्यूसर शापूरजी पालोनजी से ज़रूरी क़ानूनी इजाज़त हासिल करने की पहल की. तब उनका सामना हुआ दीपेश सालगिया से.

''नवम्बर 2015 की बात है. दीपावली की छुटियों के बाद मैं अपने दफ़्तर में बैठा काम निपटा रहा था. उसी दिन फ़िरोज़ अब्बास ख़ान और एन.सी.पी.ए. की दीपा गहलोत मेरे पास आए. फ़िरोज़ ने नाटक का अपना कांसेप्ट सुनाकर हमारी कंपनी से 'नो आब्जेक्शन सर्टिफ़िकेट' की फ़रमाइश की.

जो कुछ मैंने सुना वह मेरे कानों को बहुत छोटा सा प्रोजेक्ट मालूम हुआ. सो मैंने मुस्कराते हुए पूछ लिया; आप रॉयल्टी क्या देंगे?

जवाब दीपा की तरफ़ से आया जो कुछ इस तरह था कि स्थापित परम्परा के अनुसार वे शापूरजी पालोनजी को हर शो के लिए 5000 रुपये रॉयल्टी देंगे.

यह जवाब मेरे लिए एक सदमे से कम न था. मुझे अहसास हो गया कि इस फ़ार्मेट में खेला गया नाटक किसी तरह *'मुग़ल-ए-आज़म'* के ऊंचे मैयार को कभी भी स्टेज पर न ला पाएगा. मैंने उनसे साफ़ लफ़्ज़ों में कह दिया कि मेरे लिए इस तरह के किसी शो के लिए इजाज़त देना मुमकिन न होगा. हां अगर आप इस प्ले को सोचे गए लेवल से उठाकर कम से कम दस गुना ज़्यादा बड़े स्केल पर करने की सोचें, इंटरनेशनल स्टेज के मंचन लायक बनाने की बात करें तो हम न सिर्फ़ इजाज़त देंगे बल्कि पैसा भी लगा देंगे.'' (दीपेश सालगिया - डायरेक्टर, शापूरजी पालोनजी ग्रुप)

फ़िरोज़ और दीपा के चेहरे पर मुस्कान आई. 2004 में फ़िल्म को कलर में शानदार तरीक़े से पेश करने की कामयाबी से लबरेज़ दीपेश ने इस काम को अंजाम देने के लिए ज़रूरी टेक्नोलॉजी के लिंक भी उन्हें दे दिए. उसके बाद उत्साह और ख़ुशी से भरे फ़िरोज़ ने एक बार फिर अपने प्रोजेक्ट को नए और बड़े पैमाने पर डिज़ाइन किया.

इस नए प्रोजेक्ट को स्वीकार करते हुए शापूरजी पालोनजी ने ख़ुद ही प्रोड्यूस करने का फ़ैसला भी ले लिया.

''शापूरजी मिस्त्री ने मुझसे इस प्रोजेक्ट को लेकर सिर्फ़ दो सवाल किए - 1) यह नाटक हिंदुस्तान में खेले जाने वाले दूसरे नाटकों से कितना बेहतर होगा? और, 2) इस प्रोजेक्ट के लिए हमें कितना आर्थिक नुक़सान उठाना होगा?

मैंने अपनी तरह से दोनों सवालों के जवाब दिए और उन्होंने मुझ पर भरोसा करते हुए प्रोजेक्ट को आगे बढ़ाने की इजाज़त के साथ उसकी ज़िम्मेदारी भी मुझ पर ही डाल दी.'' (दीपेश सालगिया)

अब चैलेंज फ़िरोज़ ख़ान और उसकी टीम के सामने था. 21 अक्टूबर 2016 को *'मुग़ल-ए-आज़म द म्यूज़िकल'* का प्रीमियर शो एक इतिहास रच गया. फिल्मी फलक के चांद-तारे एक के बाद एक एन.सी.पी.ए के आडिटोरियम में यूं उतरते चले आए कि पूरा आडिटोरियम जगमगा उठा. सब के सब आश्चर्य में डूबे थे कि क्या ऐसा मुमकिन है?

फ़िरोज़ ख़ान और उसकी टीम का जादू चल गया. पिछले दो साल के अरसे में इस नाटक के मुम्बई में दस सीज़न और दिल्ली में दो सीज़न हो चुके हैं. मुम्बई में 500 रुपये से 75,000 रुपये और दिल्ली में 11,000 रुपये तक निहायत महंगे टिकट के बावजूद हर सीज़न में देखने वालों की भीड़ में कोई कमी नहीं है.

अवाम ने इस नाटक को सर-आंखों पर बिठाया तो क्रिटिक्स ने भी जी खोलकर दाद दी. और सोने पर सुहागा यह हुआ कि 2017 के ब्राडवे (अमरीका) के रीजनल अवार्ड्स में *'मुग़ल-ए-आज़म - द म्यूज़िकल'* को बेस्ट म्यूज़िकल प्ले के साथ ही साथ छह और अवार्ड्स भी नवाज़ा है. इनमें फ़िरोज़ ख़ान को बेस्ट डायरेक्शन का अवार्ड भी शामिल है.

'मुग़ल-ए-आज़म' की सख़्त ज़बान की शिकायत तो किसी ने ज़रूर नहीं की लेकिन इन लफ़्ज़ों से लुत्फ़ भरपूर लिया गया. शुरू-शुरू में "तख़्लिया" का उच्चारण ही जिन लोगों की समझ में न आया, वे उसे मज़ाक़ के तौर पर एक-दूसरे से 'तकिया ला' कहकर ठहाके लगा लेते थे. धीरे-धीरे यह बात सबने समझ ली कि तख़्लिया का अर्थ तन्हाई होता है.

इस नाटक के लिए इस्तेमाल तकनीक का ही जादू है कि पल के पल में शाही महल का मंज़र क़ैदख़ाने में तब्दील हो जाता है. स्पेशल इफ़ेक्ट्स से एक मायालोक रच जाता है. शीश महल बन जाता है. पर्दे पर अगर लता मंगेशकर की आवाज़ में मधुबाला गाती दिखाई देती है तो यहां हर कलाकार अभिनय और नाच के साथ ख़ुद अपनी ही आवाज़ में लाइव गा रहा है.

दो घंटे से कुछ ऊपर के वक़्फ़े में 70 लोगों की कुल स्टार कास्ट के बीच जब डांस सीक्वेंस आते हैं तो बाकायदा 25 कत्थक नृयांगनाएं सधे हुए अंदाज़ में नाचती हुई नज़र आती हैं.

लेकिन इस सबसे बड़ा मसला था *'मुग़ल-ए-आज़म'* में पृथ्वीराज, दिलीप कुमार, मधुबाला के अंदाज़, कानों में बसी उनकी आवाज़ें और आंखों में बसी वह छवियां. फ़िरोज़ ख़ान इस सबसे मुक्ति पाने के लिए एक अच्छा काम यह किया कि उनका कोई भी कलाकार इन स्थापित इमेजिज़ की नक़ल करने की कोशिश नहीं करता. सारे कलाकारों ने अपने-अपने पात्र को अपनी-अपनी तरह से पेश किया है जिससे वह तुलना से काफ़ी हद तक बच जाता है.

मुग़ल-ए-आज़म
सुरूर-ए-आज़म

सिनेमा और समाज का एक गहरा रिश्ता है. सिनेमा समाज से और समाज सिनेमा से हमेशा मुतासिर होते रहे हैं. देखने वालों पर जब किसी फ़िल्म का नशा चढ़ता है तो उसके मुक़ाबले में शराब-ए-दो-आतिशा (डबल डिस्टिल्ड लिक़र) का नशा भी हकीर साबित होता है. दिलीप कुमार के बिखरे बालों का स्टाइल हो या देव आनंद का फुग्गे वाला हेयर स्टाइल. साधना का चूड़ीदार पाजामा हो या पेशानी पर फैले बालों का स्टाइल, राजेश खन्ना का गुरु कुर्ता हो या अमिताभ बच्चन के कान ढाकू बाल, शत्रुघ्न सिन्हा के सिगरेट के छल्ले, ऐसे न जाने कितने कारनामे हमारे हीरो-हीरोइन और विलन ने कर दिखाए हैं. फ़िल्म की कहानी और किरदारों की हरकतें भी समाज पर अच्छा-बुरा असर डालती ही हैं.

'मुग़ल-ए-आज़म' ने भी बीसवीं सदी के उस छठे दशक में समाज पर बड़ा असर डाला था. मसलन उस दौर में प्यार किया तो डरना क्या से प्रेरित होकर कई लड़के-लड़कियों ने बग़ावत का झंडा बुलंद कर दिखाया. इन बग़ावती तेवरों से कहीं फूल खिले और कहीं कांटे. उस दौर में इस तरह की कहानियां आए दिन अख़बारों की सुर्ख़ियों में छाई रहती थीं.

शहंशाह-ए-ग़ज़ल मेहदी हसन ने गीत 'मोहे पनघट पे नंदलाल छेड़ गयो रे / मोरी नाज़ुक कलैयां मरोड़ गयो रे' 1969 में रिलीज़ हुई पाकिस्तानी फ़िल्म *'ज़ीनत'* के लिए गाया है. इसकी दिलचस्प बात यह है कि मुखड़े के अलावा अंतरों में ग़ालिब और मीर के अशार इस्तेमाल किए हैं. स्थायी अलबत्ता वही है, 'मोहे पनघट पर...'

इसका एक मिसाली किस्सा भोपाल से है. भोपाल के सबसे पुराने उर्दू अख़बार *'नदीम'* को बेचने वाले हॉकरों में से एक नाबीना हॉकर भी थे, जो हाफ़िज़-ए-क़ुरान होने की वजह से हाफ़िज़ साहब ही कहलाते थे. रंग सांवला, बदन इकहरा, फ़िल्मी दुनिया के ओरिजनल मिस्टर लंबू शेख़ मुख़्तार से होड़ लेता हुआ तकरीबन साढ़े छह फ़ीट का क़द. गले में करीने से सुतली से बंधे अख़बार. एक हाथ में टीन का भोंपू, जिस पर वो अख़बार की सुर्ख़ियों को लफ़्ज़ी चाशनी में या नमक-मिर्च में भिगो कर अपनी बेहद पुर-असर और बुलंद आवाज़ में गुंजाकर लोगों को अख़बार ख़रीदने के लिए ख़ल्क़-ए-ख़ुदा के लिए होका लगाते. हाफ़िज़ साहब का दूसरा हाथ एक छोटे से बच्चे के कांधे पर रहता जो बड़ी खामोशी के साथ उनको तयशुदा गलियों और चौराहों पर ले जाने काम करता था.

एक दिन शाम को गलियों में हाफ़िज़ साहब की सदा गूंजी, 'वो भाग गई! अरे लो वो भाग गई! अपने आशिक़ के साथ भाग गई. ज़माने से बेख़ौफ़ होकर भाग गई. जाते-जाते घर वालों के लिए पर्चा छोड़ गई - प्यार किया तो डरना क्या? - *मुग़ल-ए-आज़म* ने मुहब्बत करने वालों को सिखा दिया, प्यार किया तो डरना क्या'?

अब इस तरह से कोई ख़बर बताए तो उसे कौन न पढ़ना चाहेगा. सो अख़बार हाथों-हाथ बिक जाता. यह उत्तर प्रदेश के किसी शहर से आने वाली एकदम सच्ची ख़बर थी, जिसकी शिकायत बाकायदा लड़की के घर वालों ने पुलिस में दर्ज करवाई थी. अब क़िस्मत की बात कि कुछ अरसे बाद ही वह लड़की घर लौट आई. अख़बारों ने इसे आशिक़ की बेवफ़ाई और धोखा बताया.

तमाम अख़बारों की तरह यह ख़बर *'नदीम'* में भी शाया हुई. इस बार ख़बर की सुर्ख़ी बना था *'मुग़ल-ए-आज़म'* का ही दूसरा गीत. हाफ़िज़ साहब ने अपने अंदाज़ में भोंपू से ऐलान फ़रमाया - 'लो वो लौट आई! भागी हुई लड़की घर लौट आई... अब यूं गाती हुई आई - मुहब्बत की झूटी कहानी पे रोए'. ज़ाहिर है, अख़बार फिर से ख़ूब बिके.

यह कोई अकेला वाक़िया नहीं था, जो अख़बारों में छपा हो. किसी शहर से यह ख़बर भी छपी थी कि शहंशाह अकबर के डायलॉग बोलते-बोलते एक आदमी को इस बात का यक़ीन सा ही हो चला था कि पिछले जन्म में अकबर वही था. अकबर बनने की इस कोशिश में उसे दिल्ली का तख़्त तो क्या मिलना था, अलबत्ता रुस्वाई ज़रूर मिली. वह हंसी-तमाशे का सामान तो बना ही बना उस पर पृथ्वीराज कपूर की भारी-भरकम आवाज़ बनाते-बनाते गले की नसें इस क़दर फूल गईं कि बिस्तर दाख़िल हो गए.

तिजारत करने वाले हर कामयाब चीज़ को अपने हक़ में इस्तेमाल करने में सबसे आगे रहते हैं. पचास और साठ की दहाई में स्कूल जाते हुए अपनी आंखों पान-बीड़ी की दुकानों पर टंगे टीन के पत्तरों वाले बीड़ी कंपनियों के इश्तिहारी बोर्ड्स पर अशोक कुमार, दिलीप कुमार, राज कपूर, देव आनंद जैसे कलाकारों को बीड़ी के अलग-अलग ब्रांड्स पीते हुए देखा है. हद तो यह कि मीना कुमारी और मधुबाला के चेहरों तक का इस्तेमाल इन बीड़ी के इश्तिहारों में आम था.

'मुग़ल-ए-आज़म' के रिलीज़ के बाद उठे तूफ़ान के बाद शहर-शहर मुग़ल-ए-आज़म टी स्टाल से लेकर मुग़ल-ए-आज़म ज्वेलरी शाप तक के बोर्ड मुल्क के अलग-अलग हिस्सों में जहां-तहां दिखाई दे जाते थे. दिल्ली के मशहूर करीम होटल के मेनू में भी किसी वक़्त मुर्ग बिरयानी अनारकली हुआ करता था.

• موسم سرما ہر سال اپنے دامن میں بے پناہ رنگینیاں بھر کر لاتا ہے۔
• اس موسم میں جذبات میں نکھار اور طبیعت میں جولانی پیدا ہوتی ہے
کیا آپ نے اس رنگین موسم کے استقبال کے لیے اور اس کی رنگینیوں کو اپنے اندر سمونے کے لیے کوئی انتظام کیا ہے؟

حلوہ مغل اعظم

منگوا کر استعمال کریں

قیمتی اجزاء سے تیار کردہ یہ حلوہ آپ کے جسم کی ان ضرورتوں کو پورا کرے گا جو کہ اس موسم میں خاص طور پر پیدا ہوتی ہیں۔ دل و دماغ کو تقویت کے ساتھ ساتھ اعضائے رئیسہ اور جنسی اعصاب میں توانائی محسوس کریں گے۔ اس حلوے کے استعمال سے آپ اس موسم کی رنگینیوں سے پوری طرح لطف اندوز ہوں گے۔

بذریعہ وی پی گھر بیٹھے طلب کریں

RADIUM DAWAKHANA

ریڈیم دواخانہ
پوسٹ بکس نمبر 7014
دریا گنج نئی دہلی 110002

ایک کلو کا پیکنگ -/125
500 گرام کا پیکنگ -/70
250 گرام کا پیکنگ -/40
محصول ڈاک علاوہ۔

दिल्ली के एक दवाख़ाने ने सेहत और सेक्स की ताक़त देने वाला एक हलवा ईजाद कर डाला और नाम रख दिया मुग़ल-ए-आज़म हलवा. इस हलवे के इश्तिहार पूरी बाकायदगी से अख़बारों और रिसालों में एक ज़माने तक छपते रहे हैं. इन इश्तिहारों की भाषा बेहद कामुक क़िस्म की होती थी.

उर्दू के फ़िल्मी रिसाले *'रूबी'* के नवम्बर 1984 के अंक में एक इश्तिहार का टेक्स्ट पढ़ लीजिए.

-मौसम-ए-सरमा (सर्दी) हर साल अपने दामन में बेपनाह रंगीनियां भर कर लाता है.

-इस मौसम में जज़्बात में निखार और तबीयत में जूलानी पैदा होती है.

-क्या आपने इस रंगीन मौसम के इस्तक़बाल के लिए और इस की रंगीनियों को अपने अंदर समोने के लिए कोई इंतज़ाम किया है?

हलवा मुग़ल-ए-आज़म
मंगवा कर इस्तेमाल करें.

क़ीमती अजज़ा से तैयार करदा यह हलवा आपके जिस्म की उन ज़रूरतों को पूरा करेगा जो कि इस मौसम में ख़ास तौर पर पैदा होती हैं. दिल-ओ-दिमाग़ को तक़रीत के साथ ऐज़ाई रईसा और जिंसी ऐसाब में तवानाई महसूस करेंगे. इस हलवे के इस्तेमाल से इस मौसम की रंगीनियों से पूरी तरह लुत्फ़-अंदोज़ होंगे.

बज़रिया वी.पी. घर बैठे तलब करें.

एक किलो का पैकिंग 125 रुपये
500 ग्राम का पैकिंग 75 रुपये
250 ग्राम का पेकिंग 40 रुपये
(महसूल डाक अलावा)

रेडियम दवाख़ाना, पोस्ट बॉक्स नम्बर 7014,
दरियागंज, नई देहली- 110002

यह कारनामा कर दिखाने वाला रेडियम दवाख़ाना कोई अकेला नहीं था. हाशमी यूनानी फ़ार्मेसी ने तो बाकायदा ताक़त की गोलियां ही मुग़ल-ए-आज़म के नाम से बनाकर बेची हैं.

अनारकली के नाम से कपड़े और गहने तो ख़ैर आज भी चलन में हैं ही.

के. आसिफ़
जोहर शनास है तो इन्हें मोतियों में तोल

फ़ानी बदायूनी का शेर है :

इक मुअम्मा है, समझने का न समझाने का
ज़िंदगी काहे को है, ख़्वाब है दीवाने का

के. आसिफ़ की शख़्सियत भी किसी तरह एक पहेली से कम न थी. जितना समझने की कोशिश कीजिएगा, उतना ही उलझते जाइएगा. वो आलिम नहीं था लेकिन आलीशान था. वो किसी मुल्क का सुल्तान न था लेकिन किसी सल्तनत से बड़े दिल वाला इंसान था. वो फ़रिश्ता भी न था वो तो बस आसिफ़ था.

के. आसिफ - एक ख़ाक़ का पुतला, जो तमाम इंसानी ख़ूबियों और ख़राबियों से भरा था, लेकिन अपने होने भर से ही वो जो भी था बस लाजवाब था. अपनी तरह का एक अकेला : सब में शामिल पर सबसे जुदा.

फ़क़ीर बादशाह

'मुग़ल-ए-आज़म' के क़द के सपने देखने वाला आसिफ़ अपनी ज़ाती ज़िन्दगी में आराम और आसाइश से परे निहायत सादा ज़िंदगी का कायल, एक 'अजब आज़ाद मर्द' था. हमेशा सफ़ेद कपड़े पहनता था. जूते के मुक़ाबले चप्पल पहनना ज़्यादा पसन्द थी. घर में सोने के लिए पलंग, बैठने के लिए सोफ़े थे लेकिन फिर भी हमेशा ज़मीन पर बिछे गद्दे पर बैठना ही पसंद था.

बकौल नौशाद साहब *'मुग़ल-ए-आज़म'* की शूटिंग के दौरान आसिफ़ मोहन स्टूडियो में एक चटाई पर सोता था. देखकर यूं लगता जैसे कोई तपस्वी तप कर रहा हो. सिगरेट इस क़दर पीता था कि तय करना मुश्किल होता कि उसके लिए सांस लेना ज़्यादा ज़रूरी है कि सिगरेट के कश. हमेशा किराए की टैक्सी में घूमता था लेकिन अपनी कार ख़रीदना गवारा न था.

अभिनेता रज़ा मुराद इस फ़िल्म के बनने के वक़्त 5-6 साल के बच्चे थे. आसिफ़ साहब को टैक्सी में घूमते देख उन्हें बहुत ताज्जुब होता था.

''एक तो मेरे वालिद साहब (अभिनेता मुराद) फ़िल्म में राजा मान सिंह की भूमिका कर रहे थे और दूसरे हमारे पड़ोस में ही आसिफ़ साहब के एसोसियेट डायरेक्टर एस.टी..जैदी रहते थे. सो आसिफ़ साहब अक्सर हमारे घर या फिर ज़ैदी साहब के घर आते थे और हमेशा टैक्सी पर आते थे. अब्बा से उनके बारे में उनकी शाह-ख़र्च तबीयत और फैयाज़ी की इतनी कहानियां सुनी थीं कि हैरत होती थी कि आसिफ़ साहब टैक्सी पर घूमते हैं.

एक दिन मैंने डैडी से पूछ ही लिया कि इतने बड़े आदमी के पास अपनी कार नहीं है क्या जो टैक्सी पर घूमते हैं? उनका जवाब था - 'ये शख़्स तबीयत से फ़क़ीर और मिज़ाज से बादशाह है. सो अपनी तबीयत के मुताबिक़ अपने लिए कुछ भी नहीं चाहता.''

आसिफ़ की फ़क़ीर तबीयत और फैयाज़ किरदार के हज़ार किस्से हैं. अभिनेता अजीत की यादों में एक किस्सा है. इस किस्से में निगार से आशय अभिनेत्री निगार सुल्ताना से है जिससे के. आसिफ़ *'मुग़ल-ए-आज़म'* बनने के ही दौरान ही इश्क़ कर बैठा था और घर में बैठी पहली बीवी सितारा देवी के रहते हुए ही दूसरी शादी कर ली थी. फ़िल्म के ख़त्म होते-होते आसिफ़ और निगार में अलहदगी हो गई थी. इसकी वजह थी दिलीप कुमार की बहन अख़्तर से शादी.

अजीत के किस्से के वक़्त निगार सुल्ताना ही घर में मौजूद थीं. अजीत का बयान है :

''... एक बार मैं उनके घर गया. वो दस बजे जब घर से निकलने लगे तो निगार ने आवाज़ लगाई - देखिए कुछ पैसे भिजवा दीजिएगा. घर में कुछ भी नहीं है. अगर पैसे नहीं पहुंचे तो शाम को खाना नहीं पक सकता. आसिफ़ साहब ने यह सुना. अपनी चुटकी बजाई और कहने लगे : ठीक है-ठीक है. मगर इस वक़्त तुम ख़ुद ही कोई इंतज़ाम कर लेना. मेरे पास कुछ भी नहीं है.

घर से बाहर निकले तो दरवाज़े पर एक नाबीना (दृष्टिहीन) बूढ़ा अपने बच्चे के साथ खड़ा था. उसने कहा - 'बाबा मैं तीन दिन से भूखा हूं.' आसिफ़ साहब ने जेब में हाथ डाला और जो कुछ रक़म उसमें थी (ख़ुदा झूठ न बुलवाए उसमे सौ-सौ के नोट भी थे. दस-दस-दस के भी, पांच के भी और एक के भी) उसको थमा दी. और कहा - 'ये लो, जब ख़त्म हो जाएं तो फिर आ जाना.' यक़ीन जानिए ऐसा दरवेश इंसान मैंने अपनी ज़िन्दगी में नहीं देखा, जो करोड़ रुपये से ज़्यादा की फ़िल्म बना रहा था लेकिन हमेशा ख़ाली हाथ रहता था. मुग़ल-ए-आज़म के ज़माने में उनके पास कुल जमा दो-चार जोड़ कपड़े थे जो न जाने किन-किन के घरों में पड़े रहते थे.''

अजीत के इस किस्से को पुख़्तगी देता एक और किस्सा उनकी बीवी अख़्तर आसिफ़ की ज़बानी.

''एक दिन उन्हें पैसे की ज़रूरत थी. सो हम दोनों एक टैक्सी लेकर बैंक पहुंचे. उन्हें (आसिफ़ को) वहां के बारे में कुछ भी मालूम नहीं था. कहां पे चेक देना है. कहां से टोकन मिलेगा. न उन्हें पता था कि किस जगह से कैश मिलेगा.

मैंने बैंक मैनेजर से बात की. पन्द्रह हज़ार रुपये निकाले. पैसे लेकर हम दोनों बाहर आए और एक टैक्सी में बैठे. तो हुआ क्या कि किसी ने उनको आवाज़ दी. उसके साथ काफ़ी देर (दस-पन्द्रह मिनट) खड़े होकर गुफ़्तगू करते रहे. फिर जब घर लौट के आए तो मैंने कहा कि पैसे दे दीजिए. मैं अन्दर संभाल के रख देती हूं. तो उन्होंने मुझे दो हज़ार रुपये दिए. तो मैंने कहा ये कैसा मज़ाक़ है मैं तो ख़ुद पंद्रह हज़ार विथड्रा करके लाई थी बैंक से. तो कुछ देर ख़ामोश रहे. फिर आहिस्तगी से कहा कि तुमने देखा नहीं उस आदमी ने मुझे पुकारा था. उसकी बेटी की शादी थी. बस वो पैसा मैंने उसको दे दिया. ताकि उसकी शादी हो जाए'' .

तो ऐसा बादशाह आदमी था के. आसिफ़, जिसने पैसे की इस दुनिया में पैसे को ही उसकी औक़ात दिखा दी. वो पैसे को इधर-उधर इस बेक़दरी से हवा में उड़ाता रहता था कि पैसे को भी अपनी हालत पे तरस आता होगा.

आसिफ़ की जेब में नोटों की गड्डियों का ज़िक्र न जाने कितनी बार कितने किस्सों में आता है. लेकिन ख़याल रहे हर बार नोटों की ये गड्डियां या तो किसी ज़रूरतमन्द की जेब में पहुंचीं या फिर किसी फ़नकार के फ़न पर निछावर हो गईं. याद कीजिए नौशाद साहब वाला किस्सा जिसमें उन्होंने नोटों की गड्डियां संगीतकार नौशाद के हारमोनियम पर पटक दीं. या फिर बड़े गुलाम अली ख़ान साहब का किस्सा जिसमें ख़ान साहब ने गाने के 25 हज़ार रुपये मांगे तो फट से जेब से गड्डियां निकालकर सामने धर दीं, और कहा बस! आप इतने बड़े उस्ताद और गाने के सिर्फ 25 हज़ार. आसिफ़ का यह बयान बताता है कि उसके नज़दीक रुपये की औक़ात इंसान के हुनर से कभी भी बड़ी नहीं रही.

नोटों की गड्डियां हवा में उछालना आसिफ़ का बेहद पसंदीदा शुग़ल था जो उनके किरदार की नुमाइंदगी भी करता है.

फ़िल्म में एक जगह अनारकली को लेकर अकबर और सलीम की बीच जंग की नौबत आ जाती है. जंग के मैदान में बाप-बेटे आमने-सामने हैं. अकबर जंग के पहले अपने मुख़ालिफ़ फ़ौजों को ख़बरदार करता है.

'इससे पहले कि अकबरी तलवार का लम्बा साया तुम्हारे सरों पर मौत बनकर छा जाए, इससे पहले कि ख़ाक और ख़ून की आंधी में तुम्हारा नामो-निशान मिट जाए, अनारकली हमारे हवाले कर दो.'

जवाब में सलीम कहता है - *'ये तलवार जिसने बड़े-बड़े सूरमाओं का घमंड तोड़ा है. मुहाफ़िज़ है आज, न सिर्फ़ अनारकली की बल्कि मुहब्बत करने वाले उन तमाम इंसानों की जिनके दिल की धड़कनों को किसी शहंशाह की गुलामी मंज़ूर नहीं.'*

इस जवाब के बाद अकबर को खड़े होकर जंग का ऐलान करना है और अपनी फ़ौजों को आगे बढ़ने का हुक्म देना है. आसिफ़ अपने राइटर्स के साथ बैठे इसी बात पर बहस-मुबाहिसा कर रहे थे कि अकबर किस तरह हमला करने का हुक्म देगा. इसी दौरान अमान साहब (*'मुग़ल-ए-आज़म'* के चार में से एक संवाद लेखक और अभिनेत्री ज़ीनत अमान के पिता) ने कहा - 'यलग़ार हो!.' आसिफ़ साहब उछल पड़े. बोले - 'क्या लाख रुपये की बात की है' और फ़ौरन जेब से नोटों की गड्डी निकालकर अमान की तरफ़ उछाल दी.

परफ़ेक्शन की तलाश में के. आसिफ़ ने फ़िल्म का इतना रा-स्टॉक ख़र्च कर डाला कि उससे तीन फ़िल्में बन सकती थीं.

आसिफ़ इस दुनिया से किस क़दर अलग थे. जिस दुनिया ने किताबी इल्म को इतनी ज़्यादा अहमियत दे रखी हो वहां उसने अपनी सादगी और ख़ुद एतिमादी से इस दुनिया के इल्म से आगे की ऐसी रचना की सृष्टि कर दी कि उस पर अब तक किताबें लिखी जा रही हैं. उसकी तारीफ़ में मज़मून और इबारतें लिखी जा रही हैं. के. आसिफ़ की सलाहियतों की दाद देने वालों में एक नाम सआदत हसन मंटो का भी है.

''आसिफ़ में एक बड़ी ख़ूबी है कि ख़ुद एतिमाद है. उसके अन्दर अहसासे-कमतरी (हीन भावना) का शाइबा (अंश) तक मौजूद नहीं. वह बड़े-बड़े डायरेक्टरों और स्टोरी-राइटरों के छक्के छुड़ा देता है, महज़ अपनी ख़ुदा-दाद क़ाबिलियत की बदौलत.''

आज जिस वक़्त धर्मान्धता का दानव समाज के सामने अपने सबसे विकराल रूप में सीना तानकर सामने आ खड़ा हुआ है, उस वक़्त के. आसिफ़ जैसे इंसानों की ज़्यादा से ज़्यादा ज़रूरत महसूस होती है, जो मज़हब के नाम पर अंधे हो चुके इंसानों के कुंद ज़हन को रोशन कर सके.

याद कीजिए, के. आसिफ़ की फ़िल्म की शुरुआत होती है हिंदुस्तान के नक़्शे से. ज़मीन के सीने से उभरकर आसमान को छूता, उफ़क़नुमा होता हिंदुस्तान.

यह हिंदुस्तान कहता है- *मैं हिंदोस्तान हूं. हिमालिया मेरी सरहदों का निगहबान है. गंगा मेरी पवित्रता की सौगंध. तारीख़ की इब्तदा से*
मैं अंधेरों और उजालों का साथी हूं. और मेरी ख़ाक पर संगे-मरमर की चादरों में लिपटी हुई ये इमारतें दुनिया से कह रही हैं कि ज़ालिमों ने मुझे लूटा और मेहरबानों ने मुझे संवारा. नादानों ने मुझे ज़ंजीरें पहना दीं और मेरे चाहने वालों ने उन्हें काट फेंका.

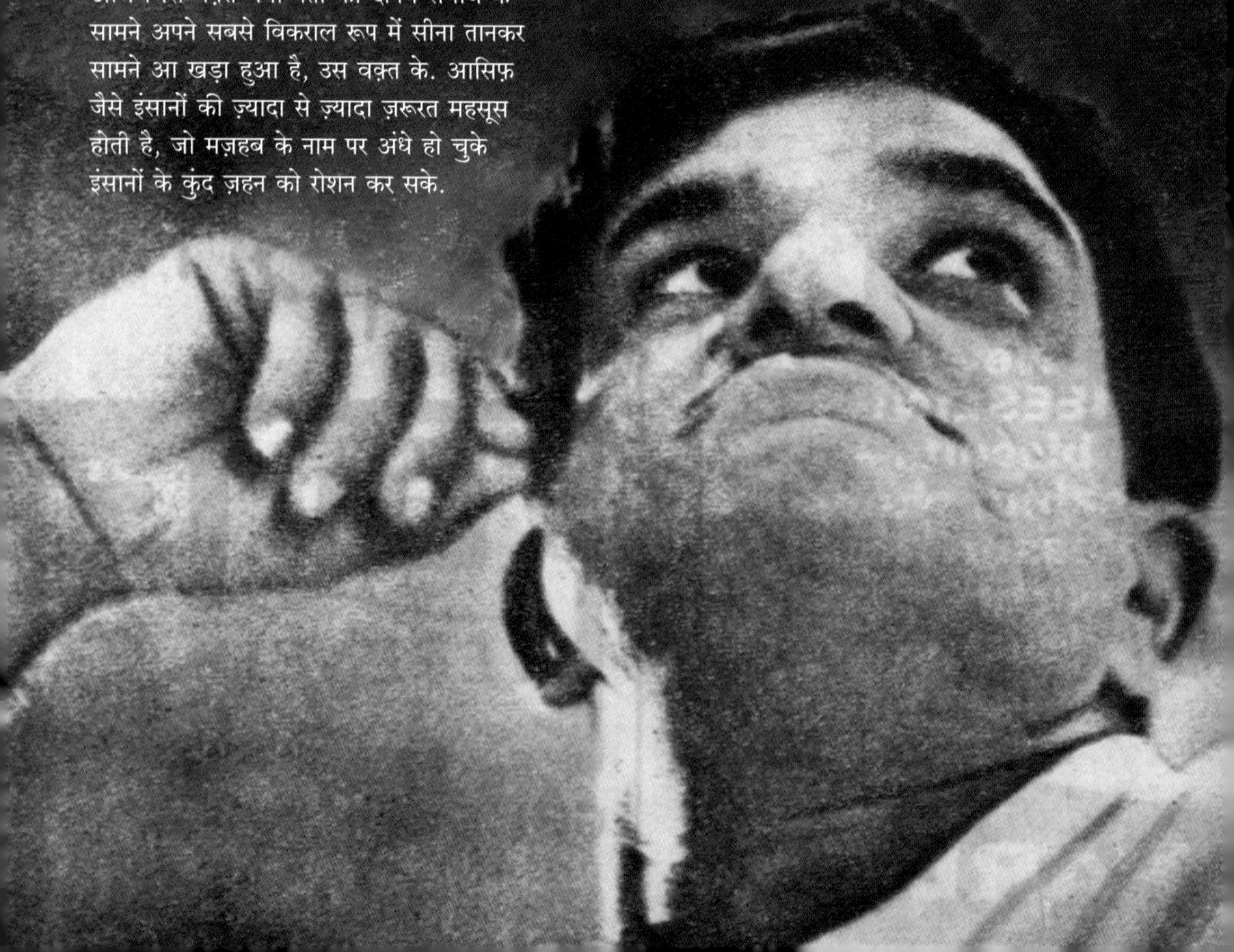

गंगा की पवित्रता की सौगन्ध खाने वाली यह फ़िल्म ख़ुद इस मुल्क की यकमुश्ती की सौगन्ध बनकर सामने आती है. और यह काम किया है एक ऐसे इंसान ने जिसने स्कूली किताबों से हटकर अपने आस-पास की दुनिया को इस क़दर गहराई से पढ़ डाला कि उसकी नज़र से देखो तो ख़ुद इस दुनिया का हिस्सा होने पर ही गुरूर होने लगता है.

आसिफ़ के ग़ौर-ओ-फ़िक्र की बुलंदी का पता देती अनेक बातें हैं. 1951 में जब दूसरी बार यह फ़िल्म पृथ्वीराज, दिलीप कुमार और मधुबाला के साथ शुरू हुई उस वक़्त मुल्क का बंटवारा हो चुका था. साम्प्रदायिकता के काले सायों ने सारे देश के लोगों के दिलों में दर्द भर दिया था. इसी वक़्त के. आसिफ़ ने बड़े महीन तरीक़े से अपनी फ़िल्म के ज़रिये अपने मुल्क, अपने समाज के लोगों के दिलो-दिमाग़ से साम्प्रदायिकता के ज़हर को बेअसर करने की एक क़ाबिले-दाद और बड़ी पुर-असर कोशिश की.

मुग़लों के महल में नंदलाल

इम्तियाज़ अली 'ताज' के मूल नाटक 'अनारकली', जिस पर इस फ़िल्म की कहानी आधारित है, में आसिफ़ ने ढेरों बदलाव किए. सबसे पहले तो इस नाटक में राजा मानसिंह नाम का कोई करेक्टर ही नहीं है जिसके हाथ शहज़ादे सलीम को सौंपते हुए मुग़ल बादशाह अकबर इस फ़िल्म में कहता है - 'लो... हम आज मुग़लों का मुस्तकबिल (भविष्य) तुम्हारे हवाले करते हैं.' यह आसिफ़ की उसी सोच का हिस्सा है जिसके लिए हमारे आज के हुक्मरान अख़बारों में सिर्फ मूर्खतापूर्ण विज्ञापन छपवाते हैं.

इसी तरह मूल नाटक में शहज़ादे का दोस्त बख़्तियार है जो उसके साथ बचपन में खेला है. वह उसका एक बेतकल्लुफ दोस्त है. आसिफ़ के यहां यह दोस्त राजपूत राजा मान सिंह का बेटा दुर्जन सिंह है, जो सलीम के लिए अपनी जान भी दांव पर लगा देता है.

इस फ़िल्म मेकिंग को सलाम कीजिए कि अपने दौर की सबसे महंगी फ़िल्म बनाते हुए, सारे ख़तरों से बेख़ौफ़ होकर एक फ़िल्मसाज़ अपनी सामाजिक प्रतिबद्धता का दामन एक घड़ी को भी नहीं छोड़ता. फ़िल्म के लगभग हर दृश्य में हिन्दुस्तान का रिवायती बहुरंगी सामाजिक रूप बहुत साफ़-साफ़ दिखाई देता है. जहां हिन्दू-मुस्लिम चरित्र लगभग हर फ्रेम में एक साथ मौजूद हैं. अगर सलीम का सबसे नज़दीकी दोस्त एक राजपूत दुर्जन सिंह है तो अकबर के साथ मान सिंह. जोधा बाई के साथ अक्सर कनीज़ बहार है, जो 'ताज' के नाटक में नाम दिल आराम है.

जो अकबर औलाद के लिए शेख सलीम चिश्ती की दरगाह पर नंगे पैर जाता है, वही शहंशाह अपनी राजपूत पत्नी के साथ कृष्ण जन्म वाले दिन कृष्ण की सोने की बनी मूर्ति को झूला भी झुलाता है. दरबार में उसका जश्न मनाता है. अनारकली से 'मोहे पनघट पर नंदलाल छेड़ गयो रे' सुनता है. और तो और जंग पर जाते वक़्त बाज़ू पर तावीज़ बंधवाता है तो पंडित से माथे पर पूजा का टीका भी लगवाता है.

एक और यादगार और दिल को छूने वाला एक बेहद मानीख़ेज़ मंज़र है. दुर्जन सिंह सलीम को दिए वादे के मुताबिक़ अपने जिस्म पर हज़ारों घाव लेकर भी अनारकली को बचा लेता है और बीच राह एक मंदिर में पनाह लेता है. इसी मंदिर में अनारकली नमाज़ अदा करती है और दुर्जन सिंह मां दुर्गा के क़दमों में दम तोड़ देता है. अनारकली अपने दामन को कांधों से उतारकर, उसके जिस्म पर डालकर उसका कफ़न बना देती है.

यह एक सीन धार्मिक कट्टरपन की जड़ों पर कफ़न

जब फ़ायनेंसर से विवाद बढ़ गया और फ़िल्म की शूटिंग रुक गई तो आसिफ़ को भी थोड़ी चिंता हुई. ज़ाहिर है उसकी ज़िंदगी का सबसे हसीन ख़्वाब दांव पर था. इन हालात में उसने 'दीवान-ए-हाफ़िज़' पर कुर्रा डालकर इस सवाल का जवाब पाने की कोशिश की कि आख़िर फ़िल्म कब रिलीज़ होगी. जवाब का तो पता नहीं लेकिन जल्द ही शापूरजी से विवाद सुलझ गया और आख़िर 1960 में फ़िल्म रिलीज़ भी हो गई.

डालता हुआ सीन है, जो बिना हिंदू-मुस्लिम एकता के 'लाउड' फ़िकरों से कहीं ज़्यादा असरदार है.

फ़िल्म के ऐसे कई मनाज़िर किसी इतिहास से उठाई हुई सच्ची घटनाएं नहीं हैं. सिवाय इस एक सच्चाई के कि अकबर की धार्मिक मान्यताओं में बहुत सहिष्णुता थी. यह शायद एक बादशाह की ज़िम्मेवारी भी होती है. लेकिन आसिफ़ का यह जज़्बा, उसकी नीयत का वह पारदर्शी आइना है जिसके आर-पार हर चीज़ साफ़-साफ़ दिखाई देती है.

फ़िल्म में कृष्ण जन्माष्टमी मनाने और गीत फ़िल्माने को लेकर विजय भट्ट जैसे प्रसिद्ध फ़िल्मकारों ने तो उस वक़्त आसिफ़ का ख़ासा मज़ाक़ भी बनाया था. लेकिन लोगों की बातों से विचलित होने वालों का नाम के. आसिफ़ नहीं होता. आसिफ़ ने तो जोधा बाई के पूजा घर में रखी गई कृष्ण की मूर्ति भी अपने फ़ायनेंसर शापूरजी पालोनजी मिस्त्री के विरोध के बावजूद असली सोने की ही रखी, जो कि आसानी से सोने का पानी चढ़ी मूर्ति हो सकती थी.

आसिफ़ को अपने ईमान और अपनी नीयत पर इस बला का भरोसा था कि दुनिया की बातों का उस पर कम ही असर होता था. शुरुआत में तो दर्शकों के एक वर्ग ने फ़िल्म को बोर और फ़्लॉप घोषित कर दिया था.

फ़िल्म से जुड़ा हर शख़्स इस तरह के 'निगेटिव रि-एक्शन' से घबरा गया था. उस दिन पृथ्वीराज कपूर भी बहुत भारी मन से सोग में डूबे थियेटर से बाहर निकले थे. फ़िल्म देखकर साथ ही बाहर निकले अजीत पृथ्वीराज जी के अभिनय से इस क़दर प्रभावित हुए थे कि बाहर निकलते ही जाकर पहले तो उनके पांव छुए और उनके महान अभिनय की तारीफ़ में ख़ूब क़सीदे काढ़े, लेकिन पृथ्वीराज के होंठों पर तब भी एक उदास सी मुस्कराहट भर ही आ पाई.

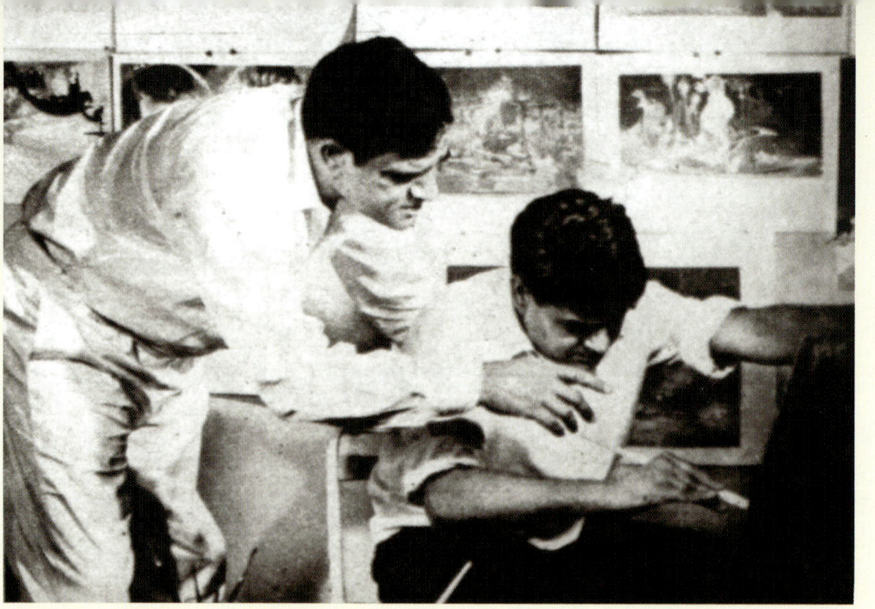

दूसरी तरफ़ था के. आसिफ़, जिसने सारी नकारात्मक बातों को अपने कहकहों में उड़ा दिया और उसी शाम एक शानदार दावत दी. शैंपेन की बोतलें खोलीं. उदास चेहरों को चीअर्स कहते हुए ख़ुश होने की सलाह दी. देखतो जाओ, फ़िल्म कैसे हिट होती है वाले अंदाज़ में सब बेफ़िक्र हो जश्न मनाते रहे. यही वो आत्म विश्वास होता है जो किसी आम इंसान को के. आसिफ़ बना सकता है.

अब मैं इस बात को आगे बढ़ाने के लिए यह नहीं कहूंगा कि हमारे समाज की यही ख़ूबी है कि शकील बदायूनी और नौशाद ने 'मोहे पनघट पे नंदलाल छेड़ गयो रे' और 'मन तड़पत हरि दर्शन को आज' जैसे बेहतरीन भजन दिए हैं. इसलिए नहीं कहूंगा कि ऐसी तो हज़ार मिसालें हैं. ऐसा करूंगा तो साहिर के अनगिनत भजन हैं, रफ़ी के सैकड़ों भजन हैं जो हर दिन मंदिरों में बजते हैं. अगर ऐसा करूंगा तो मुझे यह भी तो बताना पड़ेगा कि एस. एन. त्रिपाठी ने 'परवर दिगार-ए-आलम, तेरा ही है सहारा' जैसी ख़ूबसूरत नात बनाई है. लता मंगेशकर ने 'बेकस पे करम कीजिए सरकार-ए-मदीना' किस अक़ीदत भरी आवाज़ में गाई है. सो बात बहुत लम्बी है.

सच्चा इंसान

जयपुर में फ़िल्म की शूटिंग के दौरान आसिफ़ साहब ने एक स्थानीय पेंटर-फ़ोटोग्राफ़र विजय नारायण शुक्ल को अपने यूनिट में शामिल कर लिया था. इसकी भी बड़ी दिलचस्प कहानी है.

फ़िल्म में जंग के दृश्यों में मुग़ल फौज़ों के हाथों में मुग़लिया झंडा दिखाना चाहते थे. बहुत कोशिश के बावजूद भी कुछ निशानात मिले तो वह तस्ली-बख़्श न थे क्योंकि ब्लैक ऐंड व्हाइट में झंडे के रंग का ठीक अंदाज़ा नही होता था. आसिफ़ सिर्फ़ अंदाज़ से या सिर्फ़ सुनी-सुनाई बात के भरोसे बनाया गया झंडा मुग़ल फौज़ों के हाथ में नहीं देना चाहता था. समझाने वालों ने आसिफ़ को समझाने की कोशिश की कि यूं भी ब्लैक एण्ड व्हाइट फ़िल्म में रंग तो दिखाई भी न देंगे, सो क्यों इतनी माथा-पच्ची करना. आसिफ़ का जवाब था; लेकिन मुझे तो मालूम रहेगा कि मुझे इस झंडे के असल रंग ही मालूम नहीं.

उसने अपने आर्ट डायरेक्टर एम.के. सैयद को इस काम पर लगा दिया, जो तलाश करते-करते राजस्थान सरकार के सूचना-प्रकाशन विभाग जा पहुंचे. विभाग के डायरेक्टर ने यह ज़िम्मेदारी अपने विभाग के विजय नारायण शुक्ल पर डाल दी. शुक्ल जी ने कड़ी मेहनत के बाद एक विदेशी पुस्तक में झंडे की तसवीर ढूंढ़ ही निकाली और हाथ से हू-ब-हू चित्र बनाकर सैयद साहब को भेज दिया.

जब आसिफ़ साहब को यह बात पता लगी तो उन्होंने शुक्ल जी को बुलाकर यूनिट में शामिल होने की दावत दे डाली. इतना ही नहीं अपनी अगली फ़िल्म के लिए भी उन्हें साथ ही रखा.

शुक्ल जी अब काफ़ी बुज़ुर्ग हो चुके हैं लेकिन आसिफ़ की इंसानियत को याद करके वो भावुक हो जाते हैं.

इंसानी रिश्तों की जब-जब बात होती है, तब-तब एक-दूसरे के धर्म और आस्थाओं के सम्मान की बात कही जाती है लेकिन इस बात पर पूरी तरह अमल करने वाले विरले ही होते हैं. के. आसिफ़ एक ऐसा ही इंसान था, जो अपने अक़ीदे से मुसलमान था और अमल में एक पुख़्ता किरदार इंसान. उसकी कौमी एकता, महज़ एक नारा नहीं था बल्कि उसकी ज़िंदगी का अमल था.

''जब हम लोग लोकेशन पर खाना खाने को बैठते तो वह मुझसे कहते, पहले मैं देख लूं खाकर फिर तुम खाना. इसकी वजह यह कि कहीं खाने में प्याज़-लहसुन न हो, क्योंकि मैं लहसुन-प्याज़ नहीं खाता था. वो दूसरे धर्मों की भी किस क़दर इज़्ज़त करते थे इसकी मिसाल इस तरह है. वे जानते थे कि मैं ब्राह्मण हूं और शूटिंग के समय पानी पीने के लिए पास ही के मंदिर के कुएं से पानी पीने जाता था. जब आसिफ़ साहब को मालूम हुआ तो उन्होंने अपने असिस्टेंट सुरेंद्र कपूर से कहा कि शुक्ल साहब के लिए मंदिर के कुएं से पानी, अलग से बुलवा दिया करें. मेरा ऐसा करने का कारण यह था कि बाक़ी सब के लिए पानी मश्कों से आता था और मैं मश्क का पानी नहीं पीता था.'' (विजय नारायण शुक्ल - फ़ोटोग्राफ़र)

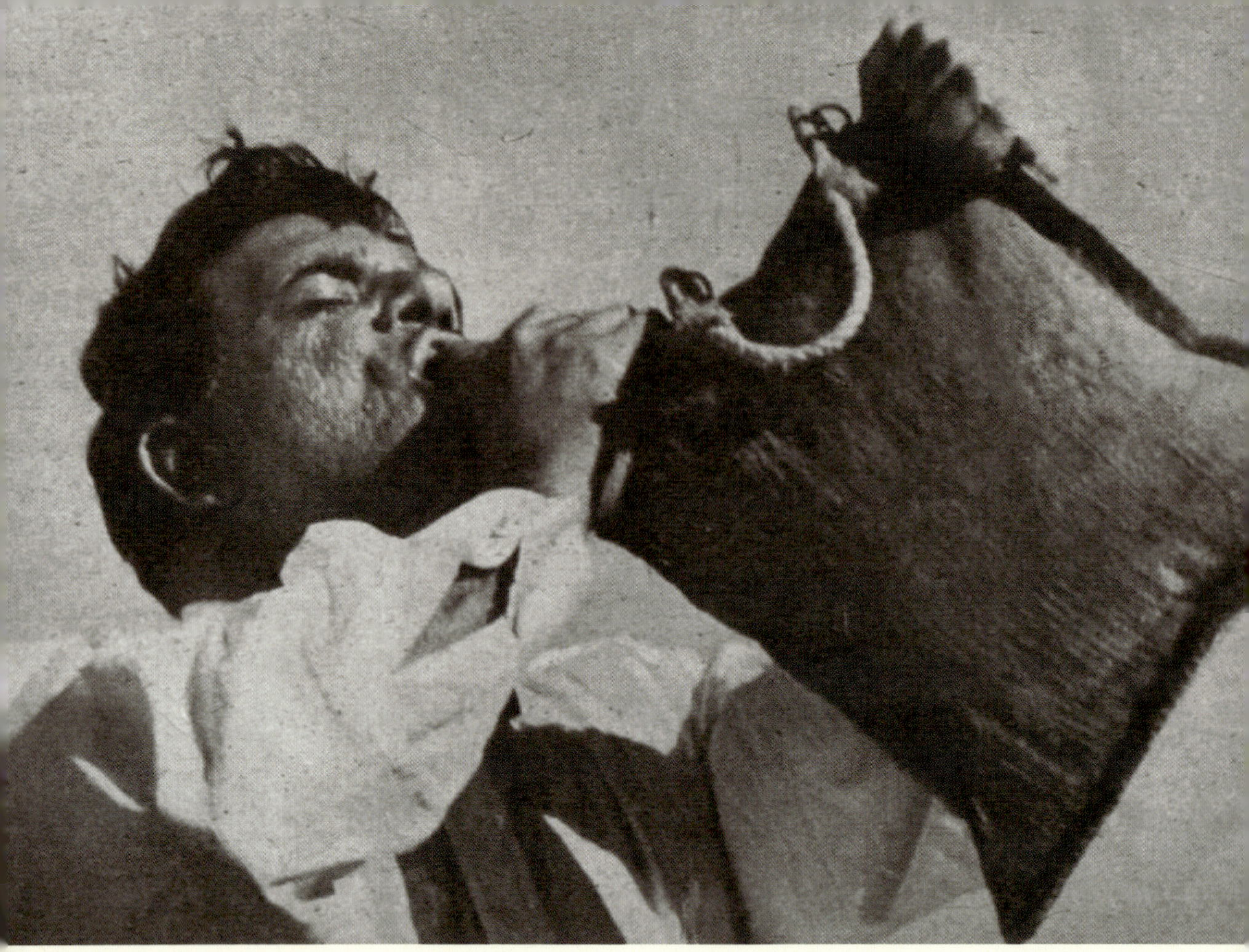

अपने लिए जिए तो क्या जिए

आसिफ़ इस दुनिया से किस क़दर अलग थे. जिस दुनिया में किताबी इल्म को इतनी ज़्यादा अहमियत दे रखी हो वहां उसने अपनी सादगी और ख़ुद एतिमादी से इस दुनिया के इल्म से आगे की ऐसी रचना रच दी कि उसकी मिसाल, यह ज़माना, न जाने किस ज़माने तक देता रहेगा.

के. आसिफ़ के बेहद निहायत भरोसे के इंसान थे एस.के. ओझा. पूरा नाम शुभ करण ओझा.
के. आसिफ़ की पहली फ़िल्म *'फूल'*(1945) से बतौर असिस्टेंट जुड़े. ख़ुद स्वतंत्र डायरेक्टर होने के बावजूद आख़िरी वक़्त तक आसिफ़ के असिस्टेंट भी बने रहे.

जिस वक़्त शीश महल वाली शूटिंग को लेकर आसिफ़ पर हमले हो रहे थे, उस वक़्त जो लोग उनके चारों तरफ़ कवच की तरह खड़े हुए थे उनमें से एक थे यह शुभ करण ओझा. शीश महल वाला गीत जब शूट हो गया तो टेक्नीकलर लैब में प्रोसेसिंग के लिए फुटेज लेकर आसिफ़ ने इन्हीं को लंदन भेजा था.

ओझा, के. आसिफ़ को 'महा मानव' मानते थे. अपनी इस बात की ताईद में उनके पास हज़ार कहानियां थीं. कुछ आप भी सुन लीजिए.

''1945 में *'मुग़ल-ए-आज़म'* की शूटिंग शुरू होने से पहले शिराज़ अली हकीम ने बाम्बे टाकीज़ ख़रीद लिया था और ख़रीदकर उसे के. आसिफ़ के हवाले कर दिया था कि वह अपनी मर्ज़ी के मुताबिक़ फ़िल्म शूट कर सके.

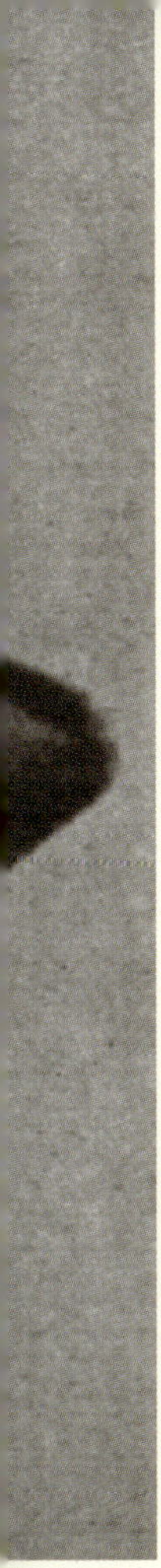

बाम्बे टाकीज़ ने अपने कुछ डायरेक्टर्स और दीगर स्टाफ़ को स्टूडियो के कैम्पस में ही रहने के लिए मकान मुहैया करवा रखे थे. देविका रानी के स्टूडियो बेच देने के बाद भी यह लोग वहीं बने रहे. इन लोगों में *'दाग़,' 'सीमा'* और *'पतिता'* जैसी फ़िल्मों के प्रसिद्ध डायरेक्टर अमिया चक्रवर्ती भी शामिल थे. आसिफ़ को कुछ लोगों ने बहकाया कि इन तमाम लोगों से मकान ख़ाली करने को कहा जाए. ...आसिफ़ साहब का जवाब था, मैंने हमेशा आदमी रखे हैं, निकाले नहीं.

आसिफ़ जितने बड़े निर्माता-निर्देशक थे उतने ही बड़े इंसान भी थे. जब देखो उनके इर्द-गिर्द ज़रूरतमंदों की भीड़ लगी रहती थी. जितनी बेटियों की शादियां उन्होंने करवाईं, जितने मंदिर उन्होंने बनवाए, उतने किसी हिंदू ने भी नहीं बनवाए होंगे.'' (एस.के. ओझा)

आसिफ़ के इंसानी किरदार के अनेक किस्सों में जोड़ने के लिए ओझा के पास भी एक बड़ा मार्मिक किस्सा है.

''उन दिनों मेरी आर्थिक स्थिति बहुत ख़राब थी. मेरे एक संबंधी ने स्कूल की 4 महीने की फ़ीस जमा नहीं की थी. उसे इम्तिहान में बैठने नहीं दिया जा जा रहा था. मैं परेशान फिर रहा था. सड़क पर आसिफ़ साहब मिल गए. मुझे परेशान देख वजह पूछी और मैंने बता दी. वे अपना काम भूल कर मुझे अपने साथ ले गए. एक ऐसे व्यक्ति के यहां ले गए जहां से चाहे जब जितनी राशि ले आते थे. वह व्यक्ति भी तंग आ चुका था. हम पांच घंटे बैठे रहे. आसिफ़ साहब का काम होता तो वे कभी बरदाश्त न करते लेकिन ज़रूरत मेरी थी. आख़िर वहां से 200 रु. आसिफ़ साहब ने लिए. बाहर आकर किसी गुनहगार की तरह बोले, अगर तुम कहो तो मैं इसमें से 50 रु. ले लूं. घर में सख़्त ज़रूरत है. जैसे वो रुपये मेरे हों! मुझे मालूम पड़ा कि रुपयों की ज़रूरत मुझसे ज़्यादा उन्हें है. मैंने रुपये लेने से इंकार कर दिया, वे घर आए और ज़बरदस्ती रुपये मेरी पत्नी को थमा कर चले गए. अपनी और अपने घर वालों की ज़रूरतें भी दोस्तों की मुसीबत पर वार देने वाले उस महा-मानव को कौन भूल सकता है?'' (एस.के. ओझा)

दिल तो बच्चा है जी!

'लव एण्ड गॉड' के सेट पर
के. आसिफ़ - संजीव कुमार

ख़ुदा के खेल निराले हैं. ऐसे 'महा मानव' वाले केरेक्टर के साथ ही साथ आसिफ़ के अंदर ऐसी ख़ुराफ़ाती हरकतें और शैतानी करने वाला बच्चा भी रख छोड़ा था, जिसे छेड़-छाड़, शैतानी और लड़ाई-झगड़ा करने में मज़ा आता था.

आसिफ़ के किरदार के इस पक्ष की एक झलक इस किस्से में मिल जाती है. एक बार वे फ़िल्म *'कोहिनूर'* की शूटिंग के दौरान दिलीप कुमार से मिलने सेट पर जा पहुंचे. वहां जो कुछ हुआ उसके चश्मदीद गवाह संगीतकार नौशाद ने उसे इस तरह बयान किया है.

''हीरो (दिलीप कुमार) ने आसिफ़ को सेट पर बिठाकर कहा कि 'शॉट के बाद गुफ़्तगू करूंगा'. हीरो ने बहुत अच्छे अंदाज़ में शॉट दिया. सन्नी साहब (निदेशक एस.यू. सन्नी) ने 'कट' कहा और फ़ख़रिया अंदाज़ में आसिफ़ साहब की तरफ़ मुड़कर देखा.

आसिफ़ साहब मज़ाक़ में मूड में थे. उन्होंने इंकार में सिर हिलाया कि शॉट सही नहीं हुआ है. सन्नी साहब ने री-टेक का हुक्म दिया. री-टेक के बाद सन्नी साहब ने फिर आसिफ़ को देखा. उन्होंने फिर इंकार में सिर हिलाया. इस तरह दस बार यही सीन री-टेक होता रहा. अब हीरो भी परेशान कि आख़िर क्या मुसीबत आ गई कि शॉट ओ.के. ही नहीं होता. हीरो की नज़र आसिफ़ साहब पर पड़ी तो उन्होंने अंदाज़ा लगाया कि कि यह सारी शरारत आसिफ़ साहब कर रहे हैं. उन्होंने सन्नी साहब से कहा, आप आसिफ़ साहब से पहले बात कर लीजिए, फिर शॉट लीजिएगा.

सन्नी साहब आसिफ़ साहब के क़रीब आए तो आसिफ़ ने मुस्करा कर कहा, सन्नी, पहला शॉट ही बहुत उम्दा था. मैं तो मज़ाक़ कर रहा था. सन्नी मरहूम बहुत भोले इंसान थे. दूसरों के मशविरे पर फ़ौरन अमल कर गुज़रते थे.'' (नौशाद)

ज़िद्दी बच्चा

इसी तरह का एक और किस्सा है जो बताता है कि आसिफ़ के अंदर का बच्चा, बच्चों की ही तरह हारकर भी हार मानने को तैयार नहीं होता था.

जिस वक़्त *'मुग़ल-ए-आज़म'* की शूटिंग कास्टिंग के चक्कर में अटक गई तो के. आसिफ़ ने अचानक ही भारत भूषण और निम्मी को लेकर फ़िल्म *'लैला मजनू'* शुरू कर दी. ठीक उसी वक़्त एक दूसरे निर्माता पी.एन. अरोरा ने के. अमरनाथ को डायरेक्शन का ज़िम्मा सौंपकर शम्मी कपूर और नूतन के साथ *'लैला मजनू'* बनाने का ऐलान कर दिया.

आसिफ़ आदतन महीन कातने वाली अपनी आदत के चलते पिछड़ रहा था और अरोरा की फ़िल्म तेज़ी से बन रही थी. इस बात को लेकर आसिफ़ बाकायदा अरोरा से लड़ लिए. उस पर अपनी फ़िल्म का प्लॉट चुराने का इल्ज़ाम लगाते हुए क़ानूनी कार्यवाही भी शुरू कर दी. इस बात को लेकर फ़िल्म इंडस्ट्री लगभग दो फाड़ हो गई थी. इस सारे विवाद के चलते ही चलते अरोरा ने अपनी फ़िल्म पूरी कर ली और दिसम्बर 1953 में रिलीज़ भी कर दी. संगीतकार गुलाम मुहम्मद और सरदार मलिक के साथ गीतकार

थे शकील बदायूनी. फ़िल्म के गीत आज भी सुने और सराहे जाते हैं. 'आसमां वाले तेरी दुनिया से जी घबरा गया' और 'बहारों की दुनिया पुकारे तू आजा (तलत-आशा), 'तेरे दर पे आया हूं फ़रियाद लेकर', 'चल दिया कारवां, लुट गए हम यहां'(तलत).

उस वक़्त कुछ दोस्तों की समझाइश तो कुछ हालात की मजबूरी के चलते आसिफ़ *'लैला मजनू'* को छोड़ वापस *'मुग़ल-ए-आज़म'* की तरफ़ लौट गया लेकिन अरोरा से पिछड़ जाने की टीस ने आसिफ़ का पीछा कभी नहीं छोड़ा. अक्टूबर 1954 में महज़ अरोरा की खिल्ली उड़ाने, उसका मज़ाक़ बनाने की गरज़ से एक बार फिर *'लैला मजनू'* की शूटिंग शुरू कर दी. इस बार एक क़व्वाली की फ़िल्मिंग का शेड्यूल था. इस क़व्वाली में बतौर क़व्वाल हिस्सा लेने के लिए आसिफ़ ने शम्मी कपूर, जॉनी वाकर, मारुति और मुकरी जैसे नामी कलाकारों को बतौर मेहमान कलाकर आमंत्रित किया था.

शूटिंग के शुरू होने से पहले आसिफ़ ने बादशाहों की तरह दरबार सा लगा लिया. तमाम मेहमानों को साथ बिठाकर उनकी ख़ूब ख़ातिर-तवाज़ो की. फिर सबको अपनी अगली छह फ़िल्मों की प्लानिंग की तफ़्सील सुनाई और साथ ही साथ इन फ़िल्मों की कास्टिंग करते हुए हर मेहमान को बताते चले गए कि किस फ़िल्म में, कौन सा रोल उसे करना होगा.

दरबार ख़त्म हुआ और शूटिंग शुरू हुई. शूटिंग ख़त्म हुई तो आसिफ़ पूरी अकड़ भरे अंदाज़ में अपने हीरो भारत भूषण के पास पहुंचे. मुट्ठी में फंसी सिगरेट का गुल झाड़ा और उससे कहा; वल्लाह ! मेरी *'लैला मजनू'* ने पी.एन. अरोरा की *'लैला मजनू'* को तो आज ही मात दे दी. उसका मजनू मेरी फ़िल्म में सिर्फ़ एक क़व्वाल बना हुआ है.

'मुग़ल-ए-आज़म' की सफ़लता के बाद फ़िल्म लाइन के बड़े-बड़े फ़ायनेंसर के. आसिफ़ के पीछे-पीछे थे. सब चाहते थे कि वो उनके लिए फ़िल्म बनाए और मोटा मुनाफ़ा दिलवाए. ऐसे ही एक नामी सेठ ने आसिफ़ को दावत पर बुलाया. शाम शबाब पर थी और बातों के साथ-साथ आसिफ़ भी मूड में. सब कुछ हो रहा था लेकिन फ़िल्म की कोई बात ही नहीं हुई थी. आख़िर सेठ ने तंग आकर बोला, छह पेग हो गए लेकिन फ़िल्म की बात तो अभी तक शुरू ही नहीं हुई.

आसिफ़ ने सेठ की बात पर एक ठहाका और सिगरेट का एक सुट्टा मारा. राख झाड़ी. खड़े होते हुए बोला, यार सेठ ! तू तो पेग तक गिनता है, तेरे साथ फ़िल्म कैसे बनाऊंगा. फ़िल्म बनाते वक़्त तो मैं नोट भी गिनकर ख़र्च नहीं करता. ऐसा कहकर आसिफ़ रवाना हो गया.

इतना कहकर वो ख़ूब हंसा और उनके भीतर बैठा बच्चा भी शांत हो गया. लेकिन *'लैला मजनू'* उसके दिल से यह फांस कभी बाहर न निकल सकी. *'मुग़ल-ए-आज़म'* के बाद वह एक बार फिर इसी कहानी पर लौटा. इस बार उसने भारत भूषण की जगह गुरुदत्त को लेकर फ़िल्म शुरू की और *'लैला मजनू'* की जगह नाम *'लव एण्ड गॉड'* उर्फ़ *'मुहब्बत और ख़ुदा'* कर लिया. लेकिन अफ़सोस कि वो, 'दो-चार हाथ, जब कि लब-ए-बाम रह गया' वाली हालत में फ़िल्म को छोड़ कर इस दुनिया-ए-फ़ानी से रुख़्सत हो गए.

हिकमत अमली

के. आसिफ़ के लिए मुश्किलों से खेलना, ज़िंदगी का एक अहम तरीन हिस्सा बन चुका था. जब-जब कोई मुश्किल सामने आती, वह पहले आसमान की तरफ़ देखकर मुस्कराता और फिर सामने खड़ी मुश्किल पर.

आसिफ़ का एक किस्सा फ़िल्मी दुनिया में दंत-कथा की तरह आज भी दोहराया जाता है. फ़िल्म *'हलचल'*(1951), जिसका वो सिर्फ़ प्रोड्यूसर था, में बलराज साहनी एक प्रमुख भूमिका में थे. बलराज साहनी, एक सक्रिय कम्युनिस्ट कार्यकर्ता थे और सरकार के ख़िलाफ़ सियासी आंदोलनों में हिस्सा लेते थे.

जिस वक़्त फ़िल्म की शूटिंग शुरू हुई तो बलराज साहनी ऐसे ही एक आंदोलन की वजह से गिरफ़्तार कर लिए गए. आसिफ़ किसी हाल में बलराज साहनी की जगह दूसरे कलाकार को लेने के लिए तैयार न था. साथ ही फ़िल्म लगभग आधी बन चुकी थी. उसमें किसी तरह की रद्दो-बदल का मतलब होता पूरी फ़िल्म नए सिरे से शूट करना.

आसिफ़ ने हिम्मत न हारी और आख़िर एक जुगाड़ जमा ली. सरकार में बैठे आला अफ़सरों और मंत्रियों को इस बात के लिए राज़ी कर लिया कि बलराज साहनी को शूटिंग के लिए 'स्पेशल परमीशन' दी जाए. इसके बाद का मंज़र बड़ा दिलचस्प होता था. शूटिंग के दिनों में हर रोज़ पुलिस की एक गाड़ी 'क़ैदी बलराज साहनी' को लेकर पूरे सुरक्षा घेरे में स्टूडियो आती. शूटिंग के दौरान गार्ड्स सामने बैठे रहते और शूटिंग ख़त्म होते ही बलराज साहनी को वापस लेकर रवाना हो जाते.

'मुग़ल-ए-आज़म' की मेकिंग के दौरान के. आसिफ़ को हज़ारों आग के दरिया पार करने पड़े थे. एक से एक सब्र-आज़माई की तंग राहों से गुज़रना पड़ा लेकिन फिर भी हिम्मत न हारी.

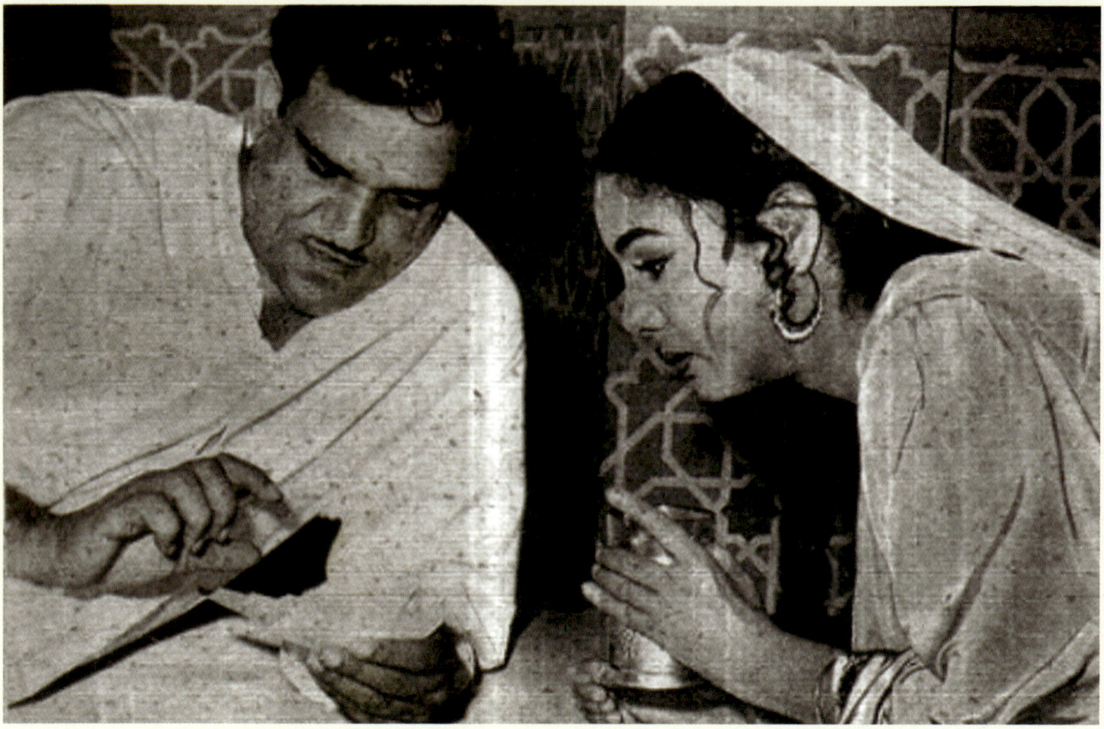

''लव एण्ड गॉड'' के सेट पर के.आसिफ़ और निम्मी

के. आसिफ़ उर्फ़ फ़ैयाज़ अली

अगर किसी शख़्स के बारे में उसकी नेकियों की इतनी सारी कहानियां हों जो ख़ुद के सिवा हर एक पर दौलत को पानी की तरह लुटाता हो, तब उसकी इस फ़ैयाज़ी को देखकर जी चाहता है कि उसका नाम ही फ़ैयाज़ अली होना चाहिए. इस नाम के साथ ख़ान इसलिए नहीं जोड़ा है कि उस्ताद फ़ैयाज़ अली ख़ान का गुमां न हो.

फ़िल्म अभिनेत्री निम्मी नई-नई हीरोइन बनी थीं कि आसिफ़ ने उन्हें 1950 के उस शुरुआती दौर में ही अपनी फ़िल्म *'लैला मजनू'* के लिए कास्ट कर लिया था. फ़िल्म तो उस वक़्त न बन पाई लेकिन एक मज़बूत रिश्ता ज़रूर बन गया. ऐसा रिश्ता जिसकी कहानियां भी हैं.

''मैं तब नई-नई ही आई थी. उत्तर प्रदेश की होने के कारण फ़्लैट में रहना पसंद नहीं था. कोई ऐसा मकान ढूंढ़ रही थी जो अलग-थलग हो, हरियाली हो, नीला आसमान दिखाई दे, लहरों की अठखेलियां नज़र आती रहें. आज मैं जिस मकान में रह रही हूं, यह पसंद आ गया. लेकिन तब वरली का यह इलाक़ा एकदम वीरान था. लूटपाट की कहानियां मशहूर थीं. मेरे परिवार में सब महिलाएं ही थीं. मां (वहीदन बाई) राज़ी नहीं हो रही थीं. उस दिन जब मैं शूटिंग पर गई तो आसिफ़ साहब ने उदासी की वजह पूछी, मैंने बता दी.

वे बोले वल्लाह, यह उदासी उतार फेंको. शॉट दो. बाक़ी बातें मुझ पर छोड़ दो. और तीसरे दिन मुझे कहा कि हम लोग अपने उस पसंदीदा मकान में रहने चले जाएं. महाराजा मोरबी के इस बंगले का सौदा उन्होंने कर लिया था.'' (निम्मी- माधुरी 1971)

ये 'फ़रिश्ता' भी आख़िर को इक इंसान था

हर इंसान के किरदार में नेकी और बदी के दो खाने हमेशा मौजूद रहते हैं. माहौल के मुताबिक़ नेकी या बदी इंसान के किरदार पर हावी हो जाती है. के. आसिफ़ की नेकियों का खाता इतना भरा हुआ है कि अक्सर उसकी बुरी आदतों या किरदार के ऐब उसमें छुप जाते हैं. उसके बेमिसाल कारनामों के गूंजते नक्कारों की आवाज़ में उसकी इंसानी कमज़ोरियों की बात ज़रा कम ही होती है.

बम्बई आने पर जिस शख़्स ने सबसे पहले उसे पनाह दी, उसी कामयाब ज़िंदगी की राह पर चलने का पहला गुर सिखाया, उसी को आसिफ़ के इस दूसरे पहलू का पहला शिकार होना पड़ा. इस शख़्स का नाम था नज़ीर अहमद ख़ान. दूर के रिश्ते में मामू और पास के रिश्ते में बड़ी बहन सिकंदरा बेग़म के ख़ाविंद.

नज़ीर, उस ज़माने के बेहद कामयाब हीरो होने के साथ ही साथ कामयाब प्रोड्यूसर-डायरेक्टर भी थे. तबीयत से ज़रा रंगीन थे, सो सिकंदरा बेग़म के रहते ही उन्होंने अभिनेत्री सितारा से भी शादी कर ली थी. सिकंदरा बेग़म को यह बात सालती रहती थी. और आसिफ़ को अपनी बहन का यह दुख सालता था. मगर उस वक़्त वह कुछ भी करने की हालत में न था. वह ख़ुद नज़ीर के रहमो-करम पर जी रहा था.

सितारा एक कामयाब अदाकारा थीं. उसके पास ख़ूब काम और ख़ूब दौलत थी. नज़ीर और सितारा ने मिलकर 1942 में हिंद पिक्चर्स के बैनर में फ़िल्म *'सोसायटी'* का निर्माण किया. फ़िल्म के हीरो नज़ीर, हीरोइन सितारा थे साथ में सितारा की बड़ी बहन अलकनंदा भी फ़िल्म में थी.

1943 में इसी बैनर की फ़िल्म *'सलमा'* के निर्माण के वक़्त से के. आसिफ़ भी इस कंपनी से आ जुड़े. इसी जगह आसिफ़ और सितारा के बीच कुछ-कुछ शुरू हो गया, जो आख़िर भागकर शादी करने तक जा पहुंचा.

''मैं उस वक़्त बमुश्किल 18-19 बरस की थी और वो (के. आसिफ़) 20 बरस का. हम दोनों में तब ख़ूब बचपना था. जब हम लोगों ने बातें करना, वक़्त साथ गुज़ारना शुरू किया तो हमें अहसास हुआ कि हम एक-दूसरे से मुहब्बत करते हैं. 1944 में आख़िर हमने शादी का फ़ैसला कर लिया.'' (सितारा - अंग्रेज़ी पत्रिका *'सोसायटी'*- दिसम्बर, 2007)

दरअसल दोनों बम्बई से भागकर दिल्ली गए और वहीं श।।दी की. आसिफ़ की इस हरकत को उस वक़्त दो तरह से बयान किया गया था. पहला तो यह कि आसिफ़ अपनी मामूनी को ही भगाकर ले गया. दूसरा यह कि आसिफ़ ने सितारा से शादी करके अपनी बहन सिकंदरा के आंसुओं का बदला ले लिया.

सितारा - के.आसिफ़ (फ़ोटो सौजन्य - सोसाइटी)

के. आसिफ़ और नज़ीर के बीच ख़ानदानी तौर पर चाहे मामा-भांजे का हो या फिर साले-जीजा का लेकिन इन दोनों के बीच का कुदरती रिश्ता किसी और ही रंग का है. क्या अजब है कि आसिफ़, मामू की बीवी को भगा ले जाता है. शादी कर लेता है. लौटकर उसी बीवी की मदद से फ़िल्में बनाता है. मामू का गुस्सा भड़कता है और ठंडा हो जाता है. दोनों के बीच ताल्लुक़ात इस मामूल तक जाते हैं कि गोया कुछ हुआ ही न हो.

इस मुहब्बत की इंतिहा यह है कि इस किताब के लिखने के दौरान रिसर्च करते हुए मुझे यह मालूम हुआ कि नज़ीर, बंटवारे के बाद पाकिस्तान तो चले गए थे, लेकिन जाते-जाते आसिफ़ को भी अपने दिल में बिठाकर ले गए थे.

1960 में जब फ़िल्म का प्रीमियर हुआ तो नज़ीर और उनकी बीवी स्वर्णलता भी बम्बई आए. जाते वक़्त अपने साथ के. आसिफ़ की तसवीर, जो *'मुग़ल-ए-आज़म'* के सेट पर ली गई थी, साथ ले गए. के. आसिफ़-निगार सुल्ताना के इकलौते बेटे अकबर आसिफ़ ने मुझे बड़ी तफ़्सील से इस तसवीर की कहानी सुनाते बताया कि नज़ीर मामू के बेड रूम में यह तसवीर उनके सिरहाने लगी रही थी. *(यह अकबर की मुहब्बत है कि अब यह फ्रेम नज़ीर साहब के बाद मेरे घर की दीवार पर सज गई है.)*

नज़ीर अपनी हैसियत से बंटवारे से पहले हिंदुस्तान में और बाद को पाकिस्तान के बड़े हीरो और प्रोड्यूसर डायरेक्टर थे. पाकिस्तान में लोग ऐहतराम से उन्हें 'बाऊजी' कहते थे. लेकिन नज़ीर, के. आसिफ़ के फ़न के दीवाने थे. 4 अगस्त 1960 को जब मराठा मंदिर में *'मुग़ल-ए-आज़म'* का प्रीमियर हुआ तो उसमें शामिल होने पाकिस्तान से ख़ास तौर पर आए थे. इस दौरान पुराने दोस्तों के बीच अपने शागिर्द भांजे का नाम ले-ले कर नाज़ से इतराते फिरते रहे.

फ़िल्म मेकिंग का हुनर तो के. आसिफ़ ने पता नहीं नज़ीर से कितना सीखा लेकिन शादियां करने का हुनर उन्होंने यक़ीनन उन्हीं से सीखा होगा. नज़ीर की पहली शादी तो आसिफ़ की बहन सिकंदरा बेग़म से हुई लेकिन उसके बाद उन्होंने तीन शादियां और कीं. अभिनेत्री यास्मीन और फिर सितारा. सितारा के बाद उन्होंने शादी की 'रतन' जैसी ज़बरदस्त कामयाब फ़िल्मों से शोहरत हासिल करने वाली हीरोइन स्वर्णलता से. यह रिश्ता बहुत टिकाऊ साबित हुआ और ज़िंदगी के आख़िरी लम्हे तक क़ायम रहा.

के. आसिफ़ ने पहली शादी सितारा से कर तो लीं लेकिन सारे घर वाले इस शादी से नाराज़ थे. इसी के चलते आसिफ़ के मां-बाप, जो तब तक लाहौर पहुंच गए थे, आसिफ़ को बुलाकर फ़िरोज़ा बेग़म नाम की एक लड़की से शादी करवा दी. यह शादी चंद माह में ही टूट गई. उर्दू पत्रिका *'शमा'* के अप्रैल 1947 के अंक में प्रकाशित सवाल-जवाब के कॉलम में प्रकाशित इस बात की तस्दीक भी होती है. बम्बई के एक पाठक, मुहम्मद मज़हर ने सवाल पूछा था - आप कहते हैं कि के. आसिफ़ ने दूसरी शादी लाहौर में कर ली है. इसके बावजूद अदबी जलसों और मुशायरों में सितारा साथ लिए-लिए फिरना क्या मानी रखता है.

इसका एक मुख़्तसर सा जवाब था - शादी की थी मगर तलाक़ दे दिया.

आसिफ़ ने तीसरी शादी की तो वह भी एक शादी-शुदा हीरोइन निगार सुल्ताना से ही की. आसिफ़ ने जब निगार को 'बहार' के रोल का ऑफ़र दिया तो उस समय वह प्रसिद्ध प्रोड्यूसर-डायरेक्टर एस.एम. यूसुफ़ की पत्नी थीं. यूसुफ़ ने इस बात पर ऐतराज़ किया कि उनकी बीवी इस फ़िल्म में काम करे. आसिफ़ की रंगीन मिज़ाजी के कई मशहूर किस्सों की वजह से वो काफ़ी डरे हुए थे.

इस वक़्त तक *'मुग़ल-ए-आज़म'* के इतने चर्चे हो चुके थे कि निगार इस मौक़े को किसी हाल में हाथ से जाने नहीं देना चाहती थीं. सो वो फ़िल्म में आ गईं. वक़्त गुज़रते न गुज़रते एस.एम. यूसुफ़ का अंदेशा सही साबित हो गया. शूटिंग के दौरान सेट पर निगार और आसिफ़ के बीच खुले आम होने वाली चिमगोइयां आख़िर एक दिन एक रिश्ते में बदल ही गईं. आख़िर एक दिन आसिफ़ और निगार ने शादी कर ही ली.

दिलचस्प बात यह है कि इस शादी के बाद भी सितारा ने आसिफ़ का घर नहीं छोड़ा. वजह थी निगार और सितारा की पुरानी दोस्ती. दोनों ने एक-दूसरे को घर में आमने-सामने खड़े होकर हैरत से देखा और चंद लम्हों में ही होंठों पर आई मुस्कराहट के पीछे-पीछे हंसी का फ़व्वारा छूटा. दोनों ने एक-दूसरे को बांहों में भरकर बिना किसी मौलवी के सवाल किए ही, एक-दूसरे को उसी ख़ामोशी की ज़बान में कह दिया : क़ुबूल है.

के. आसिफ़ की आख़िरी शादी सबसे महंगी शादी साबित हुई. यह चौथी और आख़िरी शादी उन्होंने की अपने दोस्त, अपने प्यारे 'जॉनी' दिलीप कुमार की बहन अख़्तर से. इस बार भी शादी उन्होंने भागकर ही की. लेकिन एक फ़र्क़ यह था कि इस बार भागकर पहुंचे थे मुल्क से परे लंदन. वहां से शादी और साथ ही साथ हनीमून मनाकर बम्बई लौटे.

अख़्तर की आमद से आसिफ़ की ज़िंदगी में भूचाल सा आ गया. सितारा और निगार दोनों में से किसी को भी यह शादी मंज़ूर न थी. सितारा ने तो घर ही छोड़ दिया लेकिन निगार घर में ही जमी रही और के. आसिफ़ ने दंगे-फ़साद से बचने के लिए दोराब विला की जगह जुहू पर अभिनेत्री अमीता का एक कॉटेज किराए पर ले लिया और वहीं अख़्तर के साथ रहने लगे.

के.आसिफ़ - अख़्तर आसिफ़

दिलीप कुमार के लिए यह सदमा नाक़ाबिले बरदाश्त था. सदमे से उनकी तबीयत ही बिगड़ गई. कई दिन तक न उन्होंने किसी शूटिंग में हिस्सा लिया और न ही घर से बाहर निकले. ख़ामोश तबीयत पठान का ख़ून इस बात से खौल उठा था कि जिस शख़्स पर इतना भरोसा किया. जिसे इतनी इज़्ज़त दी कि जब चाहे बिना इजाज़त घर में ख़ानदान के एक फ़र्द की तरह आ जा सके, उसी दोस्त ने उनकी सबसे लाडली, घर भर में सबसे ज़्यादा पढ़ी-लिखी बहन को फांसकर शादी कर ली.

ग़नीमत है कि इस वक़्त तक *'मुग़ल-ए-आज़म'* की डबिंग-शूटिंग कम्प्लीट हो चुकी थी. सो फ़िल्म के रिलीज़ पर कोई ख़तरा नहीं था. इतना ज़रूर हुआ कि नाराज़ दिलीप कुमार, फ़िल्म के प्रीमियर में शामिल नहीं हुए. वो आसिफ़ और अपनी बहन दोनों में से किसी से भी नहीं मिलना चाहते थे.

यहां तक तो ग़नीमत थी लेकिन इस शादी के कुछ अरसे बाद एक रात घर में ही इन दोनों पर क़ातिलाना हमला हुआ. कोई आधा दर्जन बदमाशों ने नींद की अग़ोश में गुम पड़े आसिफ़ और अख़्तर पर चाकुओं और रॉड्स से ज़बरदस्त हमला किया. दोनों को मरा हुआ समझकर, बदमाश भाग गए लेकिन क़िस्मत से दोनों की सांसें अभी बाक़ी थीं.

ख़ुशक़िस्मती से आसिफ़ उस वक़्त अमीता के जुहू वाले कॉटेज में ही मुकीम थे और देव आनंद का घर उनके बिलकुल नज़दीक ही था. बकौल अकबर आसिफ़ उस आधी रात के वक़्त जैसे ही ख़बर देव साहब तक पहुंची तो वे गाड़ी लेकर आए और वक़्त रहते दोनों को अस्पताल पहुंचाया.

के. आसिफ़ को इस बुरी तरह मारा गया था कि उसे अगले कई दिन तक होश ही नहीं आया. डॉक्टरों की कोशिश से वह आख़िरकार बच गया. अख़्तर, होश में ज़रूर थीं लेकिन हमलावरों ने उनके चेहरे को निशाना बनाया था और उसे इस क़दर बिगाड़ दिया था कि वो ख़ुद को भी पहचान न सकें.

तबीयत ज़रा संभली तो आसिफ़ ने फ़िर नामुमकिन को मुमकिन कर दिखाया. ख़ुद तो अपनी अंदरूनी ताक़त और पुख़्ता इरादों के सहारे खड़ा हो ही गया लेकिन अपने ही चेहरे से ख़ौफ़ खाती अख़्तर के बिगड़े हुलिए की प्लास्टिक सर्जरी करवाते हुए वह आख़िर एक दिन उन्हें उसी रंग-रूप में वापस ले आए.

इस शादी के बाद आसिफ़ के बाहरी हालात ही नहीं ख़ुद उसकी आदतों में भी बदलाव आया. अख़्तर बेहद पढ़ी-लिखी और ज़हीन औरत थीं. आसिफ़ ठहरा जट फ़क़ीर. बम्बई के शुरुआती दौर में तो वह पेंट-शर्ट पहनकर रहा लेकिन एक बार जब फ़िल्म बनाने के काम में लगता तो आराम देह कुर्ता-पायजामा पहनना ही उसे पसंद था. अख़्तर ने आसिफ़ को अपनी हैसियत पहचानने और उसी रुतबे से रहने का सबक़ सिखाने की कोशिश की. सब कुछ तो नहीं लेकिन आसिफ़ ने कुर्ता-पायजामा छोड़कर सूट-टाई पहनना ज़रूर सीख लिया.

आसिफ़ ने यह सब कर तो लिया लेकिन इन तमाम बातों का अंजाम अच्छा न निकला. सितारा देवी ने भी आख़िर तंग आकर प्रताप बारोट से शादी कर ली. निगार से उन्हें दो बच्चे थे. एक बेटा और एक बेटी : अकबर और शबाना. उन दोनों के साथ वो अलग तो रहने लगीं, लेकिन आसिफ़ को कभी माफ़ नहीं किया.

चैन से हमको कभी आपने जीने न दिया

अमूमन ऐसा होता है कि इंसान एक लंबे जद्दो-जहद के बाद कोई बड़ी कामयाबी हासिल कर लेता है तो उसकी ज़िंदगी ख़ुशियों से भर जाती है. लेकिन के. आसिफ़ एक ऐसा शख़्स था, जिसने हिंदुस्तानी सिनेमा के इतिहास की सबसे नायाब और सबसे कामयाब फ़िल्म बनाई और फिर भी सुकून एक सांस न मिल सकी.

फ़िल्म के रिलीज़ के फ़ौरन बाद ही आसिफ़ ढेर सारी मुकदमेबाज़ियों से घिर गया. फ़िल्म बनाते वक़्त न जाने कितने क़र्ज़ लिए गए और कोई हिसाब न रखा. जब, जिसने, जहां चाहा उससे काग़ज़ पर दस्तख़त करा लिए और वह करता चला गया. फ़िल्म के हिट हो जाने के बाद हर एक के तसव्वुर में उनके पास बहुत 'माल' आ गया होगा. लेकिन हक़ीक़त यह है कि आसिफ़ के हालात में कोई ख़ास फ़र्क़ नहीं आया था.

आसिफ़ की कामयाबी से उसके हासिदों की तादाद और भी बढ़ गई. इसी माहौल में आसिफ़ को सबसे पहले कुछ अख़बार और फ़िल्म पत्रिकाओं की तरफ़ से उनके यहां छपे *'मुग़ल-ए-आज़म'* के इश्तिहारों के अरसे से बकाया भुगतान के लिए क़ानूनी नोटिस भेज दिए. कुछ लेनदारों ने तो बिना इंतज़ार किए सीधे अदालत में केस ही दर्ज कर दिए.

इधर आसिफ़ की हालत यह थी कि पैसे का लेन-देन उसके हाथ में बचा ही न था. सारे पैसे की आमद फ़िल्म के फ़ायनेंसर शापूरजी पालोनजी मिस्त्री के पास हो रही थी और हिसाब में कच्चे आसिफ़ को हिसाब देना मुश्किल पड़ रहा था. नतीजतन, के. आसिफ़ ने चंद दोस्तों की सलाह और क़ानूनी जानकारों की मदद से अपना हक़ हासिल करने के लिए शापूरजी की कंपनी पर मुकदमे ठोक दिए.

सेठ शापूरजी, ज़ाती तौर पर आसिफ़ से हमेशा ही अपने बच्चों की तरह मुहब्बत करते रहे लेकिन हिसाब-किताब में लापरवाही उन्हें क़तई क़ुबूल न थी. सो किसी तरह आसिफ़ के साथ बैठकर मामले सुलझाने की कोशिश करते रहे. उधर बम्बई हाई कोर्ट ने मोहन स्टूडियो को लेकर इन दो के बीच के मुक़दमे में फ़ैसला के. आसिफ़ के हक़ में दे दिया. सेठ ने भी ढेर सारी नसीहतों के बाद स्टूडियो आसिफ़ को सौंप दिया. पैसे को लेकर ज़रूर उनकी यह फ़िक्र बनी रही कि आसिफ़ को हाथ में पैसा दिया तो वह उसे उड़ा देगा. मोहन स्टूडियो के इन्हीं दो फ़्लोर्स को आसिफ़ स्टूडियो का नाम दिया गया.

सफलता का फल सदा सुफल हो यह क़तई ज़रूरी नहीं. आसिफ़ को ग़ैरों के साथ ही साथ अपनी ही बीवी निगार सुल्ताना के मुकदमे का सामना करना पड़ा. निगार ने एक फ़ौजदारी मुकदमे में आसिफ़ पर धोखा-धड़ी और जालसाज़ी का इल्ज़ाम लगाया हुआ था. उनका इल्ज़ाम था कि आसिफ़ ने उनसे पहले सितारा से रजिस्ट्रार के यहां रिकॉर्ड पर दर्ज शादी के रहते बिना तलाक़ दिए या इस शादी के लिए ज़रूरी राज़ीनामा लिए ही उनसे शादी कर ली. इस तरह उन्होंने ग़ैर-कानूनी तरीक़े से एक साथ दो शादियां करने का अपराध किया है.

मौत का एक दिन मुअय्यन है

और आख़िर को वह दिन भी आ ही गया कि जिस दिन, दुनिया में के. आसिफ़ के नाम से जाने गए इस कलंदर की तारीख़ आ पहुंची. *'मुहब्बत और ख़ुदा'* के लगभग आख़िरी शूट की तैयारी में जुटे आसिफ़ को ख़ुदा का बुलावा आ गया.

मौत की सबसे अच्छी और सबसे बुरी बात यह है कि इस तयशुदा तारीख़ की ख़बर किसी को नहीं होती. के. आसिफ़ भी 9 मार्च 1971 को हर रोज़ के मामूल की तरह ही अपने काम में जुटा था. इन दिनों वह अपनी फ़िल्म में लैला और मजनू की इस दुनिया में मौत के बाद उस दुनिया में मिलन दिखाने वाले मनाज़िर की शूटिंग की तैयारी में मसरूफ़ था.

उसके तसव्वुर में लैला-मजनू पर मौत के बाद जन्नत के दरवाज़े खुलते हैं और दोनों वहां सदा-सदा के लिए मिल जाते हैं. अब इस तसव्वुर को हक़ीक़त में बदलने का मतलब होता है, ज़मीं पर आसमां उतार लाना. अपनी ही एक जन्नत की तामीर करना. उस जन्नत में ख़ुदा का साया दिखाकर, उनकी आवाज़ सुनाना.

आसिफ़ के साथ जुड़ा कमोबेश हर इंसान इस ख़याल से डरा हुआ था. इसकी एक ख़ास वजह थी आसिफ़ की हर चीज़ में असल का रंग पैदा करने की ज़िद. इस ज़िद को पूरा करने के लिए कितना वक़्त लगेगा, किसी को पता न था.

इसी दर्मियान एक ऐसी घटना हुई जिसे आसिफ़ की मौत के बाद लोगों ने अपना-अपना जोड़ लगाकर और अपना रंग देकर ज़माने को सुनाया. किस्सा यूं है कि के. आसिफ़ जब भी कहीं किसी मुश्किल में उलझ जाते थे तो पीर-फ़क़ीरों की पनाह में जाते थे.

इस बार भी यही हुआ. आसिफ़ एक फ़क़ीर के पास गए और जन्नत बसाने वाले अपने मंसूबे की अपनी बात उन्हें सुनाई. फ़क़ीर ने सारी बात सुनकर आसिफ़ को इस कोशिश से बाज़ आने की सलाह दी. उसने ख़बरदार किया कि उसकी यह कोशिश शदाद की बनाई हुई जन्नत - बाग़-ए-इरम - जैसी कोशिश है. लिहाज़ा उसे इस ज़िद से बाज़ आ जाना चाहिए.

कहते हैं कि सदियों पहले यमन के पहाड़ों के बीच बादशाह शदाद ने अपनी ताक़त और दौलत के गुरूर में आकर ख़ुदा को भुला दिया था. जब उसे आलिमों ने अच्छे आमाल करने और जन्नत में अपना मक़ाम हासिल करने की सलाह दी तो उसने ख़ुदा की इबादत की बजाय ख़ुद की जन्नत क़ायम करने का ऐलान कर दिया.

उसने बेतहाशा दौलत लुटाकर शहर अदन के इलाक़े इरम में सचमुच एक ऐसी जन्नत क़ायम की, जो किताबों में बयान की गई जन्नत की ख़ूबियों से भी एक क़दम आगे नज़र आती थी. इसे नाम दिया गया बाग़-ए-इरम.

जब शदाद अपना लाव-लश्कर लेकर अपनी बनाई हुई इस जन्नत, बाग-ए-इरम की तरफ़ रवाना हुए तो उसके अवाम ने उस पर फूलों की बरसात कर दी. दरवाज़े पर पहुंचकर वह अपने घोड़े से नीचे उतरा. बाग़ के अंदर उसका पहला क़दम पड़ा ही था कि उसकी सांसें रुक गईं. उसका दूसरा पैर अभी बाहर ही था कि मौत के फ़रिश्तों ने उसकी रूह को क़ब्ज़े में कर लिया.

इस बात को सुनकर के. आसिफ़ ने पहले कान पकड़कर आसमान की तरफ़ देखा और फिर फ़क़ीर को मुस्कराकर जवाब दिया कि वह शदाद की तरह ख़ुदा की ख़ुदाई को चुनौती नहीं दे रहा बल्कि अपनी फ़िल्म के लिए एक सेट लगा रहा है जो चंद रोज़ तक ही क़ायम रहेगा.

अब इस कहानी का आसिफ़ की मौत से क्या वास्ता है, यह तो ख़ुदा ही जाने लेकिन ज़ाहिर यह तारीख़ तो उसी दिन से तय थी कि जिस दिन आसिफ़ की इस दुनिया में आमद हुई थी. लेकिन एक ग़ैर-मामूली ज़िंदगी जीने वाले इंसान की मौत भी किसी हाल मामूली नहीं हो सकती थी.

हर रोज़ की तरह के. आसिफ़ अपनी फ़िल्म के काम में मसरूफ़ था. आगे की शूटिंग की तैयारी के लिए लोगों से मिलता-मिलाता, संजीव कुमार के घर पहुंचा. पिछले कई सालों के साथ ने आसिफ़ और संजीव कुमार के बीच बाप-बेटे की तरह का ऐसा मज़बूत रिश्ता क़ायम हो चुका था कि दोनों एक-दूसरे के लिए मज़बूत सहारा बन गए थे. उस दिन भी आसिफ़, संजीव कुमार के साथ फ़िल्म के आख़िरी शेड्यूल की तैयारी को लेकर बात करने ही पहुंचे थे.

थोड़ी देर की बातचीत के बाद ही आसिफ़ ने बेचैनी और सीने में दर्द की शिकायत की. संजीव ने फ़ौरन ही डाक्टर को बुलवाया और साथ ही अख़्तर आसिफ़ को भी फ़ोन पर ख़बर कर दी. तमाम कोशिशों के बाद भी आसिफ़ को बचाया नहीं जा सका. इस तरह महज़

47 साल की छोटी सी उम्र में, हिंदुस्तानी सिनेमा का सबसे बड़ा फ़िल्मसाज़ के. आसिफ़ इस दुनिया के कारसाज़ से मिलने चला गया.

के. आसिफ़ ने अपनी मौत को सामने देखकर फ़ौरन पहचान लिया था. उससे ख़ौफ़ज़दा होकर घुटने टेकने की बजाय उसने आंख में आंख डालकर उससे बात की. संजीव कुमार के मुताबिक़ जब आसिफ़ के लिए दर्द बर्दाश्त से बाहर हो गया तो उन्होंने ऊपर की तरफ़ हाथ उठाकर ख़ुदा को आवाज़ दी और कहा क्यों मुझे एक कायर की मौत दे रहा है? मुझे एक बहादुर इंसान की मौत दे. जान लेना है तो जान ले ले. वर्ना मुझे मेरी फ़िल्म पूरी करनी है.

आख़िर जान देने वाले ने जान लेना ही बेहतर समझा. शायद वह भी जान लेना चाहता था कि आख़िर उसी के हाथों से बने इस शाहकार इंसान को उसने किस मिट्टी से बनाया था कि वह पारस बनकर हर चीज़ को सोना बनाने की कुव्वत हासिल कर बैठा था.

आसिफ़ की मौत ने यूं तो उनके लाखों चाहने वालों को दिली सदमा पहुंचाया लेकिन सबसे बड़ा सदमा शायद पहुंचा था, उनकी पहली बीवी सितारा को. उन्होंने एक इंटरव्यू में बताया था कि 8 मार्च को आसिफ़ ने उन्हें फ़ोन किया था और अगले दिन, यानी 9 मार्च को मिलने की ख़्वाहिश ज़ाहिर की थी. संयोग से 9 मार्च को ही सितारा देवी का बम्बई के षण्मुखानंद हाल में डांस परफ़ॉर्मेंस था. इसलिए 9 की बजाय 10 तारीख़ को मिलना तय हुआ.

''हम लोग 10 तारीख़ को मिलने वाले थे. मेरा ख़याल है कि वो मेरे पास वापस लौटना चाहता था

लेकिन शायद बहुत देर हो चुकी थे. यह मेरे लिए एक बहुत बड़ा सदमा था. मुझे आज भी उसके इस अंत का दुख होता है.'' (सितारा)

के. आसिफ़ के लिए सितारा देवी के इश्क़ ने उस दिन आसमान की ऊंचाई हासिल कर ली, जिस वक़्त उसने आसिफ़ की मौत का सोग मनाने के लिए विधवाओं वाले रिवायती सफ़ेद कपड़े पहन लिए. जिस शख़्स से बरसों पहले तलाक़ हो चुका था, उसी शख़्स की मौत के मातम में डूबकर उसने एक पत्नी की ही तरह सारी रस्में निभाईं.

प्रसिद्ध डोगरी लेखक-कवि पद्मा सचदेव के मुताबिक़, ''....(सितारा ने) सफ़ेद साड़ी पहन रखी थी और बिंदी नहीं लगाई थी. मेरे हैरान होकर पूछने पर उन्होंने बताया था, के. आसिफ़ का स्वर्गवास हो गया है. उनका तेरहवां कर रहे हैं. शैया दान, ब्राह्मण भोज के बाद ही शोक दूर होगा.''

के. आसिफ़ अपनी ज़िंदगी में जितनी सच्चाई से हिंदू-मुस्लिम एकता की पैग़ंबरी करते रहे, उसी सच्चाई का नतीजा था कि उनकी मौत के बाद भी उनकी विदाई के लिए दोनों मज़हबों की पूरी रस्में निभाई गईं.

جلاالدین
محمد
اکبر

के. आसिफ़ और टैक्सी

के. आसिफ़ की कहानी में टैक्सी को कमोबेश एक माशूक़ा का सा मक़ाम हासिल है. ओला-उबर वाले इस ज़माने में उस दौर की काली-पीली एम्बेसेडर या फ़ियेट टैक्सी की यादें उन्हीं तक महफ़ूज़ हैं जिन्होंने उस दौर को देखा है. ख़ासकर बम्बई की टैक्सी.

आज़ादी के बाद से देश में लेन-देन के लिए आने-पैसे का चलन था. रुपये में दो अठन्नी, एक अठन्नी में दो चवन्नी, हर चवन्नी में दो दुअन्नी, एक दुअन्नी में दो आने, एक आने में दो टके और एक टके में दो पैसे होते थे. तौल के लिए छटांक, पाव और सेर, और फ़ासले नापने का पैमाना मील और फ़र्लांग था.

1957 से नई डेसीमल पद्धति लागू हुई. 1957 में नया पैसा आ गया. 1,2,5,10, 25,50 और 100 नए पैसे के सिक्के आ गए. रुपया 64 पैसे की बजाय 100 नए पैसे का होने लगा. छटांक-पाव-सेर की जगह ग्राम और किलोग्राम ने ले ली तो मील बदलकर किलोमीटर हो गया.

बम्बई में पचास के शुरुआती सालों में बड़ी टैक्सी हिंदुस्तान एम्बेसेडर का किराया 9 आना मील था लेकिन फ़ियेट जैसी छोटी टैक्सी के कॉम्पिटीशन में आने से बड़ी टैक्सी वालों ने भी किराया घटाकर 6 आना मील कर दिया. इसी के चलते यह काले और पीले रंग से पुती गाड़ियां, काली-पीली टैक्सी या आम बोलचाल की ज़बान में छह आना मील की गाड़ी कहलाती थी.

के. आसिफ़ ने कभी कोई गाड़ी नहीं ख़रीदी न ही कोई घर बनाया. एक बार किसी ने आसिफ़ से बहुत इसरार कहा था कि उसकी फ़िल्म हिट हो गई है अब उसे अपना बंगला बना लेना चाहिए तो उसका जवाब था - मैं यहां फ़िल्में बनाने आया हूं, बंगला बनाने नहीं.

आसिफ़ को जब जहां जाना होता वो सिर्फ़ टैक्सी लेकर ही जाता था. *'मुग़ल-ए-आज़म'* की शूटिंग के दौरान भी यह दिलचस्प मंज़र हर रोज़ दिखाई देता था कि दिलीप कुमार, मधुबाला, पृथ्वीराज कपूर, दुर्गा खोटे और अजीत जैसे तमाम कलाकार अपनी बड़ी-बड़ी गाड़ियों से स्टूडियो आते थे और इन सबको डायरेक्ट करने वाला इंसान के. आसिफ़ हमेशा उसी छह आना मील वाली काली-पीली टैक्सी लेकर ही स्टूडियो पहुंचता था.

के. आसिफ़ के जीवन का सितारा

सितारा देवी

सितारा का नाम न तो फ़िल्म *'मुग़ल-ए-आज़म'* के टाइटल्स में दिखाई देता है और न ही उसका चेहरा पर्दे पर दिखाई देता है, इसके बावजूद इस फ़िल्म के बनने में उसका अपना एक अहम रोल है. 1945 में जब पहली बार इस फ़िल्म की शुरुआत हुई, उसी वक़्त से उसने के. आसिफ़ की बीवी के तौर पर पर्दे के पीछे उनके साथ शाना-ब-शाना काम किया. यह वक़्त की सितम-ज़रीफ़ी है कि उनका नाम अक्सर फ़िल्म के साथ जोड़कर नहीं लिया जाता.

सितारा देवी की बात को अगर महज़ चंद लफ़्ज़ों में बयान करना हो तो कह सकते हैं :

मैंने हर ग़म ख़ुशी में ढाला है
मेरा हर इक चलन निराला है
लोग जिन हादिसों से मरते हैं
मुझको उन हादिसों ने पाला है

और जो मशहूर अफ़साना निगार सआदत हसन के लफ़्ज़ों में कहा जाए तो सितारा : "... औरत नहीं तूफ़ान है. और वह भी ऐसा तूफ़ान जो एक बार आकर नहीं टलता. बार-बार आता है.सितारा यूं मियाने क़द की औरत है मगर बला की मज़बूत है. उसने जितनी बीमारियां सही हैं, मेरा ख़याल है कि अगर किसी और औरत पर नाज़िल होतीं वह कभी जांबर न हो सकती... मामूली डांस के लिए भी वह इतनी मेहनत करेगी जितनी कोई रक़ासा उम्र भर नहीं कर सकती."

8 नवम्बर 1920. धन तेरस का दिन. स्थान - कलकत्ता. वाराणसी दरबार के राजगुरु पंडित सुखदेव महाराज और मत्स्य कुमारी के घर एक बच्ची की आमद हुई. धन तेरस से जोड़कर नाम रखा गया - धन लक्ष्मी. घर के लोगों की मुहब्बत में सिमटकर नाम हो गया धन्नो. मगर यह धन्नो, महज़ एक धनलक्ष्मी बनकर नहीं एक सितारा बनकर आसमानों में अपनी जगह बनाने वाली थी, सो जब इस तरफ़ का सफ़र शुरू हुआ तो नाम भी पड़ गया सितारा.

लेकिन सितारा बनने का सफ़र इस क़दर आसान न था. पैदाइश के वक़्त उसका मुंह टेढ़ा था. मां बाप ने एक अंध विश्वास के तहत किसी अनिष्ट से बचने के लिए धन्नो को एक दाई को सौंप दिया गया. जिस दुनिया में बच्चे मां-बाप की छाती से चिमटे उनके लाड़-दुलार की छांव में पलते, बड़े होते हैं, उसी दुनिया में धन्नो को मां-बाप की नज़रों से दूर, पूरे आठ साल की उम्र तक एक दाई की गोद में जीना पड़ा.

पंडित सुखदेव महाराज अपने समय के प्रसिद्ध विद्वान, संगीत मर्मज्ञ और कत्थक के गुरु थे. उनकी पत्नी मत्स्य कुमारी नेपाल से थीं. कई सारे अंध-विश्वासों के बावजूद वे अपने दौर के हिसाब से काफ़ी ख़ुले ज़हन के लोग थे. बीसवीं सदी के उस ज़माने में नाचना और ख़ासकर कत्थक नृत्य समाजी तौर पर 'इज़्ज़तदार' लोगों के लिए एक वर्जित चीज़ थी. इसी माहौल में पंडित जी अपनी तीनों बेटियों तारा, सितारा और अलकनंदा को कत्थक सिखाने के फ़ैसले पर क़ायम रहे. इसके नतीजे में उन्हें सामाजिक विरोध का सामना भी करना पड़ा लेकिन वे अडिग रहे.

सितारा ने अपने पिता और बड़ी बहन तारा के अलावा अच्छन महाराज, शम्भू महाराज और बिरजू महाराज जैसे पहुंचे कत्थक गुरुओं से भी शिक्षा पाई. महज़ दस साल की उम्र में ही सितारा ने इस हुनर में इतनी महारत हासिल कर ली थी कि स्टेज शोज़ करने लगी थीं. उस वक़्त उनको एक परफ़ॉर्मेंस के लिए 50 से 100 रुपये तक मिलते थे. उस दौर के हिसाब से यह एक बड़ी रक़म थी.

सितारा के बारे में '40 के दशक की प्रसिद्ध हीरोइन स्नेहप्रभा प्रधान का लिखा एक ख़ाका *'फ़िल्मफ़ेयर'* में प्रकाशित हुआ था, जिसमें उन्होंने सितारा की प्रतिभा के बखान के साथ उसके फ़िल्मी करियर के बारे में भी जानकारी दी थी. उनके मुताबिक़ महज़ दस बरस की उम्र में ही सितारा को फ़िल्मों में भी काम मिलने लगा था. 1933 में रिलीज़ हुई *'औरत का दिल'* उसकी पहली फ़िल्म और उसके बाद आई महबूब ख़ान की *'अल हिलाल'*(1935) दूसरी फ़िल्म थी. निर्माता-निर्देशक निरंजन शर्मा ने 1940 में अपनी फ़िल्म *'उषा हरण'* में उसकी कत्थक कला को इस्तेमाल करने के लिए साइन कर लिया. तीन महीने तक चली इस फ़िल्म की शूटिंग के दौरान उसे हर महीने 1200 रुपये मिलते रहे.

1200 की रक़म और पर्दे पर चमकने का मौक़ा, सितारा को स्टेज से भी ज़्यादा आकर्षक लगा. लिहाज़ा उसने फ़िल्मों में काम करने में दिलचस्पी लेना शुरू कर दी.

बनारस से बम्बई तक के अपने सफ़र के बारे में सितारा देवी ने लिखा है डायरेक्टर निरंजन शर्मा एक नौजवान लड़की की तलाश में थे जो उनकी फ़िल्म *'उषा हरण'* में डांस कर सके. लड़की की तलाश में उन्होंने अपने एक आदमी को बनारस भेजा जो नृत्य और संगीत का केंद्र था. वह आदमी हमारे घर आया. उस समय पिताजी हमें नृत्य का अभ्यास करवा रहे थे. उस आदमी ने जब मुझे देखा तो वह पिताजी से कहने लगा - 'पंडित जी मुझे तो यही लड़की चाहिए.'

मेरे पिताजी एक रूढ़िवादी ब्राह्मण परिवार से आते थे. इसी कारण वो शुरू में ना-नुकुर करते रहे लेकिन काफ़ी मान-मनौवल के बाद राज़ी हो गए. अब आप कल्पना कीजिए कि मेरे साथ मेरे परिवार के 14 लोग भी बम्बई आ गए थे.

इसके बाद रंजीत मूवीटोन की अनेक फ़िल्मों में काम करके सितारा ने फ़िल्म इंडस्ट्री में अपने पैर जमा लिए. लेकिन स्टेज पर लाइव परफ़ॉर्म करने का उसका चाव और कत्थक से उसकी मुहब्बत तमाम उम्र बनी रही. फ़िल्में छोड़ने के बाद भी स्टेज को कभी नहीं छोड़ा.

1938 में सितारा के नृत्य को देखकर गुरुदेव रबींद्र नाथ टैगोर इस हद तक मुग्ध हो गए कि उन्होंने उसे 'नृत्य साम्राज्ञी' का ख़िताब ही दे डाला.

सितारा देवी ने कत्थक के साथ ही साथ भारतनाट्यम सहित अनेक भारतीय शास्त्रीय नृत्य शैलियों में महारत हासिल की. वेस्टर्न डांस और रशियन बैले पर भी पूरा अधिकार था. 1944 में रिलीज़ हुई के. आसिफ़ की फ़िल्म *'फूल'* में उसका एक बैले बेहद मशहूर हुआ था. फ़िल्मों में काम करने के साथ ही साथ कई फ़िल्मों की वह डांस डायरेक्टर भी रही थी.

फोटो सौजन्य - सोसाइटी

सितारा की पूरी ज़िंदगी उथल-पुथल भरी ही रही. जब नाच सीखना शुरू किया तो समाज का विरोध सहना पड़ा. एक अंधविश्वास के चलते ही आठ साल की उम्र में ही बाल विवाह भी करना पड़ा. बम्बई आने के बाद कमसिनी की उम्र में ही सितारा उस वक़्त के प्रसिद्ध हीरो और निर्माता-निदेशक नज़ीर के प्रेम में पड़ गई और उससे शादी कर ली. नज़ीर पहले से ही शादीशुदा थे, लेकिन सितारा ने उसकी भी परवाह न की और नज़ीर के साथ जीवन डोर बांध ली.

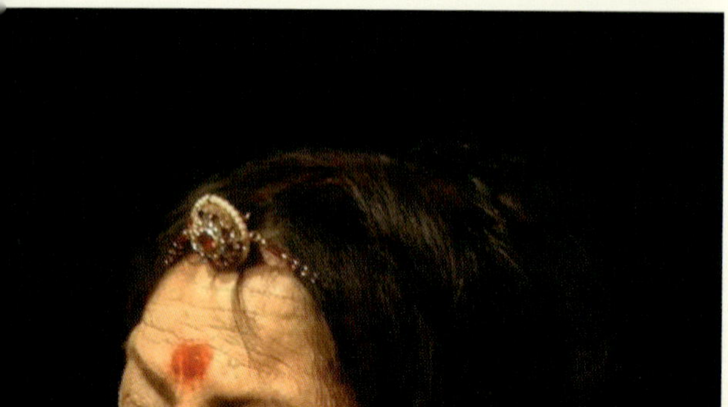

नज़ीर के घर कुछ अरसे बाद ही एक गबरू जवान आया. नाम था के.आसिफ़. और जो यह दो मिले तो फिर एक नई कहानी शुरू हो गई.

''मैं शायद 18-19 साल की थी और उसकी (आसिफ़) की उम्र रही होगी कोई 20 साल की. हम दोनों में अभी बचपना भरा पड़ा था. हम लोगों के बीच जब बातचीत का सिलसिला हुआ तो वह मुहब्बत तक जा पहुंचा. 1944 में हम लोगों ने शादी का फ़ैसला कर लिया.

आसिफ़ एक स्वप्नदर्शी था. वो हमेशा चीज़ों को बड़े रूप में देखता था. फ़िल्म बनाते वक़्त वह किसी भी चीज़ से समझौता नहीं करता था. मैंने अपना सब कुछ आसिफ़ की मुहब्बत में उस पर वार दिया और आज भी मेरे पास आसिफ़ की कुछ ख़ूबसूरत यादें हैं. वह एक बेहद आलीशान इंसान था. लेकिन उसका ख़ुद पर कोई क़ाबू नहीं था. वह एक बेहद दिलकश शख़्सियत वाला जादूगर था. फिर भी उसके किरदार में पुख़्तगी नहीं थी. लड़कियों की मीठी-मीठी बातों फ़ौरन बह जाता था. लड़कियां भी अमूमन उस वक़्त बड़े और कामयाब डायरेक्टरों को लुभाने में कोई कसर नहीं छोड़ती थीं. उन लोगों ने यह भी न सोचा कि वह पहले से ही शादी-शुदा था और उसकी भी एक ज़िंदगी है.

आसिफ़ एक बेहद रूमानी इंसान था. मेरे बाद उसने निगार सुल्ताना से शादी कर ली, जो ख़ुद एक एक्टर थी. उस वक़्त मैंने ज़्यादा कुछ नहीं कहा क्योंकि वह मेरी भी दोस्त थी. फिर इसके बाद उसकी (आसिफ़ की) मां ने उनकी पसंद की एक लड़की फ़िरोज़ा से उसकी एक और शादी करवा दी. लेकिन आसिफ़ उसे जल्द ही वापस गांव छोड़ आया. मुझे यह बात बिलकुल पसंद नहीं आई. भले ही उसने उस लड़की को छुआ भी न हो तब भी उसका नाम तो ख़राब हुआ ही सही और उसकी ज़िंदगी तबाह हो गई.

मेरे लिए आसिफ़ का दिलीप कुमार की बहन अख़्तर से शादी कर लेना बरदाश्त से बाहर की चीज़ थी. मैंने तब आसिफ़ से साफ़ कहा कि इस बार इंतिहा हो गई. अब कोई रस्ता नहीं बचा है.'' (सितारा)

सितारा देवी अख़्तर का आसिफ़ की ज़िंदगी में आने को ही आसिफ़ की रुस्वाई और बरबादी की वजह मानती थीं. मुझे तब बहुत बुरा लगा एक इतनी ज़बरदस्त कामयाब फ़िल्म बनाने के बाद, उसके लिए अपनी कामयाबी का जश्न मनाने और ज़िंदगी के मज़े लेने का मक़ाम था. लेकिन बदनसीबी से ऐसा हुआ नहीं. अख़्तर से शादी के बाद से ही आसिफ़ की ज़िंदगी में बुरा वक़्त शुरू हो गया. जब उसने गुरुदत्त को लेकर *'लव एण्ड गॉड'* शुरू की तो बदनसीबी से उसकी मौत हो गई. फिर संजीव कुमार को लेकर दोबारा शूटिंग शुरू की. अभी फ़िल्म अधूरी ही थी कि आसिफ़ खुद चल बसा. फिर संजीव कुमार चला गया. आसिफ़ की मौत के बाद अख़्तर ने जिस शख़्स से शादी की वह भी चल बसा.

अख़्तर से शादी के बाद सितारा ने घर छोड़ दिया और प्रताप बारोट से शादी कर ली. ''मैंने भी दूसरी शादी कर ली. मुझे भी अपने घर-परिवार और बच्चों की चाहत थी. उसके बाद मेरा बेटा रंजीत बारोट पैदा हुआ.

मैंने आसिफ़ के खिलाफ़ दिलीप भाई की वजह से कोई केस वग़ैरह दायर नहीं किया. उन्हें (दिलीप कुमार) भी यह शादी बिलकुल पसंद नहीं आई थी. उन्होंने आसिफ़ और अपनी बहन अख़्तर से बातचीत तक बंद कर दी थी. लेकिन मैंने फिर भी आसिफ़ से रिश्ते बनाए रखे. हम लोग बराबर मिलते भी रहे.

मैंने यह भी सोचा कि अगर मैंने कोई मुकदमा भी लगाया तो भी कुछ हाथ नहीं आने वाला क्योंकि वह तो एकदम तबाह हाल कड़का हो चुका था.

मैं अब सोचती हूं कि हमें अपने बुज़ुर्गों की बात माननी चाहिए. मैंने किसी की बात न सुनी और आसिफ़ से शादी कर ली. और बदले में मुझे क्या मिला? उलटे मैंने ही अपना सारा पैसा, ज़ेवर उसको फ़िल्में बनाने के लिए दे दिया.

क़िस्मत का यह भी एक अजब खेल था. 9 मार्च 1971, जिस दिन के. आसिफ़ की मौत हुई, उसी दिन सितारा देवी का बम्बई के षण्मुखानंद हॉल में परफ़ॉर्मेंस था.

8 मार्च को उसने (आसिफ़) ने मुझे फ़ोन किया था. हम लोग 10 तारीख़ को मिलने वाले थे. मेरा ख़याल है कि वो मेरे पास वापस लौटना चाहता था लेकिन शायद बहुत देर हो चुकी थे. यह मेरे लिए एक बहुत बड़ा सदमा था. मुझे आज भी उसके इस अंत का दुख होता है.''

25 नवम्बर 2014 को कत्थक की महारानी और फ़िल्मों के अमिट नक्षत्र, सितारा देवी को इस दुनिया से परे आसमानों में अपना असल मक़ाम हासिल हो गया.

"कभी-कभी तारे ख़ुद टूटकर ज़मीन पर गिर आते हैं. मग़रूर शहज़ादों के लिए एक झुकी हुई नज़र ही काफ़ी होती है. [बहार]"

नज़ीर मामू

प्रीमियर के लिए पाकिस्तान से पधारे नज़ीर मामू पुराने दोस्त प्राण के साथ

के. आसिफ़ के नज़ीर मामू का पूरा नाम था नज़ीर अहमद ख़ान. पैदाइश लाहौर 1904 में.

1930 में प्रसिद्ध निर्माता-निदेशक ए.आर. कारदार की साइलेंट फ़िल्म *'सरफ़रोश'* से आपके फ़िल्मी करियर का आग़ाज़ हुआ. बतौर हीरो भी कारदार ने ही उन्हें मौक़ा दिया गुलज़ार बेग़म के साथ उनकी जोड़ी बनी फ़िल्म *'सुनहरी खंजर'* उर्फ़ *'गोल्डन डैगर'* में. इसके बाद 1931 में दो और फ़िल्मों *'आवारा रक़्क़ासा'* उर्फ़ *'वेंडरिंग डांसर'* और *'फ़रेबी डाकू'* उर्फ़ *'मिस्टीरियस बैंडिट'* में भी इसी जोड़ी को दोहराया.

नज़ीर का शुरुआती करियर कारदार के साथ-साथ ही चला. जब कारदार फ़िल्में बनाने की ग़रज़ से 1929 में लाहौर से कलकत्ता शिफ़्ट हुए तो नज़ीर को भी साथ ले गए. यहीं रहकर उन्होंने नज़ीर के साथ गूंगी फ़िल्में बनाईं.

जब नज़ीर के काम की तारीफ़ बम्बई तक पहुंची तो अपनी इसी तारीफ़ का पीछा करते वो ख़ुद भी बम्बई जा पहुंचे. बम्बई में नज़ीर ने *'राजपूताना का शेर'* और *'चांडाल चौकड़ी'* जैसी कुछ फ़िल्मों में काम किया ही था कि एक बार फिर कलकत्ता में ही फ़िल्में बना रहे कारदार को अपनी एक फ़िल्म *'चंद्रगुप्त'*(1934) में चाणक्य की महत्त्वपूर्ण भूमिका के लिए नज़ीर की ज़रूरत महसूस हुई. सो उन्हें फिर बुला लिया. चाणक्य वाली इस भूमिका के लिए भी नज़ीर को काफ़ी वाह-वाही मिली.

1938 में कारदार ख़ुद भी बम्बई आ गए. यहां *'बाग़बान'*(1938) में उन्होंने नज़ीर को एक अहम किरदार निभाने का मौक़ा दिया. इस फ़िल्म की कामयाबी के बाद नज़ीर बम्बई की फ़िल्मी दुनिया में जम गए. उन्हें ख़ूब काम मिलने लगा.

लगातार कामयाबी से उत्साहित होकर नज़ीर ने हिंद पिक्चर्स के नाम से अपनी प्रोडक्शन कम्पनी शुरू कर दी. '40 के इन्हीं शुरुआती सालों में नज़ीर ने इसी बैनर तले एक फ़िल्म *'अकबर-ए-आज़म'* बनाने का ऐलान किया था, मगर इसे वो बना न सके.

In "Kaljug" a social picture of Hind Pictures, Nazir and Sitara play the usual love game.

अपनी बीवी अभिनेत्री सितारा के साथ भागीदारी में उन्होंने हिंद पिक्चर्स के बैनर तले उन्होंने एक से एक कामयाब फ़िल्में बनाईं. *'कलजुग'*(1942) *'सोसायटी'*(1942). 1943 की उनकी फ़िल्म *'आबरू'* में ही वह मशहूर गीत ''इन्हीं लोगों ने ले लीना दुपट्टा मेरा'' घूंघट निकाले, नाचते और गाते याक़ूब पर फ़िल्माया था. बाद में 1972 में रिलीज़ हुई कमाल अमरोही की फ़िल्म *'पाकीज़ा'* में जब यह गीत लता मंगेशकर की आवाज़ में आया तो इसने धूम मचा दी. दिलचस्प बात यह है कि यही गीत 1941 की फ़िल्म *'इज़्ज़त'* में शमशाद बेग़म की आवाज़ में पेश हो चुका था.

1945 में नज़ीर ने स्वर्णलता के साथ जोड़ी बनाकर जब *'लैला मजनू'* बनाई तो इस फ़िल्म ने बॉक्स ऑफ़िस पर धूम मचा दी. 1946 में इसी जोड़ी की *'मां-बाप की लाज', 'वामिक अज़रा'* जैसी फ़िल्में भी आईं.

1947 में नज़ीर अपनी बीवी स्वर्णलता के साथ पाकिस्तान चले गए और फिर 1960 में *'मुग़ल-ए-आज़म'* के रिलीज़ पर प्रीमियर में शामिल होने ख़ास तौर से आए थे.

पाकिस्तान में भी नज़ीर और स्वर्णलता बेहद कामयाब रहे. अभिनय से ज़्यादा डायरेक्शन पर ध्यान देने लगे. पाकिस्तानी फ़िल्म इंडस्ट्री में उन्हें इज़्ज़त से 'बाऊजी' कहा जाता था.

26 अगस्त 1983 को वो इस जहान-ए-फ़ानी से रुख़सत हुए.

जब यह मुज्जसमा बेनकाब होगा
एम.एफ. हुसैन सीरीज़
22

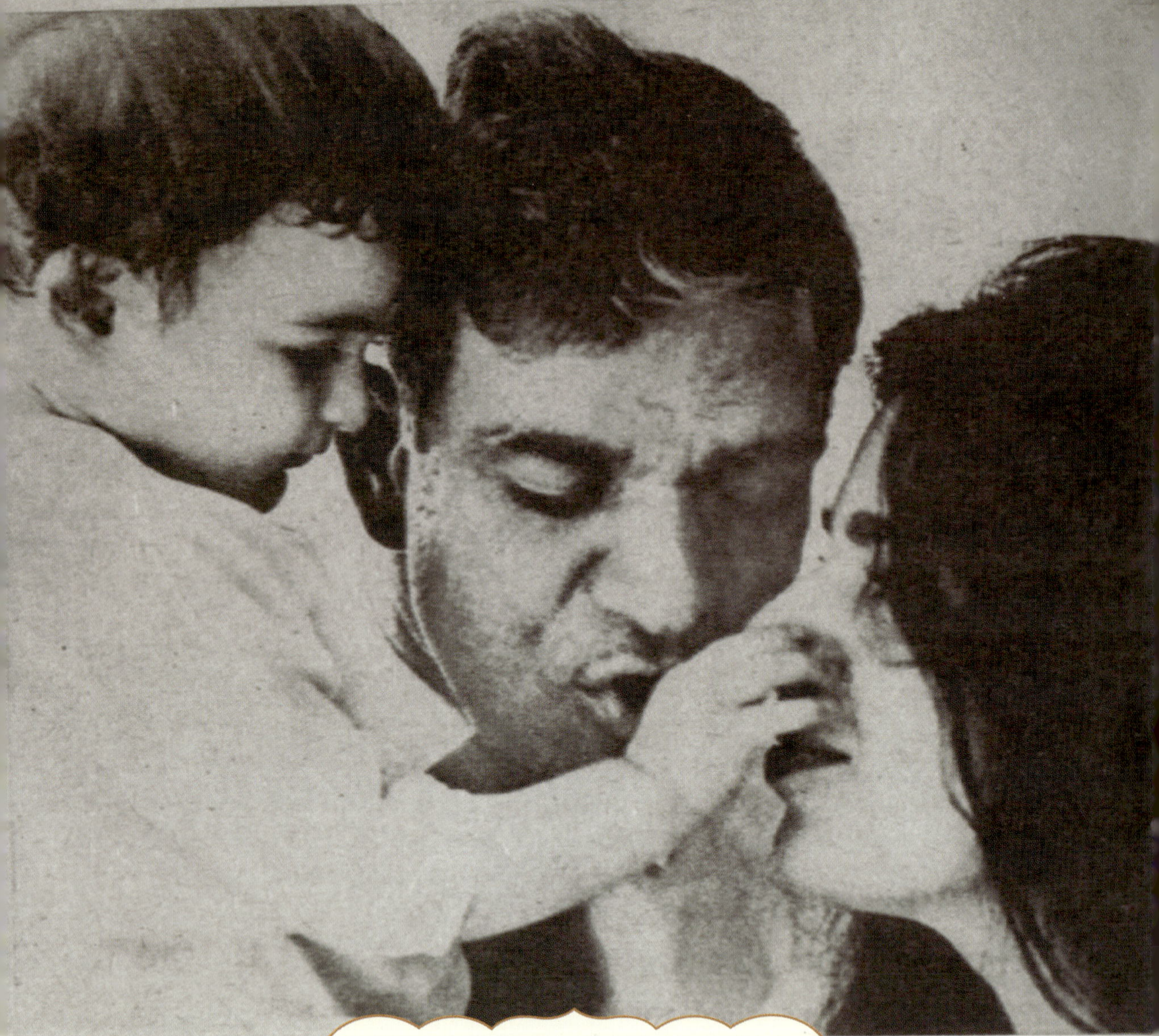

अख़्तर आसिफ़

दिलीप कुमार की इस छोटी बहन के बारे में दिलीप कुमार से बेहतर कौन बता सकता है? सो, यहां पेश है दिलीप साहब की आत्मकथा से लिया गया एक अंश, जिसमें अख़्तर की ख़ूबियों के साथ ही साथ आसिफ़ से शादी वाला प्रसंग भी आ जाता है.

''अख़्तर स्कूल के ज़माने से ही पढ़ाई-लिखाई के ऐतबार से निहायत ज़हीन और रोशन दिमाग़ लड़की थी. शायरी और भाषा में उसके गहरे रुझान ने उसे अयूब (दिलीप कुमार के बड़े भाई) के बाद ख़ानदान का दूसरा इंटलेक्चुअल चेहरा थी. उसमें प्रोफ़ेसर या फिर लेखक-साहित्यकार बनने की सारी सलाहियतें मौजूद थीं. वो विदेश में रहकर पढ़ना चाहती थी, सो मैंने ब-ख़ुशी उसकी इस बात में मदद की. जिस वक़्त वह अमरीका से लौट कर घर आई उस वक़्त मैं *'मुग़ल-ए-आज़म'* की शूटिंग में मसरूफ़ था. फ़िल्म के डायरेक्टर के. आसिफ़ उन दिनों आए दिन मेरे घर आने वालों में से थे. मुझे इस बात की भनक तक न थी कि अख़्तर और आसिफ़ के बीच मुहब्बत का रिश्ता पनप रहा है और वो बिना मेरी मर्ज़ी के ही शादी तक का फ़ैसला कर चुके हैं. वह भी, इस हक़ीक़त को जानते हुए कि मैं किसी हाल में अपनी ऐसी ज़हीन और क़ाबिल बहन की शादी ऐसे इंसान के साथ कभी मंज़ूर न करूंगा जो दो बार का शादी-शुदा, उम्र में उससे काफ़ी बड़ा और रहन-सहन में एकदम ही अलग था.

उर्दू शायरी अख़्तर की बड़ी कमज़ोरी थी. आसिफ़ को उर्दू ज़बान और शायरी पर ख़ासी महारत हासिल थी. इसी चीज़ से उसने अख़्तर को अपनी ओर खींच लिया.

अख़्तर ने मेरा दिल तोड़ दिया और मैंने अख़्तर और आसिफ़ दोनों से फ़ासला क़ायम कर लिया. यह फ़ासला बरसों तक बना रहा.'' (दिलीप कुमार)

के. आसिफ़ और अख़्तर की शादी से औरों की चाहे जितनी तकलीफ़ पहुंची हो, ये दोनों प्रेमी एक-दूसरे से बहुत ख़ुश थे. एक-दूसरे में डूबे इन आशिक़ों ने एक-दूसरे की ख़ातिर अपनी-अपनी ज़िंदगी में कई सारे बदलाव भी किए. इस मुहब्बत की दो निशानियां हैं उनकी दो बेटियां - ताबीर और ज़ूनी दोनों कनाडा में आबाद हैं. 22 सितम्बर 2015 को अख़्तर आसिफ़ का इंतकाल हो गया.

एम.एफ. हुसैन सीरीज़ 23

अकबर आसिफ़

अकबर आसिफ़-एम.एफ़.हुसैन-हया आसिफ़- कविता अकबर आसिफ़

के. आसिफ़ और निगार सुल्ताना के बेटे अकबर आसिफ़ लंदन में आबाद हैं. वे बेहद कामयाब और बड़े बिज़नेसमैन हैं. उनकी शख़्सियत में के. आसिफ़ का सा वह शाहाना अंदाज़ ख़ूब दिखाई देता है जिससे *'मुग़ल-ए-आज़म'* जैसे शाहकार बनते हैं. अपनी कारोबारी सल्तनत को संभालने की तमाम मसरूफ़ियात के बावजूद अकबर ने अपने वालिद को एक लम्हे के लिए भी अपने वजूद से अलग होने नहीं दिया है.

के. आसिफ़ का परिवार

सितारा देवी	-	कोई संतान नहीं
फ़िरोज़ा बेगम	-	मुख़्तसिर रिश्ता - तलाक़
निगार सुल्ताना	-	2 बेटे : अकबर आसिफ़ (लंदन), शौकत आसिफ़ (मुम्बई) 3 बेटियां : शबाना आसिफ़, हुमा आसिफ़, मुनीज़ा आसिफ़ (दुबई)
अख़्तर आसिफ़	-	ताबीर आसिफ़, ज़ूनी आसिफ़ (कनाडा)

'मुग़ल-ए-आज़म' को लेकर लंदन में उन्होंने यादगार जलसों की एक कड़ी सी क़ायम कर रखी है. इन जलसों में सर रिचर्ड एटनबरो से लेकर जावेद अख़्तर, शबाना आज़मी और इरफ़ान ख़ान जैसे लोगों की शिरकत होती रही है. इस काम में अकबर की पत्नी कविता और बेटी हया हर क़दम पर साथ होते हैं.

एम.एफ़. हुसैन साहब ने जब हिंदुस्तान से हिजरत करके लंदन में कयाम किया तो अकबर ने ही उन्हें रहने के लिए अपना पेंट हाऊस पेश कर दिया. यहीं रहते हुए हुसैन ने के. आसिफ़ के जीनियस को सलाम करती हुई जो पेंटिंग सीरीज़ बनाई वह उन्होंने अकबर आसिफ़ की बेटी हया आसिफ़ को बर्थ डे के तोहफ़े के तौर पर पेश कर दी. अकबर की शख़्सियत के बारे में हुसैन साहब का एक ख़त बहुत कुछ कह जाता है.

प्यारे अकबर-ए-आसिफ़-ए-आज़म,

मेरे लकी ट्रिपल ए.

पूरब से 90 साल लंबी आशिक़ी के बाद, यहां मैं पश्चिम के इश्क़ में गिरफ़्तार हो रहा हूं. यक़ीनन, यह इश्क़ अपनी पहली मुहब्बत को धोखा देकर नहीं कर रहा. क़िस्मत मुझे मशरिक़ से मग़रिब के आसमानों में मुझे विस्तार देने के लिए यहां मेरे लकी ट्रिपल ए के पास ले आई है. तुम, मेरे ए ए ए, तुम्हीं बताओ किस तरह मैं अपने इस मुक़द्दर का शुक्रिया अदा करूं.

जिस तरह सितारों की कोई सीमा नहीं है, उसी तरह तुम्हारी सख़ावत की भी कोई सीमा नहीं है.

क्या मैं इस सब का हक़दार हूं?

एम.एफ़. हुसैन का जज़्बात से लबरेज यह ख़त एक साथ दो इंसानों के किरदार की रहनुमाई कर जाता है. एक - ख़ुद हुसैन साहब का और दूसरा अकबर का. यह दोनो किरदार,इंसानी रिश्तों की आला तस्वीर बनकर उभर उठते हैं.

2004 में फ़िल्म के कलर में तब्दील करने की मशक़्क़त में सहयोग हो या फिर पाकिस्तान में फ़िल्म को रिलीज़ करने जैसे निहायत मुश्किल काम को अकबर ने पूरी शिद्दत और सच्चे जज़्बे से अंजाम दिया. क़ाबिले ज़िक्र है कि पाकिस्तान में हिंदुस्तानी फ़िल्मों के रिलीज़ पर लगी 41 साल पुरानी पाबंदी का अंत 28 अप्रैल 2006 को *'मुग़ल-ए-आज़म'* के रिलीज़ के साथ ही हुआ. और इसका सेहरा बंधता है अकबर आसिफ़ के सिर.

1

Pent house
Park Street
London
Thursday 29th
june
006

Dear Akbar-e-Asif-e-Azam
My lucky tripple AAA.
After 90 years of my love affair with the EAST, here I fall in love with the WEST, ofcourse without the betrayel of my first love.

Destiny brings the lucky tripple AAA to the launching pad of my life to boost the journey into the Western sky.
You Mr. AAA tell me how to thank my stars.
Like sky has no limit, your generosity knows no bound.
Do I deserve all that?
It's pure blessing of the Almighty and his great Messenger down to the holy decendants to the reverent Garib Nawaz.
Ameen. Husain

एम.एफ. हुसैन का ख़त अकबर आसिफ़ के नाम

OUR NEXT

Ramayan

AND

Taj Mahal

in Magnificient COLOR

PRODUCED & DIRECTED BY K. ASIF

ख़्वाब अधूरे रह गए

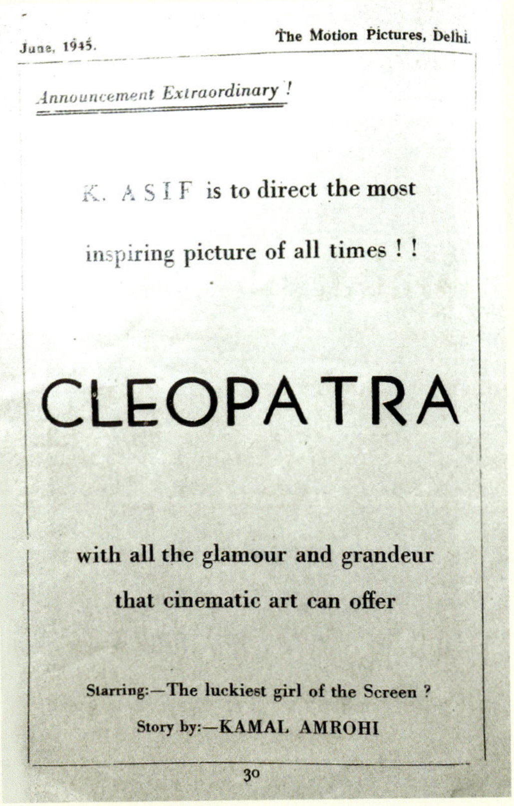
June, 1945. The Motion Pictures, Delhi.

Announcement Extraordinary !

K. ASIF is to direct the most inspiring picture of all times ! !

CLEOPATRA

with all the glamour and grandeur that cinematic art can offer

Starring:—The luckiest girl of the Screen ?

Story by:—KAMAL AMROHI

30

मिर्ज़ा ग़ालिब का एक शेर है :

हज़ारों ख़्वाहिशें ऐसी कि हर ख़्वाहिश पे दम निकले
बहुत निकले मेरे अरमान, फिर भी कम निकले

चचा ग़ालिब का यह शेर के. आसिफ़ जैसे किरदारों पर सौ फ़ी-सदी खरा उतरता है. *'मुग़ल-ए-आज़म'* के पहले और उसके बाद उन्होंने जिन फ़िल्मों को बनाने का इरादा ज़ाहिर किया, उनकी एक ख़ासी गिनती है.

1944 में *'फूल'* बनकर रिलीज़ भी न हुई थी कि *'मुग़ल-ए-आज़म'* पर काम शुरू कर दिया. तलाश के दौरान 1945 की एक फ़िल्म मैगज़ीन *The Motion Picture* का जून 1945 का अंक हाथ लगा. पन्ने पलटते वक़्त अचानक ही नज़र एक सफ़े पर के. आसिफ़ का नाम देखकर थम गई. यह एक इश्तिहार था, फ़िल्म *'क्लियोपेट्रा'* का. हैरत इसलिए हुई कि इससे पहले इसका ज़िक्र कहीं और देखने या सुनने में न आया था.

इस इश्तिहार की दिलचस्प बात यह है कि फ़िल्म को ज़र्क़-बर्क़ से भरपूर एक बेमिसाल सिनेमाई कारनामा बताया गया है. हीरो का तो ज़िक्र नहीं है लेकिन हीरोइन के नाम की जगह लिखा है - पर्दे की सबसे ख़ुशनसीब लड़की. लेखक में नाम है कमाल अमरोही का और डायरेक्टर - के. आसिफ़.

फ़िल्म इंडिया में प्रकाशित इश्तिहार

फ़िल्म तो ज़ाहिर है नहीं बनी लेकिन इस एक इश्तिहार के बाद इस फ़िल्म का कोई दूसरा सुराग़ भी नहीं मिलता.

इसी तरह आसिफ़ का चौंकाने वाला एक और ऐलान नज़र आया फ़िल्म *'रामायण'* का. नौशाद साहब और दूसरे जानकार हमेशा *'महाभारत'* का नाम लेते रहे लेकिन *'मुग़ल-ए-आज़म'* के रिलीज़ के वक़्त चुनिंदा पत्रकारों को बांटी गई एक छोटी सी बुकलेट में दो फ़िल्मों का ऐलान है - *'रामायण'* और *'ताज महल'*.

इसी तरह शहीद भगत सिंह को लेकर एक फ़िल्म बनाने का इरादा भी आसिफ़ की हज़ारों ख़्वाहिशों वाली फ़ेहरिस्त में शामिल था. 1950-51 में जारी इश्तहारों से मालूम होता है कि उन्होंने ख़्वाजा अहमद अब्बास को फ़िल्म की स्क्रिप्ट लिखने की ज़िम्मेदारी सौंपी हुई थी.

'हलचल'(1951) के फ़ौरन बाद आसिफ़ ने एक फ़िल्म शुरू की थी *'जानवर'*. यह वो दौर था जब गायिका-नायिका सुरैया की दीवानगी में लोग पागल हो रहे थे. उसके मरीन ड्राइव वाले घर कृष्णा महल के सामने आशिक़ों की भीड़ लगी रहती और ट्रैफ़िक जाम के नज़ारे होते. उसके इश्क़ में पागलख़ाने तक पहुंचने वालों की कहानियां भी फैलती रहतीं थीं.

दिलीप कुमार ने तब तक सुरैया के साथ कोई फ़िल्म न की थी. के. आसिफ़ ने महज़ दोस्ती की ख़ातिर सुरैया की नानी को मोटी रक़म देकर फ़िल्म *'जानवर'* के लिए दिलीप कुमार के साथ साइन कर लिया. शूटिंग की शुरुआत ही एक बड़े ख़तरनाक सीन से हुई. इस सीन के मुताबिक़ सुरैया को सांप ने काट लिया है और वह बेहोशी के आलम में है. हीरो दिलीप कुमार उसकी पिंडली से ज़हर चूस-चूस कर बाहर निकालता है.

चार दिन तक हर रोज़ यही एक सीन शूट होता और दिलीप कुमार इस एक शॉट के बहाने सुरैया के जिस्म पर लगातार यहां-वहां हाथ चलाते रहते. शॉट फिर भी ओ.के. नहीं होता. एक दिन तो हद ही गई कि सुरैया की रानों से ज़हर चूसने का अभिनय करते-करते दिलीप कुमार ने उसे इतनी ज़ोर से काट लिया कि ख़ून बहने लगा. घबराकर सुरैया खड़ी हो गई और दोनों दोस्तों को बुरा-भला सुनाकर सेट से रवाना हो गई.

इस घटना के बाद सुरैया के मामू ज़हूर, आसिफ़ और दिलीप को मारने के लिए ढूंढ़ते रहे और फ़िल्म की शूटिंग वहीं ख़त्म हो गई.

'मुग़ल-ए-आज़म' के बाद शुरू हुई *'लव एण्ड गॉड'*. जब 1964 में फ़िल्म के हीरो गुरुदत्त की असमायिक मौत हो गई तो इस फ़िल्म को वहीं रोककर उन्होंने शुरू की *'सस्ता ख़ून महंगा पानी'*.

'लव एण्ड गॉड' उर्फ़ 'मुहब्बत और ख़ुदा'(1986)

ज़माने भर की मुहब्बत की दास्तानों में *'दास्तान-ए-लैला-मजनू'* ने हमेशा से एक आला मक़ाम हासिल कर रखा है. हर दौर के अदब में 'लैला-मजनू' को ही इश्क़ो-मुहब्बत की एक मुमताज़ मिसाल के तौर पर पेश किया जाता रहा है. सिनेमा की आमद से सदियों पहले यह दास्तान किस्सागोई के उस्तादों की मदद से जीती रही, मक़बूल हुई. किताबों तक पहुंचकर यह हमेशा-हमेशा के लिए महफ़ूज़ हो गई. अगले क़दम पर नाटकों ने हाथों-हाथ लेकर इसकी शोहरत को घर-घर तक पहुंचा दिया. सिनेमा आया तो उसने इस तसव्वुर को तसवीर में बदल कर पेश कर दिया.

इस मक़बूलियत का नतीजा यह है कि आम बोलचाल की भाषा में आज भी प्रेम की पराकाष्ठा का प्रतीक 'लैला मजनू' ही बनते हैं. इसमें भी ख़ासकर 'मजनू' के किरदार की लासानियत और मक़बूलियत बहुत ज़्यादा है. अक्सर यह तो सुनाई दे जाता है कि कोई शख़्स 'मजनू' बना फिर रहा है या फिर फलां तो 'मजनू का चेला' है लेकिन 'लैला' इस जगह थोड़ी पीछे रह जाती है. हालांकि यह भी एक हक़ीक़त है कि बिना लैला का मजनू किसी की नज़र में मजनू नहीं हो सकता.

सिनेमाई जादू ईजाद हुआ तो हिंदुस्तान में सबसे पहले या तो धार्मिक फ़िल्में बनीं या फ़िर मुहब्बत के अफ़साने. यहां भी *'लैला मजनू'* ने ही बाज़ी मारी है. तमाम मशहूर दास्तानों के बीच लैला मजनू पर ही सबसे ज़्यादा फ़िल्में बनी हैं. हर दौर में अलग-अलग फ़िल्मकारों ने इसे अपने नज़रिए से पेश करने की कोशिश की है. क्योंकि ऐसी ज़्यादातर कोशिशें कामयाब होती रही हैं सो यह सिलसिला बना रहा है.

1931 में ज्यों ही सिनेमा को अवाज़ मिली त्यों ही लैला मजनू पर एक ही साल में दो फ़िल्में बन गईं. एक थी मादन थियेटर्स, कलकत्ता की मास्टर निसार और जहांआरा कज्जन की जोड़ी को लेकर बनाई गई *'लैला मजनू'* और दूसरी थी कृष्णाटोन, बम्बई मिस राम प्यारी और रफ़ीक़ ग़ज़नवी को लेकर बनी *'लैला मजनू'*.

मास्टर निसार और कज्जन, दोनों की जोड़ी स्टेज के ज़माने से बेहद मशहूर थी. इन दोनों की गायकी के लाखों दीवाने थे. इस फ़िल्म में पूरे 24 गीत थे, जिन्हें पर्दे पर देखने दर्शक बार-बार लौट आते थे और बॉक्स ऑफ़िस पर रोकड़ा जमा होता जाता था.

मास्टर निसार का गाया 'लैला लैला पुकारूं मैं बन में, मेरी लैला बसी मेरे मन में' और कज्जन के 'बरबाद ग़रीबों की वफ़ा हो नहीं सकती / उस जाने-तमन्ना से दग़ा हो नहीं सकती' और 'हम नहीं उनमें जो हैं मौत से डरने वाले' जैसे गीतों ने भारी धूम मचाई. नतीजतन मादन की पिक्चर ने कृष्णाटोन की फ़िल्म से ज़्यादा कामयाबी हासिल की.

1945 में आसिफ़ के मामू नज़ीर ने भी *'लैला मजनू'* बनाई थी. इस फ़िल्म में नज़ीर बने मजनू और लैला थीं स्वर्णलता. इस फ़िल्म ने नज़ीर की तिजोरी को कुबेर के ख़ज़ाने सा भर दिया था. इस फ़िल्म की कामयाबी में तनवीर नक़वी के लिखे गीतों और पंडित गोबिंदराम के साथ रफ़ीक़ ग़ज़नवी की धुनों ने लोगों को दीवाना बना दिया था. 'जा रहा है कारवां, ज़िंदगी का कारवां'(ख़ान मस्ताना, ज़ोहरा बाई अम्बाले वाली), 'टुकड़े उठा के दिल के, ले जाएंगे निशानी / बस ख़त्म है कहानी और तुम्हारी जाने-तमन्ना सलाम कहती है / जिसे समझते हो अपना, सलाम कहती है' (ज़ोहरा बाई) जैसे गीत ख़ूब चले.

एस.डी. बातिश और मुहम्मद रफ़ी की आवाज़ों में 'तेरा जलवा जिसने देखा वो दीवाना हो गया / जिस मस्त नज़र ने देखा, तो मस्ताना हो गया' भी ख़ूब चला. इस ग़ीत के साथ दो और दिलचस्प बातें जुड़ी हैं. एक तो यह कि मुहम्मद रफ़ी चेहरे पर दाढ़ी लगाए इस गीत को गाने वाले समूह में शामिल थे. दूसरी बात यह कि इस गीत के जादू से मुतासिर होकर गीतकार हसरत जयपुरी ने 1959 की फ़िल्म *'उजाला'* में इसी मुखड़े को ज़रा सा बदलकर एक गीत लिखा 'तेरा जलवा जिसने देखा, वो तेरा हो गया / मैं हो गई किसी की, कोई मेरा हो गया'. संगीतकार शंकर जयकिशन के साथ लता मंगेशकर के गाए इस गीत को भी लोगों ने ख़ूब पसंद किया.

1947 में बंटवारे के बाद जब नज़ीर पाकिस्तान चले गए तो आसिफ़ बम्बई में ही रहा. वो अपने सबसे हसीन ख़्वाब *'मुग़ल-ए-आज़म'* के बिखर जाने की वजह से सोग़ में डूबा था. इस वक़्फ़े में उसने एक फ़िल्म बनाई *'हलचल'*(1951) जिसके निर्देशन का ज़िम्मा उसने अपने सबसे भरोसेमंद असिस्टेंट एस.के. ओझा को सौंपा और ख़ुद *'मुग़ल-ए-आज़म'* को फिर से जिलाने की मुहिम में जुट गया.

कहा जाता है कि कोशिश करने वालों की हार नहीं होती और अगर कोशिश करने वाले का नाम के. आसिफ़ हो तो सिवाय जीत के नतीजा कुछ और हो ही नहीं सकता. सो *'मुग़ल-ए-आज़म'* का काम भी शुरू हो गया. लेकिन इस बार काम शुरू होकर एक बार फिर अटक गया. नरगिस का दिलीप कुमार के साथ अनारकली का रोल करने से इंकार आसिफ़ के लिए बड़ा झटका था. नई अनारकली की तलाश में शूटिंग फिर रुक गई.

इस बार आसिफ़ ने ख़ाली वक़्त में एक और फ़िल्म *'लैला मजनू'* शुरू करने का इरादा किया. इस फ़िल्म का बीज '40 के दशक में नज़ीर मामू की बेमिसाल कामयाब फ़िल्म *'लैला मजनू'* के समय ही आसिफ़ के ज़हन में डल चुका था जिसकी कोंपलें मौक़ा मिलते ही 1950 की दहाई में फूटकर सामने आ गईं. अचानक आसिफ़ को यह अहसास हुआ कि लैला मजनू ने निहायत ख़ामोशी से उसके दिल में अपनी जड़ें जमा ली हैं.

आसिफ़ ने आनन-फ़ानन में तैयारी करके *'लैला मजनू'* शुरू कर दी. निम्मी और भारत भूषण को लेकर. गीत-संगीत के लिए *'नज़ीर'* वाली पुरानी जोड़ी पंडित गोबिंदराम और तनवीर नक़वी को ले लिया. ठीक इसी वक़्त एक दूसरे निर्माता पी.एन. अरोड़ा ने भी शम्मी कपूर और नूतन को लेकर *'लैला मजनू'* शुरू कर दी. आसिफ़ की फ़िल्म बनाने की रफ़्तार के मुक़ाबले अरोड़ा बहुत तेज़ निकले और 1953 में फ़िल्म कम्प्लीट करके रिलीज़ भी कर दी. (विस्तृत कथा के. आसिफ़ वाले भाग में)

उस वक़्त आसिफ़ हार गए और इस फ़िल्म को भूल कर वापस *'मुग़ल-ए-आज़म'* की तरफ़ चले गए. लेकिन इस हार की फांस उनके दिल में चुभती रही. असल में मुहब्बत की दास्तानों से उसे जुनून की हद तक मुहब्बत थी. आसिफ़ का जुनून, मजनू की ख़ाक से नहाया हुआ जुनून था, जिसमें ला-हासिल को हासिल करने के लिए ख़ुद को ख़ाक़ कर देना भी शामिल था.

''समय बलवान है मगर प्रेम उससे भी ज़्यादा बलवान है. इसीलिए समय के हर तार पर प्रेम का अस्रज (असरज) संगीत बजता रहता है. 'क़ैस'(मजनू) तो एक नाम था जो पल छिन सा बीत गया. मगर आत्मा की वह अकुलाहट क़ायम रही जिसका नाम प्रेम है.'' (के. आसिफ़ - *माधुरी* - अप्रैल 1971)

'मुग़ल-ए-आज़म' के बाद आसिफ़ *'रामायण'*, *'महाभारत'* और *'ताज महल'* जैसी फ़िल्में बनाने के ख़्वाब देख चुके थे, *'मुग़ल-ए-आज़म'* के रिलीज़ के वक़्त ही इन फ़िल्मों के नामों का ऐलान भी कर चुके थे, मगर इन तमाम प्रोजेक्ट्स को छोड़कर उन्होंने अपने इस अधूरे ख़्वाब पर काम शुरू कर दिया.

''एक दिन आसिफ़ साहब मेरे पास आए और कहने लगे, एक धांसू चीज़ सोच कर आया हूं. आप सुनेंगे तो चौंक जाएंगे. मैंने पूछा आख़िर क्या सोचा है?

आसिफ साहब बोले, मैंने *'ताज महल'* और *'महाभारत'* को बनाने का ख़याल तो दिल से निकाल दिया है, अब *'लैला मजनू'* बनाना चाहता हूं. मैंने यह सुना तो आसिफ़ साहब से कहा, *'लैला मजनू'* तो आपने बहुत पहले शुरू की थी, जिसमें निम्मी और भारत भूषण काम कर रहे थे और मौसीक़ार पंडित गोबिंदराम थे. उसकी शूटिंग और गाने भी रिकॉर्ड किए गए थे.

आसिफ़ सहब ने मुझसे यह तफ़्सील सुनी तो कहा, उस पहली फ़िल्म को ज़हन से निकाल देजिए. अब जो सोचा है, वह क़तई मुख़्तलिफ़ है. इस फ़िल्म को इश्क़-ए-मजाज़ी (सांसारिक प्रेम) से शुरू करके इश्क़-ए-हक़ीक़ी (ईश्वर से प्रेम) की तरफ़ मुंतक़िल (मोड़) करूंगा. यह समझिए कि फ़िल्म नफ़्स (काम वासना) से ज़्यादा इश्क़-ए-हक़ीक़ी पर होगी. अब तक इस मौज़ू पर जितनी फ़िल्में बनी हैं, वह इश्क़-ए-मजाज़ी की बात करती थीं, मगर मेरी फ़िल्म में लैला सिर्फ़ महबूब (ख़ुदा) की अलामत (प्रतीक मात्र) होगी. मजनू को असल इश्क़ ख़ुदा की ज़ात से होगा.''

उस वक़्त के. आसिफ़ की ज़हनी हालत एक फ़लसफ़ी की सी थी, जो एक बार फिर किसी इश्क़ में मुब्तला हो गया हो.

जिस वक़्त सारी दुनिया *'मुग़ल-ए-आज़म'* सा शाहकार बनाने वाले फ़नकार की जय-जयकार में जुटी थी, ठीक उसी वक़्त आसिफ़ इन सारी आवाज़ों से परे अपने मजनूं की तलाश में लोगों के चेहरे पढ़ रहा था. आख़िर एक दिन उसे गुरुदत्त में वो चेहरा दिखाई दे गया.

''समय के रंग बदलते रहे आकाश पर एक चित्र अमिट रहा; गरेबां चाक, उलझे-उलझे बाल.... क़ैस

'क़ैस' कहां मिलेगा?

मेरी चेतना के हर तार पर इस सवाल की झंकार गूंजती रही. मैं नाम नहीं पूछ रहा था, मैं चेहरा नहीं तलाश रहा था, मैं तो ढूंढ़ रहा था आत्मा की अकुलाहट को, आंखों में जगमग करती उस ज्योति को जो प्रणय के सागर को भी पार करने के लिए मचल उठती हो. मैंने गुरुदत्त की आंखों में वह चमक देखी. उसे 'क़ैस' के तार-तार कपड़े दिए और उसके होंठों पर एक नाम रख दिया - लैला.'' (के. आसिफ़ - *माधुरी*)

आसिफ़ की इस पसंद पर सब लोग हैरान थे. किसी और ने गुरुदत्त के साथ मजनू के नाम की कल्पना तक न की थी. इन हैरान लोगों में संगीतकार नौशाद का नाम भी शामिल थे.

''मैंने फ़िल्म की कास्टिंग के बारे में आसिफ़ साहब से पूछा, '.कैस कौन होगा?' आसिफ़ साहब मुस्कराए और चुटकी बजाकर बोले, 'मैं आपको आज चौंकाने आया हूं. नाम सुनिए और चौंकिए'. और फिर गुरुदत्त का नाम लिया.

मैंने कहा, वाक़ई आपने मुझे चौंका दिया. गुरुदत्त वाक़ई बेहतरीन फ़नकार हैं. मगर फ़िल्म में जैसी ज़बान की ज़रूरत है क्या गुरुदत्त ऐसी ज़बान बोल पाएंगे? या फिर आप उनके मकालमे डब करेंगे?

आसिफ़ साहब ने जवाब दिया, ये आप मुझ पर छोड़िए कि गुरुदत्त कैसी ज़बान बोलेंगे. मगर मैं आपको बता दूं कि मैं गुरुदत्त के डायलॉग डब नहीं करूंगा और अगर उनकी ज़बान में कोई ख़ामी रही तो उसका ज़िम्मेवार मैं रहूंगा.'' (नौशाद)

फ़िल्म शुरू हुई. सब कुछ ठीक-ठाक सा ही चलता हुआ मालूम हो रहा था कि एक दिन आसिफ़ के मजनू ने हालात-ए-दुनिया से घबराकर दुनिया को ही अलविदा कह दिया. 10 अक्टूबर 1964 को गुरुदत्त ने नींद की गोलियां खाकर जान दे दी.

हमदर्दों ने आसिफ़ से हमदर्दी जताते हुए इस बात पर अफ़सोस ज़ाहिर किया कि गुरुदत्त की मौत से उसको कितना भारी नुक़सान हुआ है. दुनियादारों की दुनियादारी का खेल देखकर हमेशा ही आसिफ़ का फ़क़ीर जाग जाता था. सो फ़क़ीर ने जवाब दिया : आपको कौड़ियों की पड़ी है. इतना बड़ा फ़नकार चला गया. ऐसे फ़नकार पर तो ऐसी दस फ़िल्में क़ुरबान हैं.

अब के. आसिफ़ जो ज़रा संभला तो एक बार फिर से एक फ़लसफ़ी का भेस धर बैठा.

''मगर गुरुदत्त भी तो एक क्षण था, बीत जाना जिसकी नियति थी. वह महान क्षण बीत गया. और मैं, फिर आवाज़ देता रह गया - क़ैस कहां है? क़ैस कहां है? मगर मेरी आवाज़ मरुस्थल में गूंजती रह गई. *'मुहब्बत और ख़ुदा'* का रुक जाना उतना ज़्यादा कष्टदायी न था जितना एक प्यारे दोस्त और हर दिल अज़ीज़ अदाकार का हमेशा-हमेशा के लिए बिछड़ जाना. ...मैंने ख़ामोशी का दामन थाम लिया.'' (के. आसिफ़)

के. आसिफ़ ने इस बार एक दूसरी फ़िल्म शुरू कर दी - *'सस्ता ख़ून महंगा पानी'*. इस फ़िल्म में राजेंद्र कुमार, सायरा बानो, नाज़िमा, जयंत के साथ ही साथ एक और कलाकार था, जिस पर आसिफ़ की ख़ास निगाह थी.

''इसमें (*'सस्ता ख़ून महंगा पानी'* में) एक नया लड़का था - संजीव... फ़िल्म की शूटिंग जोधपुर में होनी थी. संजीव को भी इस शूटिंग में भाग लेना था. सो वह भी जोधपुर आ गया था. कई दिन तक शूटिंग चलती रही मगर मैंने संजीव से एक दिन भी काम नहीं लिया. शूटिंग की पूरी तैयारी करके वह आता था, मगर मैं अब शॉट लूंगा, तब शॉट लूंगा कहकर उसे टाल देता था. उसके चेहरे पर गहरी उदासी छा जाती और आंखों में अजीब सी बेचैनी तैर उठती.

राजेंद्र कुमार- फ़िल्म ''सस्ता ख़ून, महंगा पानी''

शूटिंग का आख़िरी दिन था. संजीव उस दिन भी शूटिंग की पूरी तैयारी करके आया था. मगर दोपहर तक मैंने उसे यूं ही बिठाए रखा. पैक अप होने में जब थोड़ी देर थी तो मैंने उसे शॉट देने के लिए कहा. शॉट क्या था, बिलकुल टालम-टोल. एक ही टेक में मैंने ओ.के. कर दिया. और मैंने यह महसूस किया कि वह समझ गया है कि मैंने उसे यों ही टरका दिया है. उसके चेहरे पर गहरी उदासी और आंखों में बेचैनी भरी निराशा तैर उठी.'' (के. आसिफ़ - *माधुरी*)

जोधपुर के बाद बम्बई में स्टूडियो शूटिंग का वक़्त आ गया. आसिफ़ ने जान-बूझकर यहां भी संजीव के साथ जोधपुर की ही तरह का सुलूक किया. यहां भी उससे कोई काम नहीं लिया. अख़्तर (आसिफ़ की पत्नी) ने जब इस बात को नामुनासिब मानते हुए शिकवा किया तो आसिफ़ ने उससे कह दिया कि मैंने संजीव को फ़िल्म से निकाल दिया है. अख़्तर को यह बात और भी बुरी लगी लेकिन आसिफ़ के मन में कुछ और ही मंसूबे थे.

''फिर कुछ दिनों बाद मैंने अचानक कहा, अब मैं *'मुहब्बत और ख़ुदा'* फिर से बनाऊंगा.

मगर क़ैस कहां है? उसने (अख़्तर ने) उत्सुकता से पूछा.

मुझे वे आंखें मिल गईं जिनमें अजीब सी बेचैनी भरा हौसला मचल रहा है. वह चेहरा मिल गया जिसमें प्रेम की अकुलाहट भरी है. मैंने कहा और एक तसवीर उसके सामने रख दी. तसवीर को इस अंदाज़ में ऊपर और नीचे से छिपा दिया ताकि तसवीर में सिर्फ़ आंखें ही दिखाई दें, पूरी आकृति न दिखाई दे.

'सचमुच ये क़ैस की ही आंखें हैं.' वह प्रसन्नता भरे स्वर में बोली. मैंने तसवीर का ढंका हुआ भाग उघाड़ दिया. मेरी पत्नी ने तार-तार कपड़ों और धूल भरे बालों वाले क़ैस की तसवीर निहारी तो निहारती ही रह गई. फिर अचानक उसके मुंह से निकला, 'अरे यह तो संजीव कुमार है...! '

मैं सिर्फ़ मुस्करा दिया, फिर बोला, 'मुझे इसी की तलाश थी.' *'सस्ता ख़ून महंगा पानी'* में मैंने जान-बूझ कर उसके साथ बेरुख़ी भरा बर्ताव किया. इस बेरुख़ी की आड़ में से मैंने उसके चेहरे पर छाई उदासी, निराशा और आंखों में तैरती अजब सी तड़प को ग़ौर से देखा. गुरुदत्त के बाद जिस कलाकार की मुझे तलाश थी - वह संजीव कुमार ही था. मगर मैं उसे अच्छी तरह ठोक परख लेना चाहता था. मैं उसे जान-बूझ कर निराश करता रहा और उसके चेहरे पर पैदा होने वाली बात को चुपचाप पढ़ता रहा.'' (के. आसिफ़)

फ़िल्म की शूटिंग लगभग पूरी होने को आ गई थी और आसिफ़ ने उसे 1971 में ही रिलीज़ करने का ऐलान कर दिया था. बस जॉर्डन में एक हफ़्ते-दस दिन की शूटिंग का प्रोग्राम था और लंदन में तकनीकी मदद से आसिफ़ के ख़्वाबों में बसी जन्नत को पर्दे पर लाकर दिखाने का सबसे मुश्किल काम था. इस जन्नत में मशहूरे ज़माना *'लैला मजनू'* की दास्तान से हटकर आसिफ़ स्टाइल में दोनों प्रेमियों का मिलन दिखाया जाना था.

फ़िल्म के अंत में, असल कहानी के मुताबिक़ दोनों प्रेमियों को सहरा की तपती रेत में उठते बवंडर में घिर कर मर जाना था. बाद में वह इनका मिलन जन्नत में दिखाना चाहता था. आसिफ़ की तरफ़ से इस रिवायती कहानी में यही वो एक अहम मोड़ था, जिसे उसने नौशाद साहब को इन लफ़्ज़ों में यह समझाया था कि वो इस कहानी को ... इश्क़-ए-मजाज़ी से शुरू करके इश्क़-ए-हक़ीक़ी की तरफ़ मोड़ देगा. फ़िल्म के इसी तत्व को लेकर ही आसिफ़ ने फ़िल्म का नाम ही *'लैला मजनू'* की बजाय *'मुहब्बत और ख़ुदा'* रखा था.

आसिफ़ इस जन्नत के तसव्वुर में इस कदर खोया हुआ था कि जब वो अपनी टीम के लोगों से बात करता था, तो बड़ी महीन तफ़्सीलात के साथ जन्नत में बहते झरनों के पानी का रंग, पेड़ों की शाख-पत्तियों और उस पर लगने वाले फलों की रंगत तक बयान किया जाता. उसकी ज़िद थी कि जिस वक़्त जन्नत का वह

आख़िरी सीन पर्दे पर आए तो पूरे सिनेमा हॉल में बैठे दर्शकों के बीच एक ऐसी ख़ुशबू सी फैल जाने का सा अहसास पैदा हो कि उसे ख़ुद जन्नत में होने की सी अनुभूति हो.

आसिफ़ का अक़ीदा था कि सच्ची मुहब्बत करने वालों को ख़ुदा जन्नत में मक़ाम अत्ता फ़रमाते हैं और जहां उन्हें 'हयाते-जाविदां' (अनश्वर जीवन) हासिल होती है. सो इसी ख़याल से पैदा हुई सिचुएशन के मुताबिक़ मजनू भी आसमान पर ख़ुदा की दुनिया में पहुंच जाता है, जहां दारोग़ा-ए-जन्नत रिज़वान उसका इस्तक़बाल करता है और उसे वहां के मुख़्तलिफ़ गोशों की सैर कराते-कराते ख़ुदा के दरबार में ले जाता है. मजनू तकाज़ा करता है कि उसे अल्लाह के दीदार कराए जाएं. रिज़वान उसे समझाता है कि अल्लाह को देख नहीं पाओगे, चौंधिया जाओगे, उसे देखने की तमन्ना छोड़ दो. वह कोई जिस्म नहीं नूर ही नूर है.

मजनू फ़िर भी इसरार करता है तो रिज़वान कहता है; तो फिर देख उसका नूर! आसमान हिलने लगता है. एक ज़लज़ला सा बरपा हो जाता है. फिर अचानक एक तेज़ नूर उभरकर सामने आता है. लगता है सारी कायनात ज़ेरो-ज़ब्र हो जाएगी. लेकिन मजनू ज़रा भी नहीं घबराता और न ही उसकी निगाहें चकाचौंध होती हैं. वो रिज़वान से मुख़ातिब होकर कहता है :

तो यह तुम्हारे ख़ुदा का नूर है? यही नूर तो मैं लैला की आंखों में हर रोज़ देखा करता था.

इसके साथ ही फ़िल्म का अंत हो जाता है. इस आख़िरी डायलॉग के ज़रिए आसिफ़ ने अपने इस अक़ीदे को ताक़त देने की कोशिश की है कि असल में ख़ुदा की बनाई इस दुनिया में अगर ख़ुदा कहीं है तो वह मुहब्बत में है. उसी सच्ची मुहब्बत के चलते ही उसे लैला की आंखों में वह ख़ुदाई नूर दिखाई देता था. उसने यही बात फ़िल्म के एक गीत के ज़रिए भी कही है : 'ख़ुदा है मुहब्बत, मुहब्बत ख़ुदा है'.

के. आसिफ़ की इस जन्नत दिखाने और ख़ुदा का नूर पर्दे पर नुमाया करने को लेकर उनके कई क़रीबी लोग ही उनसे नाराज़ थे. इस मामले में एक फ़क़ीर की चेतावनी (देखिए के. आसिफ़ की कहानी) के अलावा नौशाद दूसरे शख़्स थे जिन्होंने ख़ुलकर इसका विरोध किया.

''मैं कहानी सुनकर बहुत मुतासिर हुआ. ख़ास तौर से कहानी के इस मोड़ से बहुत मुतासिर हुआ, जहां क़ैस का लैला से इश्क़ ख़ुदा से इश्क़ में तब्दील हो जाता है. पूरी कहानी सुनने के बाद मैंने सिर्फ़ जन्नत के मनाज़िर पर ऐतराज़ उठाया था. मेरी ख़्वाहिश और कोशिश थी कि ये तमाम सीन फ़िल्म में न रखे जाएं. इस मामले पर मेरे और आसिफ़ साहब के दर्मियान ज़बरदस्त बहस हुई थी. इस बहस के दौरान मैंने आसिफ़ साहब से पूछा था क्या आपने जन्नत देखी है? आख़िर आप फ़िल्म में कौन सी जन्नत दिखाएंगे?

आसिफ़ साहब ने कहा, मेरे ज़हन में जो जन्नत का तसव्वुर है वो फ़िल्म में पेश करूंगा. मैंने कहा, आसिफ़ साहब, मामला गड़बड़ हो सकता है. आप राज़े-क़ुदरत में मदाख़लत (हस्तक्षेप) करना चाहते हैं. जन्नत का जो तसव्वुर है, उसे ज़हनों में रहने दीजिए. आम फ़िल्म बीन और ख़ास तौर पर मुस्लिम हलकों में यह बात पसंद नहीं की जाएगी. हो सकता है फ़िल्म के रिलीज़ के मौक़े पर हंगामे हों और सिनेमा हॉलों के पर्दे फाड़ दिए जाएं.

मेरी बात सुनी तो आसिफ़ साहब भड़क गए. कहने लगे, नौशाद साहब, आप इतने कदामत पसंद (पुरातन पंथी) हो सकते हैं, मुझे इसकी तवक़्क़ा (आशा) नहीं थी. यह कहते हुए उन्होंने मेज़ पर रखा गिलास ज़ोर से ज़मीन पर पटक दिया.

मैंने यह सूरत हाल देखी तो कहा, आसिफ़ साहब, आप शायद संजीदा बहस के मूड में नहीं हैं. आप बिला-वजह गुस्से का मुज़ाहिरा कर रहे हैं. मैं भी आपकी तरह तेज़ लहजे में बोल सकता हूं. मगर आप फ़िल्म के मालिक हैं तो आप का जो दिल चाहे कीजिए.

इस मौक़े पर वजाहत मिर्ज़ा, अमान साहब और इत्तिफाक़ से अली रज़ा साहब भी मौजूद थे. तीनों हज़रात मुझसे मुतफिक़ (सहमत) थे. लेकिन आसिफ़ साहब अपनी जगह अड़े रहे. मैं उठा तो मुझसे कहा, आप सिर्फ़ मौसीक़ी के बारे में सोचिए, बाक़ी बातें मुझ पर छोड़िए. मुझे भी गुस्सा था, मैं कोई जवाब दिए बग़ैर चला आया. रात को आसिफ़ साहब ने मुझे फ़ोन किया. बोले, नौशाद साहब, क्या ड्रामा हो रहा है! मैंने जवाब दिया, ड्रामा मैं कहां, आप अपनी फ़िल्म में पेश करने वाले हैं. वह मेरी बात का मतलब समझ गए. बोले, नौशाद साहब, आप घबराइए नहीं, मैं जन्नत के सीन इस अंदाज़ से पेश करूंगा कि किसी को ऐतराज़ नहीं होगा.

दूसरे दिन आसिफ साहब जब मेरे घर तशरीफ़ लाए, कहने लगे, जन्नत के पूरे सीन की मौसीक़ी तरतीब

दीजिए. यह सीन फ़िल्म में उस वक़्त शुरू होता था जब क़ैस का इंतिक़ाल हो जाता है, उसकी रूह परवाज़ करती है और जन्नत में दाख़िल होती है. मैंने आसिफ़ साहब से कहा, मुझे हर शॉट की लम्बाई और तख़य्युल (कल्पना, ज़हनी ख़ाक़ा) बताइए, उसी वक़्त मैं म्यूज़िक कम्पोज़ कर सकता हूं.

मेरी बात सुनकर आसिफ़ साहब ने कहा, मैं पंडित राम कुमार शर्मा से इन मनाज़िर की पेंटिंग्स बनवाने की बात कर चुका हूं. वह पेंटिंग्स बनाकर आपको देंगे. फिर आप म्यूज़िक कम्पोज़ कीजिएगा.''

यह आख़िरी मंज़र आसिफ़ की आंखों में इस तरह बसा था कि उन्होंने सचमुच वो सारे के सारे मनाज़िर पेंटर राम कुमार के सामने इस शायराना अंदाज़ में बयान किए कि पेंट करते वक़्त आसिफ़ की बातें किसी नग़मे की तरह उनके कानों में गूंजती रहीं. नतीजा यह हुआ कि आसिफ़ के तसव्वुर की जन्नत केनवस पर ज़िंदा हो उठी. लेकिन यह जन्नत बस उसी केनवस तक ही रह गई या फिर आसिफ़ की आंखों में, जिसे वह जाते-जाते अपनी पलक मुंदी आंखों में, सीप में छुपी मोती की मानिंद सहेजकर ले गए.

आसिफ़ की मौत के बाद उनकी विधवा अख़्तर आसिफ़ और उनके दूसरे साथियों और चाहने वालों ने हज़ार हाथ-पैर मारे, लेकिन एक आंख का सपना दूसरी आंख तक के सफ़र में हवा की चपेट खा जाता है. इस मामले में भी यही हुआ. निर्माता-निर्देशक के.सी. बोकाड़िया ने के. आसिफ़ के एक पुराने अहसान को सीने में संजो रखा था. इस वक़्त उन्होंने आगे बढ़कर उस अहसान के बदले अपनी तिजोरी का मुंह खोल दिया और जैसे-तैसे फ़िल्म को 1986 में रिलीज़ कर दिया. फ़िल्म रिलीज़ हुई तो देखने वाले *'मुग़ल-ए-आज़म'* वाले के. आसिफ़ के उस ला-सानी ख़्वाब की तसवीर ढूंढ़ते रहे, जो आसिफ़ की ग़ैर मौजूदगी में किसी शीराज़े की तरह इधर-उधर बिखर कर अपना नूर खो चुकी थी.

सस्ता ख़ून महंगा पानी

के. आसिफ़ का ज़हन ख़ुदा जाने किस तरह काम करता था. एक लम्हे में शरारत और दूसरे लम्हे में फ़िक्र-ए-दुनिया. *'लव एण्ड गॉड'* अटकी तो 1964 में के. आसिफ़ ने दूसरी फ़िल्म शुरू की *'सस्ता ख़ून महंगा पानी.'* इस फ़िल्म को बनाने के पीछे आसिफ़ की सोच क्या थी? ख़ुद उन्हीं से सुनिए.

''आज अपने देखने में यह प्रवृत्ति दिखाई दे रही है कि ख़ून बह जाए तो कोई बात नहीं, मगर पानी किसी भी क़ीमत बरबाद नहीं होना चाहिए. वैसे यह एक राजस्थानी कहावत है.'' (के. आसिफ़)

अपने दौर की प्रसिद्ध फ़िल्म पत्रिका *माधुरी* से 1966 में बात करते हुए आसिफ़ ने पानी को अन्न से और देश में अन्न के अकाल पर पोप के बयान से जोड़कर जो बातें तब की थीं उससे देश और समाज के प्रति उनकी चिंताओं की झलक के साथ ही साथ देश-दुनिया के प्रति सजगता भी साफ़ दिखाई दे जाती है.

''मैं इस फ़िल्म द्वारा देश की खाद्य स्थिति का पर्दाफ़ाश करना चाहता हूं. धरती जिसे हमने मां के रूप में पूजा, आज हमसे क्यों इतनी बेज़ार हो गई है कि हमें बाहर झोली फैलानी पड़ रही है. हर स्वाभिमानी और देश प्रेमी व्यक्ति के लिए अवश्य ही यह खेद का विषय है... कुछ दिनों पहले पोप ने विज्ञप्ति पढ़कर संसार के सम्पन्न देशों से क्या अपील की थी?

उन्होंने कहा था भारत के अकाल पीड़ितों को अन्न दो... और जिस तरह इस बात से हर भारत वासी बौख़ला उठा, उसी तरह मैं भी बौख़ला उठा. मानें न मानें, मेरी फ़िल्म की कहानी का प्रेरणा स्रोत पोप का यही कथन है.''
(के. आसिफ़)

इस फ़िल्म के मुख्य सितारे थे राजेन्द्र कुमार और सायरा बानो. बम्बई के मोहन स्टूडियो और राजस्थान में जोधपुर के कुछ इलाक़ों में काफ़ी अरसे तक इसकी शूटिंग चलती रही. फिर अचानक ही आसिफ़ का मन बदला और इस फ़िल्म को अधूरा छोड़कर *'लव एण्ड गॉड'* की शूटिंग शुरू कर दी.

1983 में रिलीज़ हुई फ़िल्म में इस फ़िल्म का लगभग दस मिनट का वीडियो देखने को मिला तो महसूस हुआ कि के. आसिफ़ का हुनर और उसकी इंसानियत का जज़्बा, दोनों उरूज़ पर पहुंच रहे थे. एक से एक कमाल के दृश्य थे. '60 के उस दशक में बिना आज की विकसित तकनीक और स्पेशल इफ़ेक्टस के इस फ़िल्म में जो दृश्य रचे गए हैं वह आर.डी. माथुर जैसे महान सिनेमाटोग्राफ़र और के. आसिफ़ जैसा महान निर्देशक ही रच सकता था.

फ़िल्म में एक दृश्य है जिसमें डकैतों का सरदार जयंत ('शोले' वाले गब्बर, अमजद ख़ान के पिता) नायक राजेन्द्र कुमार की अगवा की गई बहन को इस एक शर्त पर छोड़ने को तैयार होता है कि राजेन्द्र कुमार उसके एक पहलवान को हरा कर दिखाए. अब यहां राजेन्द्र कुमार उस गठीले जिस्म वाले पहलवान से, जिसके हाथ में तेज़ धार वाला हथियार है, सिर्फ़ अपना जूता निकाल कर लड़ता है और जीत भी जाता है. फ़िल्म *'शोले'* के ओरिजनल एंड में भी ठाकुर (संजीव कुमार), गब्बर को अपने कीलों वाले जूते से कुचल कर मार डालता है.

जयंत- ''सस्ता ख़ून, महंगा पानी''

और एक याद रखने वाली बात - जिस वक़्त राजेंद्र कुमार जीत जाता है और हारा हुआ ज़मीन पर गिरा पड़ा पहलवान उसके आगे बेबस, निहत्था हो जाता है, तब उसे अपने हाथों से उठाकर खड़ा करता है, हाथ जोड़कर और पांव छूकर कहता है - मेरे भाई मुझे माफ़ कर दे. न ये मेरी जीत है और न तेरी हार.

यह एक मंज़र उस घड़ी इंसानियत का पाठ पढ़ाने वाले न जाने कितने महात्माओं की याद दिला जाता है.

इसी तरह घोड़ों पर सवार डकैतों का गैंग जिस तरह इस फ़िल्म में बीहड़ों से गुज़रता है उसकी टेकिंग सचमुच क़ाबिले-दाद है. प्राण साहब का कहना था **-अगर वह फ़िल्म मुकम्मल हो जाती तो दुनिया के लिए बेहतरीन तोहफ़ा होती.**

शुक्रिया

मेरे लिए मुगल-ए-आज़म का मतलब के.आसिफ़ है. के.आसिफ़ से पहले अनारकली की दास्तान, एक किस्सा था, एक दिलचस्प कहानी थी. एक ऐसी कहानी जिसे कहते-सुनते कई सारे फ़िल्मकारों ने बाक्स आफ़िस पर होती नोटों की बरसात से महज़ अपनी तिजोरियों का वज़न बढ़ाया. के.आसिफ़ इन सबसे जुदा था. उसने न कभी कोई तिजोरी रखी और न उसे भरने की कोशिश की. इसलिए मेरी यह कहानी फ़िल्म से ज़्यादा उस फ़िल्म के ख़ालिक़ करीमुद्दीन आसिफ़ की कहानी है.

इस कहानी को कहने की कोशिश में जितने बरस बीते; पुरख़ार मगर ख़ुश-गवार बीते. पुरख़ार - कि कड़ी से जुड़ी कड़ी की तलाश, हमेशा दुश्वारियों से भरी होती है. ख़ुश-गवार इसलिए कि जो कुछ वक़्त बीता के.आसिफ़ की आला हस्ती की संगत में बीता. इस एक ग़ाइबाना रिश्ते ने मुझे उन राहों पर भी चलना सिखा दिया कि जो होशमंदों की रहगुज़र में अक्सर शामिल नहीं होतीं.

इस ख़ुमारी के आलम को कायम रखने और कहानी में सुरूर बढ़ाने में कुछ ऐसे दोस्तों और करम फ़रमाओं की मदद भी रही है कि जिनका ज़िक्र छूट जाना गुनाह-ए-अज़ीम होगा. सो शुरूआत हाज़िर और ग़ैर-हाज़िर जनाब नौशाद अली से करूंगा. उनसे छूटे सिरों को पकड़ने की कोशिश में उनके साहबज़ादे भाई रहमान नौशाद से रूबरू और राजू नौशाद से फ़ोन पर मदद हासिल हुई.

फ़िल्म के निर्माता शापूरजी पालोनजी ग्रुप के दीपेश सालगिया ने जी खोलकर मदद की. शापूरजी और उनके छोटे भाई सायरस से मुलाक़ात का सेहरा भी दीपेश के सिर है. पालोनजी से मुलाक़ात के इंतज़ार में बरस बाद बरस बीत गए, मगर उनकी उम्र और सेहत आड़े आती रही और यह कोशिश बस कोशिश ही रही.

एक और शख़्स जो एक अज़ीज़ की तरह मेरा हमराह बन गया. इस इंसान के हर लफ़्ज़ में के.आसिफ़ की ख़ुश्बू और हर बात में के.आसिफ़ सा जज़्बा भरा है. नाम है अकबर आसिफ़. आसिफ़ साहब और निगार सुल्ताना के लाडले बेटे. लंदन में आबाद हैं. एम.एफ़. हुसैन साहब की मुग़ल-ए-आज़म वाली पेंटिंग सीरीज़ इस किताब में इस्तेमाल के लिए अकबर भाई ने मुहैया कराई हैं. और हां, के.आसिफ़ की जवानी की एक निहायत ख़ूबसूरत तस्वीर के साथ पूरे आसिफ़ ख़ानदान की अब तक अनदेखी तस्वीरें और अनजानी तफ़्सीलात भी इन्हीं की बदौलत छप रही हैं.

भाई रज़ा मुराद फ़िल्म इतिहास के ज़बरदस्त जानकार होने के साथ ही साथ किसी की भी मदद को आमादा रहने वाले इंसान हैं. मेरी भी मदद उन्होने की. उसी तरह उनकी बहिन मेहर बिजलानी भी शुक्रिया की हक़दार है.

इस कहानी की खोज ने एक अदद भाई से भी मिलवाया. नाम है सैयद हैदर अली. मुगल-ए-आज़म के संगतराश अभिनेता कुमार के बेटे हैदर अदभुत इंसान हैं. इंसानियत और मुहब्बत से लबरेज़. इस किताब के जारी होने में बीतते बरसों को लेकर मुझसे ज़्यादा फ़िक्रमंद रहे और हौसला भी देते रहे.

मुग़ल-ए-आज़म के बाम्बे सर्किट के डिस्ट्रीब्यूटर रहे स्व. मदन कोठारी के सहिबज़ादे शैलेंद्र कोठारी ने भरपूर मुहब्बत और भरपूर मदद दी.

इन सबके अलावा शुक्रिया उषा खन्ना जी, कौसतुभ पिंगले (दुबई), हरमंदर सिंह 'हमराज़'(कानपुर), विजय नारायण शुक्ल (जयपुर), डार बारोट (लंदन) सुरेश खेतान (बम्बई), रशीद अंजुम, ख़ालिद आबिदी, यूसुफ़ ख़ान, रफ़ी शब्बीर (भोपाल), त्रिनेत्र बाजपेयी (बम्बई), प्रीतम मेघानी(उल्हासनगर) और वजाहत मिर्ज़ा के भतीजे साजिद ख़ान का.

सलाह-मशिवरे के लिए सुधीर अग्रवाल (दैनिक भास्कर) मंज़ूर एहतेशाम और एन.के.सिंह (भोपाल) को परेशान किया. सो शुक्रिया तो बनता ही है.

इस पुस्तक के प्रकाशक मंजुल प्रकाशन के विकास रखेजा और उनकी टीम. डिज़ाईनिंग के दौरान दिल से जुड़ने के लिए Aquarius के अविनाश शर्मा, सुमन घोष और अतुल गावस्कर का शुक्रिया.

और सबसे ज़रूरी और सबसे अहम, मेरी दोस्त, मेरी जीवन साथी सुनीता, लख़्त-ए-जिगर रौनक़ और उसकी वजह से घर में आई बेटी सी बहू जिज्ञासा को याद करना भी ज़रूरी है.

शुक्रिया....बहुत-बहुत शुक्रिया.

लेखक के बारे में

ग्रामोफ़ोन रिकॉर्ड और सुनहरे पर्दे के पीछे आबाद सिनेमा की जादुई दुनिया की तलाश में भटकती एक आत्मा. इसी दुनिया की जुस्तजू में सिनेमा-घर की बुकिंग क्लर्की से लेकर फ़िल्म डिस्ट्रीब्यूशन तक, सितारों को ख़ात लिखने से लेकर फ़िल्मों में गीत-संवाद लिखने की नाकाम कोशिशों तक, न जाने कहां-कहां से गुज़र गए. इस नाकामी में भी एक कामयाबी रही. अपने क़द से बहुत बड़ी उस दुनिया को एड़ियों के बल उचक-उचक कर देख लिया. कुछ सितारों, मौसीकारों, गुलूकारों, गीतकारों और फ़िल्मकारों में से कुछ से हाथ और कुछ से दिल मिला लिए.

लड़कपन से ही एक और इश्क़ में मुब्तला रहे - पत्रकारिता. घर भी उसी के साथ बसाया. लिहाज़ा असल पहचान एक पत्रकार की है. उर्दू में रचे-बसे भोपाल के शायराना माहौल ने कच्ची उम्र में ही उर्दू शायरी की तरफ़ रुझान पैदा किया और कच्ची उम्र की कच्ची शायरी शुरू कर दी. 1968 में कॉलेज पहुंचते ही एक खेल पत्रिका 'स्पोर्ट्स टाइम्स' के साथ सह-संपादक के रूप में काम शुरू करने के साथ ही पत्रकारिता का सफ़र शुरू हो गया.

पत्रकारिता के इस 50 साल के सफ़र के दौरान द न्यू यॉर्क टाइम्स, द इलस्ट्रेटेड वीकली ऑफ़ इंडिया, संडे, द संडे ऑब्ज़र्वर, इंडिया टुडे, आउटलुक, इकोनॉमिक एंड पोलिटिकल वीकली, इंडियन एक्सप्रेस, जनसत्ता, नव भारत टाइम्स, दिनमान, न्यूज़टाइम, ट्रिब्यून, द वीक, द एशियन एज, द इंडिपेंडेंट जैसे प्रतिष्ठित प्रकाशनों से विभिन्न रूप में संबद्ध रहे. 1998 से 2003 तक एनडीटीवी के मध्य प्रदेश-छतीसगढ ब्यूरो प्रमुख रहे, 2003 से दैनिक भास्कर, इन्दौर संस्करण के संपादक तथा 2004 से 2010 तक भास्कर समूह में ही संपादक (मैगज़ीन्स) के पद पर कार्यरत रहे.

भोपाल गैस त्रासदी के ढाई वर्ष पहले से लगातार अख़बारों के ज़रिए चेतावनी देने और अदालत के ज़रिए इस आपदा से भोपाल को बचाने के लिए एक लंबे संघर्ष के लिए अनेक राष्ट्रीय और अंतरराष्ट्रीय पुरस्कार मिले, जिसमें श्रेष्ठ पत्रकारिता के लिए भारत का सर्वोच्च पुरस्कार 'बी.डी. गोयनका अवॉर्ड' (1984) शामिल है. वर्ष 2010 में पर्यावरण के मुद्दों पर रिपोर्टिंग के लिए प्रतिष्ठित 'प्रेम भाटिया अवॉर्ड' से भी सम्मानित हुए हैं.

कैनेडियन ब्रॉडकास्टिंग कॉर्पोरेशन और वाइट पाईन पिक्चर्स ने पत्रकारिता में इस योगदान को रेखांकित करती डॉक्यूमेंट्री *भोपाल - द सर्च फ़ॉर जस्टिस* का निर्माण किया, जिसे कई पुरस्कार प्राप्त हुए.

2014 की हॉलीवुड फ़िल्म *भोपाल - अ प्रेयर फ़ॉर रेन* भी राजकुमार केसवानी को भोपाल गैस त्रासदी को रोकने के लिए एक क्रूसेडर वाली भूमिका को केंद्र में रखकर बनाई गई फ़िल्म है. पर्दे पर उनकी भूमिका प्रसिद्ध हॉलीवुड अभिनेता केल पैन ने निभाई थी.

पहला कविता संग्रह 'बाकी बचें जो' 2006 में प्रकाशित हुआ. 2007 में दूसरा संग्रह 'सातवां दरवाज़ा' तथा 2008 में 13वीं शताब्दी के महान सूफ़ी संत-कवि मौलाना जलालुद्दीन रूमी की फ़ारसी कविताओं का हिन्दुस्तानी में अनुवाद 'जहान-ए-रूमी' के नाम से प्रकाशित. फ़िल्म और संगीत पर केंद्रित पुस्तक 'बाम्बे टॉकी' भी प्रकाशित हो चुकी है.

पिछले तेरह वर्षों से संगीत और सिनेमा को समर्पित लोकप्रिय कॉलम 'आपस की बात' दैनिक भास्कर में लगातार प्रकाशित हो रहा है. इसी के साथ हिन्दी की प्रतिष्ठित साहित्यिक पत्रिका 'पहल' में विख्यात कथाकार ज्ञानरंजन के साथ संपादक भी हैं. उनका पहला उपन्यास 'बाजे वाली गली' शीघ्र प्रकाशित होने वाला है.

ईमेल : rkeswani100@gmail.com

फ़ोन : 98270-55559

संदर्भ

1. शमा (उर्दू पत्रिका)
2. माधुरी (फिल्म पत्रिका)
3. फ़िल्मफ़ेयर
4. फ़िल्म इंडिया

Books

1. Madhubala by Khatija Akbar
2. Dilip Kumar - An Autobiography
3. I, Durga Khote
4. Mughal-e-Azam - An Epic of Eternal Love - Shakil Warsi
5. Mughal-e-Azam - Legend as Epic - Anil Zankar
6. Indian Literature and popular Cinema - Recasting classics - Heidi R.M. Pauwels

Articles

8. अनारकली - मिर्ज़ा हामिद बेग (लाहौर)
9. Two Anarkalis - Afroz Taj (Southeast Review of Asian Studies- Vol.32)
10. Raju Bhartan -
11. Society - December 2007
12. Mughal-e-Azam - Irshad Sethi